depuis votre arrivée

西方进步叙事的前现代足迹

郭晓蕾 著

中国社会科学出版社

图书在版编目（CIP）数据

西方进步叙事的前现代足迹 / 郭晓蕾著 . —北京：中国社会科学出版社，2021.8
ISBN 978 - 7 - 5203 - 9093 - 4

Ⅰ.①西… Ⅱ.①郭… Ⅲ.①小说史—研究—西方国家 Ⅳ.①I500.74

中国版本图书馆 CIP 数据核字（2021）第 184153 号

出 版 人	赵剑英
责任编辑	史慕鸿　王小溪
责任校对	朱妍洁
责任印制	戴　宽

出　　版	中国社会科学出版社
社　　址	北京鼓楼西大街甲 158 号
邮　　编	100720
网　　址	http://www.csspw.cn
发 行 部	010 - 84083685
门 市 部	010 - 84029450
经　　销	新华书店及其他书店

印刷装订	北京君升印刷有限公司
版　　次	2021 年 8 月第 1 版
印　　次	2021 年 8 月第 1 次印刷

开　　本	710×1000　1/16
印　　张	17.5
字　　数	301 千字
定　　价	168.00 元

凡购买中国社会科学出版社图书，如有质量问题请与本社营销中心联系调换
电话：010 - 84083683
版权所有　侵权必究

目录

前言 / 1

第一部分 抽象的"传奇"

一 希腊小说 / 3

二 "一见钟情"的背后 / 17

三 厄运、静止与循环 / 33

第二部分：神圣的"喜剧"

四 循环的终断 / 49

五 《批判家》：天城的钥匙 / 68

六 波提切利和米开朗基罗的选择 / 88

七 "一般启示录" / 127

第三部分：现代"福音书"

八　写实是一种人道主义 / 151

九　卡拉瓦乔的放肆和伽利略的望远镜 / 171

十　威廉·麦斯特的疑问 / 214

十一　《威廉·麦斯特》的图画 / 233

结语 / 252

参考文献 / 263

后记 / 272

前　　言

  好莱坞电影很热衷讲述这样一种故事：多少身陷困境的主人公遇到了某个人、某些人，一系列直接或间接影响人物（不仅是主人公）人生走向的事情便接二连三地发生了，最终，主人公因为经历了这一切而对自身和世界有了更清醒的认识，甚至修正、提升了自我的道德，世界也多少变得有些不同。西方影评人喜欢将这种故事概括为"自从你来了"——自从主人公出现，自从人物彼此相遇，破碎的生活开始显出某种完整性。《闻香识女人》《心灵捕手》《雨人》《死亡诗社》，或颇为讲求时尚美感的《穿普拉达的魔鬼》，都是在讲述这种故事；即便纪录片式样的战争题材影片《辛德勒的名单》，其对主人公人生历程的再现亦同样依托于如此的故事模型。这些电影一致诉说着，人生虽充满波折甚至苦难，但我们能够在与世界的遭逢中，不断自我完善，人会进步，历史会因人的努力而步向光明，生活会越来越好。这两年《绿皮书》的热映再次证明了"自从你来了"几乎是好莱坞电影工业永不失效的票房保险箱——个中原因也不复杂，这样的故事表达着现代世界里人们对"变化"普遍持有的期待与信心。

  可问题恰恰是，即便在西方语境中，如此的期待与信心亦并非古已有之。一个醒目的事实是，作为西方虚构叙事起点之一的古希腊并未给历史提供一个"步步高升"的前景：无论是史诗，还是戏剧（无论是悲剧，还是老喜剧或新喜剧），它们再现的人生、历史都与进步无关。"自从你来了"的故事显然传递着"现代"进步史观的构成要素和情绪特征：历史是向着某个方向展开的，人是历史的主人，个体的人生和这个人间是值得我们用心经营和建设的，我们应努力地，且一定能够达成自身和世界的更新，历史会出现反复甚至倒退，但前景一定是光明的。这套透散着乐观底色的观念系统虽传递着与基督教一致的、对未来的美好憧憬，其伦理取向和对人的历史归宿的谋划，却又显然与启示宗教有着"天壤"之别。

20世纪中叶以来，对进步史观的反思和批判愈渐成为了顺应语境的话语，但同时，我们还并未寻得一种能够全面取而代之、被广泛接受的关于历史时间的解说；进步史观仍是当今世界最为主流、最具普适效力、最通俗易懂的历史观，且言说着现代人最基本的价值观、伦理观和人生观——不仅在西方，也在中国。我们未必会热衷于那些令人眼花缭乱的西式的主义，政治的、文艺的、哲学的，等等，但我们中的很多人多少都抱持着对"变化"、对"进步"的信心与期待——这样一种"情绪"并不直接来自古典的中国，也未必经过了每个人的审慎反思，却已然渗透进了我们的心灵和微细血管中——这恐怕是西方对现当代普通中国人的精神世界产生的最直观又最深潜的影响。也正因为这种"情绪"已经成为了我们的精神血液，我们便常会产生一种错觉：它是古已有之的，也是理所当然的。

达尔文发现的生物进化法则曾被兑换成、嵌入进了我们对人生和历史的理解，这种兑换和嵌入曾被视为"科学的"。现今，各种社会达尔文主义和进步叙事常被指责为"宏大的"，因为它们企图赋予、强加给各种不同性质的现实（比如，客观自然与人）以某种统一性；而现代物理学告诉我们，即便客观自然也未必具有完整的同一性，宇宙的微观层面和宏观层面并非彼此同调、同构。可是，非科学性的兑换事件为何会发生，这样的问题本身并不宏大。

现代进步史观是如何在西方语境中形成的？这一问题将构成本书的核心线索。对这一直接事关我们自身，并不新鲜的问题的既有的研究，更多地将关注的视域集中于18、19世纪，因为这的确是现代进步叙事成形并普及开来的重要时期。但本书将更着意于探测看似与"进步"无涉的古典时代与后来的"现代"之间有着怎样的精神关联，尤其是，现代进步叙事在还未"祛魅"（Disenchantment）的"现代之前"有着怎样或隐或显的形成步迹。这样的追踪是基于对"现实"的尊重：历史可以被人为地划分期段，但历史本身是具有连续性的。

当我们谈论观念的形成时，当然应考虑到相关历史时期的各种物质性语境，但观念的形成本身是发生在思维世界里的事件：物质性的现实、变化可能会成为思维展开的动力，因为它们构成着思维的对象，可是，对对象的理解和解释都必然且只能借助既有的（同时代的或历史的）思维资源来展开。所以，如若我们希望探究某种观念的形成原委，无论我们是否参考相关的社会、政治、经济现实，这一探究都必须最终落实为对这种观念赖以产生的精神脉络和精神动因的把握——思维现象发生的直接土壤是思维的历史本身。故而，我们围绕"进步"的讨论将建基于各种思维产品来展开——具体而言，以文学文本（主要是小说）为线索性素材，观摩并对照相关的哲学、神学文本，绘画和雕塑，以及科学史上的文本。

这一跨学科的讨论同样是基于对"现实"的尊重：思维只能在具体的历史空间中，而无法在"真空"中展开，不同序列的精神文本之间本就常有着或显在或潜在的关联，它们或可能关注着同一对象、同一议题，或可能彼此影响。对于理解某一序列的叙事自身的变迁，单学科的研究当然是不可或缺的，但跨学科的视角同样是必要的，二者本身并不对峙。跨学科的讨论还能通过对文与理、艺与思之间各种勾连的透视，令我们有效地体察到一些貌似干瘪的思想或科学文本中的情感脉冲，从而帮助我们更好地体会具体历史时期的情绪特征。

而这一讨论能够展开，还基于以下的事实：不仅文学、绘画等艺术叙事是虚构性的，各种思想性文本也无法全然与虚构性割裂，形而上学或神学叙事在这点上尤为明显，即便科学文本也内含着一定的虚构性，科学创作的起点往往是猜想或假设，在西方历史上，甚至可能是玄秘的神义。我们并非在贬义而是在中性的意义上使用"虚构"，虚构性为以上各序列文本提供着认知对象或议题之外的、彼此展开对话的一种形式基础。虚构不仅是一种创作形式，一种思维形式，也是"存在"（现代语意上的）自身的一种存在形式，虚构性是一种存在性事实——这一话题将不在本书中深入展开——但对这一事实的正视将有助于我们审视自身将现实一体化的精神冲动。如果存在本身具有无法摆脱的虚构性，那么，现实又怎可能具有完整的、客观意义上的一体性？

* * *

大致在基督教于罗马帝国合法化之前的三四百年里，在东地中海世界，曾流行着一种与"自从你来了"的故事很类似的叙事。男女主人公相遇后，一系列影响他们人生的事件发生了……但主人公（从外貌到内心）和小说中的客观世界都不会伴随叙事的展开而发生真实的变化，既不会变得更好，也不会变得更坏。这些叙事在当时被称为"爱情故事"（Τα Ερωτικα），后来被称为"希腊小说"（Roman Grec）。希腊小说将构成本书"第一部分"讨论的重点文学文本。这些同样从"自从你来了"讲起，却在叙事走向上与同现代故事迥然相异的古旧故事，以及那个世界里的哲学创作，共同为我们提供着反观"进步"的历史镜照。

对变化的"热情"并非古已有之。

伴随基督教时代的来临，希腊小说逐渐淡出了拉丁世界的视野，至"文艺复兴"后期才又见天日，此时的希腊小说产生了相较之前更加广泛的影响（16、17 世纪，西欧和南欧出现了大量对这些小说的模仿之作），直接参与了近代西方小说叙事的形成。有趣的是，被"文艺复兴"时代的知识者们热捧的希腊小说表达出的伦理倾向与我们耳熟能详的那个时代对人欲的肯定姿态并不契合，但这恰恰为我们提供了一个了解"文艺复兴"复杂心绪的契机。希腊小说和波提切利、米开朗基罗的创作会一同帮助我们窥探到那个时代既兴奋又痛苦的精神表情。

也就是从"文艺复兴"前、后开始，一系列具有"现代"乐观气质的叙事出现了，首先是在神学创作的版图中。至 17 世纪，在与《堂吉诃德》并称为西班牙"黄金世纪"文学双璧的《批判家》（*El Criticón*）中，我们看到了近似于现代式样的"自从你来了"的故事：人物在叙事中发生着趋智向善的变化。《批判家》将构成本书"第二部分"讨论的重点文学文本。但与现代故事仍有很大分歧的是，《批判家》虽认为个体的进步是可以期待的，却并不认为人的努力可以焕新人间，更不认为历史的归宿在大地上。

对《批判家》式的历史观的全面反思构成了 18 世纪的一个核心议题，但这个议题并非突然、偶然地出现在"启蒙"的时代。在本书"第三部分"中，我们将会看到，从卜伽丘到笛福，从乔托到卡拉瓦乔，从哥白尼到伽利略，不同序列的叙事实践如何分别地或彼此交织地，或以涓埃之微，或以丘山之功，积累着将历史的标的从天城扳转至大地的动力——"成长小说"的王冠作品《威廉·麦斯特的学习时代》（*Wilhelm Meisters Lehrjahre*）便向我们诉说着这一"天壤之变"的结果——"自从你来了"的"现代"版本的形成。

希腊小说是典型的"非时间性叙事"（将时间虚构为不变化的历史）；而从《批判家》至《威廉·麦斯特的学习时代》，西方小说中另一重要的叙事范型"时间性叙事"（将时间虚构为变化的、一维的历史）逐渐成形。在这个过程中，西方小说对空间（客观世界和人的内在世界）的态度也一步步发生着变化，人和人间在虚构的世界里变得越来越逼真。西方小说从非时间性至时间性范型的演变,为我们提供着西方人历史观念变迁的美学外观。

对时间性叙事的反驳将构成"后现代"的一个核心议题。

古典和近代的文艺篇章、柏拉图的哲学篇章、基督教教父们的神学篇章、康德的"批判"篇章,这些文本将会彼此交织地向我们诉说:为万物寻得某种共同的基始、赋予万物某种同一性的解释,这一"宏大"的冲动并非"现代"的专利,而是西方世界固有的精神基因;希腊的"启蒙"如何教导人们承担起历史的责任,并用理性的双眼蔑视人自身的物质性与历史性;希腊的精神资源如何融合进基督教的思想中,天启的信仰为"进步"的观念提供着怎样的起点,基督教的中世纪如何在反现代的同时,为现代积累着积极的精神动力;"文艺复兴"的画笔和刻刀下兴起的"写实"的美学风尚如何在18世纪的"启蒙"中变为了时代的思想风尚——唯物的认知倾向、师法自然的伦理倾向;两次"启蒙"给我们留下了怎样同构性的悖论;以及,西方人对认识论、知识论的探索终究是为了回应伦理的难题……

我们将在讨论的尾声,回到希腊小说,因为这些古旧的文本还令人意外地呈示出了一系列与20世纪的人间现实高度类同的叙事事实。

第一部分

抽象的"传奇"

一　希腊小说

除了我们熟稔的史诗、戏剧，大致从公元元年前后至公元三四世纪，在希腊文化的核心地带（东地中海、小亚细亚、北非），还流行着一种用希腊文写就的"散文化的"虚构叙事：希腊小说。现存完整的希腊小说只有五部。这五部小说的主体情节结构基本一致：一对形貌俊美、出身高贵、品德高尚的青年男女相遇、相爱了，但由于外来的侵扰，他们要么无法成婚，要么在婚后遭遇分离；他们会共同或分别地经历多次"突如其来"的灾祸，而每当他们身处险境甚至命悬一线时，又会有"突然的"幸运事件发生，令他们转危为安；在这九死一生，彼此等待、彼此寻觅的历程中，无论面对怎样的困厄，他们都能够信守爱情、保持忠贞，且容颜依旧；最终因缘际会，二人圆满重聚。①

---

① 这五部希腊小说是 Xénophon d'Éphèse 的《以弗所人》（*Les Éphésiaques*），又名《阿伯考姆斯和安提雅》（*Hbrocomès et Anthia*）；Achille Tatius 的《洛茜珮和克里多封》（*Leucippé et Clitophon*）；赫利奥多罗斯（Héliodore d'Émèse）的《埃塞俄比亚故事》（*L'histoire Éthiopique*），又名《德亚根和卡丽克莱》（*Théagène et Chariclée*）；卡里同（Chariton d'Aphrodise）的《舍利亚斯和卡莉荷》（*Chéréas et Callirhoé*）；朗戈斯（Longus）的《达夫尼斯和珂洛艾》（*Daphnis et Chloé*）。

本书主要参阅的是希腊小说的法译本和相关法文材料。中译本《希腊传奇》（陈训明、朱志顺译，上海译文出版社2002年版）收录了以上所列的后三部小说，以下有关这三部小说的引文均出自该中译本，但笔者重译了主人公的名字，以突出其各自的性别特征，该译本中，"埃塞俄比亚故事"译为"埃塞俄比亚传奇"。本书在引用希腊小说时不标注作者，因为这些作者到底是谁，至今仍未实定，对此，下文会解释。

拉丁世界中，"小说"（roman）语意的形成与中世纪的罗曼语（Langues romanes）创作颇有关系。12世纪前，衍生于拉丁语的罗曼语已成为了法兰西北部地区主要的民间语言，由于绝大多数民众并不掌握作为官方用语的拉丁语，将各种拉丁文的宗教文典、官方文书等翻译成罗曼语就成为必须；很长时间里，凡用罗曼语写就的文本（公文、诗歌、散文等）均被称为 roman——这一称名在当时内含着"低俗"的意思。大致从12世纪中叶起，roman 开始被用来专指一些用罗曼语写成的叙事性的"故事"（estoire/histoire），这些故事主要是为了满足上层人士的娱乐需要产生的，其中，讲述骑士的爱情和英雄事迹的故事尤受青睐，它们被称为 Roman de chevalerie；骑士故事起先采用的是诗歌体（中文一般将之称为"骑士传奇"），至13世纪，出现了很多散文体（转下页）

4 第一部分 抽象的"传奇"

　　表面上，构成希腊小说叙事转折和发展的具体人、事、物往往是突然并偶然出现的，叙事的演进几乎完全架托在巧合之上。《埃塞俄比亚故事》中，男女主人公德亚根与卡丽克莱不幸被劫匪掳去，他们的义父，祭司、先知卡拉西里斯正因寻觅他们多时未果而在尼罗河边踌躇，此时，在匪窝中结识了两位主人公的克涅蒙"碰巧"经过河边，通过交谈，他明白了老人正是在找德亚根和卡丽克莱，他请老人到临近的村里与自己同住。男女主人公设法逃出了匪窝，但又被他人俘虏，后又离散，克涅蒙并不知道，卡丽克莱目前"正好"就稽留在这村里。后来，祭司还"意外"获知，起初那伙劫匪的首领正是自己的长子。①

─────────

（接上页）的骑士故事（中文常将之称为"骑士小说"）；14世纪时，散文化叙事已成为了骑士故事主流的美学形式。后来，那些希腊文的"爱情故事"便被称为Roman Grec，中文将之译为"希腊小说"或"希腊传奇"——本书采用"小说"这一译称，以突出这些文本"非韵文化"的特征。

　　除以上五部文本，希腊小说大多已经流失或只有断片存世。比如2世纪作家Jamblique的《巴比伦人》（*Babyloniques*），小说全篇已散佚，但我们仍能从保留至今的9世纪著名学者、君士坦丁堡普世教首Photios编纂的《书籍总汇》（Βιβλιοθήκη/ *Bibliotheca*）中，看到关于这部小说的介绍。10世纪的拜占庭辞书《苏达》（Σονδα/*Suda*）也对希腊小说有所记述。希腊小说在中世纪的"西方"世界销声匿迹，但在拜占庭的版图里，断断续续一直都有流传。12世纪的拜占庭还涌现出了一些明显受到希腊小说启发、模仿希腊小说的作品，其中，有诗体叙事（比如Théodore Prodrome 的 *Rhodante et Dosiclès*，Nicétas Eugenianos 的 *Drosilla et Chariclès*，Constantin Manasses 的 *Aristandre et Callithée*），也有散文体叙事（比如Eustathios/Eumathios Makrembolitês 的 *Hysmine et Hysminias*），这些作品后来也在拉丁世界里流传，并被称为"拜占庭小说"。13世纪拜占庭的一些"韵散结合"的骑士传奇里，也有希腊小说的影子。

　①《舍利亚斯和卡莉荷》"可能"是希腊小说中成书最早的一部，大致形成于2世纪初，但其抄本直至1750年才被发现。"文艺复兴"时期最早被发现的希腊小说是《埃塞俄比亚故事》，1526年，德国军人在匈牙利国王Mathias Corvin的图书馆里偶然发现了它的抄本，1534年，德国学者Vincent Opsopoeus将之在巴塞尔付梓；之后，法国"文艺复兴"时期重要的古典学者、主教Jacques Amyot（1513—1593）综合巴塞尔版和后来在梵蒂冈发现的该书的另一抄本，于1547年，翻译、出版了《埃塞俄比亚故事》的法译本；该小说最早的西班牙语译本（很可能是根据1547年的法译本翻译的）出版于1554年，英译本于1569年问世。1559年，Jacques Amyot还翻译、出版了《达夫尼斯和珂洛艾》的法译本。这些译本的出现在西欧世界引带起了一股持续的对希腊小说的模仿热潮，被模仿最多的希腊小说是《埃塞俄比亚故事》与《洛茜珮和克里多封》。

　　以法语和西班牙语世界为例。Jean Hérembert的《邦迪欧和优尼丝充满冒险与幸运的爱情》（*Les aventureuses et fortunees amours de Pandion et d'Yonice*，1599）是较早的法语希腊小说的代表作品；至17世纪，Honoré d'Urfé 的《阿斯苔》（*L'Astrée*，1607—1626）和Madame de Lafayette的《扎伊德》（*Zaïde*，1671）仍都明显受到了希腊小说的启发。1552年，Alonso de Núñez de Reinoso的《克拉里奥和弗洛丽西亚的爱情故事，不幸的伊西亚之书》（*Historia de los amores de Clareo y Florisea, y los trabajos de la sin ventura Isea*）问世，这是第一部西班牙语希腊小说，亦被视为第一部西班牙语拜占庭小说，出版后不久便被翻译成法文（Jacques Vincent译，1555年在法国初版）。这几乎是一部对《洛茜珮和克里多封》全方位的模仿之作。（转下页）

然而，伴随诸种偶然、巧合，小说中还遍布着另一序列的叙事元素，神谕、梦示、兆显，它们不时出现，散布着事关人物未来的、命运的预言。

卡拉西里斯曾得到命运的警示，他会亲见两个儿子为争夺祭司之位自相残杀。先知说，"命运女神的安排是不可抗拒的，只可猜测，无法避免……唯有预见有益，因为它能缓解悲痛"。但先知还是心存侥幸——他决定离开家乡孟菲斯，眼不见为净。之后，他的次子通过构陷，成功地将兄长驱逐出了孟菲斯，后者流落他乡、落草为寇。

不知过了多少年，长子回到孟菲斯，决定夺回继承权。兄弟二人被判通过比武以决祭司圣职。而就在他们比武的当口，因为其他原因回到孟菲斯的卡拉西里斯，"刚好在这一天的这一时刻像是乘坐戏剧中的道具一样来到这里"，成为儿子们相互搏杀的"不幸的见证人"——这一见证事件的发生对父子三人来说，都太突然了。两个儿子都不知道他们父亲的下落，甚至以为他已经死了，父亲亦不知二人将在这一天比武。祭司突然出现并非不可理解，这是"一种神秘的东西抑或一种主宰人间之事的命运为了给事情增添悲剧性的插曲"，故意这样安排的。他还特别向读者强调，先知终究"被命运战胜，不得不亲眼目睹这神灵早就向他预言的东西"。[①]

所有希腊小说的主题故事都是男女主人公的爱情，而所有故事中的相

（接上页）

对希腊小说的模仿性创作构成了西班牙文学"黄金世纪"不可忽视的内容，其中的代表作品有《冒险的丛林》（Jerónimo de Contreras, *Selva de aventuras*, 1565），《在自己家园的佩里格利诺》（Lope de Vega, *Peregrino en su patria*, 1604，这部小说将叙事展开的地理空间限制在了伊比利亚地区，并加入了西班牙"神秘剧"的桥段），《朝圣的情人们，安洁丽雅和鲁桑里克》（作者未知，*Los amantes peregrinos Angelia y Lucenrique*, 1623），《桑普丽斯和季诺尔达诺的命运故事》（Juan Enríquez de Zúñiga, *Historia de las fortunas de Semprilis y Genorodano*, 1629），《俄斯托吉欧和克罗莉莱丽，莫斯科的故事》（Don Enrique Suárez de Mendoza, *Eustorgio y Clorilene, historia moscóvica*, 1629），等等。塞万提斯也是希腊小说的忠实读者和模仿者，其《训诫小说集》（*Novelas ejemplares*, 1613）中的《西英女郎》（*La española inglesa*）和《慷慨的情人》（*El amante liberal*）都是较典型的对希腊小说的模仿之作。

① 以上两段中的引文见《埃塞俄比亚故事》，载《希腊传奇》，陈训明、朱志顺译，第314、426页。《洛茜珮和克里多封》的男主人公也说，"天神时常喜欢在夜里向人们兆显未来，这倒不是为了让人们逃避苦难，只是为了让人们能更容易承受痛苦，人根本无力抗拒命运"（Achille Tatius, *Les aventures Leucippé et Clitophon*, in *Romans grecs et latins*, trad. Pierre Grimal, Paris: Gallimard, 1958, p. 878）。引文由笔者译出。

爱，无一例外都不是偶然的。《舍利亚斯和卡莉荷》中，男女主人公在祭祀阿芙洛狄忒的节日上一见钟情，作者立刻告诉读者，这是"爱神刻意的安排"；他还不时提醒读者，"要是没有命运之神，世上什么事情也不会发生。你们听完我说的故事，都会明白这个道理"。①

这就是希腊小说的叙事事实：事件的发生（无论好坏）表面上都是偶然的，但其实一切都是命运既定的安排。这些小说忠诚地延续着希腊世界里那个古老的主题：命运。

《奥德修纪》的叙事具有清晰的母子结构。母结构（1—8卷、13—24卷）讲述了奥德修从离开神女卡吕蒲索至返抵家园的经过，期间，英雄遭遇的所有事件（包括时间、地点）都已被事先预言；子结构（9—12卷）是英雄归家途中逗留腓尼基王庭时，自述他从特洛伊战争结束后至被卡吕蒲索强留，这段时间里的各种遭际。

叙事开篇，缪斯在表达了对奥德修的同情后，对诸神说，"星月流转，众神做出让奥德修归返伊大嘉岛这一决定的时刻终于来到了，但他却仍将遭受磨难，哪怕是回到亲人身边之后"（卷1，行16—17）。② 缪斯的陈词说明，众神在此一"时刻"做出此一"决定"，这一事件的发生及发生的

---

① 《舍利亚斯和卡莉荷》，载《希腊传奇》，陈训明、朱志顺译，第4、56页。婚后，由于嫉妒者挑拨，男主人公，锡拉库萨城邦副统帅之子舍利亚斯怀疑妻子的忠贞，盛怒之下对其拳脚相加，后者陷入昏迷并被误认为已经死亡。舍利亚斯很快发现自己错怪了妻子，悔恨交加，遂为卡莉荷，城邦正统帅之女举行了隆重的葬礼。但后者其实并未亡故，她被一伙盗贼在盗墓时救起，后被他们的头领费隆，卖给了爱奥尼亚的一位领主狄奥尼西为奴。不曾想，领主亦对卡莉荷一见倾心，欲娶其为妻，她当然执意抗拒，直至有一天，她发现自己竟已身怀舍利亚斯的骨肉。再三考虑之下，为了不让锡拉库萨高贵的后嗣生而为奴，她决定委曲求全。前去祭奠妻子的舍利亚斯发现墓穴被盗、妻子不见踪影，他在痛哭的同时，毅然决定出海寻妻。

就在出海不久，舍利亚斯便"碰巧"遇到了费隆的贼船，他在船上发现了妻子的陪葬品，遂逼迫费隆交代出了卡莉荷的下落。舍利亚斯决意夺回妻子，狄奥尼西自然不肯放手；双方来到巴比伦，欲请波斯皇帝裁判卡莉荷的归属，后者亦随狄奥尼西一同来到了皇帝御前，故得与男主人公久别重逢。既意外又不意外的是，皇帝一见卡莉荷也魂不守舍，将其软禁在了后宫。正当三个男人都不肯罢手之际，"突然"，埃及造反了，在人物和读者看来，这纯属偶然，因为之前的叙事没有对"造反"的发生做过任何铺垫性交代；可作者就此的议论是，"所有的企图和爱情的话题转眼都被命运之神取消了"，因为此时，"命运之神找到了新的事件得以发展的导火索"（《舍利亚斯和卡莉荷》，载《希腊传奇》，第131页），这个"导火索"就是埃及造反。

② 该句根据英译本（*The Odyssey of Homer*, trans. Richmond Lattimore, London: Harper Perennial Modern Classics, 2007）译出。关于该句，王焕生译本（《荷马·奥德赛》，上海人民出版社2014年版）为："但岁月不断流逝，命定的时限已来临，神明们终于决定，让他回乡返家园……"杨宪益译本（《奥德修纪》，上海译文出版社2008年版）为："但岁月流转，上天注定奥德修回到伊大嘉岛的一年终于来到了……"

时间都是一种预先的安排。事实上，在众神于母结构中做出"决定"之前，先知特瑞西阿斯的魂灵已在子结构中发布了与缪斯所言一致的、有关英雄归家的预言。各种最终被证实的预言主导着《奥德修》的母结构，据此看来，这部史诗无疑是在讲述一个"预定的"故事。可是，叙事子结构中，有的事件是被预言过的（比如，珂尔吉向英雄预警赛伦仙女的歌声如何危险；特瑞西阿斯向英雄预警，他们将会遇到太阳神的牛羊，切不可宰杀），但更多的事件（比如"忘忧果"的故事，"风袋"的故事，甚至英雄与珂尔吉的相遇，等等）都并未被预言过——这些事件又是不是命运的安排？

珂尔吉或特瑞西阿斯发出的预警都只描述了人物将要遇临什么险境，人物是否听从告诫（是否躲开那歌声，是否宰食那些牛羊）则权在人物，所以，史诗中的人物本身亦是其人生历史的织构者。宙斯在谈到埃吉斯陀的惨死时说："可悲可叹，世人总埋怨我们天神，说什么灾祸都是我们降下的，其实，他们是由于自己丧失理智，才遭致命运之外的灾祸，就如埃吉斯陀，他违反命运，霸占了阿特留之子的妻子，并在阿伽门农归国时将其谋害……他为此付出了生命的代价。"① 人物身上竟会出现"命运之外的灾祸"——这就是史诗中的命运——对历史展开过程的预先设定是可能改变的。可希腊小说中的命运，就如《普罗米修斯》或《俄狄浦斯王》中的命运，其对历史的安排绝无改变的可能。②

巴赫金（Mikhaïl Bakhtine，1895—1975）在借欧洲小说叙事形式的变迁建构其"时空体"（хронотоп/le chronotope）理论时，首先便讨论了希腊小说。他认为，这一文体在融合了之前和当时各种文体的经典元素（史诗中的海难、战争、抢掠，悲剧中的"认出故人"，希腊化时期爱情诗中

---

① ［古希腊］荷马：《奥德修纪》，杨宪益译，上海译文出版社2008年版，第2页。
② 如果我们搁置一下后来的人本主义对普罗米修斯的诸般赞美，就能清晰地看到，这位泰坦神族的先知受刑的真实原因并非他对人类行了义举，宙斯不过是将此作为施刑的借口，以逼迫先知泄露命运对他这位众神之神的安排。先知当年听服命运，辅佐宙斯夺权，而命运亦安排宙斯被儿子僭越——严守这一秘密，并为此经受宙斯的折磨，就如当年助宙斯僭越一样，都是命运对先知的安排。普罗米修斯陈言："我只应泰然地承受注定的命运，既然我清楚地知道，必然乃是一种不可抗拒的力量。"对命运的治权，先知绝无意挑衅，"规定一切的莫伊拉（执掌命运的姐妹）没有决定此事这样结束，只有忍受无数的不幸和苦难之后，我才能摆脱镣铐，因为技艺远不及定数强大"；即便天帝"也逃脱不了命定的一切"。参见［古希腊］埃斯库罗斯《普罗米修斯》，载《古希腊悲喜剧集·上》，张竹明等译，译林出版社2011年版，第103—105行、511—514行、517—518行。本书引文中的括注，除特别注明外，均为笔者所加。

的一见钟情、相思,雄辩体叙事中的议论、演说,等等)的同时,实现为了一种高度"抽象的"时空体。

希腊小说中,每个具体事件内部的时间刻度往往是清晰的,但事件与事件之间的时间间隔却常无从追究;我们似可将每个事件的延展时长进行叠加,以估算出整部叙事的时间跨度,但这一简单又笨拙的加法运算一旦面对主人公们永驻的风华,便立刻显得十分可笑。同时,事件的连接总无法形成有效的时间演进,所有事件发生之后,人物依旧如初,外部世界也是"一切又回到开头,一切都返回原位"。

就如巴赫金指出的,这些小说叙事的起点(相爱)和终点(成婚或圆满重聚)本身具有"传记的意义";但在这两个点之间,人物不会因为经历磨难而获得新的品格,或对爱侣的情感更加炽烈,或对自身和世界形成新的认识,等等,所以,这两点之间的历史,事实上是空白的,两点之间的叙事没有形成"传记时间"(le temps biographique)——在传记时间中,情节、事件即便依旧,它们也会具有"心理的意义",因为它们会在人物心里留下"痕迹"。传记性的人生故事是我们习惯的现代叙事。

内、外在空间在希腊小说中同时呈示出几近静止的时间形式——此即巴赫金所说的"抽象"的首要语意。他将希腊小说中这种有别于"自然的""日常的""历史的"叙事时间,称为"传奇时间"(le temps légendaire)。"这个时空体里的世界和人是绝对现成而毫无变动的。任何形成、成长、变化的意向,在这里都找不到。小说描写的情节发展到结尾,世界本身没有任何东西会被消灭,或者被改造,或者起了变化,或者重新再建。这里只是证实了原来的一切一如过去。传奇时间不留痕迹。"①

---

① 以上三段内容参见[苏]巴赫金《长篇小说的时间形式和时空体形式——历史诗学概述》(以下简称《历史诗学概述》)之一《希腊小说》,载钱中文主编《巴赫金全集》第三卷,白春仁、晓河译,河北教育出版社2009年版,第293、274—275、297页。

《舍利亚斯和卡莉荷》的叙事明言,女主人公是于再婚六个月后产下了一个男婴,这也解释了她为何能在与狄奥尼西结婚时隐瞒身孕,我们还可据此推算出她遭"家暴"的大致时间。但从她"被盗"直至她与舍利亚斯在巴比伦重逢,到底过去了多长时间,我们始终无从知晓——如果小说告诉我们他们的孩子现在已经几岁,疑团便可迎刃而解,可问题恰恰是,直至故事结束,叙事都未曾提及哪怕一次这个孩子的年龄。

舍利亚斯误认为皇帝偏袒狄奥尼西而决定助阵埃及一方。最终,将门之子成功地令波斯皇帝平叛失败。造反的发生和波斯的战败当然都是事实性的变化,但这些变化却最终被消解了:卡莉荷主动劝说丈夫宽恕波斯皇帝,将原本作为战利品的波斯皇后和金银珠宝归还波斯;舍利亚斯又居中调停,说服埃及留在了波斯的政治版图之内。即如巴赫金所说,"原有的平衡"被恢复了。

那么，希腊小说的作者们为什么要将主人公（甚至他们的容颜）塑造成去历史化的？

巴赫金认为，面对频仍的灾祸、"命运的摆布"，小说主人公们表现出了令人吃惊的"被动"和"绝对的消极"，"只能是一切事情发生在人的身上，人本身不具有任何主动性"，"人只不过是行为的物理性主体而已"；但同时，这些主人公又能挨过漫长的、命运和机遇的折磨，直至小说结尾，依旧"完好如初、毫无改变"。他用"考验小说"（roman d'épreuve/prüfungsroman）这一用以指称巴洛克小说的术语来描述希腊小说。

一系列外在的情节、灾祸检验了人物，"证实了他们的始终如一，确定了他们的稳定和不变。事件的大锤既不打碎什么，也不锻造什么，它只是检验成品的牢固程度。成品也经得住考验。这便是希腊小说艺术的思想内涵"。巴赫金认为，希腊小说中"一如故我"这一塑造人物的核心原则表达着一种从前级社会的民间创作中流传下来的关于人的观念，一种宝贵的信念，"相信人在同自然的斗争中，同一切非人力量的斗争中具有不可摧毁的力量"。①

希腊小说的主人公们，内心不仅恒定，而且单纯、单一。与布满了心理纹路的现代爱情故事很不一样，希腊小说虽然讲述的是爱情故事，其主人公却大都"不谈恋爱"，他们一见即钟情，之后便忠贞不渝。他们眼里只有对方，但他们并不热衷以有形的言辞表达浓情蜜意，即便在没有分离的时候；这完全不是因为他们不善言辞，相反，就像史诗、悲剧中的人物，甚至就像希腊那些好辩论的哲学家们一样，这些小说主人公也常会发表大段议论，可关于爱情，他们几乎只会诉说一种心绪：忠诚。

《以弗所人》的女主人公安提雅告白："哦，我的丈夫，经过这么多年的漂泊，从陆地到海洋，我终于又找到了你！我一次次逃过了强匪的威

---

① 以上两段内容参见［苏］巴赫金《历史诗学概述》之一《希腊小说》，载钱中文主编《巴赫金全集》第三卷，白春仁、晓河译，第291—293页。巴洛克小说对希腊小说的承继是明显的，巴赫金接下来讨论了"考验"这一思想及其对叙事的"组织作用"在巴洛克小说及至20世纪初的欧洲小说中的变化；同参巴赫金在《长篇小说的话语》（载《巴赫金全集》第三卷）第5章中关于巴洛克小说的讨论。

巴赫金对希腊小说主人公行为特征的概括（毫无变动、绝对消极）确有些过于绝对：在妻子"亡故"后，舍利亚斯善妒的心性虽未根除，却多少得到了抑制，在得知妻子再婚后，他虽有妒意，但更多是沉浸在伤感之中；他虽知路途艰险，却毅然出海寻妻，后又愤然投身埃及一方、对抗波斯，这也都是极具主动性的行为。然而，希腊小说的主人公们也确如巴赫金所说，不会发生明显的变化，面对命运的打击，整体上是消极的，痛哭几乎是他们应对灾祸最重要的方式。

胁、海盗的圈套、人贩的凌辱，挨过了牢狱、陷阱……甚至被投毒、埋进坟墓。但我今天回来了，哦，亲爱的阿伯考姆斯，我生命的主人，我还像当年从推罗被带走、被迫离开你时一样，没人能使我背叛我的诺言。"①

　　内心的单一与恒定令希腊小说主人公们的爱情显得极度缺乏现实感，令他们的内在世界本身显得空洞。与此伴随的，是小说中的外部世界在去历史化的同时，不具有足够的辨识度。事实上，小说人物常会在波折的人生中涉足广阔的地域，但小说很少会描述某个地点（无论是人物的家乡，还是异乡）具体的自然风貌、政治气候、风俗民情、建筑风格等，叙事几乎仅限于介绍一下这个空间的所属类别（山地、海洋、宫廷等），偶尔会交代些细节。希腊小说中，内、外在空间同时呈示出的模糊，是巴赫金所说的"抽象"的另一层语意。

　　巴赫金感慨道，这些小说中的外部世界"没有任何作者家乡世界的影子，没有作者当作出发点的那个世界的形象"；对人物而言，无论是故乡，还是异乡，外部世界总是"抽象的别人的世界"，"彻头彻尾的他人的世界"。对这一叙事事实，他着重从创作论的角度进行了解释。

　　他将小说中命运对人类生活的干预（表现为各种"巧合"）称为"机遇"，认为在这一时空体里，由于"主动权和决定权只属于机遇"，叙事中外部世界"确定性和具体性的程度"就只能是极为有限的。地域、经济、政治、习俗，任何一方面的具体化都会带来"自己的规律性"、"自己的规矩"或"必然联系"，一个具体的世界必然会"大大地限制机遇的权力"，事件的展开将不得不被这些规律、规矩、必然联系牵绊；如果作者们按照自己的家乡、自己熟悉的世界来虚构小说中的外部世界，具体化就是无法避免的；只有在一个抽象的世界里，"偶然的绝对权力"才会不受限制——"劫持、逃跑、俘获、解救、假死、复活以及其他传奇事件"才能"以惊人的快速和轻巧"接二连三地发生。

　　他准确地指出，希腊小说中地点与叙事之间，仅仅是一种"机械性的抽象联系"，那些地点并不真实地参与叙事，仅仅是为情节提供"粗略空洞的场所"，加之，事件在内、外在空间里最终都"不留痕迹"，小说里的地点、"时间序列"便都具有"移易性"——事件发生的地点和顺序都是

---

① Xénophon d'Éphèse, *Les Ephésiaques*, trad. Georges Dalmeyda, Paris: Les Belles Lettres, 1962, pp. 75–76. 译文由笔者译出。

可以调整、置换的，在本质上，事件、"传奇片段"都可"易时而出"。①

巴赫金还试图从文体的角度，来解说希腊小说中内、外在空间同时抽象化的成因。他提到，希腊小说的主人公与希腊—罗马文学此前诸文体里那种"公共的人"截然有别，也不同于旅行地理小说里那些"公共性、政治性的人物"，小说的主人公们是"私自的、独自的"，他们不关心世界，哪怕是自己的城市、家乡，同任何社会单元，甚至同自己的家庭"都没有任何重要的联系"，而这一特征与小说中"抽象的他人世界"是相吻合的——在这样的世界里，人也只能是"孤立的"，成为被遗忘在他人世界里的"孤独的人"。

巴赫金认为，希腊—罗马没有为"私自的人和其生活"提供"恰当的"文学形式，私人性的内容只在一些小型叙事（比如抒情诗、生活喜剧等）中得到了相对恰当的呈现，而在大型叙事（史诗、悲剧、雄辩）中始终嵌入得很牵强——内容与形式的矛盾突出地表现在希腊小说中。这些小说就是要在公共性的形式中讲述私己的故事，其结果，便是私人世界和公共世界都无法被充分、有效地开掘。一方面，人物的感受、行动"没有任何社会政治意义"，但他们却总像"雄辩体和历史体著作中那种公共性的人"那样发表长篇的"雄辩讲话"，即便是述说自己的爱情、奇遇、私密的细节，也会采用"公开的报告形式"，而不是"隐秘的自白"；另一方面，外部事物，甚至是波及众人的政治事件（战争、叛乱），只有在与人物的个人生活相关时才具有意义，才会被叙事极为有限地述及。巴赫金总结道，希腊小说就是"靠极端的抽象化，靠描写的笼统，靠舍弃一切具体的和地域性的东西"，汇合了各种"来源不同、本质不同的"成分，成为"百科性的大型体裁"，却也是"各种大型小说时空体中最为抽象的"。②

从巴赫金的评述中，我们似乎读到了他对希腊小说作者们的某种惋惜

---

① 以上三段内容参见［苏］巴赫金《历史诗学概述》之一《希腊小说》，载钱中文主编《巴赫金全集》第三卷，白春仁、晓河译，第285—287页。

② 以上两段内容参见［苏］巴赫金《历史诗学概述》之一《希腊小说》，载钱中文主编《巴赫金全集》第三卷，白春仁、晓河译，第294—297页。在《舍利亚斯和卡莉荷》中，作者明显无意花费笔墨解释埃及造反的原因、描述舍利亚斯帮助埃及人打败波斯的具体过程，造反一事被叙事提及，仅仅因为它为男主人公夺回妻子创造了契机。《洛茜珮和克里多封》中，由于富拉基亚人与拜占庭人的战争（叙事也从未交代战争的起因），男女主人公相识了，然后，这场战争便从叙事中消失了；小说尾声，男主人公因遭诬告，正被绑在行刑架上，面临被杀的危险，突然，祭神的队伍出现了，按照当地风俗，凡有祭礼，行刑便得推迟几日，主人公又一次化险为夷——此时读者才知道，战争结束了——祭礼为此而举行。

之情;他们还没有创造出契合他们讲述内容的文学形式,在叙事技巧上也显幼稚。为了传递人终将战胜困厄这一伟大信念,这些作者找到的最重要、最便捷的叙事手段,就是模糊甚至取消人物的意识(还有生理)的历史形式;他们无法令"机遇"实现在更具现实感的世界中,为了操作的便宜而将客观世界虚构为了"空洞""粗略"的,这一结果反过来强化了人物的"孤立";因为时代文体的局限,或说,因为要迁就文体的公共性,作者们不得不令"孤独的人"表现得"像个公共的人"——这限制了人物内心的表达,限制了叙事对内在世界的展陈;因为意令叙事围绕人物展开,作者们又只能对公共世界轻描淡写,令重大的历史事件在叙事中一闪而过,突兀得莫名其妙;他们欲为私己世界谱写史诗,但若不"舍弃一切具体的东西",他们便无法织构和驾驭综合性的叙事时空。

巴赫金也注意到有一部希腊小说很特别:《达夫尼斯和珂洛艾》。这部小说的主人公是一对牧羊的少男少女,故事展开在乡野山村,远离城市、宫廷。比起其他四部小说,这部小说中的事实性情节(也并未有什么新意)简略不少,叙事明显侧重于对人物内心的再现。比起其他小说中一见即定形的爱情,达夫尼斯和珂洛艾的爱情经历了一个逐渐成熟的过程:他们从两小无猜、彼此愉悦,到相互爱恋;小说还描摹了正值青春期的他们萌动的性意识、对彼此身体的好奇,相比之下,其他希腊小说主人公们的相爱和相思都太抽象了,更与肉体绝缘。

巴赫金视《达夫尼斯和珂洛艾》为"最抽象的时空体"之外的叙事,认为它是作为一种小型时空体的牧歌田园诗的变形,但他同时强调,原先的时空体在这部小说中"已经开始解体……四周已被他人的世界包围"。[①]的确,这部小说涉及的地理空间远没有其他四部小说那么广阔,但就是这样一个狭小的世界,仍是抽象的、非历史性的。可这部小说中的内在空间却明显具有现实感、历史性:两位主人公是"传记性的"人物,他们从对异性的天真无知,直至完成了"成年礼",在终结良缘之前克服了各种困扰,从生理到心理都经历了一个现实意义上的"成长"过程,虽然小说对

---

① 参见[苏]巴赫金《历史诗学概述》之一《希腊小说》,载钱中文主编《巴赫金全集》第三卷,白春仁、晓河译,第289页。《达夫尼斯和珂洛艾》是现存完整的希腊小说中最短的一部。它表达出的对健康人欲的肯定、对淳朴的乡村生活的赞美,不仅在"文艺复兴"时期,更在巴洛克和启蒙时代得到了热烈呼应,歌德亦很推崇这部小说。它的两位主人公可以说是所有希腊小说主人公中,最受后世喜爱的。

这一过程的再现仍显粗糙。这对牧羊男女的故事令我们无法不认为，那个时代的作者并非没有能力在综合各种文体叙事元素的同时塑造出丰富细密的、私己性的内在空间，取消人物的历史形式，也不是他们仅有的表达对人的信任的虚构手段。

内、外在空间在其他四部小说中是同质性的，而在《达夫尼斯和珂洛艾》中却是异质性的，这令我们不得不提问：客观世界的"变化"的确会牵扯到巴赫金所说的规律性、规矩、习俗等可能限制"机遇"权力的"具体"问题，一个趋于静止的外部世界确实可以为"机遇"的展开提供便利，可既然小说作者能够让"机遇"的叠加落实为达夫尼斯和珂洛艾个体心性、人格的成长，他为什么没有选择让命运的动作同时落实为客观世界的变化？

"一如故我"的原则并不完整地适用于所有希腊小说的主人公，却完整地适用于小说中的客观世界——这个世界模模糊糊，却显然不像主人公们那般美好，甚至很不美好，否则，哪来那么多战乱、强盗、匪患，但显然，无论是主人公，还是作者，他们都无意改变这样的世界，准确地说，他们对这个话题，不感兴趣——希腊小说对客观世界如此一致的虚构又是在表达什么呢？我们到底无力改变"自然"或那些"非人的力量"，我们能做到的，仅是在风雨中维持自身的善良和美貌？抑或，我们不该妄图改变世界？

巴赫金曾在另文中说道，希腊人的自我意识是"公开的"，整个人是"由内向外的"，"从原则上说，希腊人不知道有看不见和无声息的存在"。巴赫金此处所说的"存在"就是指人。柏拉图把思考解释为人和自己的对话，但他"绝不要求对自己采取一种特殊的态度，同自己的谈话可直接变成同别人的谈话，这里没有任何原则的界限"；"无语的内心生活，无语的悲痛，无语的思索，这同希腊人格格不入。所有这一切只有形之于外，获得有声的或可见的形式才能够存在"——"柏拉图的思想王国，也整个是看得见听得到的"。巴赫金特别提醒我们，"沉默思维"只能诞生于神秘主义的土壤，比如东方；从希腊化时代开始，"人的身上和人身以外的一系列生存领域"才转入"无声区"，变得"根本上不可能看见"；但"公开的人全面外在化"这一叙事原则在希腊化时代塑造出的文化场域中仍被视为无可厚非的——直至奥古斯丁（Augustinus Hipponensis, 354—430）的时代，从有声至无声的转变仍未完成，我们不应忘记，希坡教父的《忏悔录》在当时是不应默读,而应当众宣读的。①

就如荷马笔下的人物,希腊小说中的人物也常当众痛哭,舍利亚斯这样的将门之子甚至动不动就当众号啕,揪头发、扯衣服。"文体"既然没有限制人物当众展示他们的脆弱和痛苦,又怎会限制人物披露自己的爱情心语?现代读者会认为"演讲"式地坦陈私密情感是很不恰当的,但即便在不恰当的形式中,人物的内心褶皱也可以在一定程度上得到呈现。不恰当的形式会减损内容表达的有效性,却无法限制人物或作者表达的意愿:那对牧羊男女裹挟着生理欲念的爱情心绪就是通过多少具有演讲、报告气质的告白(或作者的陈词)来表达的。所以,其他希腊小说的主人公几乎从不"报告"他们的爱情心迹(他们第一次相遇时到底被对方的哪里吸引,在相思时,又想到对方的什么),只可能是作者们的刻意所为。

希腊小说与现代读者的阅读习惯相去甚远。当时的人们为何会喜欢那个抽象、静止的世界?他们为何会喜欢那些超现实的、扁平的人格形象——那些不谈恋爱的爱情主人公?这些主人公为何都那般美貌?他们又为何总会一见即钟情?"一见钟情"在之后漫长的世代里都支配着西方文艺叙事对爱情发生形式的基本想象——难道西方世界的作者们都在图方便?历史事实令我们无法将西方人对一见钟情的"钟情"简化为叙事的便宜之选。

巴赫金在讨论希腊—罗马的"自传"时提到,这些既面向着作者自己,更面向着社会、国家的"自传",在展现希腊—罗马人的"公共自我意识"的同时,常直截了当地提出某种"品格教育和文化教养的理想",比如伊索克拉底(Isocrates,前436—前338)的自传。② 事实上,文学很早就在希腊世界里等同着"教育/教化"($παιδεια$/paideia),写就第一部希腊文学史的卡利马库斯(Callimachus,约前305—前240)就将他的这部著述命名为《那些受过完整教化的人的名单》(*Lists of Those Men Who Have Excelled in the Entire Paideia*);荷马史诗长久以来都是古希腊学校里的"教材",瓦尔纳·耶格尔(Werner Jaeger,1888—1961)指出,"早期希腊教化的模子"就是荷马,后来,希腊教化逐渐涵纳了整个广义的文学,直至

---

① 参见[苏]巴赫金《历史诗学概述》之三《古希腊罗马的传记和自传》,载钱中文主编《巴赫金全集》第三卷,白春仁、晓河译,第321—323页。

② 参见[苏]巴赫金《历史诗学概述》之三《古希腊罗马的传记和自传》,载钱中文主编《巴赫金全集》第三卷,白春仁、晓河译,第325、328页。

包含了哲学。①

无论柏拉图如何看待诗人，文学应承担起教化世心、规范社会生活的功能和责任，这是希腊（化的）知识者们对文艺叙事普遍抱持的期待；希腊小说的作者和人物的陈词都明显表达着教育读者的意图。所以当我们试图理解希腊小说时，应认真考稽小说可能传递的具体的教化内容，以及对这些内容的接受心理。"教化"也将构成我们以下讨论的一个线索。

事实上，直至目前，这仅存的五部完整的希腊小说确切的成书时间，我们都无法完全实定。一方面，小说对其形成的历史环境的再现（那个模糊的客观世界）提供给我们的可资稽查的物质性线索极为含糊；另一方面，关于这些小说的作者们，我们的所知也非常有限。

《埃塞俄比亚故事》结尾交代，其作者 Héliodore d'Émèse 是艾摩萨的腓尼基人 Théodose 之子，太阳的后裔。Héliodore 的希腊文语意是"太阳的礼物"，但"腓尼基人"在当时也是"阿拉伯人"的混称。根据小说多少散露出毕达哥拉斯主义的色彩和爱奥尼亚地区太阳神崇拜的信息，后世推测该作者可能生活于3世纪下半叶。《达夫尼斯和珂洛艾》的作者 Longus 和《舍利亚斯和卡莉荷》的作者 Chariton，二人的身世更加难考，现有的研究模糊推断，前者可能生活在二三世纪的萨摩斯岛（Samos）一带，后者大概生活在2世纪的小亚细亚。有位亚历山大里亚的学者（*Isagoge ad*

---

① 参见［德］瓦纳尔·耶格尔《早期基督教与希腊教化》（该书注释编号随章更新），吴晓群译，上海三联书店2016年版，第7章，第55页，以及章注11、12。下文在引用该书时会对照其英文版（*Early Christianity and Greek Paideia*, Cambridge, Massachusetts: Belknap Press, 1961）对中译文稍做调整。

Paideia（其对应的拉丁文是 humanitas）既意涵着教育、教养，也有文化的语意。在耶格尔看来，相较于其他文化板块的教育观念，"希腊教化"的"独一无二"之处在于，"它不仅关注人的发展过程，而且，也将学习对象的影响考虑在内，学习对象就扮演着模子的角色"——但这样的"内涵"恐怕未必是希腊教化独具的。虽然在智者派之前，鲜有人使用"paidiea"这个术语，耶格尔在其影响广泛的《教化，希腊文化理想》（*Paideia: The Ideals of Greek Culture*，该著德语原名 "Paideia, Die Formung des griechischen Menschen" 直译应为"教化：塑造希腊人"）中，将"希腊教化"这一理念的形成延伸至荷马时代的做法ράκεινε可商権的空间，但荷马也的确在智者们之前就承担起了"教育者"的角色。希腊小说的叙事形式、"口述"痕迹等都说明作者们在有意模仿荷马。在耶格尔，这一事实还说明直至希腊小说流行的年代，荷马keuring化，这一观念仍未失效（参见［德］瓦纳尔·耶格尔《早期基督教与希腊教化》，吴晓群译，第4章注释11）。

《早期基督教与希腊教化》是耶格尔晚期的一部短篇著述，意在梳理分析希腊的教化理念如何影响了基督教意识形态的建构，后者又是如何丰富、变造了教化的语意。在关于希腊思想与早期基督教的关系纷纭的研究中，这部著述以其精当、扼要的落笔显得独树一帜。

Arati Phænomena 的作者）与《洛茜珮和克里多封》的作者 Achille Tatius 同名，但我们无法确定这位学者是否就是小说的作者。至于《以弗所人》的作者——以弗所的色诺芬（Xénophon d'Éphèse），我们甚至不知道色诺芬这个名字是否是作者的真名，他又是否真的来自以弗所。

现实的研究困境决定了我们对希腊小说的讨论首先应倚重文本本身来展开，它们是我们在这一困境下最可靠的依据。这一具体的困境同时意味着，为了理解这些文本，对它们流行时期的精神语境的参考、对它们可能的精神渊源的考察，就绝不是可有可无的了。

二 "一见钟情"的背后

希腊小说与之前的希腊文艺叙事一样热衷谈论命运,这一连贯、相似的叙事事实也许能为我们提供一些线索。事实上,如果我们沿着历史顺序观察就会发现,从史诗、悲剧至希腊小说,制定、传言命运的神祇,以及传言的形式和内容都发生了一种愈趋抽象的变化。

《奥德修纪》中的诸神不仅有名有姓,且在叙事中呈现为人形形象,他们不仅以陈词传言命运,还以具体的人形动作践行命运的安排。宙斯命赫尔墨斯向卡吕蒲索传旨释放奥德修,雅典娜在英雄漂流到斯克里亚岛之前,幻化成腓尼基公主瑙西卡的闺中好友,劝她去海边浣洗嫁衣,以便英雄在漂流至此时有人施救,等等。这些直接影响英雄人生的"幕后"行为被叙事呈现,成为叙事的内容,从而,即便当事人不明白为何会在某时某地遇到某人某事,观众/读者却是清楚的。而《俄狄浦斯王》中的福波斯却从不露面,无论他是否也是命运的制定者,人物只能见到他的祭司;普罗米修斯是洞悉命运安排、发布传言的神族先知,但《普罗米修斯》中制定命运的莫伊拉(姐妹)却与福波斯一样,从不显身。希腊小说中的神祇就更加神秘了,执掌命运的他们不仅无形,除了发布预言,没有任何可见的动作,而且大多时候"无名":人物在梦中接到神示时,通常只模糊地称传言者为"女神"或"神灵"。①

《奥德修纪》中,无论是忒瑞西阿斯的魂灵,还是宙斯、缪斯,他们发布的预言,无论对奥德修本人,还是对听者或读者来说,都是清晰、具体的"大白话"。宙斯曾言,奥德修离开卡吕蒲索后,将在海上漂泊二十天,抵达斯赫里(斯克里亚岛),那里的腓尼基人会像对天神一样敬待他,

---

① 相较其他几部希腊小说,《达夫尼斯和珂洛艾》中制定、传言命运的神灵是明确的:山林三女神和爱神厄洛斯。但人物在梦中见到他们时,也认不得他们,叫不出他们的名字。

赠他以金铜和衣裳,并用船助他归返故乡。而《俄狄浦斯王》中"弑父娶母"的预言不仅未明示"弑"与"娶"将在何时何地发生、怎样发生,更未说明这个"父"与"母"到底是谁。命运的传言虽遍布小说的角角落落,却更加令人费解。

卡拉西里斯曾讲到神庙传出的话:"'天然的美色将享受荣名/德尔斐啊,女神之子与她同行/离开我的神庙,劈波斩浪/奔往黑色的土地,炎热之乡/他们将在那里获得伟大的奖赏:/白亮的冠冕戴在晒黑的额头上'。(分段)神谕就是如此,将在场的人通通打入五里云雾中:他们弄不明白它的意思。有的这样理解,有的那样理解,每个人都按照自己的想法解释这预言,可是谁也没有触及到它真正的含义……"①

连先知都无从破解神谕,更何况凡俗人等。当然,至小说结尾,大家都会明白,这如史芬克斯谜语一般的神谕是在预告男女主人公后来的辉煌人生。希腊小说中,人物不仅无法听懂命运的预言,甚至还会完全曲解。②

就像在《俄狄浦斯王》和《普罗米修斯》中,小说中,人物与命运之间,施动方也是命运。当命运的传言对于人物来说过分模糊时,人物便很难对命运的示意做出针对性的反动作——卡拉西里斯试图以逃避来摆脱命运的安排,这样的行为在整个希腊小说的叙事版图中是极为罕见的——面对不见首不见尾的命运的权属者——那些无名无形的神灵,面对大多时候听不懂的命运的预言,小说人物能做什么、能怎么做呢?③ 希腊小说主人

---

① 《埃塞俄比亚故事》,载《希腊传奇》,陈训明、朱志顺译,第326页。

② 德亚根曾在梦中听到一个声音(似乎是卡拉西里斯)对他说:"你将同少女一道去埃塞俄比亚人的国家,天刚放晓,你就会将阿尔萨珂(孟菲斯总督的夫人)的束缚抛下。"德亚根以为,"埃塞俄比亚人的国家"是指"地下的亡灵国","同少女一道"是指"我将同地狱女王泊尔塞福涅一道","把束缚抛下"意味着他将离开人世(参见《埃塞俄比亚故事》,载《希腊传奇》,陈训明、朱志顺译,第471页)。但事实上,梦中的声音是在告诉他:他第二天就能逃脱对他一见倾心、企图占有他的阿尔萨珂,与卡丽克莱一道去往埃塞俄比亚。

③ 希腊小说中命运的预言有两类,主要的一类描述着人物将来的际遇,另一类较少,更近似"命令"。而无论面对哪类预言,人物大多时候都会感到迷惑不解。达夫尼斯娶妻心切,却苦于没有聘礼,山林三神女告诉他在海岸某处藏着个钱袋,可为他解燃眉之急,他"按梦索骥"果然找到了钱袋。

另一故事中,卡拉西里斯在梦中听到神灵对他说:"你该回祖国了。因为命运的法则就是这样宣示的。所以,你得走,并且收下他们(这里是指德亚根和卡丽克莱),成为他们的同伴,把他们看作你的子女,将他们带离埃及,以神灵高兴的方式带到神灵指示的地方去。"可面对神的指示,先知却自问:"应当把这对年轻人带到哪个国家去才符合神灵的意愿呢?我始终弄不明白。"(《埃塞俄比亚故事》,载《希腊传奇》,陈训明、朱志顺译,第338—339页)

公整体上表现出的"极其消极、被动"的行为特征，在文本范围内的一个直接成因显然是命运或曰神的抽象化。

同时，神话和史诗中的"命运"一词基本等同于"死亡"，"命运"一词所关涉的最主要的内容，就是人物生命终结的方式、地点、时间，此时命运的语意趋于狭义；至悲剧，命运的权涉范围已然扩大；而在小说中，命运的狭义语意明确消失了——"要是没有命运之神，世上什么事情也不会发生"——且不论小说主人公们在文本范围内都是不老的。卡拉西里斯在回顾一次海难时说："大海没有让我们体面地死去，而是将我们赶到陆地上，让我们等待比死亡更可怕的命运……"① 小说中的命运不仅没有改变的可能，且其权限远远超越了死亡，涵涉了整个历史——成了全权的——如果在人物眼中，命运决定了一切，且是绝对的，他还会主动地做出什么反动作吗？而如果人物仍存侥幸之心，比如卡拉西里斯，在看到逃避根本无效后，消极，也将是其面对命运、神灵时，合乎逻辑的伦理姿态吧。

卡尔·波普尔（Karl R. Popper，1902—1994）认为，在荷马口中，"历史是神的意志的产物。但荷马的诸神并不制定历史发展的普遍法则。荷马试图强调和解释的不是历史的统一性，恰恰相反，是历史没有统一性"②。亚里士多德（Aristotle，前384—前322）说，类似史诗，悲剧是对"一个严肃、完整、有一定长度的行动的摹仿……摹仿的方式是借人物的动作来表达"；但悲剧更具完整性，动作、情节更具"整一性"（《诗学》，章6—8）。③

普罗米修斯或俄狄浦斯父子虽会与奥德修一样，针对命运的动作（传言），主动地做出反动作，这些反动作却明确地成了命运的安排：普罗米修斯主动"服刑"是在践行命运对他的安排；俄狄浦斯如果不主动逃离科林斯，又怎会"碰巧"杀了生父。观众通过目睹由人物的局部性动作共同成就的"完整的行动"，感受到了那个决定着台上发生的一切的幕后力

---

① 《埃塞俄比亚故事》，载《希腊传奇》，陈训明、朱志顺译，第395页。
② ［英］卡尔·波普尔：《开放社会及其敌人》第一卷，陆衡等译，中国社会科学出版社1999年版，第29页。
③ 参见［古希腊］亚里士多德、［古罗马］贺拉斯《诗学 诗艺》，罗念生、杨周翰译，人民文学出版社1982年版。为方便读者，本书在引用哲学、神学原典时，将尽可能随文标注章、节、行等信息。

量——命运——悲剧情节的"整一性"建基于命运,舞台上的历史统一在命运中。希腊小说常被后世称为散文化的史诗,但小说中的历史与《俄狄浦斯王》《普罗米修斯》中的历史一样,具有完整的统一性,彻底成了神的意志的产物。因为欢乐的结局,希腊小说不会令观者陷入"悲悯与恐惧"中,但这些小说显然实践着《俄》式、《普》式悲剧的叙事法理:以对"可见的"人物动作的模仿,实现对"不可见的"命运的再现。①

史诗英雄和悲剧人物做出的反动作无法改变命运,却使人物与命运之间维持着一种虽不对等而双向的运动关系。但希腊小说中的人物几乎不再针对命运主动地动作,于是,命运与人物之间的关系彻底变成了单向的,这意味着,此时叙事对人物动作的再现,更加直接、完整地成了对命运的再现——希腊小说叙事的实质内容就是再现命运向人物展开的一系列动作如何造成了人物的苦难,又如何达成了人物最终的幸福。这令我们不得不认为,希腊小说即便在传言着对人的信心,也同时在传言着对超越历史的全能的神灵、命运的信任。能够"高雅又理智地承受命运打击"的卡丽克莱说:"若是信任神灵,我们要么会幸运地获救,要么会从容地蒙难。"②如果人物这般信任命运、神灵,"消极、被动"便是合情合理的。

泰勒斯(Thales,约前624—前547)已提出了万物同源的猜想(万物的基始是"水"),但照亚里士多德说,克勒封的色诺芬尼(Xenophanes of Colophon,约前570—前480)"原是一元论的创立者",他视"一"为神(《形而上学》,986b20—25)。③ 色诺芬尼借着对荷马和赫西俄德的反思,展开了对神人同形的批判,他主张神不仅不像人,且神是唯一的,永在一处、永无运动,以"努斯/理智"(nous,源于动词noein,思考)主宰着一切——自此,希腊的哲学神学开始与民间的神祇崇拜拉开了距离,希腊世界开始被"启蒙"了。

巴曼尼德斯(Parmenides,约前515—前450)对当时自然哲学仍整体上专注于追究万物的物理性原点颇不认同,在他看来,既然宇宙的本原必

---

① 在希腊小说(比如《达夫尼斯和珂洛艾》《埃塞俄比亚故事》)中反复出现的一种情节结构——父母基于某种原因,抛弃新生儿,或将之托他人抚养,之后,机缘凑巧,父母终得与孩子相认——还会令人们很容易联想到"新喜剧"中的一些故事,比如,米南德的《萨摩斯女子》《公断》。

② 《埃塞俄比亚故事》,载《希腊传奇》,陈训明、朱志顺译,第413、473页。

③ 参见[古希腊]亚里士多德《形而上学》,吴寿彭译,商务印书馆2016年版。

是稳定不变的，而可感世界中没有一物是不变的，那么本原只能在历史之外，这个本原便是"存在"，它永恒、不变、完满。"存在"的提出将历史性、物理性的"原点"变造为了逻辑性的"元点"。①

根据巴曼尼德斯诗意的描述，存在与"真"同一，"非存在"（ουκεστιν/μηεου/meiειναιε）则与可感的、变化的生灭事物通约，也与"假"同义；恒常的"存在"是"知识"成为可能的绝对前提，存在无法被感性把握，能且只能在理智的思考中被把握，所以，存在与智思是一回事。他在《论自然》中将认知区分为"真理之路"与"意见之路"：以无常的可感事物为对象、以变化的经验为依据而形成的认知即为"意见"，其必纷杂不一，而理智思考的对象则是存在，关于存在的认知才是真实的、与世界本相同一的知识——此为"真理"。至苏格拉底（Socrates，约前470—前399），存在，开始具有事物本质规定性（即"是什么"）的含义，存在与非存在，开始对应地具有了较为明确的本质与现象的语意。苏格拉底认为，万物的"本元"是"善"（Agathon），所以，"真理"不仅事关客观自然，而根本事关道德——"知识即德性，无知即罪恶"是苏格拉底留给后世的重要遗嘱——理性的"真理之路"由此为现象世界支起了道德的航道，可感世界伦理形式的根茎立植在了不可感的本质世界。

希腊哲学神学基本的演进轨迹便是将真、善与理性联姻，并将三者导向至上的存在：神——从《会饮篇》至晚期的宇宙论，柏拉图（Plato，前427—前347）还逐步将神等同于了完善的"美"；至斯多亚派的克雷安德（Cleanthes，前331—前232）等，希腊哲学在一神论轨迹上的探索已蔚然可观。我们不太确定这些探索和在希腊化初期进入希腊人视野的犹太思想到底怎样影响了希腊世界的民间信仰，但可以肯定的是，在使徒保罗（3/5—67）的年代，希腊人对一神崇拜已不陌生；保罗在雅典看到一座神坛

---

① "存在"这一概念的形成与印欧语系特有的系词结构密切相关：当主语与表语不断变化时，系词却是稳定的。巴氏所说的"存在"（to eon）是希腊语中系动词"是"（eimi）的中性动名词，而柏拉图和亚里士多德等人则更多地使用其中性现在分词 to on。事实上，巴曼尼德斯对万物之原的抽象化还并不彻底，"存在"还被他比喻为某种圆球；但巴氏明确表达出的对物质世界的探究必须超越物质性的开创性主张，的确从根本上焕新了希腊的哲学思考。埃利亚的芝诺（Zenon Eleates，约前490—前436）坚决捍卫着"存在为一"，而恩培多克勒（Empedocle，约前495—前435）则主张"存在为多"（万物本原为"四根"）；阿那克萨戈拉（Anaxagoras，前500—前428）认为，万物的物质性本原是"种子"，而万物的动力因则是精神性的实体"努斯"——这一猜想为苏格拉底至亚里士多德的形而上探索奠立了重要的理论基础。

上写着"未识之神"(《使徒行传》17：16—22)。当希腊的知识者在希腊化初期的亚历山大里亚真正接触到犹太教时,他们对犹太先民在那般早远时就判定宇宙具有神圣一体性,由衷赞叹,"因为希腊世界直至当时才达到这样的思想高度"。① 而希腊小说中命运、神灵全权化和抽象化的叙事事实,或许也多少折射出一神论的思想在基督教于罗马帝国合法化之前,在希腊化了的世界里的影响。

* * *

《埃塞俄比亚故事》中,祭司卡拉西里斯这样赞美埃及的智慧,"这种智慧面对上苍,与诸神交往,领悟优秀人物(即诸神)的本质,体察宇宙星体的运动,能够预见未来的事情",祭司及所有神职人员自小的必修课就是学习这种智慧。②

很有趣的是,在柏拉图晚期创作的《蒂迈欧篇》中,老祭司对先哲梭伦说,承袭着远古希腊人的传统,埃及人极为重视"智慧","重视理解宇宙秩序,重视从神那里学习各种技艺,以用于人类事物,重视预言……"(24C)③

我们该如何理解小说与虚构性的哲学对话中出现的如此类同的陈词呢？

卡拉西里斯说:"我们明白灵魂是神圣的,与上苍相近。这对青年男女才互相看了一眼,就爱上了对方……他们四目相对,彼此久久打量着对方,像是在回忆他们在什么地方见过,还是从来不相识。"④

先知为何在谈论爱情时,先讲灵魂？灵魂是什么,又为何是"神圣的"？

关于宇宙的形成,柏拉图在《理想国》中是这样描述的：可感的同类事物都来自于一个共同的、不可见的"理型"(eidos),是这一理型的模本,是"影/像"(image)；理型是一,模本是多；理型是完美的,可感物

---

① 参见[德]瓦纳尔·耶格尔《早期基督教与希腊教化》,吴晓群译,第16—17页；同参第4章,第22页,以及章注3。
② 参见《埃塞俄比亚故事》,载《希腊传奇》,陈训明、朱志顺译,第342页。
③ 参见[古希腊]柏拉图《蒂迈欧篇》(*Timaeus*),谢文郁译注,上海人民出版社2005年版。4世纪的卡尔齐迪乌斯(Calcidius,生卒具体时间不详)将《蒂迈欧篇》的三分之二由希腊文翻译成了拉丁文,并加以评注。残缺的《蒂迈欧篇》成为之后800多年中,拉丁基督教世界里唯一留存的柏拉图的文本。
④ 《埃塞俄比亚故事》,载《希腊传奇》,陈训明、朱志顺译,第333页。

是残缺的。此时,"神"被称为"手艺人"(Artificis),是他最初创造了唯一、完满、同一的理型,即"善","善本身不是实在,而是在地位和能力上都高于实在的东西"(509B)。具体的可感万物的型均来自"善",后者是最高级别的型。在接下来的讨论中,我们将"善"(和与之等价的存在)称为"元型",将其他的理型称为"原型",以示区别。[①]《理想国》中,关于模本到底是如何生成的,柏拉图语焉不详。他在后来的《巴曼尼德斯篇》中提出,可感物的生成、模仿的发生即是对型的"分沾""分有"(methexis)。[②]

至《蒂迈欧篇》,柏拉图意图向我们描画出一幅完整的宇宙生成图示,

---

① 参见〔古希腊〕柏拉图《理想国》,郭斌和、张竹明译,商务印书馆2015年版。关于"eidos"(早年的英译常为idea),中文对之的翻译不一。朱光潜认为,从希腊语词源上讲,idea这个词"泛指心眼所见的'形相'(form)。一件事物印入脑中,心知其有如何形相,对于那个事物就有一个idea,所以这个字与'意缘'(image)意义极为相近。它作普通词语用时,译为'观念'本不算错……(但是)柏拉图只承认idea是真实的,眼见一切事物都是idea的影子,都是幻相。这匹马与那匹马是现象,是幻相,而一切马之所以为马则为马的idea……不因为有没有人'观念'它而影响其真实存在,它不仅是人心中的一个观念,尤其是宇宙中一个有客观存在的真实体……所以它不应译为'观念',而应译为'理式'。意思就是说某事物所以为某事物的道理与形式"(朱光潜:《朱光潜全集》第9卷,安徽教育出版社1993年版,第225页)。从《巴曼尼德斯篇》(〔古希腊〕柏拉图著,陈康注译,商务印书馆2013年版)开始,柏拉图便不再将eidos视为静止的,至《蒂迈欧篇》,柏拉图明确将eidos理解为一种运动的几何数关系,据此,谢文郁主张以"型"代替"形",将eidos翻译为"理型";景昌极亦将"Doctrine of Ideas"译为"理型说";而邓晓芒考虑到eidos的认识论功能,仍倾向将之翻译为"理念"。本书采用"理型"这一翻译。

② 但其实,《巴曼尼德斯篇》亦未清楚说明"分有"的具体展开过程,亚里士多德嘲笑柏拉图所谓的"分有"不过是"诗喻和虚文"(《形而上学》,991a21)。《理想国》中,"手艺人"制造了均善的理型,并以此控制万物,这样的猜想引致了一系列的麻烦:既然理型均善,如何解释可感世界中的恶?既然"可感的"必据自"不可感的"而生,可见的恶只能来自于不可见的恶的型,那这是否意味着型非均善?而恶的型又从何而来?难道也来自于创造了完满的"善"的"手艺人"?抑或,"善"并非万物的"本元",即唯一的元型?归根结底,神是否需要对恶负责?为了应对这些麻烦,柏拉图在《巴曼尼德斯篇》中省略了"手艺人",并承认之前的理型论必将引致"无穷后退论":任何事物都是由对"相"(陈康译语,即型)的"分有"而成,"任何一件事物不能是类似相,相也不能类似其他事物;不然在一个相旁边将要永远出现另一个相。如若这一个也类似任何事物,将再有另一个出现,新的相永远产生,无一时停止"(133A;详参127E—135A)。但他同时借巴曼尼德斯之口说,如果我们不承认每类事物具有"恒久同一的相",我们就会无法思考,并会完全丧失研究哲学的能力(135B—C)。
神的存在是"模仿说"这一对事物生成形式的解释框架内在的逻辑需要,没有神,模仿性生成的第一动力便无着落。为了杜绝对神的质疑,哲人在《蒂迈欧篇》中再次启用神时,首先即意图通过强调这个神的完善性,以阻断"无穷后退"的可能:至上之神保证着模本在最大限度内与原型相似,令模本的产生不再需要另一个型;同时,他不再认为神是于"无"中造出了理型,后者与神一样是恒在的;关键是,此时的哲人视理型为良莠不齐,这是他克服之前"理型均善"的构想必然引致的逻辑悖谬的一个重要步骤,也为其接下来令神与恶摆脱干系提供了逻辑伏笔——造物者的"创造",其本质形式是"选择",在既有的型中选择最优的。本注参考了《蒂迈欧篇》"附录二",谢文郁《载体和理型》之四"模仿说难题",第129—132页。

他在该篇中将之前的"手艺人"改称为了"造物者"(Demiurge)——"永恒的(eternal)完善者"。哲人这样说,完善者是绝对公正的,"他不偏待某些事物,希望一切事物都尽可能像他一样,这一点乃是创造万物和这个宇宙的真正出发点"(29E)。造物者首先以其"永恒智慧的本性"为据,创造出了不可见的"宇宙灵魂","这灵魂遍布于天体的中心和边缘,把天体包含在内,做自我运动,引发了永不间断的有智慧的生命",这灵魂是造物者创造出来的"最好的东西",是最像造物者本身的存在,内含着"理性"与"和谐",是"永存的"(36E—37A)。[①]

直至希腊自然哲学的高峰德谟克利特(Demokritos,前460—前370),灵魂仍没有摆脱物质性的属性,在这位哲人眼中,灵魂是由极精细的球状原子构成的;而柏拉图则明确将灵魂视为一种非物质性的精神性存在。"灵魂"(ψυχή)本意为"能呼吸的、有生命的"。柏拉图在《蒂迈欧篇》中,以其天才的想象力将造物者创造宇宙灵魂的过程还原为了连续、和谐

---

① 苏格拉底之前,还流行着多个宇宙的猜想。《蒂迈欧篇》则努力论证:造物者的完善性保证着、决定了宇宙的唯一性。根据《理想国》中的模仿说,一个型可以是若干模本的依据。但《蒂迈欧篇》提出,造物者因其完善本性,不会允许不完美的模本——其他宇宙出现,造物者只会用完善的"模式"(该篇中的"模式"与理型具有相通的语意)来造宇宙。作为结果的宇宙是"最完美的",造物者便是这"最好"的原因(29A);宇宙的唯一性本身就是神之完善性的证据(31A—B)。

《蒂迈欧篇》提出了三种永恒的存在:造物者、理型和载体。"它(载体)是承受一切形式的铸造材料,由它所承受的各种形式所改变,所表现,并因此在不同时候看起来不一样"(50C);柏拉图打了个比方,"我们把载体称为母亲,把生成物的来源(理型)称为父亲,合二为一则是孩儿"(50D)。载体无形无性,否则便无法完整地呈现"压印"其上的"形式"(50E)。"形式"是指理型压印到载体上留下的痕迹,其与理型的含义稍有不同(参该篇注释40、41)。"载体"与"空间"(即"一切生成物运动变化的场所",52B)基本等同。在造物者介入之前,载体经过某种"过程"变为了"混沌"(哲人并未明言这个"过程"具体是怎样的),"混沌"是载体尚未被理型"正式"压印的状态。理型是可感物的性质根源,混沌的载体构成着其物质性来源。

继承着恩培多克勒的猜想,柏拉图认为宇宙的基础四元素是火、水、土、气。《蒂迈欧篇》解释道,原初时并没有这样东西,只有些"有点像而已"的东西,它们在被整合之前,虽已在某种类似簸箕筛选谷物的过程中,因轻重不同,依据相似者聚集、相异者相离的原则而"各占一处",但"它们都没有比例和尺度",是造物者"赋予了它们形式和数,让它们拥有了独立的结构……尽可能完善起来,摆脱它们的混乱状态"(52D—53C,同参69B)——这一"状态"对应着"混沌载体"。具体而言,造物者选择了两种原始直角三角(一个等腰直角,一个长边平方等于短边平方三倍的直角三角),让这两个三角形成的四种绝对完善的立体当了型,将这些型压印到混沌上,分割混沌,才有了四元素。土、火、气、水的型分别是正方体、正四面体、正八面体和正十二面体(53D—54D)。

本注内容还参考了《蒂迈欧篇》注释14、注释46,以及"附录二"(谢文郁:《载体和理型》之二"载体问题")。

的数理过程,将宇宙灵魂本身解释为了某种完美的几何数关系(35A—36D)。① "造物者造了一个这样有运动、有活力的生命,就等于给不朽的(immortal)诸神立殿。"(37C)

在柏拉图眼中,星体是"可见的""天空诸神",此外,还有些"用其他方式表现自己的"(此语似指"不可见的")、有名有姓的诸神,但哲人明显并不把希腊传说中的神祇家族史当真;当全部神产生后,造物者对他们说,"诸位神灵……我是万物之父","你们都是我亲手造出来的",由于是被造者,诸神并非永恒、无生无灭,而只能"享受不朽",即有生无灭(40C—41B)。此时,可朽生物还未产生。

造物者命令诸神,"你们要像我造你们那样,按照你们的本性(即宇宙灵魂)来造这些凡物,让这个世界像个样子";语毕,造物者按照创造诸神的程序,"再次把宇宙灵魂搅合在同一的搅合器里,倒进那些没有用完的材料。这次搅合所使用的方式与前一次基本一样,但没那么纯洁。每搅合一次,纯洁度就递减一次。搅合好后,他把它划分,其数目和天上的星星一样多,这便是灵魂,每一个都有个星星对应"(41C—E)。造物者将这些灵魂播撒至各星体后,令星体(诸神)铸造可朽的身体,以形成生物(42D)。地球提供了人的身体。②

柏拉图在此描画出了一幅与《理想国》中那幅对后世影响深远的艺术模仿图示同构的、逐层衰减的宇宙创生图示:造物者/至善是宇宙的元型,宇宙灵魂是造物者的直接变体,诸神是这灵魂的一级模本,人则是诸神的直接模本,只"不纯净地"分有着宇宙灵魂,也就是这灵魂的次级模本。③

---

① 同参《蒂迈欧篇》注释18。柏拉图讲道,造好宇宙灵魂后,造物者同样以某种和谐、连续的比例关系,整合了基础四元素,把宇宙"造成惟一的、包含四种存在的、永生无恙的统一体",并"根据这统一体的本性",即包含所有,设计了"一种图形",一个完善的、涵纳所有形状的、"从中心到圆周各点均相等的"圆球形,以作为宇宙的物理性的型(《蒂迈欧篇》,31B—33B);星体也是据此一完善圆球成形的。造物者将宇宙的外表造得"绝对平滑",因为这个宇宙已不再需要他物;这个"从中心到边缘处处相等"的宇宙是"诸完善的完善体"(33C—34B)。柏拉图继承着毕达哥拉斯派提出的宇宙是球形的猜想,还将其"万物皆数"的认识发挥到了极致。

② 同参《蒂迈欧篇》注释32。

③ 在柏拉图看来,实在/型,存在于意识中,工匠正是以对之的模仿,制造出了影/像、具体的可感实物,某种"像实在(essence)而并不真是实在的东西"(《理想国》,597A);艺术也是"模仿术",但比起工匠的工作,艺术模仿的直接对象不是型,而是影/像,从而"与真实隔着两层"(597D)。可事实上,艺术直接的模仿对象是意识主体对影的印象,所以,艺术与型,其实隔了三层。同参《诗学》"译后记"(罗念生),载[古希腊]亚里士多德、[古罗马]贺拉斯《诗学 诗艺》,第112页。

但人到底分有着那"永生"的"神圣的东西"(《蒂迈欧篇》, 41D)。

苏格拉底将"德性"(Arete, 特性、品格, 同时有"优"的语意)视为人的本性: 德性来自至善的神, 由神平均分给每个人, 所以人人皆有德性。《蒂迈欧篇》在为苏格拉底的这一言喻提供几何数图解的同时, 更加巩固了理性(真)、善与美的联姻。该篇中的造物者既抽象, 又具一定人格特征, 是完备理性("永恒智慧")与完整的善("不偏待", 希望一切事物都尽可能如己般完美)的同一体, 他的这一"本性"直接体现为宇宙灵魂、宇宙的型、宇宙的生成过程都具有数学意义上的完善性——《会饮篇》中的"美的相"在《蒂迈欧篇》中获得了更多的数理依据。柏拉图说,"理性原因产生美好事物"(《蒂迈欧篇》, 46E), 而"只有不可见的灵魂才拥有理性"(46D)。显然, 在柏拉图眼中, 造物者是至善, 乃因其是至理, 灵魂区别于他物的根本亦在于理性, 或说, 灵魂的本质即理性。

作为最接近造物者"本性"的"最好的东西", 宇宙灵魂当然就是最接近至理、至善、至美的存在。柏拉图颇具诗性的理性哲思也许多少能帮助我们理解小说中的先知为何说"灵魂是神圣的, 与上苍相近", 在说到诸神时为何会提及星体,"领悟优秀人物的本质"又是指什么。

人得享宇宙灵魂, 生而内含理性, 故生而具有向善的意愿和为善的能力, 且分有着美。只是, 作为宇宙灵魂的次级模本, 人远不具有诸神才有的"优越的理性"(《蒂迈欧篇》, 40A), 故而, 人的美、善不可能与诸神齐观。但柏拉图同时告诉读者, 因为造物者的护佑, 人有可能在最大限度内近神——诸神都记得"父"的指示,"把可朽物造得尽可能完美"(71D)。[①] 希腊小说主人公在彼此和他人眼中, 简直就是下凡的神祇。

《舍利亚斯和卡莉荷》这样描述道:"她(卡莉荷)像阿耳忒弥斯, 也像金光灿烂的阿弗洛狄忒"(语出《奥德修纪》, 卷17), 她每过一座城市, 人们都倾城而出; 她第一次在巴比伦露面时, 光芒逼人,"就像漆黑的深夜突然亮起了一盏明灯……惊异无比的波斯人不由自主地向她鞠躬致敬";"她的脸和裸露的双肩泛着美丽的光泽, 她那艳丽的姿容几乎压到了荷马史诗中所有'臂膀洁白'、'两腿修长'的美女", 她的美丽光辉"令人目眩", 一些人径直"朝她叩拜", 卡里亚总督"忘情地张着大嘴, 扑

[①] 柏拉图对诸神造人之步骤的数理解说, 见《蒂迈欧篇》, 42E—43E。

倒在她面前的地上,就像突然被投石器投来的石块击中"。① 希腊小说的主人公虽被动消极,却与史诗中的很多人物一样,倒确实传递着希腊世界对人持有的这样一种信心:人虽不及神,却可能像神那般美好。

传奇的小说主人公们整体上趋于单一、颇为类同的内在世界,发表的类似的关于爱情、命运的陈言,以及共同具有的完美容颜和高尚的品行,令他们彼此间的个体性差异几乎降至极点,不同主人公的某些陈辞甚至可以互换(甚至可在不同文本间互换)而不影响叙事的成立——借用巴赫金的术语,这些主人公本身同样具有"移易性"——这些主人公只能是彼此相似的,既然他们都与美善的神相似。卡拉西里斯以"灵魂是神圣的"来"起兴"男女主人公的一见钟情,并非偶然:他们彼此"才互相看了一眼,就爱上了对方",比起庸众,与神相似的他们都有着更接近上苍的灵魂吧,相似的灵魂彼此遇见才会感到似曾相识吧。

* * *

希腊小说的主人公们对钱财、权力从来不感兴趣。除了那对牧羊男女,其他的主人公还从不语情色。反面人物则常会对主人公的英俊、美貌垂涎欲滴,但觊觎者(有男有女)终究无法亲近主人公的身体,即便后者正被其俘虏,这不仅因为后者会坚决抗拒,更因觊觎者往往会被后者的神圣光魅震慑,不敢放肆。小说作者说,"他们每个人都期望与她(卡莉荷)同床共衾"②(语出《奥德修纪》,卷1)。然而,主人公的香肩、美颜最终会令他们鞠躬致敬,甚至拜倒在地。这样的叙事事实和男女主人公没有爱情前史的、一见钟情的爱情发生形式,共同成就着主人公们"洁净"的道德形象:相遇之前,二人从未对他人起意,相遇之后,他们便忠心不改,保持着肉体与心灵一致的无沾。这些主人公不仅让我们看到了美、善的联盟如何稳立在希腊化的心灵中,还让我们明白了希腊化语境中"善"之不可或缺的内容:忠贞。

---

① 参见《舍利亚斯和卡莉荷》,载《希腊传奇》,陈训明、朱志顺译,第91、99、77页。
② 《舍利亚斯和卡莉荷》,载《希腊传奇》,陈训明、朱志顺译,第104页。卡莉荷再嫁绝非见异思迁之举,她一直不改对爱人的思念,当她以为舍利亚斯已葬身大海时,更是痛不欲生。她说服狄奥尼西按照希腊人的风俗(为失踪者建造坟墓),为"先夫"在阿弗洛狄忒神庙旁建造了一座极为气派的陵寝,"出殡"当天,场面浩大,众人惊叹于卡莉荷超凡的美貌,更被她真挚的悲情感动,与她一起恸哭。小说从未明言卡莉荷再婚后,是否与狄奥尼西行过夫妻之实,小说明确知会读者的是,卡莉荷一直在内心保持着对舍利亚斯的忠诚。

"一见钟情"具有强烈的排他性暗示,是忠贞必需的心理起点。

与巴赫金类似,托马斯·巴维尔也认为希腊小说矫正着希腊—罗马的价值坐标系,将价值的基础与标的从集体转移到了个体,《达夫尼斯和珂洛艾》突出地表明了这点,将再现的重心放在了人物内心。[1] 但同样显然的是,就希腊小说整体的叙事景观而言,这些文本突出个体意义与价值的根本取径不是对内在感性世界的关注,甚至对肉体欲望的肯定,而是虚构主人公守恒、忠贞的道德形象。《达夫尼斯和珂洛艾》虽较详细地描摹了两位主人公微妙的恋爱心绪,甚至朦胧的性心理,却也始终令他们恪守着忠贞这一道德的底线。

柏拉图说,"他(造物者)是先造灵魂,使之更老练,更有能力,从而能成为身体的主人和统治者"(《蒂迈欧篇》,34C)。不可见却意味着理性(善美)的灵魂,其伦理地位远高于可见的肉体。柏拉图的灵魂学说直接影响着斯多亚派及新柏拉图主义的知识者们,直至被变造为了基督教的基本教义:灵魂是神圣的、独立的、不朽的存在。[2]

柏拉图厌恶艺术,固然因为它远离真实,更因为艺术就是"在和我们心灵里那个远离理性的部分"、"低贱部分"打交道,所以,模仿术是"低贱的父母生下的低贱的孩子"(《理想国》,603A—C)。哲人对感性,尤其是生理欲望的不信任和蔑视,在《蒂迈欧篇》中更加浓郁。

从宇宙灵魂中分有而成的灵魂是不朽的,诸神却只能铸就一个"可朽的球体"来安置它,并用一个可朽的身体来支撑这球体;关键是,诸神还造了另一种形式的灵魂,"可朽灵魂"——不朽灵魂居于人的头部,可朽灵魂居于脖颈以下的身部,诸神用脖子间隔身体,就是以防"灵魂的神圣部分"被污染——诸神还在"空腹处","用隔膜作为屏障",就像划分

---

[1] 参见 Thomas Pavel, *La pensée du roman*(《小说的思想》), Paris: Gallimard, 2003, Chapitre I, "L'idéalisme prémoderne"(《前现代理想主义》)。

[2] 天主教四大圣师之一安波罗修(Sanctus Ambrosius, 340—397)便直言,肉体不过是灵魂的"破旧外衣",只是灵魂的工具而已(参见 Peter Brown, *Augustine of Hippo*, California: University of California press, 2000, p.75)。

柏拉图说,他是为了方便叙说,才先解释了物体性宇宙的生成,事实上,"神在造身体时,已经把灵魂造好了"(《蒂迈欧篇》,34C)。谢文郁在《蒂迈欧篇》注释19中指出,柏拉图并非认为灵魂可以脱离身体而存在(他同时举证了柏拉图在《法律篇》卷10,896A中的相关讨论),柏拉图只是从"先生统治后生"的原则出发,认为灵魂作为统治者应该是"先生"。但考虑到《蒂迈欧篇》中的灵魂转世论(下文会述及)等事关灵魂不朽的言辞,后世(包括亚里士多德)普遍认为柏拉图主张灵魂先于、独立于肉体,并不算歪曲柏拉图。

"宅内的男房女房"一样，分隔出了身部的"较高贵者和较卑贱者"；可朽灵魂是"紊乱的，且受外在制约"，因此，"它有快感"——这是最强烈的"向恶的力量"——人会受到激情、鲁莽、恐惧的侵扰，会感到痛苦，凡此都是可朽灵魂"离开善所致"（《蒂迈欧篇》，69C—70A，同参42A，91A）。柏拉图对人体各器官的功能和位置展开的充满想象的分析意在说明，人体构造是显现着神意的、具有伦理指向的设计，各器官之间彼此协调运作的根本目的，是让头部发出的理性指令能抑制并战胜来自可朽灵魂的非理性的欲念，从而令人不至彻底远离高贵。

苏格拉底斥责荷马竟然将阿基琉斯这位英雄虚构成了一个具有冗杂的多面心理的凡人，哲人甚至意欲删改史诗，"不能让年轻人相信阿基琉斯这个英雄的性格竟然如此混乱"（《理想国》，391C）。此时的柏拉图明言，心灵中理性的部分因为其平静、稳定、"永不变化"的特征而不易模仿，模仿起来也不易看懂，尤其对那些涌到剧场里的乌合之众们来说；精通模仿术的诗人们正是通过模仿容易模仿的部分，通过"激励、培育和加强心灵里的低贱部分"，通过"毁坏理性部分"而吸引观众，这会令"每个人的心灵里建立起一个恶的政治制度"，所以，良好的城邦应拒绝诗人（《理想国》，604E—605C）。

卡拉西里斯对向他邀功的克涅蒙（他自认能给祭司提供男女主人公下落的线索）说，"对于人来说，最美好的礼物乃是保持理智"。① 柏拉图若能读到希腊小说，不知是否会稍稍改变对文艺叙事的失望呢？与柏拉图不同，亚里士多德对艺术叙事怀抱期待，认为艺术尤其是悲剧可以"医疗/医治"（Katharsis）人们各种偏狭、极端的情绪和情感，令人懂得"适度"，并将之变为"习惯"，此所谓美德。②

希腊小说的主人公们总为情牵，做不到心若静湖，但他们绝不会沉湎情欲，他们不仅绝少谈情论色，而且面对苦难，也大都能做到怨而不怒、

---

① 《埃塞俄比亚故事》，载《希腊传奇》，陈训明、朱志顺译，第311页。
② 在亚里士多德看来，悲剧可以在唤起观众内心潜在的同情、怜悯和恐惧的同时，令观众学会理性地克制、调校这些情感：当他们看到人物的遭遇多少也与他们自身的行为相关时，同情和怜悯之情就会有所收敛；他们还会联想到自己也可能惨遭命运的折磨，故而心生恐惧，但这恰恰会令他们学会谨慎；而那些或因屡遭不幸，或因总被幸运眷顾而对命运已经无所谓了的观众，则会通过观看悲剧，对命运重起敬畏之心。亚氏对艺术的"卡塔西斯"功能的解说见其《政治学》（吴寿彭译注，商务印书馆2017年版）卷8章7，《尼各马可伦理学》（廖申白译注，商务印书馆2013年版）卷2章6，《诗学》章6。本注同参《诗学》"译后记"（罗念生），载［古希腊］亚里士多德、［古罗马］贺拉斯《诗学　诗艺》，第116—121页。

哀而不伤（舍利亚斯相对例外）。这些主人公应该比较接近亚里士多德、柏拉图眼中的理想人格吧。

德谟克利特不否认物质性、生理性的愉悦具有一定的价值，但他同时提出，精神的愉悦远高于肉体的愉悦，真正的幸福是精神性的，是灵魂的安宁，而实现这一安宁的关键便是懂得节制各种"历史性"欲望——亚里士多德显然认同这种幸福观。[①] 在希腊启蒙哲人们笔下，生灭世界中的人的物质属性，越来越与非理性、与恶联结在了一起。在柏拉图，"物质性"在事实上已然成了人的负担，成了人应努力抑制的恶的倾向的根源，成了人应努力摆脱的沉重桎梏——对基于身体的物质性而产生的生理欲望的厌恶，对各种自利性的社会性欲望（在柏拉图眼中，这些欲望的直接成因是人不具备完善的理性，而根本成因，是人的物质性损害了理性的完善性）的反感甚至愤怒，对历史性的贱视，对超历史性的精神性存在的渴慕，这些情绪已溢满柏拉图的字里行间——后来的基督教不仅继承，而且进一步强化了这些情绪，这令人间很难再散发出家园的诱人芬芳。阅读柏拉图才华横溢、铿锵作响的对话篇章，我们读到的不仅是作者的价值判断，还有他对人心、对人欲，极度的畏怕。

"启蒙"以来的希腊哲学叙事多少都散发着"禁欲"的气质。以模仿性虚构引领受众克服与"真理之路"相悖的、低俗的感性和人欲，走向精神性的完善，这是很多"启蒙"以来的希腊知识者对文艺叙事寄予的厚望。希腊小说出现在希腊化时代塑就的希腊文化圈的中心地带，从生理到道德形式高度完善的、趋于理性化的主人公们，显然是作者们刻意提供给读者的人间楷模。这些主人公为爱受苦，艰辛无数，令人肃然起敬，可他们却未能令读者真实地感受到爱的缠绵与甜蜜——但这正是他们内心如"山中高士晶莹雪"，不染尘埃的证明。巴赫金认为，希腊小说被文体束缚了手脚，故疏于对内在空间的塑造，但我们更倾向这样认为：没有杂念、没有奢求，忠贞不贰，有爱却抽象的内心，正是小说作者们眼中理想的人的内在形式。希腊小说是希腊"启蒙"的遗产。

这些小说当时流行四方，比起哲学篇章的读者，小说的读者恐怕更为"普通"一些；小说的主人公们固然传递着当时一些知识者的伦理倾向，

[①] 参见亚里士多德在《论灵魂》（De anima，载《灵魂论及其他》，吴寿鹏译，商务印书馆2016年版）中，对德谟克利特的复述和相关议论。

却亦能令后世的读者窥见，在一些"普通的"希腊化了的民心中，"理想的人"已与史诗时代多么不同。"与神相配"（theoprepés）的问题意识贯穿希腊哲学神学的变迁。① 透过这些被其他人物视为神一般的主人公们，我们多少可以反观到"神的形象"在希腊化的世界里已经变成了怎样的。

"禁欲"的伦理姿态针对的不仅是生理欲望，其根本上表达着对物质性、历史性世界的不满和蔑视。希腊小说中普遍存在的内、外在空间同时的抽象化，固然可能有着巴赫金提到的那些成因，但这样的虚构事实也与希腊化的目光对生灭事物、对历史世界本身的价值的忧疑，难脱干系；当我们认为比起可感的、变化的、物质性的、有始有终的，不可见的、恒常的、精神性的、超越历史的才是更真实的，我们是否会花费笔墨去详致地再现一个具体的自然空间或人间社会，是否会认为花费笔墨去描摹情感的细腻曲线或变化万端的波澜是值得的？

希腊小说对"认命""从容"的人生态度的赞许还会令读者联想到斯多亚派的主张：命运是无法改变的，面对命运的打击，人不该恐惧、忧伤，那都是非理性的情绪反应，平和、平静地接受命运的所有安排才是理智的，这是人在历史中攫取幸福的根本办法。希腊小说的主人公对敌人也能常怀恕心，这样的叙事事实和小说的禁欲倾向，也都很契合斯多亚派的伦理倡导。晚期斯多亚派的宿命论愈趋消极、悲观，但希腊小说却始终不失乐观的底色。

《舍利亚斯和卡莉荷》中有个段落颇令人好奇。卡莉荷生下与"前夫"的儿子后，与狄奥尼西一同去阿弗洛狄忒神庙祝祷，围观的众人向他们抛掷玫瑰和紫罗兰。作者说："她抱着儿子，那美妙动人的身形，至今没有一位画家画过，没有一位雕塑家雕刻过，没有一位诗人描述过，因为他们谁也想象不出雅典娜和阿尔忒弥斯（两位处子女神）能怀抱婴儿。"② 小说从未描述过这个男婴的样貌，且一直回避交代他的年龄——难道，圣母子的故事已深入异教徒的心灵？③

---

① 参见［德］瓦纳尔·耶格尔《早期基督教与希腊教化》，吴晓群译，第5章，第29页，以及章注7。
② 《舍利亚斯和卡莉荷》，载《希腊传奇》，陈训明、朱志顺译，第69页。
③ 根据《书籍总汇》和一些教会文献的记载，Thessalie 有位主教，名为 Héliodore d'Émèse，他年轻时写过一部爱情小说《埃塞俄比亚人》，Thessalie 的主教会议勒令他要么毁掉自己的作品，要么辞去主教职务，他选择了后者。据《苏达》辞书，《洛茜珮和克里多封》的作者 Achille Tatius 也是一位主教。但当代研究者对以上记述的真实性持有怀疑。

希腊小说正形成于基督教在地中海世界逐渐普及开来这样一个历史时期，我们虽很难确知希腊小说与启示思想的关系，但这些既具理性主义色彩，又宣讲着非理性的神圣预定论，且整体上贬斥欲望，尤其是生理欲望的文艺文本，的确与早期基督教在气质上很接近。① 同时，二者还明确具有思想上的交集——柏拉图——比起其他希腊哲学流派，柏拉图的学说更直接地参与到了早期基督教神学的建构中（对此，下文会述及）。在"希腊主义"（Hellenismos）的叙事版图中，希腊小说和柏拉图的篇章同时闪烁出与神性救赎思想的亲和力——这也是我们在讨论希腊小说时特别参考柏拉图的一个原因。②

---

① 卡拉西里斯曾被一女子色诱，他也颇为动心，但他为此感到羞耻甚至恐惧。他立誓，绝不允许自己屈从于欲望——他自我放逐，既是为了逃避目睹亲子相残，也是在逃避那色诱他的女人。德亚根和卡丽克莱在相处中也曾有情不自禁的时候，但二人均能及时自省、克制自己，并且相互警戒：婚前不可有任何逾矩的行为。

② 源自动词 hellenizo/λληνσθησαν（意为说希腊语）的名词 Hellenismos，其最初是指正确地使用希腊语，在避免语法错误的同时剔除表述上的粗鄙，主要是一个修辞学概念。但至前4世纪，当来到希腊的外邦人越来越多时，Hellenismos 就不仅指"像希腊人那样说话"，还指"模仿希腊的风格""像希腊人那样生活"等。后世在使用"希腊主义"这个表述时，常侧重强调其内含的理性主义的精神诉求和伦理倾向。

三　厄运、静止与循环

《埃塞俄比亚故事》中，克涅蒙这样说道："人类的命运啊，你真是瞬息万变，充满坎坷。你随心所欲把我扔进灾难的漩涡之中，如同经常处置其他人那样。你使我失去了家园，将我赶出了祖国和故乡，使我离开我亲爱的人们；又将我扔到这埃及的土地上，更不要说此前的种种遭遇了……"

主人公德亚根更感慨道："厄运随时都紧跟着我们，我们要逃到什么时候呢？让我们顺从命运，勇敢地去面对它的打击吧。这样，我们会少受一些无谓的颠沛流离和神灵的作弄。你难道没有发现，他在驱赶我们逃跑之时，又让海盗来迫害我们；在可怕的海难之后，又让我们在陆地上遭遇更惊险的处境吗……"

先知卡拉西里斯也陈言："厄运注定的天体循环改变了我们的命运，克罗诺斯的目光击中了我们家，使家境变坏了——我的智慧既不能预见这一变化，也无法阻止它。"先知还说到他经历的那次海难："大海突然发起怒来：或许，这一变化系日夜交替所致；或许，这是某种厄运所导致。"①

人物的命运之上还有一个更加具有决定性的力量，它同时主宰着星体的运动。万物同源、运动同构，自然现象理应预兆着人世的变迁，这是希腊世界里人们普遍具有的宇宙观。柏拉图亦认为，人类世界里的重大转变会同"天上发生的重大革命"一同出现（《政治家篇》，270B—C）。② 可问题是，为什么在小说人物眼中，主导星辰、世界的根本性力量被称为"厄运"？当然，鉴于这个力量总是安排毫无恶行、纯净如水的小说主人公

---

① 以上三段引文见《埃塞俄比亚故事》，载《希腊传奇》，陈训明、朱志顺译，第409、377、313—314、394页。

② 参见［古希腊］柏拉图《政治家篇》，洪涛译，上海人民出版社2006年版。

们颠沛流离，不断遭受陷害、劫掠，它的确应被称为"厄运"——可是，如果"厄运"才是宇宙、人间真正的幕后导演，主人公们终得圆满的人生结局难道也是"厄运"的安排？

我们似乎可将普罗米修斯当年助宙斯夺权算作他曾经犯下的恶行，并依此认为命运给他安排的苦难是合情合理、合法的，但普罗米修斯这位始终洞悉命运的先知何时陈言他是罪有应得？《俄狄浦斯王》中，幕后的力量更加残酷，竟然安排俄狄浦斯一家陷入那般不可理喻的惨境。这样一个悲惨的世界难道就是神意吗？无论拉伊俄斯当年犯下了什么罪行，俄狄浦斯难道应为他父亲的罪责遭受惩罚吗？如果普罗米修斯和俄狄浦斯的人生历史是神意的结果，神如何可能是善的？还有，如果一切都是命运安排的，人物/人岂不是无须为自身的行为负责？对先知、神谕系统的反思和反驳，是希腊启蒙哲学叙事的基本内容之一。正是因为看到了仍弥散在民间的对神非理性的迷拜中，潜在而又显然的渎神的危险，柏拉图毅然要让众人重温苏格拉底的疾呼："神不是一切事物的因，而只是善的原因。"(《理想国》，380C)

苏格拉底因将神等同于完备的善而被斥责发明了新神，柏拉图执拗地传继着这一信念。① 要捍卫苏格拉底，柏拉图必须为恶寻得神之外的成因。善/理性与"秩序"、恶/非理性与"无序"的联盟在柏拉图之前已经展开，柏拉图推进了这一联盟，更加明确地将无序等同于了恶。《蒂迈欧篇》这样说，凭着人的智慧，我们也该相信，"神希望万物尽可能完善而无缺陷"(30A)。"神首先设定秩序，再用这秩序构成宇宙"(69C)。但天地鸿蒙

---

① 《理想国》中，苏格拉底不仅因荷马把英雄"凡人化"而斥责他，更因后者表达出了在他看来混乱的神学观而对之大加批判。《伊利亚特》中，荷马如是说："宙斯大堂上，并立两铜壶/壶中盛命运，吉凶各悬殊/宙斯混凶吉，随意赐凡夫。"宙斯可以将两壶混合，赐予凡人，后者便"时而遭灾难，时而得幸福"；他亦可独赐某人以"坏运"，后者便只能受迫于饥饿、"漂泊无尽途"。总之，"福祸变万端，宙斯实主之"(《理想国》，379D—379E)。在苏格拉底看来，这样的诗文是绝不能够被接受和传颂的。

哲人说，神必定是善的。"无害的东西会干什么坏事吗？……不干坏事的东西会作恶吗？……不作恶的东西会成为任何恶的原因吗？"(379B) "我们一定要禁止他们把这些痛苦说成神的意旨……他们应该宣称神做了一件合乎正义的好事，使那些人从惩罚中得到益处。我们无论如何不能让诗人把被惩罚者的生活形容得悲惨，说是神要他们这样的。但是我们可以让诗人这样说：坏人日子难过，因为他们该受惩罚。神是为了要他们好，才惩罚他们的。假使有人说，神虽然本身是善的，可是却产生了恶。对于这种谎言，必须迎头痛击……讲这种谎言，对我们是有害的，并且理论上是自相矛盾的。"(380A—C)

三　厄运、静止与循环　35

时，造物者便不得不与一种不和谐的力量展开较量，后者会导致无序的运动，柏拉图将这种力量称为"必然"（αυάγκη/necessity），文艺化的表述是"命运"（destiny）：它意味着无目的、不规则、无法预测，并非因循着不可改变的因果关系而发生的，这个"必然"接近现今语意上的"偶然"。①

所幸，"神在看见事物时，发现有些事物不稳定，到处乱窜，于是就把秩序引入这无序的运动中。他认为，秩序无论在哪方面都比无序好。他是完善的，除了做好事外，他不会做其他的事。他思虑后得出结论，认为在可见事物中有理性存在，在整体上优于没理性存在，而理性除了存在于灵魂之中不能在别处存在"（《蒂迈欧篇》，30A—B）。"这个世界是必然和理性的共同产物。理性是通过说服来驾驭必然的。理性是统治力量，它说服了必然而把大多数被造物引向完善。因着它的说服，理性带领着必然、把宇宙按着模式造了出来。"（48A—B）理性当然来自神，且只存在于灵魂之中，这意味着，作为宇宙直接生命动力的宇宙灵魂还是"说服"进程的直接主语——宇宙、人类源起于理性。

《蒂迈欧篇》中的宇宙论是柏拉图晚期的神正絮语：地球是天空诸神中"最受尊重的"（40C）；这个宇宙是"可见的神"，"在优越性和完美性上都是无可比拟的。因此，它是独一无二的"（92C）——这是该篇的结束语。② 在该篇中，宇宙、人类是有神性的，这不仅因为它们是神的创造，更因为它们具有理性。这个宇宙"独自一个但能与理性作伴，无需他者而

---

① 根据《蒂迈欧篇》，万物都可以被分解、还原至四种立体，直至两个本原三角。但是，"本原三角形构造立体时其大小并不是完全相同的；有些小些，有些大些。一般来说，一种元素的种类有多少，本原三角形的大小不同就有多少。这些不同大小的本原三角形混在一起，导致了无限的多样性"（57D）。也就是说，虽然，被造物者选择的四种立体在构型原则上是完善的，但每一种立体本身，因为本原三角大小的多样性而具有多样性，即完善性的差异——造物者定立四种立体结构，以此作为四元素的型，是其对宇宙展开秩序性规划的具体动作，但他没有（无法）摒除每种立体中的差异——万物就是由这四种内含良莠差异的立体彼此作用、转化、组合而成的。"必然"已然蕴藏在鸿蒙之时。

关于"必然"，同见《蒂迈欧篇》，48A、53D、56B、68E—69D、75A—D、77A 等，并可参该篇注释35、36。大致从亚里士多德始（见其《形而上学》，卷4章5），"必然"的语意开始从"不确定的"向"确定的"演变。

② 柏拉图从未明言地球是宇宙的中心，但亚里士多德在《论天》（On the Heavens）中说，《蒂迈欧篇》就是把地球描述为了宇宙的中心，他的这一判断深远地影响着后世对柏拉图宇宙论的理解（可参《蒂迈欧篇》注释30）。关于柏拉图的神正思想，还可参《蒂迈欧篇》注释12。

自我满足","他（造物者）所创造的世界是尊贵的神"（34B）;"这个宇宙作为生命体是拥有灵魂和理性的。这是神的恩赐"（30C）——而灵魂的本质是理性。《蒂迈欧篇》不仅反复从多个角度申明神的完善性保证着宇宙原初时的完善性，还一再渗露出柏拉图眼中理性的本质——神性，或曰，在柏拉图，神性的根本内涵即理性。

但此时的柏拉图冷静将理性视为一种向善的倾向，并认为，它对本身参差不齐、优劣不等的可感物并无决定权，只能"说服"模本们按照秩序的规则，向着完善性的方向发展，而这并不意味着"必然"一定会被说服——"必然"在《蒂迈欧篇》中是一种恒常的力量——沿着秩序向善，这仅仅是各种运动中的一种倾向、一种可能。虽然在哲人看来，宇宙就是造物者自身的显像，大多数事物是会被"说服"的，但他同时明确地说，在将不朽灵魂交给诸神后，"他（造物者）让诸神做人类的统治者，按照最好、最智慧的方式来领导他们"，从此，"种种罪恶的产生都和他无关了"（42E）；而在这之前，造物者已对诸神说，"造出（凡物）来后，去抚养它们，让其自长"（41D）。也就是说，在造出人的不朽灵魂后，造物者便不再参与对"必然"的干预——于是，万物的运动便无法避免失序和混乱——可感的恶/丑因此而生。①

这一猜想不仅解释了恶的来由，还在将神彻底剥离恶的同时，暗示着"混乱"是历史的常态。赫拉克利特认为万物是因循着某种永恒的尺度、比例、道理展开运动的，他将这不变的常量称为"逻各斯"（logos）。希腊及之后的西方知识者们不吝心血地探寻着逻各斯的真相，但柏拉图却敢于

---

① 柏拉图说，四种立体都很小，不易被看见，而当它们"集合为一群时却是可以看见的。至于它们的数、运动和能力，我们认为造物者乃是逐一按照合适比例，说服必然，引向完善"（《蒂迈欧篇》，56C）。可是，造物者/理性无法完整地"说服"必然，令四元素彼此之间的结合、转化完全沿着秩序，向着美/善的方向展开；型之间的运动有可能依据完善的"模式"展开并形成完善的新的型，却也可能反之，这就解释了为何会出现可感的丑、恶。但在模仿说的框架里，无论是可感物的运动，还是不可见的型的运动，都只能是依据某种模式展开的，模式本身也是一种型，所以，无序的必然就是一种型（既然很多运动是无序的）。可如此一来，宇宙原型的完善性将无以为继，造物者乃绝对完善这一设定将从根本上被瓦解，故有学者认为，模仿说只适用至四元素产生。《蒂迈欧篇》的确流露出，四元素产生后，模本的运动都与型无关，却也未解释得很清楚。本注参考了《蒂迈欧篇》"附录二"，谢文郁《载体和理型》之四"模仿说难题"，第133—136页。

猜想，宇宙运动的基本面不是有序，而是无序。①

小说中先知的陈言与柏拉图烦絮的哲思共同地表达着对历史"过程"不乐观的判断，卡拉西里斯将那决定着可见的一切的根本力量称为"厄运"——在希腊语境中，"厄"难道不正是"必然"的伦理实质？

* * *

所有希腊小说的主人公不仅形美、品正，且都出身高贵：舍利亚斯和卡莉荷都是将门之后；达夫尼斯与珂洛艾的生身父母也都是富甲一方、德高望重的显贵，至小说结尾，伴随与亲生父母相认，这对牧羊男女也重获尊显的身份；卡丽克莱和德亚根更是身世显赫，前者是埃塞俄比亚国王的女儿，后者是阿基琉斯的后代——他义父说，他的长相与其出身完全相符。

《理想国》讲过一个故事：各色人等均为"一土所生"，但是，"老天（亦译作'神'）在铸造他们的时候，在有些人身上加入了黄金，这些人因而是最可宝贵的，是统治者"；老天在另一些人身上加入了白银，这些人便成了辅助者、军人；而农民和技工则是那些身上被加入了更低等的铁和铜的人（415A）。出身高贵、德才兼备又容颜俊美的希腊小说主人公们，很符合柏拉图心中含着金银而生的、理想的上层人士的形象。可在现实中，社会位阶与品格、外貌未必有着必然联系——令柏拉图恼怒的正是这样的现实。人生而具有本质性差异，这本是希腊世界对人的普遍理解，柏拉图在将差异的成因形而上化的同时，视维持差异为"正义"的基本内容：本质的差异决定了作为影的人的各种可视的个体性差异，并规定着人

---

① 伴随《蒂迈欧篇》将型解释为几何数关系，柏拉图愈趋认为：存在既是静止的，又有运动的一面，缺一便无法被认知［可参《蒂迈欧篇》"附录一"（谢文郁：《"智者篇"和柏拉图理型理论的发展》）］。

《蒂迈欧篇》深远地影响着西方宇宙论、数学和理论物理学的发展，它为后世留下了一个伟大的猜想：宇宙是按照一个既定的型生成的，这一型和宇宙的生成过程都是可以被数学语言完整还原出来的——爱因斯坦（尤其是在晚年）对此深信不疑。但柏拉图还为后世留下了一个同样伟大的猜想：宇宙的基础运动中充满了偶然。广义相对论革命性地推翻了牛顿的经典力学系统，却完全延续着被牛顿物理学强化了的经典的古典信念——万物的运动具有确定性和统一性，故而是可预测的。但这一信念被哥本哈根学派的物理学家们否定了，他们对宇宙基础物质运动形态的研究结果是，微观世界的运动是无序的、不可预测的。非常有趣的是，波尔虽支持海森伯格的"不确定性原理"（Uncertainty Principle），却不认同他的推理路径，坚持这一原理的成立基础是波粒二象性。海森伯格认为，"自然"当然是可以用数学方案描述并推理的，数学的推理具有绝对的普适性和有效性；波尔则认为，完备的物理解释应高于数学形式体系。

"合理的"社会位阶,影子若要做出违反本质规定性的行为,便构成了僭越。

《蒂迈欧篇》中的埃及老祭司在谈及"智慧"之前,对梭伦说:"要想了解他们(九千年前的希腊)的法律,你可以比较一下我们(埃及)现行的法律,其中有许多方面和你们当时的法律一致。首先,祭司和其他阶层分立。其次,手艺人(技工)自成一体,不与其他阶层混杂。再次为牧羊人、狩猎者和农民等。你也注意到,士兵与其他阶层分立;法律规定他们除了战争外不准参加任何事情……"(24A)从《克里提亚篇》到《法律篇》,柏拉图一直痛心地诉说着,当时的雅典远不如前;在他看来,"今不如昔"的一个直接肇因就是阶层混同。"铁和银、铜和金已经混杂起来,便产生了不平衡:不一致和不和谐——不一致和不和谐在哪里出现就在哪里引起战争和仇恨。不论冲突发生在何时何地,你都必须认为这就是这种血统的冲突。"(《理想国》,547A)

从《理想国》起,柏拉图的宇宙论已然释放出一个悲观的信息:因为完美的造物者,宇宙/历史具有完善的起点(造物者甚至还命诸神尽可能地令各自的模本与自身"相像"),所以,模本若有什么变化,这些变化都只能朝着一个方向展开——远离原型,即远离元型——万物都没有变得更好的可能,变化,只能意味着"更坏"。

苏格拉底说:"神和一切属于神的事物,无论如何都肯定处于不能再好的状态下……如果变,他一定是变坏。……无论哪一个神或哪一个人,他会自愿把自己变坏一点点吗?……一个神想要改变他自己,看来就连这样一种愿望也不可能有的了。看来神和人都尽善尽美,永远停留在自己单一的既定形式之中。"(《理想国》,381B—C)《理想国》已明言,"任何事物一离开它的本相",就会被自己或其他事物改变(380D—E);《蒂迈欧篇》更抑制不住地附和巴曼尼德斯,"从实在到被造物的过程就是从真理到意见的过程"(29C)。对于柏拉图,历史的展开即意味着宇宙原初的完善性、秩序性的销蚀,宇宙形成后便开始衰退,物种的产生本身就是"退化"的结果。①

---

① 柏拉图诙谐地,又似乎是怀着痛恨的心情写道:鸟只长羽毛而不长头发,"它们是由那些不害人却智力低下的人"转化而来的,"这些人研究过天体,却认为最确实的证据是眼见为实";比鸟低等的"地上走兽"便来自"那些不好智慧、无视天文的人";而一切水中生物的起源则是"最蠢、最笨的人",神为了惩罚这些人,让他们生活在"最末端、最底层",无权再呼吸地上的新鲜空气(《蒂迈欧篇》,91D—92B)。

波普尔评述道,"柏拉图教导人们,变化是邪恶的,而静止是神圣的";"所有的社会变化都是腐败、退化或衰亡";但是,"柏拉图既相信衰败这一普遍的历史趋势,也相信通过抑制一切历史变化,可以阻止政治领域的腐败"。稳固阶层,甚至血统的差异,便是柏拉图眼中抑制、阻止社会衰败的基本方式之一。①

柏拉图还借苏格拉底表达过这样一种认识,"最健康、最强壮者"最不容易被饮食、劳顿、风雨等改变,心灵也是这样,"最勇敢、最智慧的心灵"最不容易被外界的影响干扰或改变,任何事物"处于最好状况之下"——"无论是天然的状况最好,还是人为的状况最好,或者两种状况都最好",是最不容易被改变的(《理想国》,380E—381B)。希腊小说以其"优质的"主人公们,一致地附和着这一经典的形而上的论断:比起丑/坏的事物,美/好的事物具有更强的抵御变化的本质性能力。柏拉图说,保持同一、稳定、静止,是最神圣的事物才有的特权,有形事物、肉体是做不到的(《政治家篇》,269D)。但小说的主人公们做到了。

巴赫金认为,希腊小说的主人公们传递着人对自身能够抵御灾祸的信念。而我们更倾向这样表述:这些主人公传递着对人能够以维持自身不变来抵御堕落的信心和期待。希腊小说欢乐的大团圆结局无一例外,都实现在终究"毫无变动"的世界里,如此一致的虚构似乎在说:只有在不变的世界里,团圆才是完整的,欢乐才是没有遗憾的。

古典学家们时常提醒我们,希腊人对形而上"本元"的追踪、对变化中的恒量的猜想、对历史之外的存在的求索,既是出于智性的好奇,更是在为理性的大脑寻找着心灵的宗教。风云易转的天地,阴晴不定的人心,变化的现实总令历史中的目光惶然无措,而芳华常驻又守贞持定的希腊小说主人公们和他们团圆终好的故事,则可抚慰历史颠簸中疲惫、畏怕的心——即便现代读者也仍不时地需要类似的文艺虚构以弥补历史中的不足吧。

* * *

既然宇宙和人的诞生都是神的精心作为,他难道真会任凭这个世界不

---

① 参见[英]卡尔·波普尔《开放社会及其敌人》第一卷,陆衡等译,第80、44、48页。本书引文中的强调符或黑体均为原文所加。波普尔在该卷第二、三部分中,对柏拉图的等级社会观内含的种族主义进行了全面剖析。为了保持优秀人种(统治者、辅助者)不被侵污,柏拉图甚至主张"秘密地"杀死非优秀者生下的有先天缺陷的婴儿:"这是保持治理者品种纯洁的必要条件。"(《理想国》,460C)

断堕落？

　　希腊小说中的人物总说及他们的梦。《理想国》时期的柏拉图对梦示比较反感，但至《蒂迈欧篇》，他的态度变化了。此时的哲人认为，就如给予人类视觉、听觉，以便让"无序无理的人类灵魂"能够不时地"回归秩序"（47A—E），造物者还基于同样的目的，给予了人一种特别的能力——做梦。"兆示是神对人类愚昧性的补足"；人的可朽灵魂/欲望灵魂不服从理性的指引，所幸，造物者令这不尊贵的灵魂里也潜藏了神圣的、理性的能力，但这一能力只有当欲望灵魂处于休眠状态（当人入睡或进入类似"着魔"的状态）时才能显现出来；人在清醒后便可通过对梦的"重建"，来反思过去与现在，或预测未来；造物者"在灵魂的低贱部分中设立兆示的坐席"，是为将人领至"正确的道路"，使人能接近"真实性"与"真理"（71D—72B）。

　　在早期的《枚农篇》（*Menon*，亦作《论品德》）中，柏拉图就提出了一个悖论，后被称为"枚农悖论"：我们既不会对"已知的"展开探寻（因为我们已经知道了），亦不会对"未知的"展开探寻（既然我们对之根本无知），那么，我们的思考到底是如何展开的？（80E）[①]

　　事实上，从在《枚农篇》中提出"回忆说"，至后来不断完善其宇宙论，柏拉图已一步步地在解决"枚农悖论"的同时，发展出了一套远比做梦更具操作性的，引导我们回归"正确道路"、走向"真理"的方案：教育。人的不朽灵魂分有自宇宙灵魂，本天然地具有对各种事物之原型的"记忆"——此所谓"知识"。不幸的是，不朽灵魂不得不与物质性身体结合，因为可朽的"欲望灵魂"的侵扰，人自出生便开始遗忘各种原型，以及元型——"父"——历史时间的展开即意味原初记忆的模糊和丧失，此所谓堕落（可参《政治家篇》，273A—C）。所幸，不朽灵魂始终存在，我们对型的记忆故不会彻底消失。我们遗忘了、堕落了，但又并未完全遗忘、堕落了，这便是"悖论"可以解决，人能够对"未知、无知的"展开探究的根由，也是教育的形而上基础。在柏拉图，教育的实质内容就是帮助人"回忆"：恢复我们对型既有的记忆。

　　《理想国》强调，教育不是"把灵魂里原来没有的知识灌输到灵魂里

[①] 参见［古希腊］柏拉图《枚农篇》，载《柏拉图对话集》，王太庆译，商务印书馆2018年版。

去，好像把视力放进瞎子的眼睛里去似的"（518B—C）。回忆的根本取径只能是理性，因为感性是无法把握不可感的型的；回忆的基础方法就是学习几何和辩证法。①

《理想国》中的善就像太阳，它既是我们看见的原因，也是我们认知的目的；在太阳的光照下，我们才能看见真实的存在，从而走出黑暗、丑陋的"洞穴"，摆脱影、无常速朽的世界的桎梏，并最终抵达善。②自《蒂迈欧篇》始，哲人眼中理想的教育图景更加清晰了。因为不朽灵魂，我们不仅具有对各种客观可感事物的型的记忆，还具有对自身的原型、诸神的记忆——我们与诸神均分有自那"永恒完善者"的变体、宇宙灵魂——我们本生而内含着真（理）、善、美，但浑浊的历史、物性的肉身总令我们沉沦于遗忘，至令"本性"落满尘埃；而理性的学习、对每一级别的型的回忆，则会帮助我们唤回对上一级别的型的记忆，直至回忆起众型之元、至上之神——这一最深刻的记忆，对"至善"的记忆，便是"真理"。

先知卡拉西里斯说，人的智慧能够"与诸神交往"。

柏拉图黯然诉说着，退化，是人生的必然、历史的宿命，但他的思辨诗篇同时意在振警顽愚：既然神令理性存在于每个人的灵魂里，我们逆历史潮流而动便是可能的！理想的人生就是由知识进阶真理，一步步超越物

---

① 《理想国》写道，"几何学大概能把灵魂引向真理，并且或许能使哲学家的灵魂转向上面，而不是转向下面"（527B）；但对此时的哲人来说，数和几何只是对可感物的初级抽象化，无法彻底摆脱可感世界，而后者彻底不构成辩证法的研究对象——辩证法高于几何学，更有助于我们接近纯粹的、抽象的善（509D—511E）。而至《蒂迈欧篇》，柏拉图对几何和数的态度发生了根本的变化，他在该篇中重复地提醒读者，对神、宇宙的真相，我们恐无法尽知，只能对之进行"相似解释"（见29C、44C、48D、54D—55D、56A—D 等），几何、数学便是展开这一解释的重要形式——越是接近真相的数学表达式，便一定越简洁、越具有形式美感，因为造物者是完美的。当然，辩证法也一直引动着柏拉图的热情，《智者篇》的核心议题之一就是辩证法。

《理想国》几乎全面否定了"生灭世界"之于我们认识真理的价值，而从《蒂迈欧篇》提出"相似解释"，至《智者篇》提出"事实"对于我们辨别真伪的重要性，晚期的柏拉图似乎在逐渐修正着自己之前对现象世界的蔑视。关于柏拉图对现象的认识论价值的调整，可参《蒂迈欧篇》注释68、81。

② 《理想国》说，太阳是"善在可见世界中的儿子"（508B）。"人的灵魂就好像眼睛一样，当他注视被真理与实在照亮的对象时，它便能知道它们了解它们，显然是有了理智。但是，当它转而去看那暗淡的生灭世界时，它便只有意见了，模糊起来了，只有变动不定的意见了，又显得好像没有理智了。"（508D）"知识是每个人灵魂里都有的一种能力，而每个人用以学习的器官就像眼睛。——整个身体不改变方向，眼睛是无法离开黑暗转向光明的。同样，作为整体的灵魂必须转离变化的世界，直至它的'眼睛'得以正面观看实在，观看所有实在中最明亮者，即我们所说的善者。"（518C—D）"洞喻"主要集中在《理想国》，514A—517E。

质性的历史世界，走向永恒的存在（善），趋近历史元点（神）的过程。在柏拉图仰望辰星的目光中，我们理应且能够在历史中尽可能地完善自我，但现象上的前进，意味着本质上的回归。

柏拉图并不认为每个人都能完成这一回归，"理智只为诸神和极少数人所拥有"（《蒂迈欧篇》，51E）。① 也正因如此，他才如此看重教育——没有理性的记忆、回忆的帮助，我们必然会在远离自身本质的历史道路上加速堕落，理性的教育会抑制我们远离善、远离神的脚步。对柏拉图来说，教育根本的伦理职能不是成就人（社会）的进步，而是延缓人（社会）的堕落——教育，是遏制人世衰败这一历史命运绝对必要的举措。

《蒂迈欧篇》中，造物者在命诸神去造凡物时说，"当它们死的时候再把它们收回来"（41D）。到那时，那些在历史中"生活得体的灵魂"会回到指定的星体中，过上"幸福和谐的生活"；而那些不得体的、总被欲念支配的人，"就得在第二次投生时变为妇人"；"如果其罪恶仍未改变，则根据其堕落的品格投生到与之品格相应的那类动物"；经过这样"不断轮回"，万物最终将"通过理性的制约回归到其完善的原始状态"（42B—D）。《蒂迈欧篇》似乎表达出这样一种展望：宇宙将在神的主导下，以循环式的递进，逐步恢复原初的完善性。

《政治家篇》中，"异邦人"一边讲解"回忆"，一边讲到这样一个神话故事：神创造出了完美的宇宙，但神不会一直干预世界，伟大的舵手刚撒手时，宇宙尚可以美的方式继续运动，但伴随"遗忘"的加剧，"古老的不和谐的影响"将占据支配地位；一个历史周期由两个半期（并不一定是均衡的）组成：由于神的介入而没有战争，美好的向前运动的时期，以及神撒手不管，昆仑颠倒、混乱与纷争增多的倒退的时期——当局面糟糕到无法收拾时，宇宙的舵手定会出手相助，使世界免于彻底毁败（268E—274E）。

柏拉图在《斐多篇》中认可了赫拉克利特的变化学说：事物的变化总是从一个极端至相反的极端，循环往复。而《政治家篇》中的这个"神话故事"则直接呼应着恩培多克勒关于历史的猜想：历史是有周期的，一个周期分为由爱统治和由斗争统治的两个半期。但柏拉图同时在该篇中表达

---

① 西蒙尼得斯（Simonides of Ceos，前556—前468）曾在《论德性》中说，只有极少数人能够企及那高山之上，由纯洁女神守护的德性。参见［德］瓦纳尔·耶格尔《早期基督教与希腊教化》，吴晓群译，第7章，第53页，以及章注3。

了对这个神话的怀疑：他怀疑的不是历史的堕落趋势，而是这个趋势是否真的会被阻断，比如，因为神重新掌舵。

依波普尔考证，柏拉图至少在四篇对话（《斐多篇》《理想国》《政治家篇》《法律篇》）中，流露出历史可能是循环展开的这一猜想：人类世界大致会依循一定的周期，循环地经历生成、退化和衰亡。柏拉图没有（可能也无意）提出一套完整的历史观，他的兴趣投入在对堕落的反思和批判上。在他眼中，他所身处的世界无疑正处在倒退的运动中，甚至，很可能就处在最为黑暗的历史阶段。①

柏拉图虽没有明言人间终将被神拯救，但他明确在《法律篇》② 中将普罗塔哥拉的宣言"人是万物的尺度"，修正为了"神是万物的尺度"（IV.716c）。相较于柏拉图多少表露出的对神的历史作用的犹疑，希腊小说则一再讲述着：苦难即便无法避免，但再多的困厄却终将被解除，因为神终究不会对人间作壁上观，历史在经历波折甚至风暴后，终会归复平静与和谐。

亚里士多德亦将善等同于神，但他不认为历史注定是一个堕落、退化的过程；他虽未将历史理解为一个确定的、进步的过程，却也较清楚地表达过，人类社会是从较低级向较高级变化的。他在《政治学》中一再谈到古代习俗的野蛮与荒谬（1268b40）。亚里士多德以"实是"（ousia）/形式和"潜能"（dunamis）/"质料"（materiae）的辩证关系构建了另一套形而上体系，他对历史的理解亦建基于此。③

---

① 一种意见是，柏拉图不明确地描画出的循环周期可能还应和着赫拉克利特所说的"大年"（约36000个自然年）。以上两段内容及本注参见［英］卡尔·波普尔《开放社会及其敌人》第一卷，陆衡等译，第44—47页，以及第45页注释1诸条。

② ［古希腊］柏拉图：《法律篇》，张智仁、何勤华译，商务印书馆2016年版。

③ ousia是亚里士多德提出的"存在"的存在形式，即十个范畴中的首要范畴。拉丁文、英文常将ousia翻译为substantia/substance，或essentia/essence，中文对应的翻译多为"实体"或"本体"，也有学者将ousia翻译为"实是"，比如吴寿彭。ousia译称的多样也因亚氏本人对这一范畴的阐释一直在变化。

《范畴篇》中的ousia分为两类：个别的具体事物是第一实体，包含个别事物的"属"是第二实体。而在《形而上学》第5卷中，作者又将ousia分为四类：水、火、土、气等单纯物及其构成的复合物；事物存在的原因（比如灵魂之于生物体）；事物内在的规定性构成（比如构成"体"的面和数等）；以及"属、种"。但《形而上学》7—9卷中的ousia越来越接近柏拉图意义上的"型"。此时的亚里士多德指出，所谓ousia，就是事物内在的"形式"（forma）：事物由质料和形式构成，质料是未被规定的一种潜能，故而是无法单独存在的，它被形式规范，才能实现为具体事物；形式以质料为载体，是实现了的"这个""那个"，是事物的"是其所是"［quod（转下页）

亚氏认为，质料依据形式，逐步"实现"（energeaia，直译应为"在活动中"）为具体事物，历史的展开就是潜能变为"现实"（entelekheia，意即"在目的中"）的过程：人类世界从原始进入文明，社会形态从相对简单到复杂，便是这一本质性运动的结果和证明。虽与柏拉图有着很多分歧，本质决定着现象这一基础的形而上原则也依旧框定着亚里士多德的思考，并塑造着漫长的世代里西方人看待世界的基本目光。与柏拉图类似，亚里士多德同样猜想着：万物在经历各种变化后，可能终会回到原点。

苏格拉底和柏拉图奋起呼告"神只是善的因"，但二人不仅意在维护神，同时意在点醒世人：人须为人间的恶负责。通过对混淆了伦理责任的神谕迷思的反驳，希腊的"启蒙"在为人奠基信心——人有德性、有理性，故可分辨对错、善恶，能够向善、为善——的同时，亦在呼吁人承担起在世的责任。

可既然，人的作为无法令人在本质意义上变得更善、更美，人的作为、人本身在历史中到底可能具有什么价值呢？柏拉图没有完成对人的伦理主体身份的完整正名。神谕迷思被"启蒙"打断了，历史预定论却并未被完全抛弃。亚里士多德认为人有自由意志，会思考"应做什么、应怎样做"，但这一信心却最终没能阻止希腊思想陷入颓势。晚期希腊哲学整体上热衷探讨伦理问题、探索如何实现幸福，此时的哲人们不仅是在履行先贤们的遗嘱、践行人的责任，也是在努力求索如何解决先贤们遗留下的严峻问题：人到底是否应该主动作为？

斯多亚派的哲人们起初亦对人的自由意志怀抱信任，但渐渐地，他们中的不少人放弃了自己的自由，选择了顺从命运和神意——这同样是希腊小说人物的选择，也是希腊化时代之后希腊—罗马世界里很多知识

（接上页）quid est]。而按《形而上学》卷12最后五章所述，实体有三种：两种是运动的、自然的（非永恒的感性实体、具体的生灭事物和永恒的感性实体，即天体），它们是自然哲学、物理学的研究对象；还有一种是不动的——此即"第一哲学"的研究对象，与一般物（潜能/质料与现实/形式的统一体）不同，不动的ousia本身即完整的现实，即无质料的纯形式，其自身是永恒的，且是永恒运动的原因，即第一动者。根据亚氏对这三种ousia的解释，我们也许应将前两种译为"实体"，而将后一种译为"实是"。

"不动的实是"不是其他，正是善。善是被向往和被思考的真实对象，并且，作为事物追求的"所为因"引导事物的运动，即构成着万物的"目的因"，这个实是，就是神。"生命固亦属于神。生命本为理性之实现，而为此实现者唯神；神之自性实现即至善而永恒之生命。因此我们说神是一个至善而永生的实是，所以生命与无尽延续以至于永恒的时空悉属于神；这就是神。"（《形而上学》，1072b27—30）本注参考了张志伟主编《形而上学的历史演变》，第1章、第3章，中国人民大学出版社2016年版。

三 厄运、静止与循环　45

者的选择。① 神是公正的，只会拯救"得体的灵魂"。希腊小说中"一如故我"的叙事原则也许如巴赫金所说，传言着人本主义的信心，但也许是在传言着这样的理解和盼望：我们应该也能够在浑噩的历史中保持自身的良善，这是我们对神最好的应承，我们也将因此被神拯救。

希罗多德（Herodotus，前480—前425）和修昔底德（Thucydides，前460—前400）也多少流露过事关进步的"历史感"，认为人类社会是从野蛮步向文明的。修昔底德视其身处的时代为希腊历史的高峰，但他同时认为，人性是很难改变的，所以历史往往会重演，史家笔耕的价值就在于为今人和后人提供前车之鉴，以便我们在面临相似的境况时，能免于覆辙重蹈——希罗多德也持这一见解。但不蹈覆辙，是否就能确保人世不会跌回野蛮的过去？

希腊的哲思（就像耶格尔所说，无论是基于德谟克利特式的因果关系，还是基于柏拉图或亚里士多德式的神义论）和史书都没完成关于历史变迁清晰的理论建构，为当时和后世提供稳定的"历史观"（对历史时间展开过程的完整预判和对这一过程成因的解说）；而在它们散布出的模糊的"历史感"中，时常浮现的，是关于循环的猜想。"厄运注定的天体循环改变了我们的命运。"希腊小说中，漫长的历险结束之后，一切都归复原位。循环，是人们面对周而复始的自然，很容易形成的一种经验性归纳。而无论这种归纳是否完整地契合着人类历史的变化事实，又是否是对某种本质性法则的"相似解释"（柏拉图语），浮荡在希腊化天空中的关于循环的猜想和预言，都将伴随基督教的普及与合法化，而逐渐消散。

---

① "启蒙"造成的精神困境在晚期希腊哲学探索中不断加深，并最终令希腊思想陷入了怀疑和虚无的泥潭里。耶格尔这样评述，希腊化时代早期，斯多亚学派和伊壁鸠鲁学派都已明显出现了衰颓的迹象，创造力枯竭，"哲学变成了一套教条"；两派虽在很多方面都相互敌对，却共同地"满足于一种非理性的宗教需要，并试图填补古希腊奥林波斯诸神的崇拜式宗教所遗留下来的真空。但即便如此，对一个希腊思想家来说，冷静的研究精神和人类具有的批判性的认知与分析能力，在原则上始终对这种救赎知识构成着强大的威胁，其结果便是希腊哲学思想终结在强大的怀疑论（skepsis）中，它彻底否认过往和现在的教条主义哲学，不仅如此，它还宣布完全抛弃所有关于真与假的明确说法，这不仅是关于形而上学的沉思，也是关于数学和物理学的思考。（分段）从某些方面说，希腊思想从未从这一打击中恢复过来。"参见［德］瓦纳尔·耶格尔《早期基督教与希腊教化》，吴晓群译，第24页。

事实上，怀疑论者根本就否认任何规范和标准可能具有普适性。此时的伦理哲学对大众缺乏说服力，伊壁鸠鲁主义被视为了纵欲主义，唯物论被庸俗化为唯利是图，多少走向神秘主义的新柏拉图主义者们倡导的思悟修行在民间视野里与巫术差不多。希腊思想自身的困境为启示信仰的普及提供了客观的精神缺口。

第二部分

神圣的"喜剧"

四　循环的终断

　　"启蒙"以来的希腊的精神探索表达出了对现实的强烈不满，对历史性世界的严重质疑，但希腊式的思考不仅始终没有为历史提供明确的归宿，更没有将这一归宿明确地锚定在超历史的界域；而犹太的启示信仰则不仅毫不含糊地将人生、历史的理想标的锁定在了人间和大地之"上"，还彻底斩断了历史最终陷入循环的可能：以"七时八约"为基本叙事线索的《圣经》（亦称"书"）将历史描画为了一个历经困顿甚至循环，而最终突破困顿与循环的过程。

　　《旧约》（《塔纳赫》）中，上帝主动与人依次订了七个约。亚当、夏娃背弃了第一个约"伊甸之约"，毁约的结果是不仅他们被逐出了乐土，作为他们后代的人类也自此被剥夺了原本应许的"不朽"，并会遭受各种痛苦。之后，上帝再次与人定约，但后者总不守约……七个约历经五个"时代"（"无罪""良心""人治""应许""律法"）。耶稣和门徒们在《旧约》（比如《但以理书》7：13—14，《耶利米书》31：31—37）里看到了关于人形救世者将从天而降和第八个约的提示，并将之明确为：耶稣就是神降的救主，他以宝血赎偿了人所有的罪，与上帝缔结"新的约"（《希伯来书》8：6—13），人类因此重获永生的应许。自耶稣受难，受造世界进入第六个时代"恩典时代"；及至耶稣再临，地火革新之后，敬信上帝者将迎来永福，此为第七个时代"回复时代"（亦称"国度时代"）。"回复时代"并非意味着重演过去，而是一番"新天新地"，是对之前所有历史时间的超越，其因着上帝的许诺和耶稣的中保，必定会兑现——"新天新地"绝不会被翻转，将如是永恒。如果历史的根本形式是循环，个人或人类可否取得一时一世的进步，所有的进步都终将被取消，人世即便会得救（即便这是神的作为），也只能是一时一世的，历史就将是无数次经历波折或前进,又无数次返回原点、归零的过程——而这是启示信仰决不能认同的——上帝不会再次创世,耶稣亦不会再次受难。

基督教借用、变造了古希腊的"喜剧"概念,教会法学家、语法学家 Uguccione da Pisa(约1140—1210)在《大派生论》(*Magnae Derivationes/Liber Derivationum*)中这样定义"喜剧"(commedia):所谓喜剧,就是从悲伤开始,以幸福结局。① 但丁(Dante Alighieri,1265—1321)生前并未给《神曲》正式命名,只说他的书应取名为"但丁的喜剧";他在书信中说,"所谓'喜剧',就是从事情痛苦艰难的一面讲起,但结局一定是好的"。② 卜伽丘在其《但丁传》(*Trattatello in laude di Dante*)中将"但丁的喜剧"称为"神圣喜剧"(Divina Commedia)。③

历史是一场由神主导的、必然会实现的"喜剧"——人类历经痛苦,信主者终得救赎——这是基督教宣导的最基本的人生观和历史观。

据"书"所载,尘世的出现,就是受造的始祖违反神意、背离神性,堕落的过程,这样的尘世与柏拉图主义视野中的现实世界显然具有同质属性。至柏拉图和亚里士多德,形而上学叙事已经完成了对与"善"合一的"神"既为万物的第一因,亦为其目的因的论证,这与希伯来世界对至善、永恒的上帝的理解也显然有着直接的互融之处,并无疑为犹太信仰在希腊化的世界里传播提供着一定的接受基础。但两个世界的分歧远比二者的可融通之处刺目得多。

"启示"(revelare/reveal,其本意是揭开被遮蔽的、暴露出隐藏的),是有别于希腊—罗马世界既有的理性主义的另一套观念系统、另一种思维形式。启示的主语不是任何受造物,而是无形无相又无所不在的、唯一的神,上帝。上帝创世是全然"无中生有"(ex nihiio aliquid facere)的过程,而在理性主义的目光中,神固永恒,却也还有其他永恒的"存在"。启示叙事讲述着,上帝存在是显然的,也是能为我们所知的,从历代先知到耶稣,上帝都在向他们显身——上帝并不存在于思考、反思之中,而存在于

---

① Uguccione 的《大派生论》直接受到 Osbernus of Gloucester 的《派生论》(*Derivationes*)的影响。"万皇之皇"教宗英诺森三世(Innocent Ⅲ)是 Uguccione 的学生,对其师甚为推崇。

② Alighieri Dante, *Epistola*(《书信集》), Ⅷ, 28, 29, in *Œuvres complètes de Dante*, trad. André Pézard, Paris: Gallimard, 1965.

③ 但直至1555年,该叙事诗由 Gabriele Giolito de Ferrari 出版时,"神圣喜剧"才成为了其正式称名。

膜拜中。"启蒙"以来的希腊哲学神学虽然走向了一神论的演绎轨迹，但从"存在"这一概念形成，在希腊主义的大脑中，"近神"的道路是由"理性"铺就的；柏拉图或亚里士多德宣讲着至上之神是可以为我们所知的——因为他的存在是能够被证明的。无论是柏拉图的"造物者"还是亚里士多德的"神"，二者无论如何无法如上帝那般直接向人发出言谕，甚至主动与人定约或惩罚人的背约、直接参与人类事务；古典形而上的超越性存在不具有完整的人格形象，更多的是一种基于逻辑推演的抽象结论。

希腊主义的立法程序是，从历史之外的"是"出发，推演出历史之中的"应该"（苏格拉底的相关思考更多地集中在回答什么是善、什么有价值，而非直接回答我们"应该"怎么做），犹太教同样是在依照这一程序为经验世界定立价值标准和行为规范——人世的伦理法则直接来自历史之外的上帝，来自其对人的言谕、命令——此所谓"律法"。但希腊的程序允许人们面对"应"或"不应"时提问"为什么"，而犹太的信仰原则上却禁止受造者就此提问"为什么"。我们可以"合理地"质问柏拉图为何不可僭越，但我们不能"合法地"质问上帝，为何不可杀人。

虽然上帝从第三个约"挪亚之约"开始，便为人类立下了有形的"契"，给予人类定约的记号（彩虹，安息日，等等），以帮助人类守约，但后者仍一再背约。我们能够从过往中吸取教训，通过对经验的反思完善自身，这一希腊世界固有的对人最基本的理性主义的理解和期待，在犹太圣经中是被深深质疑的。犹太教提出的"因律法称义"（人因行律法，方能趋正避恶，达成神的"公义"）的伦理公式明确表达着对人的不信任——对上帝、对律法，服从优先于理解。犹太教为犹太子民提供了一套面面俱到且极其严苛的伦理规范——违犯者必受惩罚。比起犹太教，基督教对受造者的姿态显得"柔和"不少。耶稣不仅以自身的牺牲为人类整体（而不仅是犹太子民）赢得了彻底悔过自新的历史机遇，且明确许诺了一个悔过后的光明前景——天国——这也是犹太教中缺少的。

保罗提出"因信称义"（唯信仰基督，方能成为义人，被神接纳），试图令人们对上主和律法的尊服更具主动性，而不仅仅是出于畏惧。但是，"因信称义"不仅意在修正犹太的律法主义，同时也意在反驳希腊主义对理性的高度信任——得救，根本上是因为信仰，而非理性的认知和反思——对理性的不信任和抑制，是启示叙事内含的基本精神倾向。

希腊(化)式的目光面对犹太的上帝和律法,面对历史的归宿在天上,面对基督会拯救信主者等预言时可能会产生的所有疑问,必然会聚焦在人应如何看待自身的理性这个问题上——人是否应信赖自己的理性能力,是否能够凭借理性为善,是否能够凭借理性近神……反过来,怎样面对希腊主义和犹太救赎思想关于理性的分歧,尤其是怎样回应神的存在如何可能为我们所知或我们应如何信仰神这个一体两面的问题,便构成着早期基督教作家们无法回避的重要议题——非理性的"信"与理性的"思"之间的张力是基督教这套意识形态系统形成、变迁的重要策动力。

* * *

"两希"之间的龃龉在二者相遇之初,并非如后人常一厢情愿认为的那样,那般不可调和。的确,面对当时罗马帝国版图里仍然林立的各种具象的诸神,高擎唯一上主的基督徒们不仅难被理解,还要面对各种政治迫害:在希腊—罗马人眼中,这些"异教徒"甚至就是一群渎神的人,他们不仅不敬拜诸神,还要饮神(耶稣)之血、食神之肉,他们还主张人间君主与庶民平等,对统治者来说,这如同谋反……作为政治上的弱势群体,早期基督徒若企望说服异质的精神世界,便必须利用这个世界既有的精神资源和其接受的言说形式——但他们这样做,虽是某种妥协,却也是自愿、自然的。

最初的使徒们本就是精通希腊语、希腊化了的犹太人,他们用希腊文写作《使徒书》《使徒行传》,迫切的传教使命还令他们首先选择了最为"便宜"的传教对象:与自己一样会说希腊语的犹太人。犹太学者亚历山大里亚的斐洛(Philo of Alexandria,约前 25—40)就非常赞许柏拉图和斯多亚派,并试图证明犹太的信仰是可以用希腊的哲学阐明的。[1] 保罗不仅以希腊文、希腊式的逻辑向同胞传教,更以希腊式的辩论在雅典这个希腊世界的文化中心,向斯多亚派和伊壁鸠鲁派布道。基督教是在一个希腊化

---

[1] 事实上,希腊(化的)人也的确视犹太人为"富有哲理的民族"。当前者在前 3 世纪的亚历山大里亚接触并试图理解犹太教时,很自然地会在自身的思想系统中寻找与之类似的东西,对他们来说,犹太的信仰只能被对应为"哲学"了。这也反过来影响了犹太人对自身的审视,斐洛就将犹太的律法与习俗等称为"摩西的哲学"。以上参见 [德] 瓦纳尔·耶格尔《早期基督教与希腊教化》,吴晓群译,第 3 章,第 16—18 页,以及章注 11。

了的世界里形成的。①

　　修辞、体育、音乐等技艺都属于哲学的"前教化",这一观点在柏拉图之前就已大致形成;而柏拉图则将学习哲学(事关整个宇宙、人世的永恒真理)明确为了我们"趋善近神"的重要的通路,将教化的语意提升到了神学层面——这亦正是柏拉图获得2世纪的教父们(和不少希腊化的知识者们)特别青睐的重要原因。耶格尔这样描述道:"他们开始记起,正是柏拉图首次将灵魂世界向富有内在之眼的人揭示了出来……在他们奋力向上的道路上,柏拉图成为了引导者,他将他们的眼睛从物质和感官的现实世界转移向非物质的世界……"②

　　1世纪的基督教写作主要针对的是基督徒和准备皈依基督的人们,且基本属于基督教团体的内部事务;而2世纪的基督教作家更多的是在针对敌人们(从精神上的到政治上的)写作,他们被称为"护教士"(Apologist)——斐洛被视为他们的先行者。③ 这些作家以一种高度的自觉参考希腊,全方位地采用希腊的哲学观念、术语和"文学"形式(比如"对话体"),以规劝、说服不同意见者(这本就是典型的希腊式活动),阐述基督的教义、证明信仰上帝的合理性与合法性。对2世纪大多数基督教作家

---

① 在希腊化的东地中海世界里,即便在非希腊人的族群中,希腊语和希腊思想也是重要的沟通媒介;Synagogue(犹太会堂)一词本身就来自希腊文。托勒密二世时期,《塔那赫》的第一版外邦译本,希腊文的"七十士本"(Septuagint)开始形成,不仅埃及的犹太人使用这版《圣经》,在耶稣生活的时代,巴勒斯坦地区的犹太会堂也普遍使用这个版本;《新约》的写作亦是用希腊文。斐洛在以讲究的修辞写作希腊文著作时,他预设的读者并非希腊人,而是那些受过良好教育的犹太人。语言,从来都不是单纯的交流工具,希腊语意味着一套与犹太世界既有的思想范畴相异的观念、隐喻系统和思维形式。以上同参[德]瓦纳尔·耶格尔《早期基督教与希腊教化》,吴晓群译,第1章,以及章注6—8、11、27—29。

希腊化时代塑造出的文化场域为基督的思想在广阔的地域产生影响,提供了客观的可能。保罗非常推崇斐洛,但他在以希腊语、希腊的方式传教的同时,却表达出了对"希腊主义"的警惕。"次经"(Apocrypha)、希腊文犹太经书"玛加伯书"(Maccabees,大致成书于前3—前2世纪)就用Hellenismos表示犹太传统不太认可的"希腊的生活方式"。

② 2世纪时甚至出现了"圣人柏拉图"(the divine Plato)的说法。耶格尔特别回顾了柏拉图的学说在2世纪得获"伟大复兴"的特殊的社会语境。由于柏拉图的学说被大量融合进了基督教神学中,古希腊的文脉才不至于在基督教时代被彻底斩断。耶格尔这样议论道,如果没有柏拉图,"希腊化文化的剩余部分可能已经随着古老的奥林波斯诸神一起死去了"。参见[德]瓦纳尔·耶格尔《早期基督教与希腊教化》,吴晓群译,第4章,第25—27页。

③ 基督教会的组织原则也受到了希腊思想直接的影响。为了应对早期教会中的矛盾与分裂,罗马的克莱门(Clement of Rome,50—100)从希腊的宇宙论和政治/社会伦理中寻得了双重的理论支撑,为教会订立了秩序与和平的原则。参见[德]瓦纳尔·耶格尔《早期基督教与希腊教化》,吴晓群译,第2章前半部分。

来说，基督的真理性和优越性是确定无疑的，但在希腊主义轨迹上解释信仰也没什么不妥，这种心理在护教士、殉教者查士丁（Justin the Martyr，100—165）笔下体现得很充分。

他由衷地说，"哲学是最大的财富，在上帝面前是最尊贵的，它引导我们走向上帝"（《与特里弗的对话》，章2）；但他同时认为，希腊的哲人们只是模糊地瞥见了真理，初步地看到了通向神的道路，而这一切，基督都已向我们指明（《第二护教篇》，章13）。Glen L. Thompson 评论道，查士丁以理性的方式为基督教辩护，"不是因为心灵上需要将这种信仰与他的智性问题调和起来"，他确信耶稣为弥赛亚。① 视耶稣为救主，丝毫不妨碍护教士们以哲学的目光来审视基督，在他们心里，信仰与理性间没有不可跨越的鸿沟，调和着二者的护教言论不是心灵上的需要，而是智性上的必然。②

柏拉图在《法律篇》中已明确将至上之神定义为"万物的教育者"（X.897b），这极大鼓舞了二三世纪的杰出教父们。传统犹太意义上的教育是指惩罚（上帝对人类愚行的惩罚），教育与律法一致。但在罗马的克莱门笔下，教育/教化开始具有希腊的语意，"基督教化"（Paideia of Christ）或"上帝教化"（Paideia of God）的构想初显雏形。③ 亚历山大里亚的克莱门（Clement of Alexandria，150—215）在《导师》（*Paedagogus*）一书中正式将耶稣定义为全人类的导师，提出希腊教化是人对人的教育，而基督教化是上帝对人的教育，希腊哲学是"基督教化"的"前教化"。④

---

① 《与特里弗的对话》、《第二护教篇》及《第一护教篇》均收录在查士丁的《护教篇》（*Apology*，石敏敏译，生活·读书·新知三联书店2014年版）中；Thompson 的评述见该文集"中译本导言"第15页。

② 耶格尔也谈道，对查士丁以及众多护教士而言，基督教正意味着"纯粹的哲学"，在他们眼中，对上帝的信仰本身"就是一个哲学问题"（［德］瓦纳尔·耶格尔：《早期基督教与希腊教化》，吴晓群译，第16页），耶格尔在此处参考了 Eusebius，《教会史》（*Historia Ecclesiastica*，trans. K. Lake, The Loeb Classical Library, Cambridge, Massachusetts: Harvard University Press, 1967），IV.11.8。

③ 参见［德］瓦纳尔·耶格尔《早期基督教与希腊教化》，吴晓群译，第2章后半部分。

④ 耶格尔点评道，"正是柏拉图式的神学尊严使得克莱门将基督介绍为一切人类的导师成为可能"。只是，面对异教哲人为基督教提供的有力支撑，克莱门也显出了为难，他将柏拉图视为"阿提卡的摩西"，猜想柏拉图的智慧也许是从摩西那里来的，总之，他试图说明，若没有与希伯来的关联，希腊是不可能自行发现伟大真理的。参见［德］瓦纳尔·耶格尔《早期基督教与希腊教化》，吴晓群译，第5章，第36页，以及章注29—33。

曾经，伊索克拉底在奥林匹亚的集会上向希腊人和外邦人宣布：希腊已不是一个民族的名称，而意味着一种"思维方式"，雅典就意味着哲学和教育，无论你来自何方，只要接受希腊的文化，你就会成为像希腊人一样杰出、拥有智慧（即懂得逻各斯）的人。[1] 斯多亚派已经教导人们，逻各斯支配、渗透于可感万物中；斐洛就视逻各斯为一种仁慈、公正的神圣智慧，是上帝与人的桥梁，上帝正是通过逻各斯来落实自己的创造、运筹的。查士丁将苏格拉底为至善/神献身，与耶稣的受难/牺牲相类比，努力论证逻各斯必会以人形出现，耶稣就是人形的逻各斯。[2] 奥利金（Origen，185—254）更明确地把耶稣视为将逻各斯变成现实的伟大教育者，他努力把希腊思想完整地与《圣经》描述的从神创世开始的历史相结合，意图以此告知世人，历史不仅是人为的结果，更是神意，历史就是上帝对世界的"神圣眷顾"（Divine Providence）的实现过程——基督对人的教化则是这一整体性"眷顾"的展开步骤。[3]

伊索克拉底憧憬着世界统一在希腊教化中；而早期的天才教父们则一步步驯化着柏拉图笔下的"必然"，将哲人眼中多少被神置之不理的人间历史纳入到了神圣的"必然"（现代语意上的）之中，论证着寰宇将不再统一于希腊教化之下，而是合一于上帝的眷顾之中。

基督教的形成在相当程度上就是启示信仰希腊化的过程。基督教神学就是作为一种对基督教信仰的"理性解释"发展起来的。[4] 然而，就在希腊主义护教论蔚然成了气候时，基督教会内部已然出现了强烈的质疑。最后一个希腊护教士，也是第一个拉丁护教士，基督教拉丁化的先驱德尔图

---

[1] 参见 Isocrates, *Panegyricus*（《泛希腊集会演说辞》），in *Isocrates*, I, Loeb Classical Library, trans. Larue von Hook, Loeb Classical Library, Cambridge, Massachusetts: Harvard University Press, 1944。同参［德］瓦纳尔·耶格尔《早期基督教与希腊教化》，吴晓群译，第5章，第37—38页，以及章注34。

[2] 查士丁云："在希腊人中，理性借着苏格拉底胜利地定了魔鬼的罪……这理性一道穿戴形状成了人，被称为耶稣基督。"（《第一护教篇》，章5；同参《第二护教篇》，章10）

[3] 奥利金的神学创作对"神圣眷顾"这一概念的形成非常重要，耶格尔有限透视了"神圣眷顾"与斯多亚派主张的"天意"（pronoia）——一种关照人类和宇宙的神意，可见的造物便是"天意"存在的证据——之间的关联。耶格尔还指出，早期基督教对柏拉图的借取并非都取径于新柏拉图主义，奥利金是普罗提诺（Plotinus, 205—270）的同代人，且常被视作新柏拉图主义者，但其思想其实更接近中期柏拉图主义。参见［德］瓦纳尔·耶格尔《早期基督教与希腊教化》，吴晓群译，第5章，第39—40页，以及章注39；第4章，以及章注8。

[4] 这也是 K. Baus 在其 *From the Apostolic Community to Constantine*（*History of the Church*, Vol. I, with a generel introduation by Hubert Jedin, London: Burns and Oates, 1980）得出的基本结论。

良（Tertullian，约 155—230/240）愤怒疾呼："雅典与耶路撒冷有什么关系？学园与教会又有什么一致的地方？异端与基督徒有什么相同的地方？我们的教诲来自所罗门的殿堂，他自己教导我们说，'简洁的心灵才能寻得主'。让那些创造所谓的斯多亚学派的基督教、柏拉图学派的基督教、辩证法的基督教的企图，都见鬼去吧！自基督以来，我们不再需要好奇心，自福音传报以来，我们也不再需要探索。相信了福音，无须相信任何别的东西。"他重申保罗的训诲："不要让任何人通过哲学和空洞的欺骗误导你们，它只是人的传统，与圣灵的智慧相对立。"①

但德尔图良却又从未抛弃过"人的传统"，他在论证上帝存在、阐述"三位一体"等时，斯多亚派的宇宙论，希腊式的术语、概念都是支撑其论述的基本要素。德尔图良"自相矛盾"的言行暴露出早期基督教在利用异质的精神资源时，根底里时刻面临的深刻的思维困境。②

比起之前和同时代的护教士，奥利金的神学创作是"人的传统"与天启信仰在更全面的范围内、更深入的层面上的融合；但他的《驳塞尔修斯》（Contra Celsum，249）——护教论的巅峰之作——却同时标志着基督

---

① 德尔图良的上述"名段"出自其《异端的行迹》（De Praescriptione haereticorum），第 7 节，引自 [古罗马] 德尔图良《护教篇》，涂世华译，上海三联书店 2007 年版，"中译本导言"（王晓朝），xi—xii。

亚述人、护教士塔提安（Tatian，130—180，他是查士丁的学生）也表达过与德尔图良类似的观点。他虽亦用希腊文写作，却声明自己是来教导野蛮人希腊人的。在《致希腊人》（Oration to the Greeks）中，他告诉读者，正因为他接受过希腊教化，才明白希腊智慧的严重缺陷（充斥着诡辩与机巧），而基督的智慧才是能够造福人类的真知。在宗教的确然性这个问题上，罗马和希腊的态度是不太一致的，前者（可以西塞罗为代表）认可对世俗、自然展开哲学上的追问，但主张不可将神作为理性质疑的对象，宗教权威是超个人、超历史的——这即是基督教"拉丁化"的基本语意。参见 [德] 瓦纳尔·耶格尔《早期基督教与希腊教化》，吴晓群译，第 3 章，第 19—20 页，以及章注 28、29。

② 护教士起先都是用希腊文写作的，这些人被称为希腊护教士。但在 2 世纪下半叶，伴随基督教在罗马帝国的影响日趋扩大，一些教父开始用拉丁文写作（北非是基督教拉丁文献的初产地），他们被称为拉丁护教士。"三位一体"（Trinitate）这一概念的形成既标示着基督教与犹太教的区别，也标示着基督教与希腊哲学神学的分野——虽然基督教在建构这个概念时参考了柏拉图，比如查士丁参考了《蒂迈欧篇》（见其《第一护教篇》，章 60），亚历山大里亚的克莱门参考了柏拉图的书信等。希腊护教士 Theophilus 在讨论圣父、圣子、圣灵的关系时，曾使用"三合一"（Trias）这样的术语，然而，直至在拉丁护教士笔下，相关问题才得到了真正深入的阐发，才形成了经典性的表述，这其中，德尔图良的贡献至关重要，"三位一体"一神论，这一拉丁神学的基本公式就是他提出的。本注同参德尔图良《护教篇》之"中译本导言"（王晓朝）。

教与希腊思想的矛盾开始全面公开化。①

塞尔修斯认为，基督教将不需要理性思考的"信"奠立为获得真理、人类得救的首要且根本的路径，这几乎是一种欺骗，也只能骗得无知无识的人；他援引《蒂迈欧篇》，力陈理性之于企及真理不可替代的价值，并强调，就像柏拉图指出的，只有极少数的智慧者才能经由辩证的哲思和极其罕见的、出神入化的时刻，回归神的天域（《驳塞尔修斯》，卷3，节44—78）。而奥利金则镇静地援引耶稣的"登山宝训"，申明受造者无论天资如何，只要信靠基督，在圣灵中祈祷，便能实现"灵魂的飞行"，返回上帝（卷7，节42—44）。奥利金对希腊的精神遗产熟稔于心，他在《驳塞尔修斯》中同样大量引用荷马、柏拉图等，但很显然，他更看重"书"的权威（尤其可参卷2后半部），他认为希腊的文学、哲学的道德影响力到底不如"书"（可参卷6前半部）。《驳塞尔修斯》不仅暴露了"信"与"思"根底里很难弥合的分歧，也呈现出基督教的普世救赎理想与希腊教化内含的精英主义的根本对立。

德尔图良的疾呼终于在希坡教父、奥古斯丁这里得到了完整回应。奥古斯丁起先对希腊主义、对受造理性的态度还不那么苛刻和悲观，但他在反驳德尔图良表达出的极端反理性甚至反智的倡导的同时，却一步步在事实上走向了德尔图良。柏拉图的灵魂学说得到了波菲利、杨布里科、普罗提诺等一众新柏拉图主义者的热烈呼应，他们和安波罗修等教父关于灵魂之不朽性与精神性的阐述改变了奥古斯丁持有的灵魂乃物质性的认识，这一转变构成了奥古斯丁皈依基督的一个重要的思想契机，但他却意图修校

---

① 参见［古罗马］奥利金《驳塞尔修斯》，石敏敏译，生活·读书·新知三联书店2013年版。对基督教的一般性批评虽一直存在于二三世纪的罗马社会中，但由于基督教长期处于边缘地位，异教知识者们并未对之特别关注，这种情况一直持续到2世纪晚期。大致在《驳塞尔修斯》之前70年，塞尔修斯写作了"诋毁"基督教的《真教义》（*The True Doctrine: A Discourse Against the Christians*），该书也许不如后来的新柏拉图主义者波菲利（Porphyrius，约232—305）的《驳基督徒》（*Against the Christians*，280）那般犀利，但《真教义》是目前所知的第一部全面驳斥基督教的论辩作品，而它能为后人所知，则几乎完全归功于奥利金。与查士丁等护教士的写作策略和风格很不一样，奥利金在《驳塞尔修斯》中充分施展了他作为《圣经》的伟大注释者的修辞和理论造诣，他大量复录塞尔修斯的原文，再逐一驳斥。与查士丁和亚历山大里亚的克莱门一致，奥利金也说，柏拉图的很多"话"是从希伯来的先知们那里"学来的"（《驳塞尔修斯》，章6节19，同参该节注释2）。塞尔修斯否认了犹太民族是富有哲理的民族（这在当时是很少见的）；他并不坚决排斥犹太的一神论，却主张允许多神论，维持罗马社会中普遍存在的宗教折中主义，这也是奥利金无论如何无法认可的。本注直接参考了《驳塞尔修斯》之"中译本导言"《为基督教的有效性辩护》（奥利金著名研究者Lorenzo Perrone作）。

柏拉图认识论的内在逻辑。①

在柏拉图，为唤醒灵魂中的知识，受造的灵魂须得转向，沐在太阳的光下，太阳是善，亦即至上之神，既是客观的，更是内在于人灵魂的永恒存在——后来，太阳便在基督教叙事中很自然地被比喻为上主。如果说，柏拉图至终都没有澄清太阳/善发出的"光"到底是什么，又到底如何照亮了人混沌的记忆，根据其既有的讲述，如果我们说理性即光，恐怕亦不会违背哲人的初衷。而奥古斯丁则说，基督便是这光——以此，回应了"枚农悖论"。

耶稣有言，"我是世界之光，跟随我的人不会行于黑暗，还会拥有生命之光。"（《约翰福音》8：12）奥古斯丁则意赋予这原初的启示言喻以明晰的认识论内涵。他在《忏悔录》中回忆道，他在童年时学会了说话，并非因为大人们的教导，而是因为上帝的恩典（Ⅰ.8）。他在之前的《论教师》中已经提出，"从词语那里，我们只能学会词语，或者更恰当地说，只能学会词语的声响和噪音"；"只有对事物本身的知识才能真正成全词语的知识"（XI.36.8 - 9）。在奥古斯丁，词语的发音与事物之间的关联绝不是偶然性的，每一个发音内含着不可替换的语意，即"事物本身的知识"，那么，这"知识"从何而来？当然来自于上帝

---

① 19世纪末，就有学者对奥古斯丁在《忏悔录》（397—401，周士良译，商务印书馆2016年版）第8卷中讲述的他于386年在米兰花园里经历神启而皈依上帝这一事件的真实性提出了质疑。至20世纪中叶，Pierre Courcelle 在其名著《圣奥古斯丁〈忏悔录〉研究》（*Recherches sur les Confessions de Saint Augustin*）中，通过对奥古斯丁皈依前后与米兰基督教知识者的交往和思想轨迹的勘查，在事实上认同了早前 Prosper Alfaric 在《圣奥古斯丁思想的演化》（*L'évolution intellectuelle de Saint Augustin*）中提出的判断："花园皈依"只是一种象征，《忏悔录》第8卷的核心叙事意图便是要遮掩作者当年"皈依"的实质内容——新柏拉图主义。

在柏拉图，灵魂是完善的造物者对人最神圣的给予；在普罗提诺，这造物者便是人的"故乡"、人的"父"。按柏拉图的猜想，优质的受造者的灵魂会被诸神收回，返回星体；而普罗提诺则提出了灵魂的归宿是"返乡"：人的灵魂具有返回父身的天然倾向，"灵魂很自然地对神有一种爱，以一种处女对她的高贵的父亲的那种爱要求与神结合为一体"。在柏拉图，对元型的记忆会被历史、被受造的可朽灵魂蒙蔽；在普罗提诺，"当她（灵魂）委身于被造物时，她在婚姻中被蒙蔽了，于是她把以前的爱转换成尘世的爱，失去了她的父亲，变得放荡起来。一直要等到她重新开始厌恶尘世的放荡，她才再次纯洁起来，回到她父亲那里，一切才都好起来"（以上引文见[古罗马] 普罗提诺《九章集》，石敏敏译，中国社会科学出版社2009年版，集1篇6节8）。当然，普罗提诺笔下的"父"还不是基督教的天主，他也并未澄清"灵魂返乡"的具体步骤，但《九章集》就此的诗意勾勒已清楚地呈示出他对柏拉图"回忆说"的附和。奥古斯丁被普罗提诺的篇章打动，也曾认可"回忆说"（见其《独语录》，Ⅱ.20.35），但他后来否定了这一学说。本书在引用奥古斯丁原典时，将以罗马数字标示"卷"，以阿拉伯数字依次标示"章"和"节"。

(Ⅺ.38.45)。① 希坡教父在对平生思考严格的检阅之作《订正》中说，只要被恰当提问，即便一个未受过教育的人也能理解原先并不懂的知识，但这并非因为这人的灵魂里藏着关于那些知识的记忆，而是因为"永恒的理性之光"此刻就在他之"内"，"靠着这光"，他就能明白（Ⅰ.4.4）。② 那光，"独一无二、超越物质秩序"（《论三位一体》，Ⅻ.15.24）；那光，便是基督，人真正的教师。③

奥古斯丁接续着"导师基督"这一早期神学的结论——他要通过澄清理解的发生是基督光照的结果，以彻底拔除古典知识论的自然属性，修正希腊主义的认知和信仰的发生路径，通过完整立植起认识论的神圣源头，明确信仰是理性之有效性的绝对前提，从而令人完全服膺于神。奥古斯丁努力教告读者，理性知识源自神圣真理，不理解后者，对前者的理解亦将沦于肤浅甚至谬误，而领受、走进神的真理之根本有效的形式便是"信"——"你们除非信，否则不得了解"（《论自由意志》，Ⅰ.2.4）。④ 在奥古斯丁，我们并非因理/智而知，因知而近神，因"思"而"信"；相反，只有信，神才会为我们所见，只有在神的光照下，人的理性才能获得有效施为，我们的智才会通向知——只有当信仰坚立，世界才能澄明。"信仰优先"是希坡教父的"光照说"根本的理论标的和其自《论教师》起一再重复的基本教义。⑤

---

① 关于《论教师》(*De Magistro*，约389）的引文转引自李猛《指向事情本身的教育：奥古斯丁的〈论教师〉》，载《思想与社会》编委会编《教育与现代社会》，上海三联书店2014年版。

② 《论自由意志：奥古斯丁对话录二篇》（成官泯译，上海人民出版社2018年版）收录了《独语录》（386—387）和《论自由意志》（约388—395）；《订正》（*Retractationes*）Ⅰ.4是对《独语录》的修正，见《独语录》之"附录"，第66—68页。

③ 奥古斯丁在《论三位一体》（399—419，周伟驰译，商务印书馆2015年版）卷12中，详细批判了"光照说"。在《上帝之城》（413—426，王晓朝译，人民出版社2006年版）中，奥古斯丁说，我们的天性是上帝创造的，"所以我们必须坚定地相信上帝是我们的教师"（Ⅺ，25）。

④ 这是七十士希腊文本《圣经》中的词句（《以赛亚书》7：9）。在拉丁文通行本（Vulgate）中，该句为"假若不信，你们便不能立稳"。同参《论自由意志》第1卷，注释4。

⑤ "荣誉"很早就构成了希腊教育的一个核心议题。继承着苏格拉底和柏拉图，亚里士多德宣明，荣誉应是对德性的奖赏（《尼各马可伦理学》，1124a1），以造就高尚的上层人士和政治领袖为现实目标的、针对"自由人"的"自由教育"应特别注重培养受教者的荣誉观；与之相对的，便是针对奴隶的"工匠教育"，即对具体的谋生技艺的培训。前一种教育会使人趋善近德，是高贵的；而后一种教育则不仅有害身体，还败坏意志，其培养出的只是被金钱权利所驱使并奴役的职业匠人（比如铁匠、石匠、染工等），这种教育虽是社会必需的，却是鄙陋的（《政治学》，1338a30，1337b10—15）。（转下页）

第二部分 神圣的"喜剧"

知识论的探索到底是为了回应伦理的问题。

即如柏拉图,奥古斯丁也致力于将神与"恶"完整剥离开来,以明确人是恶的伦理主体。在《论自由意志》中,奥古斯丁提出,恶的直接成因是人"忽视永恒之物""追求属世之物",而"忽视"的根由则是人具有独立于上帝的"自由意志"(liberum arbitrium/ free choice of free will,即决定的自由或曰自由的选择)。而埃伏第乌斯却提出了这样的质问:"既然如我们发现的,是自由选择给了我们犯罪的能力,可它不是唯一的创造者给我们的吗?看来似乎是,如果我们缺少自由选择,我们本不会犯罪,所以仍然存在着这一危险,即上帝是我们行恶事的原因。"(Ⅰ.16.35)

奥古斯丁的回答是,上帝创造的一切都是善的,包括自由意志:"试想一身体若无双手是失去了多么大的善,但人却错用双手行残暴可耻的事。你若看到有人无双脚,会想他的肉身因缺少如此大之善而是残缺的存在,你也不会否认,人若用双脚来伤害别人或辱没自己便错用它们了……正如你认可身体中的善,赞美赐它们的上帝而不顾人的错用,你也应承认自由意志——没有它无人能正当生活——是一神圣的善的赠与。你当谴责那些误用这善的人,而不当说上帝本不该将它赐予我们。"(Ⅱ.18.48)①

可人为何会"误用"神的给予?奥古斯丁如是说:"上帝是本性(natura)的创造者,肯定不是邪恶的创造者,他把人(亚当)造得正直。然而,人由于拥有自己的自由意志而堕落,受到公正的谴责,生下有缺陷

(接上页)

自皈依伊始,奥古斯丁便表现出对其自小接受的自由教育的反思意识。将柏拉图的"回忆说"变造成"光照说",正是奥古斯丁为校正自由教育的标的而展开的重要理论实践:教育的目的不是制造阶层差异,人以自身的教育行为将人分出三六九等、分裂人类群体,这是违背神义的——上帝的光照在每一个人身上。奥古斯丁更在后来的《忏悔录》中对自由教育展开了全方位的批判,在他看来,以"荣誉"为核心的自由教育必然会在受教者内心培植起一种骄傲的竞胜欲,这种教育会令人沉迷于世俗的虚荣,并令人最终坠入虚无的深渊;而他借以改造自由教育的根本法器,便是其一直强调的基督的导师角色——上帝的民,无论出身于什么社会位阶,都享有平等的、被神教化的权利。无论奥古斯丁的教化理念在现代视野中是如何腐朽,我们都不可否认其意图矫正自由教育内含的阶层歧视的初衷——在这点上,奥古斯丁与希腊主义教父们,比如奥利金,没有分歧。以上关于奥古斯丁的认识论和教育思想的讨论同时参考了李猛《指向事情本身的教育:奥古斯丁的〈论教师〉》。

① 此时的奥古斯丁同时强调,人具有蕴含理性的灵魂,这是人与其他自然物的根本区别;即便执意犯罪的灵魂,"也优于因为缺少理性和意志的自由选择而不能犯罪的(动物)灵魂"(《论自由意志》,Ⅱ.6.13、Ⅲ.5.16)。

的、受谴责的子女。我们所有人都在那一个人中，因为我们全都是那个人的后代……我们作为个人生活的具体形式还没有造出来分配给我们，但已经有某种能遗传给我们的精液的本性存在。当这种本性受到罪恶的污染，被死亡的锁链束缚，受到公义的谴责时，人就不能在其他任何境况下出生了。就这样，从滥用自由意志开始，产生了所有灾难……"（《上帝之城》，XIII. 14）

在奥古斯丁，亚当具有"可以不犯罪"（posse non peccare）的能力，这是上帝给予始祖的"原初自由"（prima libertas），但亚当不具有"不能够犯罪"（non posse peccare）这一神圣恩典，因此他既可能犯罪，亦可能不犯罪，而他最终犯了罪。自此，亚当和他的后代便丧失了原初的"真正的自由"（vera libertas），即不犯罪的自由，而只具有"虚无的自由"（manca libertas）、"无益的自由"（fugitiva libertas）、"空洞的自由"（vana libertas），即在恶与恶之间做出选择的自由——此所谓"原罪"（Peccatum originale/Original sin）的核心要义。因为始祖犯罪，人生而便是有死的、必将遭受无数痛苦的负罪者。①

柏拉图虽对人世并不乐观，却到底为人巩固着这样的信心：人的理性虽不及神，却仍旧能够因理知善、为善。奥古斯丁并没有打破希腊主义教父们坚持的理性与善的联盟，他力图说明的是，这一联盟仅在神身上真实成立：原罪正意味着人的理性先天严重残缺，所以，人无法在历史中自主地实现与善的联姻。

可是，就如埃伏第乌斯的质问所指，上帝既然是历史的制定者，他又

---

① 参见［古罗马］奥古斯丁《论原罪与恩典》，周伟驰译，商务印书馆 2016 年版，"中译本导言"（周伟驰）之"自由论的问题"。曾被摩尼教吸引的奥古斯丁在皈依基督教后，竭力批判摩尼教的善恶二元论，并借着存在、实体的概念，回答了恶是什么。"我所追究其来源的恶，并不是实体；因为如是实体，即是善"；恶，"是败坏的意志叛离了最高的本体，即是叛离了你天主，而自趋于下流"（《忏悔录》，VII. 12、16）。奥古斯丁在《教义手册》（Enchiridion，约 420，又名《论信望爱》，载《奥古斯丁选集》，汤清等译，宗教文化出版社 2010 年版）中说，"在动物的身体中，所谓疾病和伤害不过是指缺乏健康而已……同样，心灵中的罪恶也无非是缺乏天然之善"（章 11）。他还在该著中将属世之恶分为三类：除了"物理的恶""认识的恶"，人还必然会因为"不自由"而做出背离神圣、神义的行为，从而成就"伦理的恶"。

恶不是本原，只是善的欠缺，普罗提诺和早期教父们也多持这一理解；尼撒的贵格利延续着柏拉图的"神话"，认为人和世界本质皆善，并终将恢复至被神初创时的完善状态，恶即是对善的无知，是错觉令人选择了恶，而基督正是治愈恶的医生（参见［德］瓦纳尔·耶格尔《早期基督教与希腊教化》，吴晓群译，第 7 章，第 53—54 页，以及章注 6）。

怎能不对始祖犯错,这第一次背离神意的行为的发生负有责任?上帝既然全能全知且至善,他为何不阻止亚当犯错?难道上帝没有预知亚当会犯错?难道上帝无力阻止亚当犯错?抑或,上帝就是在故意纵容他犯错?这样的疑惑、质问不仅来自民间,也来自教会内部。

德尔图良发出那般严厉的呐喊,因为他看到了以希腊式的观念和言说方略来论证、阐释上帝和基督,对信仰本身构成的潜在又巨大的威胁;"伊壁鸠鲁悖论"是神圣预定论在希腊主义轨迹上必然会遭遇的逻辑难题。① 面对这一关乎到信仰能否坚定的经典悖论,奥古斯丁试图以上帝的构思具有完整性与和谐性这一预设为据,说明属世之恶具有必要性:上帝的仁慈与大智体现在宇宙的整体之中,在与阴暗/卑劣的对比中,光明/高尚才得显现,也只有这样,宇宙才是和谐的。"在宇宙和整个创造的巨网中,在时间和位置最有序的关联里,没有一片树叶受造而无目的,没有任何一种人是多余的"(《论自由意志》,Ⅲ.23.66);给罪行以惩罚,给善行以幸福的报偿,上帝的公义才得体现(Ⅱ.1.1,同参Ⅲ.9)。但这样的解释显然并未完整解除上帝应对始祖犯罪负责、这一指控。面对难以跨越的逻辑障碍,奥古斯丁屡屡求助于受造之人无法理解的上帝的"神秘用意"。②

围绕着自由意志与原罪,以佩拉纠(Pelagius,360—430)为代表的一些基督教知识者提出了与奥古斯丁针锋相对的异见。佩拉纠派沿着奥利金的轨径,主张人是自由的道德行为者。奥利金认为,神圣的自由意志支配、引导着受造世界,神令理性存在于人的灵魂中,就是意在令后者具有

---

① "伊壁鸠鲁悖论":如果神愿意阻止恶却做不到,神就是无能的;如果神能阻止恶而不愿阻止,神就是恶的;如果神不愿阻止,也阻止不了恶,神就是既无能,又恶的;如果神既愿阻止,又能够阻止恶,恶又从何而来?

② 精彩的神学篇章往往诞生于应对危机的迫切需要。4世纪时,基督教已在罗马帝国合法化,但来自内外的危险并未就此解除。410年,"蛮族"入侵西罗马,这不仅激化了异教群体对基督徒的敌视(前者认为罗马的陷落是神灵因基督教在罗马帝国的传布而对帝国进行的惩罚),也同时动摇着基督徒的信仰——既然罗马已成为基督教的世界,上帝应该格外眷顾罗马才是,那罗马为何会沦遭此难?针对着这些攻击和彷惑,奥古斯丁在《上帝之城》中,恳切又严厉地告诉人们:对基督的信仰绝不是罗马衰落的肇因,相反,只有对基督的信仰才能挽救乱世;任何一个世俗国家都不应成为受造者贪恋的故土,人不应将目光局限在"地上之城"——在这里,人们只爱自己——当最后的审判落幕时,地上的"世人之城"将成为堕落者的魔鬼之城;人们应将目光投向至善的"天上之城""上帝之城"——在那里,人们因对上帝有爱而彼此友爱,那才是受造之身真正的归宿。借着"双城说",希坡教父努力地将基督徒和异教徒一统揽入上帝的怀抱。

向善的倾向、走向他的能力——人能够凭借理性，哪怕仅仅是为了自身的缘故而弃恶从善（比如，一个想以欺骗来获利的人也知道骗局一旦被发现，自身将因丧失信誉而损失更多的利益，从而放弃行骗的企图），否则，神意将无从体现并实现。① 佩拉纠派同样认为唯有信仰基督，人方可能从根本上克服恶、方可得救赎，但他们同时认为，正是因有理性和自由意志，人才会选择信仰上主。他们甚至否认原罪，并说，人即便犯罪，但只要愿意，就可以"归转"，"就可以凭着他自己的劳作和主的恩典而无罪"。②

奥古斯丁敏锐地洞察到，闪烁着早期希腊主义教父身影的佩拉纠主义实际上就是在将人得救的原因归于人自身——既然，连信仰的发生本身也是理性的选择！奥古斯丁再次高举保罗"因信称义"的训言，更直接地意在反驳希腊主义神学在事实上提出的"因本性称义"的伦理公式——理性是人内含的本性，人可因理凭思，近神趋善，得神拯救——看到这一危险的认识竟然在教会中得到了颇多认可，甚至得到了教会高层的支持，希坡教父深感忧虑和愤怒。

他大声训诫："若凭着本性就可称义，基督岂不是白白地死了。"③

与佩拉纠派的辩论令奥古斯丁更加坚定地推广"恩典论"。他一再提醒人们重温使徒们的事迹——使徒是被神选中的，而非他们选中了神——信仰的发生是神的恩典，且仅仅因自神的恩典，神的爱和恩典在先，人才会信仰神。④ 犹太教中"罪"的基本语意之一是"犯错"，其亦强调受造

---

① 参见奥利金在其《论首要原理》（*De Principiis*，石敏敏译，道风书社2002年版）中的相关论述（卷1章5，卷2章9，卷3章1）。奥利金的思想在三位"卡帕多奇亚教父"（Cappadocian fathers）那里得到了丰富的继承，可参［德］瓦纳尔·耶格尔《早期基督教与希腊教化》，第6—7章；［美］耶罗斯拉夫·帕利坎《基督教与古典文化》，石敏敏译，中国社会科学出版社2012年版，第1—2章。

② 参见奥古斯丁《论佩拉纠决议》（417），章16，载《论原罪与恩典》（奥古斯丁为反驳佩拉纠派，写就的多篇书信、论文的结集）。佩拉纠派主张，亚当并未败坏整个人类，人即便犯罪，也不是由于亚当的遗传，上帝不会因一人犯罪而惩罚全人类；在基督之前就有无罪的人，新生儿与亚当堕落前的处境相同；亚当受造时就是有死的，这与其是否犯罪没有关系，人不是因亚当的堕落而成了有死的，也不会因基督的复活而复活（《论佩拉纠决议》，章23）。

③ 这是奥古斯丁417年9月23日所作布道词中的言语，见《论原罪与恩典》之"中译本导言"（周伟驰），xvi。同参该文集中《论恩典与自由意志》（426—427），章25"律法不是恩典，我们的本性自身也不是恩典，正是借着这恩典我们得以成为基督徒"，在该章中，奥古斯丁再次重申，"如果义来自于本性，那么基督就白白地死了。"

④ 参见《论恩典与自由意志》，章28"信仰是上帝的恩赐"，章38"若非上帝先爱我们，我们是不会爱上帝的；使徒选择基督，是因为他们被选择；他们被选择，不是因为他们选择基督"。

者生而不完善，且具有恶的冲动，"罪"的意识的形成就是人对这一冲动的遏制。奥古斯丁通过反驳古典知识论，以及将亚当犯错这一启示原典中的叙事事实形而上化，意图全面否定人可凭本性（理性）获知而从善、凭本性完善自身、凭本性信仰、凭本性得救的可能。

希坡教父这样质问："（被赦的人）是怎样得救呢？他们能靠自己的善行得救吗？自然不能。人既灭亡了，那么除了从灭亡中被救出来以外，他还能行什么善呢？他能靠意志自决行什么善吗？我再说，不能。事实上，正因为人滥用自由意志，才把自己和自由意志一起毁坏。一个人自杀，自然必须当他活着的时候。到他已经自杀了，他就死了，自然不能自己恢复生命。同样，一个既已用自由意志犯了罪，为罪所胜的人，他就丧失了意志的自由。"（《教义手册》，章30）

经过几次教会庭审、多番论辩后，佩拉纠一派于417年被逐出了教会，支持他们的主教们亦多遭贬罚。因为原罪，人时刻面临无明的、恶的深渊，只有上帝的恩典才能令我们明智，并重获不犯罪的自由，去恶向善，只有信，方可称义——只有神的恩典方可令罪人得救。这是希坡教父留给后世的严厉遗嘱。①

* * *

历史终将是场"喜剧"，这是必然会兑现的上帝的预言。鼓舞人心的预言在地中海世界的传布，改变着那个世界里的人们对历史、对未来的基本心理，令他们不再那么畏惧变化的发生，而对变化怀抱期待，尤其是期待那个最重要的变化、救赎时刻的来临——可是，对未来的期待却并没有直接、完整地兑换为人间的欢乐。

关于"喜剧"的实现过程，"书"的言喻并不清晰，救赎的兑现是否伴随着受造者普遍的自我改良？是否伴随着人间的焕新？按照"书"的描述，救赎的实现似乎非常突然。而"书"明言的是，人的得救，根本上，是神的作为，这一结论被奥古斯丁极端强化。伴随其原罪论和恩典论的完善，希坡教父眼中的历史愈来愈接近柏拉图的展望，"退化"：因为亚当的堕落，人生而严重残缺，没有神恩，人只能在恶与恶之间做出选择，而戴

---

① 以上关于奥古斯丁原罪思想的讨论还参考了赵林《罪恶与自由意志——奥古斯丁原罪理论辨析》，《世界哲学》2006年第3期。

罪的庸众又有几个能够真正领会神恩、"因信称义"？在奥古斯丁主义的视域中，不让自身更加堕落，已是罪人们能够在历史中实现的所谓的善了，"理想的"历史不可能意味着人间在神圣的眷顾之下，一路高歌猛进。

无论希腊主义教父们曾从柏拉图那里汲取了怎样的信心，这一信心、对人的理性和道德能力的信任，都将伴随基督教拉丁化的转型而在欧陆被深刻质疑甚至否定。奥古斯丁以原罪和恩典为理论锚点的神学倡议将启示信仰与希腊主义彻底拉开了距离，奠立了拉丁基督教世界近千年的基本精神气质。理性的能力被严重怀疑，感性的欲求必然更加不值得鼓励；神的预言不仅没有成为繁荣人间的"合法"论据，相反，"喜剧"实现的"合法"过程意味着人间被全面地抑制——"喜剧"将如"书"所示，在受造者虔敬的等待中突然兑现。

卡尔·贝克尔（Carl L. Becker, 1873—1945）感慨地说，弥漫在中世纪欧陆大地上的，是这样一种"舆论气候"：历史是一场被制定好的"宇宙神剧"（theo‑cosmic drama），上帝"为了一个终极的（假如说是不可测的）目的"创造出了世界和人，原本完美的人因违逆神命而获罪，但耶稣为人开启了得救的道路，由于上帝的仁恩，人会因对耶稣的服从而被赦免。"大地上的生活无非就是通向这一可愿望的目的的一种手段，无非就是检验上帝儿女们的一种尘世上的鉴定方式而已。到了上帝指定的时间，'地上之城'就告终结……善人和恶人就终于会被分开。对于胆敢顽抗者，就准备好了一个永恒惩罚的地方；而信徒则会在'天城'与上帝会合在一起，永远在那里居留在美满和幸福之中。"[①]

历史终成"喜剧"，这是启示的真理，也是西方"现代"进步史观的起点，但也仅仅是一个起点：在"现代"的目光中，历史的标的不在天城，而在人间，喜剧是在人世逐渐的自我完善中实现的，等等；而所有这些分歧的核心锚点显然是我们是否应该信赖自身，信赖我们能够凭借理性成为真实的道德主体，凭借己力令自身和大地变得更加美善。

《神曲》中，但丁忠诚地维护着基督教对未接受过基督真理之人最基本的伦理姿态，将古典的哲人、数学家（包括维吉尔）等都限制在了天堂之外，置于地狱之门与地狱第一圈之间的"候判所"里，因为他们或是异

[①] ［美］卡尔·贝克尔：《18世纪哲学家的天城》，何兆武译，北京大学出版社2013年版，第5—6页。"舆论气候"是17世纪的名词，贝克尔、怀特海等学者令这一名词回归了现代的视野。

教徒，或生于耶稣之前，他们虽不得进入天国，却也不会在候判所遭受什么苦痛。但丁用自身的"喜剧"告诉读者，理性可以辅佐、照亮人生，并将我们带向天城：陷入迷途的但丁正是在维吉尔理性的指引下，完整地检阅了人间的罪恶，也正是这位异教世界的诗人将但丁带到了"地上的乐园"，他在那里等待贝阿特丽齐的到来。"宇宙神剧"的舆论气候固然没有失效，但在中世纪晚期信众的心中，奥古斯丁的教诲却已不具有十足的缠缚力。

卜伽丘是但丁的忠实读者，相较于但丁，卜伽丘更加直白地表达了对理性的信任。《十日谈》一开篇，就向我们呈现了一幅瘟疫肆虐、人伦尽丧的末世景观，作者急迫地告诉读者，末世的出现不仅是因为疫病，更是因为世俗法纪与神性规约的失效，十位青年男女就在这废墟般的世界里聚到了一起。潘碧尼雅在与同伴唏嘘了一番后说，"就像逃避死神那样，我们也应避免人们现在的这种堕落生活……就让我们住到乡下去吧，过过清净的日子，在那儿，我们可以由着自己的心意寻求快乐，但是并不越出理性的规范"。人物开宗明义，向读者昭示了他们的行为准则：理性规范。当第一百个故事讲毕，是日的"国王"潘斐洛说，大家虽在这里整日把盏言欢，讲故事逗趣，却从未做出任何"败德的事情"，"我们一直都十分正派，相处得十分和谐，像兄弟姐妹一般真诚亲热。这是大家的荣耀，也是我的荣耀……"①

十位青年在郊外度过了半个月，就像做了一场行为实验：十五天前，他们带着实验任务（人是否能依理性行事，理性的规范是否能与快乐兼容）离开了圣马利亚·诺凡拉教堂，似要展开一场与上帝无关的实践；十五天后，他们带着实验成功的"荣耀"回到了这座教堂。读者看到，十位人物夸赞的各种良善、明智的理性行为，整体上均不与基督教伦理规范抵触。既然如此，如果我们说小说的结尾是在示意读者，理性不仅不会将我们带离神，反会将我们带到神的身边，应也不算为过。

人物从忧心忡忡到喜悦地回归佛罗伦萨，这一主体情节结构无疑意味着这部小说在讲述一场"喜剧"；十位青年每日讲述的故事，虽不是全部，亦都基本上遵循着"喜剧"的走向，"以邪恶或苦难开始，以从善或幸福

---

① 引文见［意］卜伽丘《十日谈》，方平等译，上海译文出版社1985年版，第20、699—700页。

四　循环的终断

结局,始终是《十日谈》基本的叙事模式"。[1] 然而,与"但丁的喜剧"不同,《十日谈》的"喜剧"并没有落脚在天城。踏着理性的台阶企及神的荣光与至上的真福,这是但丁的心愿;而卜伽丘更在意的,显然是测试和验证理性是否能够引导这个滑稽可笑甚至可憎的人间,是否能够造福甚至拯救现实的人生。《十日谈》也被称为"人曲""人间的喜剧"(Umana Commedia)。从《神曲》至《十日谈》,叙事标的发生的变迁,将在从《批判家》至《鲁滨逊漂流记》中再次上演,但历史并没有在重演中陷入循环。

---

[1] Christian Bec, *Précis de littérature italienne*, Paris: P.U.F., 1995, p.67.

五 《批判家》：天城的钥匙

17世纪巴洛克小说的典范作品《批判家》（*El Criticón*）讲述的也是一个因为一见钟情、因为信守爱情而屡经磨难的故事。这部格局宏大的三卷本巨制的作者是耶稣会教士巴尔塔萨尔·格拉西安（Baltasar Gracián, 1601—1658）。第一卷《从童年之春到青年之夏》，叙事开篇，奄奄一息的主人公克里蒂洛（Critilo，意即"吹毛求疵的人"）在海上飘荡数日，至圣海伦娜岛岸边，被一个野人，一个长着欧洲人面孔的少年救起，他发现这个野人机敏伶俐，但不会说"人话"，于是给野人取名为安提尼奥（Andrenio，意即"自然的人"）。后者非常好学，很快学会了西班牙语，二人便彼此诉说起各自的遭遇。

克里蒂洛出生在暴风雨中的大海上，当时他父母正坐船前往印度的果阿（Goa，果阿起先被葡萄牙殖民，是亚洲的天主教重地，被誉为"东方的罗马"）做生意。在殷实的家境和母亲的溺爱中，作为独子的克里蒂洛成了一个"浑不讲理、噩癖缠身"的浪荡子，沉迷于赌博和纵乐，但有一天，他遇到了美丽的菲丽莘达（Felisinda，意为"印度的幸福"）——克里蒂洛说，她的名字就意味着"幸福"——竟一见钟情，一往情深。就如在希腊小说中一样，爱情很快遭到了恶人的干涉……到了，克里蒂洛因怒杀了妄图强娶菲丽莘达的总督侄子而落入大牢，家产几悉数被没收，狐朋狗友也作鸟兽散。菲丽莘达的父母遂决定带女儿离开这个是非之地，返回西班牙，狱中得知消息的克里蒂洛心肺俱焚。回到西班牙的菲丽莘达并未将爱人抛到脑后，她四方运筹，终于令克里蒂洛获得移送本国的机会。可是不幸再次降临，在去往西班牙的海上，克里蒂洛又遭暗算（船长贪图他仅剩的一些金银），被抛到了海里。

身陷牢狱令克里蒂洛手足无措，但令他颇感意外的是，他竟在狱中找到了平复悲愤与相思的良药——古典哲人们的著述，他亲切地将这些哲人们称为"过世了的朋友":"我研习了高尚的文理,尤其喜爱那滋养人心智、培养理性、教人活得明白的伦理哲学"。从苏格拉底、柏拉图到塞涅卡,克里蒂洛在阅读中逐渐感到自己"识得了大义、知晓了善恶、变得聪慧起来",他平生第一次反思起了自己的历史,"在此之前,我一直都没能活得像个人,而像个畜生"。曾经放浪形骸的他虽身为基督徒,却根本不把信仰当回事,正是与这些"朋友"的相遇令他真正归信了上主——在克里蒂洛看来,没什么比这些哲思能更好地帮助他确知、理解、敬重上帝了——他将书中所学,如师长对后学、父亲对儿子般,耐心地讲给了安提尼奥。①

自11世纪末,希腊—罗马文典,柏拉图和亚里士多德的著述(包括穆斯林学者对之的评校),以及阿拉伯-波斯的科学、哲学文本被大量翻译成拉丁文,天主教知识界里便开始弥散出一股理性主义,甚至是科学主义的叙事冲动。有人甚至提出应将自然与神剥离开来,将上帝对受造世界的干预框定在创世完成的那一刻,而将之后的万物运动完整归于自然本身。② 比起早期教父们对柏拉图的依重,这个时期的基督教精英更被亚里士多德深深吸引。由于亚氏的思想与基督教的抵牾之处非常显眼,他对灵魂的理解直接与基督教教义相悖(下文会解释),教廷曾多次阻止亚氏的学说在神学院、大学里传播,但都收效不佳。德国多明我会主教大阿尔伯特(Albertus Magnus,1200—1280)非常迷恋亚里士多德,他系统地研读了亚氏著作的拉丁语译本和伊斯兰学者对亚氏的评注,认为亚氏的学说可

---

① *El Criticón* 的三卷分别初版于1651、1653、1657年。小说的中译本《漫评人生》(张广森译,海南出版社2010年版) 将 Andrenio 和 Felisinda 译为"安德雷尼奥"和"福妲";笔者将书名译为"批判家",因 *Criticón* 和 Critilo 语意近同。本书对这部小说的引用以中译本为据,同时参阅小说的法译本 (*Le Criticon*, trad. Benito Pelegrín, Paris: Seuil, 2008),对中译文稍做了调整。本段中的引文见中译本,卷1章(回)4,第37页。这部小说集寓言、象征、神话、写实等为一体,因极其丰富的内容和叙事手段被称为"巴洛克散文的总和"[参见 Ricardo Senabre,"El Criticón: narración y alegoría"(《〈批判家〉:叙事与寓言》), in *Trébede*, No. 46, 2001, pp. 51 – 54]。

② 经院神学家、哲学家 William of Conches (约1100—1154) 就曾指责那些保守的教士,"他们对自然的力量一无所知,还希望有人陪他们一起无知,他们不想让人研究任何东西;他们想让我们像乡下人一样盲信,不去追问事物背后的理由……但我们说,任何事物背后的理由都应当去寻求……如果他们得知有人在做此探究,便会大呼小叫此人是异端,他们更信靠自己的僧袍而不是智慧。"([美]戴维·林德伯格《西方科学的起源》,张卜天译,湖南科技出版社2013年版,第232页)

与基督教义相谐；他也创作了一部《物理学》，该著几乎囊括了当时除神学以外的所有学科。至 14 世纪，亚里士多德已成为了神学家和众多大学师生热衷研习的对象，自然哲学的研究几乎被亚里士多德主义统御。①

"信"与"思"在彼此较量、妥协中形成的张力结构是基督教的思维母床。奥古斯丁意图通过明确信仰优先于理性，通过打破二者的平衡，一劳永逸地解决这一结构对信仰构成的深刻隐患，但隐患到底没能解除。中世纪晚期的"大翻译运动"令被抑制了许久却始终潜藏在欧陆精神世界中的启示与理性的龃龉，再次成为尖锐的时代议题。当我们目睹"天使博士""全能博士"，多明我会的托马斯·阿奎那（Thomas Aquinas，1225—1274）的《神学大全》（*Summa Theologica*，1266—1273）以对六百多个"问题"和几千个子问题的回答、辨析，来解释、证明启示信仰的合理性、合法性与必要性时，"人心惶惶"的时代气息便跃然纸上。阿奎那的神学创作既是当时理性主义思潮的结果，也是对这一思潮催生下的时代性信仰危机的全方位回应。②

如何证明不可见的上帝存在，这是启示信仰进入"外邦"以来面临的最根本、最艰难的"理性问题"。"启示"本是指神公开自己和自身意图的行动。神会直接莅临受造者，比如，"神呼召以赛亚作先知"（《以赛亚书》6：1—11），复活的耶稣在大马士革近郊以声垂训扫罗（之后，扫罗便成为了使徒保罗）。③ 但这些具有神话气质的故事对希腊（化）式的大脑来说显然不具有足够的说服力，无法充分证明上帝存在。

奥古斯丁曾意图通过强调心灵的会意和爱的体验，宣讲上帝存在。"我进入心灵后，我用我的灵魂的眼睛——虽则还是很模糊的——瞻望着在我灵魂的眼睛之上的、在我思想之上的永定之光……谁认识真理，即认识这光；谁认识这光，也就认识永恒。惟有爱能认识它。"（《忏悔录》，

---

① 同参张卜天《科学与人文：中世纪自然哲学与神学的互动刍议》，《科学文化评论》2017 年第 4 期。

② 《神学大全》（段德智等译，商务印书馆 2013 年版）分 3 集，每集分为若干卷，全书（包括"附录"）依次提出、讨论了 613 个"问题"（quaestio），该译本将每个"问题"下的子问题称为"条"（articunlus）。下文在引用《神学大全》时，均直接随文标注"问题"及"条"。

③ 扫罗正在去大马士革的路上，"忽然从天上发光，四面照着他；他就扑倒在地，听见有声音对他说：'扫罗！扫罗！你为什么逼迫我？'他说：'主啊！你是谁？'主说：'我就是你所逼迫的耶稣。'"（《使徒行传》9：1—5）

Ⅶ.10)① 而阿奎那则明目昭彰地回归希腊主义的叙事路线，意图重建"信"与"思"的平衡。

《神学大全》开篇便指出，"上帝存在"这一命题不是自明的。② "上帝存在"是事关信仰的"第一真理"，必须得到有效证明，那么，如何证明？阿奎那提出了两种基本的证明路径：由原因出发的"先验"证明，"这是从绝对在先的事物出发予以证明"和由结果出发的"后验"证明，"这是从仅仅对于我们相对在先的事物出发予以证明"。他解释道："由于结果往往比其原因更易为我们所知，我们就可以从结果进展到关于原因的知识……既然每个结果都依赖于它的原因，那么，只要结果存在，它的原因必定事先存在。因此，上帝存在，对我们虽不是自明的，却是可从我们所知的、它所产生的结果中证明出来的。"所谓的"结果"，"那些我们知道得更清楚明白的事物"，便是有形可感的现象。（问题1，条2"上帝的存在能否被证明出来"）

除了向受造者直接发出呼召，上帝还会通过自然和人间事件，间接地显示自身——基督教神学从形成伊始便从希腊传统中获取了一个重要的支撑性资源，本质与现象的关系——上帝是原因，世界是神的作为的结果，上帝的意愿与运筹是历史的本质，历史是神意的显相。可感的现象构成着"一般启示"（general revelation）的基本内容，这种启示是非言语形态的。

---

① 在《上帝之城》中，奥古斯丁这样解释道，"物体的重量运载着物体，正如灵魂之爱运载着灵魂"（同参《忏悔录》，ⅩⅢ.9）；"他（主）的永恒是真实的，他的真理是永恒的，他的爱是永恒的和真实的，他本身就是永恒、真实、爱的三位一体"；"在上帝那里，我们的存在不会再有死亡，我们的知识不会再有错误，我们的爱不会再有挫折。当前，我们相信自己拥有三样东西，存在、知识、爱，不是因为拥有其他证据，而是因为我们自己明白它们的临在，因为我们自己最真实的内在感官察觉到了它们"（Ⅺ.28）。奥古斯丁关于"爱"的絮语意在申明，受造者心中有爱，这就是上帝在场的证明和结果，爱，来自上帝，且是上帝本身。

② 阿奎那如是说："一件事物之为自明的，只有两种可能：一种可能是，它本身是自明的，虽然对于我们并不是自明的；另一种可能是，不仅其本身是自明的，且对于我们也是自明的。一个命题之所以是自明的，乃是因为其谓项包含在其主项的概念之中。'人是动物'即是如此，因为动物性包含在人的本质中。所以，如果谓项和主项的本质人人尽知，则这个命题对所有人都是自明的……然而，倘若一些人对谓项和主项的本质有所不知的话，对这些人来说，这个命题——虽然就其本身来说是自明的——就不是自明的。""上帝存在"这个命题，就属于第一种"可能"，这个命题本身是自明的，"因为这个命题的主项和谓项是同一的，上帝就是存在自身"；可是"我们并不知道上帝的本质，所以，这个命题对于我们就不是自明的"。也就是说，在阿奎那，"上帝存在"仅仅在形式逻辑上是自明的，却不具有实质的自明性。阿奎那总结道，"真理的存在一般来说是自明的，但是，第一真理的存在对于我们来说却不是自明的。"（问题2"论上帝——上帝是否存在"，条1"上帝存在是否是自明的"，笔者对译文稍做了调整）

与之相对的,是以言语形式展开的"特殊启示"(special revelation),"书"本身就是特殊启示,是上帝向人"默示"(theopneustos)而成的言语集合;《旧约》中重要的特殊启示有律法、预言等,《新约》中首要的特殊启示便是"耶稣道成肉身"。

在阿奎那看来,耶稣显示着上帝,这样的特殊启示是无法经由理性分析或逻辑推演证明的,对特殊启示的理解只能依靠对神本身的信任,但这一无条件的信任在当时已然成为严重的问题,正因如此,阿奎那非常看重一般启示——特殊启示和一般启示都是神存在的证据,相较于前者,后者因为是可见、可感的,所以,对于无缘经历神召,甚至正在经历信仰动摇的人们来说,能更有效地帮助他们确证上帝、信靠上帝。而天使博士强调的是,对作为结果的现象的"原因"的追究,对现象素材的分析、透视,对一般启示的领会,需要理性的积极参与——他为读者提供了五种从现象出发,证明"上帝存在"的方法。①

《批判家》的作者在交代了克里蒂洛与安提尼奥的相遇后,就立刻安排两位主人公就上帝展开了一场漫长的对话——小说第一卷的第二章和第三章分别名为"天地大舞台"和"美丽大自然"。安提尼奥是被岛上的一群野兽养大的,所以不会说人话。他和野兽一起住在一个深邃的洞穴里,生理的限制令他一直无法爬出、跳出地洞。但有一天,一次偶然的地震将他带出了洞穴,令他第一次目睹了自然、天地。

安提尼奥激动地讲起了(虽然他刚学会西班牙语)他在"无语"状态下,面对各种精妙奇异、壮阔斑斓的自然现象时,内心经历的强烈的惊讶与震荡:"我得承认,最让我沉醉和痴迷的,是被你称作太阳的那个有着明晃晃的光环、光焰四射的伟大的光明之源的灿烂光芒。那太阳……一跃而起,以无比威严的气势雄霸整个寰宇,让天地万物全都分享其明澈的光辉。这时,我就像着了魔似的,完全忘了自己的存在,一心想着能像矫健

---

① 这五种证明方法是:从事物的运动、变化出发证明;从动力因出发证明;从可能性和必然性出发证明;从事物中的等级出发证明;从世界的秩序(即目的因)出发证明。

"证明"是基督教叙事自身内含的、无法摆脱的思维形式。"证明"不仅是耶稣的门徒、使徒们面对希腊式的理性质疑时不得不采取的叙事策略,同时也是他们面对犹太教的质问时,不得不采取的应对形式。基督信仰的确立自始便面对着一个严峻的问题:如何将有形的耶稣与无形的上帝合体,令耶稣获得完整的、启示主语的神圣属性。四大《福音书》反复讲述耶稣自出生至受难、升天的生平事迹,尤其是,耶稣显出的各种"神迹",这些讲述的目的很明确:通过有证人在场的故事,为耶稣的神性提供足够的有形证明;这一叙事意图决定着基督教与犹太教无法弥合的分歧。

的雄鹰一般划入其中……"

克里蒂洛解释道:"太阳,是最能充分代表造物主之威严的造物。它被称为太阳(sol),因为在它面前,所有别的光源尽失其光辉,只有它独领风骚(solo,直译为独一无二,与 sol 词形相近)。它居于所有天体的中心,既是光明的灵魂,又是永不枯竭的光源。它不可或缺、永恒不变;它美无堪比,能令万物毕现,却又独隐其形……它会同着其他种种因素,成就了万物的生命,这其中,也包括人;它慷慨地将自己的光和热,洒向四方,直至大地的深处;它孕育着、激励着、制约着一切的一切;它平等公正,因为它原本就是为着万物而在,对自身之外一无所求,却是世人仰赖的对象。总而言之,它是最能折射上帝伟力的鉴证。"①

在太阳之后,他们又谈起了星空。在这场对话正式开始之前,作者就先以第三人称就上帝创世做了不短的铺叙,并接着,令上帝以第一人称解释其创世的想法。一经克里蒂洛点拨,安提尼奥便明白了自然现象的奥秘——那是上帝的安排与行动,还有,他初涉"舞台"时亢奋的精神体验的根由——他从天地的丰富与壮丽中辨认出了神的身影,感受到了神的伟绩。

在与克里蒂洛分析、欣赏了大自然后,安提尼奥由衷感慨:"所有的一切无不令人赞叹和敬畏……而令我尤其惊讶的是,知道了这一切竟然有着一个彰显于其作品却又密藏身影的制造者,他的神力(构思之奇巧、制作之精妙、管理之英明、待人之善以及其他种种)实在无法令人无视。但即便如此,这位伟大的神却隐而不露、可感而不可见,既隐又显,既远又近。这让我如何能够自己,我现在的全部心思都在他的身上,只想了解他,热爱他。"②

两位主人公还在"天地大舞台"和"美丽大自然"中,讨论了宇宙、人体结构中"由矛盾对立构成的奇特的和谐",自然运动、人生世界的变迁中,各种力量的此消彼长、相生相克——当然,所有这些"不和谐的和

---

① [西]格拉西安:《漫评人生》,张广森译,卷1章2,第13—14页。的确,这段对话,以及安提尼奥被震出洞穴的故事会令读者立刻联想到柏拉图关于太阳和洞的隐喻。在小说卷1章7"蒙骗之源"中,我们还可以看到作者对柏拉图的"转世"言论的生动演绎——"上帝会惩罚恶人,待其死后,将他的灵魂注入其生前所形似的禽兽的体内,让残暴者托生为老虎,让狂傲者托生为狮子,让不端者托生为野猪"(第74页)。

② [西]格拉西安:《漫评人生》,张广森译,卷1章3,第25页。

谐"最终都证明着上帝"至上的神力"和"无边的慈悲"。二人的对话表面上是一问一答，是克里蒂洛在给安提尼奥上课，但其实，他们是在彼此应和地抒发着对上帝的感怀。作者执意要将这场占据了两章篇幅的对话详细地呈现给读者，一句都不愿简省，显然也是意在给读者提供两堂关于上帝的大课。对话/问答，不仅是古典哲人们的"思考"形式，也是早期教父们确立下来的基督教教理教学的经典形式。万物山川无不彰显着神的身影，这是基督徒们耳熟能详的常识。而这两堂大课特别强调的是：哪怕你是一个野人，不知有上帝，你也定会被上帝的作为，被这个可感的自然打动，而只要你掌握了理性的能力，你定会透过可见的现象走向上帝——在那个时代，这是典型的托马斯主义的教诲。[1]

* * *

面对上帝乃至善（summum bomun）这一绝不可撼动的信理，阿奎那也必然要回答"恶从何来"这个麻烦的问题。他亦认为恶是善的匮乏，"籍恶的名称所表示的必定是善的一定的缺乏"（《神学大全》，问题48条1）。在奥古斯丁，受造意志的天生缺陷构成着人的原罪。而阿奎那却这样说："在有意志的事物中，活动的缺陷是来自那种实际上有缺陷的意志的，以至于它实际上不能够使其自身服从它的固有的规则"，可这种缺陷"不是一种罪"，只是，"由于这种意志的活动具有这种缺陷，罪也就会随之产生"（问题49"论恶的原因"，条1）。阿奎那不否认人是罪、恶的伦理主语，却在笔尖下稀释着奥古斯丁主义给受造者内心造成的重压。

作为大阿尔伯特的高足，阿奎那继承着老师的衣钵，将亚里士多德的学说视为其神学创作的重要理论来源，但他同时也始终参考着柏拉图。借取着柏拉图的理型论和模仿说，并根据亚氏提供的质料—形式的存在论框架，阿奎那这样解释"缺陷""缺乏"的内涵。

上帝是单纯、善、无限、不变动、永恒、独一的统一；上帝不是某种形体，非由质料与形式组成，上帝是完整的"存在"（esse，即是其所是），完全非质料性的、彻底的现实，即亚氏意义上的纯形式（问题3"论上帝的单纯性"，条1—4）。"书"云，"起初上帝创造天地，地是空虚

---

[1] 关于托马斯主义学说对格拉西安的影响，可参《批判家》的著名研究者 Benito Pelegrín 在其 *Ethique et esthétique du baroque, l'espace jésuitique de Baltasar Gracián*（《巴洛克的伦理与美学，巴尔塔萨尔·格拉西安的耶稣会世界》），Arles: Actes Sud, 1985）中的相关介述和讨论。

混沌，渊面黑暗，上帝的灵运行在水面上"（《创世记》1：1—2）；阿奎那说，世界被创的本质性过程就是上帝赋予无形以有形，亦即上帝被分有的过程，"物体在其最初产生时所具有的有形形式，是直接来自上帝的"（问题65"论有形受造物的创造工作"，条4）。在柏拉图，原型不可能如元型完善，分有的展开实际上就意味着型的完善性的削弱，型的差异（层级）决定并解释了可感事物的本质性差异；但在基督教的叙事框架内，上帝不仅被万物分有，上帝即万物的"本质"（essentiam）本身。

阿奎那重申古典的定律，存在只可能是善的，恶，"不可能表示存在，或任何形式和本性"（问题48条1）。上帝乃至善（问题6"论上帝的善"，条2、3）；上帝赋予万物的形式本身便不可能是不善的，"每一种质料，当作为一种潜在的善时，便具有了善的本性"，"没有什么东西能够说本质上是恶的"（问题49，条1、3）；分有不可能削弱上帝/善，某些事物被称为恶，"都不是由于分有而是由于分有的匮乏的缘故"，所谓"分有的匮乏"即指神的现实性因被受造物的质料性抑制，而成为后者"潜在的"本质规定性（问题49条3）。也就是说，在天使博士，事物表现出不同种类、层级的恶，并非因为事物的本质不同，而是因为并意味着，善（本质）的受抑制程度不同。

那我们该如何令善摆脱被抑制的、潜在的状态？而既然上帝即至善，这一问题的实质自然是：我们是否可能，又该怎样认识上帝？

"凡在上帝之中事先存在的结果，一如在第一因中一样，必定存在于他的理解活动之中，而所有的事物也必定依据一种可理解的样式而存在于他之中；因为凡存在于另外一个事物之中的事物也是依照它在其中的事物的样式而存在于它之中的。"（问题14"论上帝的知识"，条5）万物都在神之中，我们故能认识事物，这不仅是柏拉图，也是基督教的基本主张。但阿奎那嘲讽道，希坡教父在强调信仰是理解的前提时，令人误以为神是可以被感性直观的，"奥古斯丁并不理解万物是在它们的永恒原型中或在永恒不变的真理中被认识的，仿佛永恒的原型本身是被看到似的"（问题84"论灵魂……是如何理解比他低级的有形事物的"，条6）。

亚里士多德在《论灵魂》（414a31—32、414b18）中说，人的灵魂里蕴含着若干"能力"（potentia）：营养、欲望、运动、感觉和理智（intellectus）/智性（intellectum）。在亚氏，理性（rationale）与理智无不同，阿奎那则与柏拉图一致，视理智为理性的运作。

阿奎那明言，感觉和理智是我们灵魂中的"两种认识能力"（问题12"论上帝是如何为我们所认知的"，条4；同参问题79"论理智能力"，条1"理智是否是灵魂的一种能力"）。①"可感觉事物的形式在没有质料的情况下独立存在与可感觉事物的本性是相抵触的"（《形而上学》，1039a24，见问题84条4）；受造者是质料与形式的统一体，这决定了人的理解活动必须依赖与质料直接相关的能力、感觉而展开，"知识的原则存在于感觉之中"（《形而上学》，981a2，见问题84条6）；灵魂会因感觉能力而形成关于可感事物的印象，此所谓"心像"（phantasma），"没有心像，灵魂是理解不了任何事物的"（《论灵魂》，431a16，见问题84条7）。天使博士"毫不羞涩"地反驳了柏拉图对物质性、感性的严重蔑视，但他同时在古典认识论的视域下向读者申明，理智更加高贵。

与柏拉图一致，阿奎那也认为我们能够理解的，是各种层级的"形式"（即拉图笔下的型），阿奎纳习惯称之为"种相"（species）、"属相"（genere）——任一种相都可还原为某一属相和事物运作的样式等；既然形式本身是非物质性的，不同的认知能力便会因其对物质的依赖程度而分出高下。他这样说，"感觉之所以被认为是有认识能力的，乃是由于它能够自由地接受来自物质的影像"，而理智，因为"同物质离得更远，而且也不是混合的"，所以具有更高的认识能力（《论灵魂》，429a18，b5，见问题14条1）。理智会借"一种抽象过程，使从感觉接受过来的心像成为现实可理解的"（问题84条6）。对可理解的形式的掌握意味着知识的形成——对此，各种感觉，即便是被亚里士多德视为最高贵的（相对于其他感觉，对物质依赖最低的）视觉都无能为力，它们至多只能"知道单个的事物"，而无法掌握事物的"（抽象的）性质"（naturam）——只有通过理智，我们才能把复合性的事物中的质料与形式分解开来，分别考察，把对象"理解成普遍的，而这是超乎感觉能力的"（问题12条4）。换言之，没有理智，我们便无从形成对具体事物的抽象性质、形式、本质的认知。

上帝不包含在任何种相或属相之中，相反，其包涵所有，是最抽象的纯粹形式，最大的普遍性——这意味着，对上帝的认知，更加仰赖理智。

---

① 阿奎那在《论独一理智——驳阿维洛伊主义者》（以下简称《论独一理智》，段德智译，商务印书馆2015年版）中，决绝地驳斥了阿维洛伊的"理智实体论"（理智是人的灵魂和身体之外的独立实体）。阿奎那将阿维洛伊的学说定性为对亚氏的歪曲，以此为自身对亚氏的欣赏做着辩护。

有形事物是借物质性的"形象"（similitudinem）呈现给我们的，但上帝具有"最高等级的非物质性"，是"单纯的"，完全不受质料（即空间和时间）的制约，乃最大的无限性，所以，我们无法借任何依赖物质性的感觉，借"肉眼"（oculis corporalibus）或任何具体的"形象"直观上帝，而只能凭借理智——上帝无法被"看到"，只有借着理智，我们才可能探及普遍性的极限，此所谓存在——"上帝的本质乃存在本身"（问题12，条1、2、3）。上帝是借理智本身呈现给我们的，"上帝之显现给观看他的理智并不是借一种形象，而是借他的本质"（问题12条6）。

奥古斯丁一方面极力贬低着物质性和基于物质性的感官的伦理价值，一方面又赋予了感性能力以某种神圣的认识论价值；而阿奎那则在肯定感性的认知能力的同时，重申着只有理性能够通抵存在这一古典的公式，并借此驳斥了奥古斯丁关于上帝可直观的絮语。阿奎那笔下的逻辑线索清晰可辨：既然属世的恶的出现是因纯粹的形式、本质、上帝、至善受到了质料的抑制，而形式唯有理性才能理解，故而，令灵魂中内含的理智能力焕发出来，不仅不会背反神义，反而恰恰是戴罪之身履践神意不可或缺的人生功课。

安提尼奥说，上帝"隐而不露、既远又近"。

阿奎纳说，上帝的"单纯性"决定了他的理解活动完全无须依赖与质料相关的能力，而是完全理智的，"一件事物越是非物质地具有所认识的事物的形式，它的知识就越是完满"（问题84条2）；所以，"上帝占据着知识的制高点"，"上帝之中存在着最完满的知识"，"在受造物中凡是被分隔和多重化的东西都单纯和统一地存在于上帝之中"（问题14条1）。人是质料与形式的混合体，故不可能具有"最完满的知识"。但既然，受造物的种相均来自对存在的分有，对具体的形的认识的积累便必然会将我们导向对无限的形、上帝的认识——在这个问题上，阿奎那毫不遮掩地附和柏拉图——他掷地有声地写道，理智会将各种"可理解的种相"还原到"藉其本质成为可理解的作为他们第一原因的第一原则，即上帝"（问题84条4）。

奥古斯丁竭力抑制对神的理性证明的泛滥，向信众宣讲着在灵魂的敞开中、在爱的体验中、在静默的祈祷中，领受上帝的临在；而阿奎那却知会读者，不是每个俗身都有幸在"花园"中听见神的耳语，但上帝即便不向平凡的你我直接显身，亦必将在我们对现象的透视和逻辑的演绎中显现——在理性的运作中，我们定能理解万物的本质，走向至善的上帝。

在早前的《反异教大全》（1259—1264）中，阿奎那已借亚里士多德申明，在"信仰真理"（veritas fidei）之外，还另有一种真理——"理性真理"（veritas rationis，包涵着物理学、数学、本体论、认识论、美学、伦理学等）；照亮理性真理的，是"自然之光"——理性本身。他甚至直言："在有关上帝我们所信仰的东西中，存在着真理的两种样式（duplex veritatis modus）。有些关于上帝的真理是超乎人的理性的整个能力之外的。上帝既为三个，又为一个，就是这种类型的真理。但是，也存在一些真理，是人的理性能企及的。上帝存在，上帝独一，就是这样类型的真理。事实上，关于上帝的这样一些真理，哲学家们借推证已经证明过了，而这种推证则是在自然之光的指导下进行的。"（《反异教大全》，Ⅰ，cap. 3，2）[①]

阿奎纳不否认人的理性不完备，但其知识论建构却一以贯之地意图说明：上帝虽是一切的元因，但理解的发生与达成却并非直接因为神的光照，而是因为人有理性，即便信仰真理的澄清也离不开"自然之光"的照耀，离不开人的理智。天使博士看似冷静、严厉的笔尖下流露出谦逊又挚肯的内心独白：我们并非天赋异禀，只是肉身凡胎，正因如此，对我们来说，理性绝不是给信仰锦上添花的装饰品或信仰的拐杖，而是信仰成立的前提——没有理性的光照，上帝亦将沦于黯淡。

奥古斯丁通过对斯多亚学派和西塞罗的法学思想的变造，提出了一套建基于上帝的法的系统：上帝的本性是其治理宇宙/人世这个统一舞台的根本依据，此即神的自然法，神的成文法便是《圣经》；人的本性来自上帝，所以，人本避恶向善，追求公平与正义，此即人的自然法（人本然的伦理倾向，一种内自然）；但因始祖犯罪，人丧失了对自身本性，亦即神的本性的"荣福直观"，所以，人无法制定出完整契合本性和神义的世俗法，即人的成文法。就如视恶为善的欠缺，奥古斯丁视世俗法为自然法/永恒法的欠缺形式，令前者无限接近后者是受造之人不可逃避的历史责任，为此，理性的功用还在其次，关键须得仰赖对上帝的信仰和基督的光照。希坡教父在《上帝之城》中一再训告读者，没有信仰，谈何正义，正义的诉求本就来自于神，正义不仅事关人与人，其根本所指是人与神的

[①] 《反异教大全》（*Summa Contra Gentiles*，段德智译，商务印书馆 2017 年版）亦称《哲学大全》，是阿奎那受命为那些向西班牙的摩尔人传教的神职人员创作的，该书已然全方位采取了理性主义的叙事姿态。

关系。

阿奎那延续着奥古斯丁的法结构，但在如何才能制定出合法的人法这一问题上，又与奥古斯丁产生了根本的分歧。阿奎那这样定义人的自然法："与其他事物相比，理性造物以一种更为卓越的方式服从天主的智慧统治，他自身即分有着这种智慧统治，既照管着自身，也照管着他物。理性造物有一种对永恒理性的分有，借此他们拥有了一种指向恰当行为和目的的自然倾向。这种理性造物对永恒法的分有，就称之为自然法。"①

阿奎那关于人的自然法的阐述明确表达了以下判断：人的自然法是可以被理性地认识、理解的，既然受造者是借理性而拥有了指向着"恰当行为和目的"，即指向着善的"自然倾向"；神是无法被历史性的受造物直观的，所以，人不可能完整掌握神的自然法，也正因如此，在"自然之光"的指引下制定出符合人的自然法，亦即符合永恒法的人的成文法，便是保证受造世界不背离神之绝对必要的合法轨迹——换言之，没有理性，我们便无法形成真正有效的符合神义的伦理意识与行为；在"自然之光"的照耀下，在符合理性原则的人的成文法的治理下，人世必将是符合神义的。人拥有别的造物不具备的理性，这是人服从天主的"卓越"方式。②

即如亚里士多德，阿奎那亦认为美德的实现意味着人通过学习和反复实践，养成了某种"习惯"。参照着亚氏将德性分为道德德性与理智德性（《尼各马可伦理学》，卷2、6），阿奎那在《神学大全》第二集中，将审慎、坚忍、节制、公正视为"伦理美德"，将聪慧、严谨、沉着、直观视为"智性美德"，它们构成了"世俗美德"——在这之上，便是"宗教美德"——信心、希望和慈悲；而这所有的人的美德，都来自于"上帝的美德"，那"真正的美德"。天使博士谆谆教告读者，世俗美德是可以被理性地理解，并在理性的学习和反思中获得的，而宗教美德的习得须聆听"书"的教诲；就如我们无法全然掌握永恒法，对"上帝的美德"，我们亦无法尽知，但我们应笃信，"真正的美德"是人的美德的灯塔，人间美德的养成会令我们接近那灯塔——而这离不开"自然之光"的普照。

---

① 阿奎那的法学思想主要集中于《神学大全》第二集的上部，问题90—108，引文见该部分的单行本《论法律》，杨天江译，商务印书馆2016年版，问题91，第二节"自然法是否存在于我们之内"。

② 关于阿奎那的法学理论，尤其是其自然法理论对当代西方法学建构的影响，和西方社会对此的反思，可参周伟驰《阿奎那自然法的现代争论》，《世界宗教研究》2016年第4期。

阿奎纳用近一生的写作为读者、为犹疑的信众奠立着这样的信心：人有原罪，却并非如希坡教父所言，只能在恶与恶之间做出选择，人生而堕落，却也同时拥有神圣的给予、理性，故能够在历史中尽可能地实现与善的联盟。阿奎纳在神的名义下展开的思辨叙事自始至终高调重申着古老的希腊主义信仰：知识即德性、无知即罪恶，理性即善。通过论证理性是受造者趋善、近神之不可或缺的法器，天使博士在为人们树植起信仰的信心的同时，为被抑制了千年的理性主义教育在基督教世界重获尊显的伦理地位提供着全面的教理教义的支撑。

我们时常强调柏拉图和亚里士多德在中世纪晚期回归欧陆腹地的重要性，但不应忘记，早期希腊主义教父的著述也在这个时期被译介至拉丁世界。这些教父的思想到底如何影响了当时拉丁基督教神学的创作，这是一个庞大而充满疑案的话题，可以肯定的是，阿奎那总不时地引用、附和或反思东方的先辈们。就像大阿尔伯特，阿奎那毕生努力地协调着思与信的关系，而他最终走向了希腊主义教父们的叙事标的——"思"会致"信"，理性会坚固信仰。

伴随托马斯主义影响的扩大，不少保守的神学家也多少倾向于认为，理性即便无法证明，也无法否定上帝存在，即不会威胁信仰。

安提尼奥告诉向克里蒂洛，他起初并未意识到自己被"囚禁"在洞里，但等他慢慢长大，有一天，突然"茅塞顿开，心眼明亮起来"："我自问，这究竟是怎么一回事，我到底是不是活着？既然活着，而且有知有觉……可我究竟是什么人？是谁又为什么给了我这生命？永远蜷缩在这里将是莫大的不幸。"他曾将野兽认作母亲，但他此刻清楚地看到：它们身披兽毛，而他赤身精光；它们只会匍匐挪步，而他会直立行走；它们只会嚎叫，但他却能哭会笑。面对这些愈来愈刺眼的区别，他再也按捺不住逃出这个洞的念头……

格拉西安生动地向读者重复起古老的教诲：人是理性的动物，理性是人身具"神性"的根本证明；因为我们生来内含着神的伟大恩赐，理性，我们才会意识到自身与兽的区别，因为理性照亮了我们的心、眼，我们才可能走出黑暗的兽穴，否则，生命就是"不明的长夜"。[①]

[①] 以上两段中的引文见［西］格拉西安《漫评人生》，张广森译，卷1章1，第9页；章2，第12页。

然而，托马斯主义神学同时为后世留下了一个麻烦的难题，其一方面肯定着上帝乃"元"，理性是上帝给予人的神性，但又在事实上赋予了理性独立于上帝的自然属性——理性是"自然之光"——阿奎纳内含着逻辑瑕疵，跳动着"祛魅"音符的神学篇章，以及中世纪晚期的科学、文艺叙事等，在彼此交错间，谱写着充满冲突与悖论的"现代"的序曲。

* * *

克里蒂洛不愿抛下安提尼奥这个可爱的年轻人，决定带上他一起去寻找"幸福"。小说第二卷《成年男子之秋，世俗与明智的哲学》中，二人抵达马德里后，因缘巧合（希腊小说中的桥段再次上演），安提尼奥意外地遇到了菲丽莘达的外甥女，并从她处得知，菲丽莘达当年被迫离开克里蒂洛时已有孕在身，她在圣-海伦娜岛生下了一个男婴……双方彼此一对证，原来，克里蒂洛苦苦寻觅的菲丽莘达正是安提尼奥的母亲——父子自然也终得相认。但二人同时获悉，菲丽莘达已随西班牙驻德国大使的妻子去德国了，他们决定再次启程。而当他们抵达德国时，菲丽莘达却又已去往了罗马。这对父子在漫长的历险中历览了人间的丑态，作者或借人物之口，或直抒胸臆，毫不吝啬地嘲讽着世人的滑稽与邪恶。

在第三卷《衰老的冬天》中，作者感慨道，"醒悟"本该成为人们入世的向导，让他们在人生的门槛上就懂得避恶向善，可人却一起步就遇上了"蒙骗"（卷3章5）。但所幸，神赋予了人"反刍"的"技能"，反刍的内容"不是滋养身体的物质食物，而是滋养心灵的精神食粮"；天庭会议已告诫人们，"认知犹如精神进餐，高尚的信息就是其养料"，人们应"去记忆深处翻找出件件往事重新领会，对没有思索便囫囵吞下的东西认真反刍"——"人类的反刍就是反思，以便让一切决定都经过理性的深思熟虑"（卷3章6，"知识当国"）。①

---

① 参见［西］格拉西安《漫评人生》，张广森译，第479页。而大学便是教人以理性知识、培养理性反思能力的地方，作者在该章中特别赞美了几所"培育出世纪英才的大学"，萨拉曼卡大学、阿尔卡拉大学、博洛尼亚大学等。《批判家》将人生过程比喻为自然的四季，这一司空见惯的比喻同时表达着基督教星象学对人的基本理解：人是自然至宇宙的缩影，具有宇宙基础四元素决定的四个气质性特征——湿、热、干、冷，这四个特征便分别对应着自然的春、夏、秋、冬。克里蒂洛出生在海上，安提尼奥也出生在水边、海岛上，这是"童年之春"的内容——生命是在水中、在春天孕育的。根据小说的讲述（虽然并不很清晰），安提尼奥救起克里蒂洛应是在三月，也就是春分前后。按照基督教星相学的解释，三月，既是世界被创造，也是世界被赎回的（转下页）

与理性同样与生俱来的还有"美德",理性与美德本是神为人铺就的通向幸福的道路,但人的愚蠢却令乖张的"时运"把持了这条通途(卷2章6、7)。曾经,在西班牙的阿拉贡,两位主人公走进了由"关注"和"审慎"把守的"人生的法庭","庭长"不是坐拥金玉财宝的国王,而是"理性",他的助手们是"忠言"、"风度"、"时光"、"和谐"与"果敢";在这里,他们听到了"理性"发出的忠告:人应懂得趋善避恶、见贤思齐,不应在攀慕虚荣中浪费光阴(卷2章1)。

经过一次次绝地逢生,父子二人漂泊半生,终于来到罗马——"尘世的末端、天堂的安全入口"。他们本以为会在西班牙驻罗马大使的宅邸见到菲丽莘达,当他们到达那里时,一群人正在聚会,辩论着"何为幸福"。得知二人的来意,一位罗马的智者说:"哎,尘世的游子,人生的过客啊,你们从生到死,白白地苦苦寻觅幻想中的菲丽莘达,有人称之为妻子,有人称之为母亲,其实,她早已离开人世,到了天堂。如果你们能在世间无愧于她,便应到天堂去找她。"听到这番话,"所有与会者都如梦初醒"。[1]

离开大使官邸后,父子二人被"生命的恶婆婆"——客栈老板娘暗算,陷入了地府,但非常幸运的是,一位"俊颜永驻的向导"救起他们,

---

(接上页)日子——此时的相遇,对双方来说,显然都意味着"重生"。参见 Alain Milhou, "Le temps et l'espace dans *le Criticon*"(《〈批判家〉中的时间与空间》), in *Bulletin Hispanique*, LXXXIX, 1-4, 1987, pp. 153-226。

星相学本表达着一种客观主义决定论、命定论,而基督教从形成时期开始,一方面秉持着神圣预定论,同时又强调人有自由意志,是伦理主体(当然,这二者之间一直存在逻辑龃龉)。奥利金就曾反击过各种命定论,包括星相学、占星术;奥古斯丁对占星也丝毫不陌生,但在皈依后,在《上帝之城》《忏悔录》《教义手册》等多部篇章中,他都明确斥占星为邪说。可是,《圣经》又明示,东方三博士正是因为观得星象,才预知了救主的诞临。面对"书"中所言和星相学与教义不谐的事实,基督教会在很长时间里对这门古老学问的态度一直在尴尬中摇摆不定。自中世纪晚期,伴随古典学术的回归,星相学开始逐渐变得可以登堂入室了。阿奎那也曾努力调和星相学与基督教义理之间的矛盾,他将星体解释为神意的代行者,但它们只控制、决定人的肉体,而不控制人的灵魂——这为星相学在之后的"文艺复兴"时期成为显学提供了法理依据。

在费拉拉画派的 Cosimo Tura(1430—1495)绘制的《圣母与圣子》(1459—1463)中,圣母怀抱着沉睡的圣婴,占据画面中心,在圣母身后,隐约可见由金色线条勾勒出的一些黄道带星座,左侧的水瓶座、双鱼座、人马座和处女座仍依稀可见,右侧的星座很模糊了——这幅画也被称为《黄道带圣母》。画面底部的一行文字表达着订制人的心愿:"虔诚温和的母亲,请唤醒你的婴儿,让他赐予我的灵魂无限的幸福。"在状写神圣人物的画面中出现星相学的信息,这在"文艺复兴"时期是很常见的。当时的王公贵胄更是热衷占星,对此,《批判家》也不忘调侃。

[1] [西]格拉西安:《漫评人生》,张广森译,卷3章9,第552页。

带他们乘船去往了"不朽之岛"。关于这个岛,小说对之的描画充满象征和神话意蕴,根据叙事交代,岛上聚集着人类历史上的英雄和智者们,这个岛便是通向天国的驿站。① 当二人来到不朽之岛的门口,守门人对他们进行了一番严格审查,深感佩服地发现:勤思好学令这对父子获得了丰富的知识和足够的智慧,他们懂得了天地的舞台上印证着哲学的法则,明白了理性会照亮野蛮的山谷;波折的遭际锤炼了他们的品格,经过一次次理性的庭审,他们学会了宠辱不惊,洞察善恶,镇定克己,并最终领悟了幸福的真谛——生灭世界里的所谓幸福不过是幻影,只有在上帝的国,才有真福。鉴于以上,守门人向他们打开了"通向永生居所的凯旋之门"。② 格拉西安以宏阔、曲折的叙事毫无歧义地告诉读者:理性是上帝埋植在我们心灵深处、引我们投入他怀抱的宝器,也必凭着这个宝器,我们才能克服恶,而对人世之恶的战胜,人间美德的积累,必会令我们得享天城。

多明我会和方济各会起初都颇排斥视觉艺术,但至 14 世纪,这两个重要的托钵修会开始积极鼓励并采用图像艺术,以之作为布道的重要工具,除了"书"中的人物与事迹,圣阿奎那和圣方济各也成了两修会各属教堂里,绘画创作热衷描绘和表现的人物。在多明我会所属的佛罗伦萨新圣母教堂(Basilica di Santa Maria Novella)的西班牙礼拜堂里,至今保存着佛罗伦萨的安德里亚(Andrea Da Firenze,1343—1377/1379)创作的湿壁画《圣托马斯·阿奎那的胜利》(1365—1367,图 1)。

阿奎那安坐在画面中间的宝座上,七位天使在画面上部的天空中环绕着他,这些天使没有名字,不是加百列或乌列,仅象征着"七种美德"

---

① 中译本将"la isla de la inmortalidad/l'île de l'Immortalité"译为"永生之岛",但我们还是倾向将之直译为"不朽之岛",毕竟,天国才是永生的界域。

② 参见[西]格拉西安《漫评人生》,张广森译,卷 3 章 12,第 619—620 页。《批判家》前两卷各十三章,每章都构成一个相对独立的叙事环节,但第三卷只有十二章;A. Milhou 在《〈批判家〉中的时间与空间》中揣测,格拉西安也许是在用"欠缺一角"的安排,引导读者对天国里的故事展开联想:父子二人在那里与菲丽莘达重逢,一家团圆。A. Milhou 还在该文中,结合《巴洛克的伦理与美学,巴尔塔萨尔·格拉西安的耶稣会世界》的既有的论述,提醒我们注意贯穿《批判家》的一条基本的时间线索,亦是隐喻线索:基督教的节期。小说中,重要事件发生的时间几乎都呼应着某个基督教的祝圣活动或节日:克里蒂洛和安提尼奥相遇是在春分前后,这是"天使报喜"的时节,随后不久便是"复活节",二人起航去往西班牙应是在五月底,那是"圣体瞻礼节"的前几天……A. Milhou 认为,小说最后一章对主人公死亡当晚,在清醒与睡梦间目睹的一场游行的描述(人们头戴兜帽,手持黄色火炬)明显暗示着圣周游行的仪俗(忏悔者身穿长袍、头戴蒙面尖帽、只露双眼),他据此推断,父子二人应是在"圣周五"死亡、进入地府,在周六登上了不朽之岛,并在复活节当天去往了天国。

（四种伦理美德和三种宗教美德）；阿奎那左右两边，四位福音作者和大先知们一字排开，三位被击败的异教徒瘫倒在他的脚下。画面的下半部，十四位高贵女性代表着宗教律法、人间法律和"人文七艺"：文法、修辞、逻辑为"三艺"（trivium），算数、几何、天文、音乐为"四艺"（quadrivium）；她们每人脚下是其所象征内容的杰出代表：圣杰罗姆、奥古斯丁、教宗克莱蒙五世、查士丁尼大帝、亚里士多德、毕达哥拉斯、欧几里得、托勒密，等等。

"阿奎那的胜利"不仅建立在天使的护佑之下，还建立在人间理性智慧的基石之上。[1]

当克里蒂洛和安提尼奥好不容易从"金狱银牢"（卷2章3）里逃出升天，"长着翅膀的救星"引领克里蒂洛进入了由一众仙女执掌的"智者的书房"（卷2章4）：主人公参观了"智力教室"（里面摆满了各种天文地理仪器、几何教具），欣赏了怡人的"人文大厅"，见识了有些混乱的"自然哲学"的课堂，开始懂得如何揭开"政治"的面纱，如何拣选书写"历史"的翎毛，如何甄别用来医治人心的"伦理哲学"的药草，明白了何为靡靡之音、何为钧天广乐……而在这所有的厅堂之上，便是"不朽的

---

[1] "圣托马斯·阿奎那的胜利"是"文艺复兴"时期反复被描绘的主题。在佛朗切斯科·泰尼（Francesco Traini，生卒时间不详，1321—1365年间，活跃在比萨和博洛尼亚）绘制的同名木板蛋彩画（约1340，图2）中，阿奎那双手端持《圣经》，正坐中央，身躯伟岸，占据了画面大部分空间，耶稣和圣徒们居于画面顶部，阿奎那的左右两侧，是柏拉图和亚里士多德，他的脚下，是被击败的阿维洛伊。

中世纪的大学教育分为艺学、法学、医学和神学四个板块，艺学是基础，学生在艺学院研习"七艺"后才能进入法学、医学至神学院。"四艺"的概念是由"最后一个罗马人和第一个经院学者"波埃修（Boethius，约480—524）提出的，他翻译了亚里士多德的《范畴篇》和《解释篇》，这两个文本几乎就是后来数百年间拉丁世界掌握的逻辑知识的全部，此所谓"旧逻辑"。伴随"大翻译运动"的开展，亚里士多德的《前分析篇》《后分析篇》《论题篇》《辩谬篇》被充实进了"三艺"，形成了"新逻辑"；而"四艺"中的算术、几何、天文也在亚氏自然哲学的框架内得到了极大的丰富。可问题是，13世纪大学师生们往往是将阿维洛伊对亚里士多德的注疏和后者的原典一起研读的，当时的艺学院里，阿维洛伊的学说已成"泛滥"，这意味着，将来进入神学院的学生大都会是阿维洛伊的信徒，基督教神学将成为这位东方理性智者的天下——针对这一严峻的局面，13世纪60年代末70年代初，天主教会对阿维洛伊主义展开了"大谴责"运动。但这场"谴责"同时也是在针对阿奎那，针对他倚重亚里士多德的学说发展出的理性主义神学——阿奎那暮年写作《论独一理智》，既是在批驳阿维洛伊主义，也是在与当时教会中反理性主义的保守势力较量。本段内容参考了《科学与人文：中世纪自然哲学与神学的互动刍议》、《〈论独一理智〉导读》和《中世纪哲学》（[英]约翰·马仁邦著，吴天岳译，北京大学出版社2015年版）第7章中的相关介述。

图1 ［意］佛罗伦萨的安德里亚：《圣托马斯·阿奎那的胜利》（1365—1367）

圣殿"，那里典藏着"艺术中的艺术"，"传授天条神谕的艺术"。

"人生的法庭"和"智者的书房"映照出"阿奎那的胜利"。

"书"载，耶稣在升天前曾对彼得说："西门巴约拿（彼得希伯来原名为שמעון פרס，即Shimon/Simon，意为聆听，又有严谨、敏锐之意），你是有福的！因为这不是属血肉的指示你的，乃是我在天上的父指示的。我还告诉你，你是彼得（Peter，其希腊文为Πέτρος，意即巨大的石头、岩石），我要把我的教会建造在这磐石上；阴间的权柄不能胜过他。我要把天国的钥匙给你，凡你在地上所捆绑的，在天上也要捆绑；凡你在地上所释放的，在天上也要释放。"（《马太福音》16∶13—19）

"书"中以上所言，后来成为殉难的彼得被追认为第一任教宗的重要依据——教宗是执掌天地的基督在人间的代表，也成为教会论证自身合法性的重要依据。基督教会还将"书"中的"钥匙"具体为了两把——一把（通常被描绘为金的）开启天国的大门，一把（银色的）打开人间——于

图 2　[意] 佛朗切斯科·泰尼：《圣托马斯·阿奎那的胜利》（约 1340）

是，我们便常可在基督教绘画和雕塑中，看到手执两把钥匙的彼得，比如，矗立在梵蒂冈宗座教堂前广场上的圣彼得塑像（图 3）。彼得手中的两把钥匙既象征着教会对世俗的统治权威，又象征着教会持有着谁可进阶天国的裁判权。而对阿奎那和格拉西安来说，这两把钥匙无疑具有一个共同的内涵——理性。理性，既是神，亦是人自身治理人间的法器，同时，更是戴罪之身走向天城的不二法门。

图3　圣彼得塑像

六　波提切利和米开朗基罗的选择

但丁被视为西方文学"复兴"的旗手，他忠实的友人乔托（Giotto di Bondone，1267—1337）则被视为西方绘画"复兴"的"第一人"。经过乔托师徒四代——当然，还有但丁在《神曲》中提及的奇马布埃（Cimabue，1240—1302）——的实践，西方绘画开始与以拜占庭圣像画为代表的中世纪绘画割裂了。

在西方绘画史上，"复兴"首先意味着"自然"（自然的光线、色彩，自然的景物、躯体，尤其是自然性的视觉）开始成为虚构画面的"直接"依据。我们现今在品鉴圣像画时，常会抱怨其对自然元素的忽视，对立体感的忽视，神圣人物置身的环境基本趋同——最常见的，便是四溢的金色铺展出的一个抽象的空间。但我们不应忘记一个常识：那个时代的画师们并非不知道天空、草木的颜色，以及我们因肉眼生理结构的制约而必然对客观世界形成的"自然性"错觉——焦点透视感——的存在。圣像画基本的叙事原则，亦即基督教恪守的基本准则，是天地有别、人神不可混同；中世纪画师希图实现的，不是令神圣显出与现实极度贴合的可感形象，而恰恰是让观者意识到神圣与凡俗的分野、永恒世界与终将朽败的大地的分别；神圣的成立恰在于其与可感现实的距离，在于其可以无视、违反自然的约束，可以突破各种自然性的幻相，比如焦点性透视——圣像画要呈现的，是神圣自身的显相，而非受造者通过自然性视觉对神圣的印象。圣象画基本的叙事意图是引领信众透过具有有限物质感，却与现实/自然明显有别的身形和空间，领受一个超越物质世界的世界，与那个暂时不可见，却真正真实的世界产生精神交流，进而向仰之。[1]

---

[1] 事实上，西方视觉艺术中，"自然化"的复兴更早地出现在雕塑、浮雕的创作中。12世纪中后期开始，法兰西的一些哥特教堂内外，已经出现了极具"逼真感"的人物塑像。

当历史世界不被认为是值得描画的,当"自然"的元素和"现实感"被视为视觉艺术不必要、不必须的,甚至是应屏除的,相关的技法研习必然流于肤浅。拜占庭时期的绘画和塑像并非全然没有一丝对立体感的营造,但就基本面而言,其的确是"反错觉"的艺术,而"文艺复兴"在视觉艺术上首要的技术语意便是对焦点透视的重新发现,即对人的主观错觉的复兴——这与12世纪西欧世界里几何学的复兴、光学的时兴也有着直接或间接的关系,科学的进展为视觉艺术创作者们在二维和三维空间中实现"逼真"的美感、精进"逼真"的技法提供着灵感和技术支持。

大约在1305至1309年间,乔托为帕多瓦的斯克罗维尼礼拜堂(Cappella degli Scrovegni di Padova/Arena Chapel)绘制了一组吟诵圣母子事迹的湿壁画(图4—6)。[①]

图4 斯克罗维尼礼拜堂外观

[①] 斯克罗维尼礼拜堂是由帕多瓦的银行家安利科·斯克罗维尼(Enrico Scrovegni)在14世纪捐资修建的(这一"善行"也被记录在了礼拜堂的壁画中),他的父亲(Rinaldo Scrovegni)是颇有知名度的"重利盘剥者",以至于被但丁在《神曲》中打入了第七层地狱。除了这座哥特式的礼拜堂,Scrovegni家族还捐建过修道院(il convento delle Orsoline a San Gregorio),这些善举既表达着这个家族赎罪的恳切愿望,也是其抬升自身政治形象的重要手段。乔托为阿西西的圣方济各教堂(Basilica di San Francesco d'Assisi)创作的圣方济各生平组画是与斯克罗维尼礼拜堂组画同样重要的"文艺复兴"初期的作品。

90　第二部分　神圣的"喜剧"

图 5　斯克罗维尼礼拜堂内景

图 6　[意] 乔托:《斯克罗维尼礼拜堂壁画》(1305—1309) 局部之安利科·斯克罗维尼奉献圣母堂

六　波提切利和米开朗基罗的选择　　91

　　乔托将琐碎的现实细节填充进曾过于抽象的空间里，赋予总正襟危坐的圣体以肉身的质感，以人的表情和肢体语言修正着曾经沉郁、单一的圣形。在《耶稣诞生》（图7-1，7-2）中，马利亚从简陋的床铺上起身向右，伸手从床边的妇人手中接过襁褓中的亲子，就像人间的母亲那样，自然而然，马利亚与婴儿耶稣彼此的对视温软又专注，约瑟夫则在一旁安心地打盹。虽然此时棚屋顶上正有几位天使在欢乐地飞翔着，但他们丝毫不会干扰观者与画中的一家人一起体验人间的天伦之乐、家常的平静瞬间。在《逃往埃及》（图8）中，马利亚骑在驴上，怀抱着耶稣，她望向前方的神情就像她此时正经过的山岩一般，严肃又坚定；牵驴的青年腰间系着一个扁壶，约瑟夫走在他前面，手里提着一个草编的小罐，罐身上的纹路清晰毕现；约瑟夫扭身回头，既像是看向牵驴的青年，又像是不放心地看着驴背上的母子，眉头微皱下的一双目光虽不乏坚毅，却布满愁绪，他在担心着什么呢……

　　就像艺术史家拉斯金（John Ruskin，1819—1900）说的，乔托当然是在描画圣家族，但他更是在描画一位母亲、一位父亲和一个孩子（图9）。[①]

　　在《犹大之吻》（图10）中，耶稣与犹大置身于夜景中央，棍棒与火把在他们身后和身旁密集交锋，犹大拥住耶稣，人子看着犹大的眼神从容中略带忧伤，中心视点的平静瞬间凸显在嘈杂的背景之上，二维的画面由此唤起了感官的三维运动。《耶稣受难》（图11）的场景中，人子受刑在

[①] 参见 John Ruskin（ebook），*Giotto and His Works in Padua：Being an Explanatory Notice of the Series of Wood - Cuts Executed for the Arundel Society After the Frescoes in the Arena Chapel*，in *The Complete Works of John Ruskin*，Library Edition by National Library Association，New York，Chicago，2006，ISO - 8859 - 1。

乔托同时代的编年史家 Giovanni Villani（1280—1348，同时也是一位银行家）评价画师，"他完全是在根据自然描绘人物以及他们的行走坐卧，他天赋绝伦，是那个时代最伟大的画家"（Kenneth R. Bartlett，*The Civilization of the Italian Renaissance*，Toronto：D. C. Heath and Company，1992，p. 37）。卜伽丘对乔托也不吝溢美之词，夸赞他是"绘画天才"，凡天地间的森罗万象，他均能把它们画得"惟妙惟肖，栩栩如生"（《十日谈》，方平等译，"第六天，潘斐洛的故事"，第421页）。从后世的角度看，这些对乔托的赞美确有过誉之嫌，乔托对光影的复制、对透视感的营造等，还不能说是完全自觉的。但的确，乔托是第一位如此大胆、明确地意欲赋予神圣以"现实感"的画师，正因如此，乔治·瓦萨里（Giorgio Vasari，1511—1574）在其《著名画家、雕塑家、建筑家传》（*Lives of the most eminent Painters，Sculptors，and Architects*，刘明毅译，中国人民大学出版社2004年版，中文亦常称之为《艺苑名人传》，该书被视为西方第一部严格意义上的艺术史专著）中，将乔托列至"文艺复兴"代表画师的第一位。

图7-1 [意] 乔托:《耶稣诞生》(1305—1309)

图7-2 [意] 乔托:《耶稣诞生》局部

图8 ［意］乔托：《逃往埃及》（1303—1309）

图9 ［意］乔托：《斯克罗维尼拜堂壁画》局部之"圣家族"

图 10　[意] 乔托：《犹大之吻》(1305—1309)

图 11　[意] 乔托：《耶稣受难》(1305—1309)

十字架上，抹大拉的马利亚跪倒在十字架下，双手抚摸着耶稣的脚，微张的口唇、蹙起的眉头和褶皱的眼角令观者几乎能听见她颤抖的哭声，圣母在人子右旁，强烈的创痛令她就要在众人的搀扶中瘫软下去。《哀悼耶稣》（图12）中，落下十字架的耶稣头枕在圣母的臂弯里，天空中的天使以各种拉伸和收缩的肢体动作传递着哀号与痛哭，而圣母直视人子、强忍悲痛的表情令这幅场景最终定格于庄重。中世纪的画布上，所有人物在原则上都必须面向画外的观众，而在乔托笔下，"哀悼"中的众人正陷于极度的悲伤和恐慌中，完全无意整体列队、朝向画外，画面前景里的两位人物甚至完全背对观众，坐在地上。

图12 ［意］乔托：《哀悼耶稣》（1305—1306）

目睹乔托的组画，我们读到了他对观众的信任：面对接近自身错觉习惯的构图，面对发生在"自然化的"世界中的神圣场景，面对与世俗肉身极为类似的"家常化的"神圣人物，观众不仅不会丧失对圣母子的崇拜，相反，将更易对画中的事件产生感同身受的体验，更易被圣母子的无私和殉情打动、震动。与拜占庭绘画的叙事策略不同，乔托不再意图通过营造画面与现实的距离来唤起观众对神圣的向往，而是意图通过拉近不可见的世界与可见世界的距离,通过唤起现实中的人间情感,令观众自然而然地跪倒在祭坛之下。

我们不能完全排除乔托的叙事创意——以模仿自然来塑造神圣——是一种"突发奇想"的可能,但我们同时很难想象,若没有当时官方、民间"舆论气候"的认可,社会身份低微的画师如何敢"造次地"将土石草芥按照其在现实中的样子,植入本该光华炫目、纯净的永恒空间,怎敢按照人眼中的可朽世界的模样,来虚构神圣人物置身的环境,并依照"人情"来虚构圣家族成员之间的情感交流……帕多瓦和阿西西的组画不是挂在沙龙里的装饰品,而是画在教堂墙壁上、供众人驻足观仰的布道书。

艺术创作固然有偶然性,但乔托的"创意"能够得到当时从官方到民间普遍的赞赏则不大可能是偶然的。自中世纪晚期以来逐渐成为基督教世界官方意识形态重要构成的托马斯主义神学不仅重塑了理性在启示殿堂中的伦理地位,而且抬升了一直被抑制的"物质性"和"感性"的伦理价值:一般启示是存在于物质世界中的现象,阿奎那不时提醒读者,对这些启示的领悟和理解须仰赖智思,而智思的起点是质料性的能力、感觉;在柏拉图主义知识论视域下,只有理性才可与"知识"通约,而阿奎纳认可了对事物的感性认知是一种"知识"。天使博士一再告诫,各种受造物的形、种相是凭借着"感觉形式和物质事物"而被我们认识的,"我们就是藉此获得知识的"(问题84条4);"智性的理解能力"(intelligendo)的运作依赖着感觉能力的运作,"理智判断"(iudicium intellectus)必会因感觉的中止而被阻断(问题84条8)。针对奥古斯丁提出的"自上而下"的认识生成步骤(我们因为,也只有在信仰中被基督的光照耀,才能理解世界),阿奎那为受造者搭建起了一个建基于物质、感觉,"自下而上"的认知阶梯,亦是步向天城的阶梯,这为人间、自然在基督教叙事中被"如实"再现,为人的感性经验成为达成事关神圣的文艺叙事之不可或缺的要素,提供了必不可少的法理准备。

相较于以往的神学家,阿奎那对人欲的态度也更积极。他参考亚里士多德,将人欲分为"感性欲望"(sensualitas)和"智性欲望"(appectitus intellectivus),他虽强调前者是低级的,且必然会被高级的理性制约,但其对欲望具有理性面向的肯定,在事实上调和着基督教叙事(无论是希腊主义的还是奥古斯丁主义的)中历来存在的,欲望和理性的对立。除了感觉和理智，阿奎那亦视"意志"（voluntate）为灵魂内含的一种能力，并将智性欲望和意志直接关联，由此展开了对人的"自由意志"的辩护（见《神学大全》，问题80—83）。①

奥古斯丁的教诲必然意味着对直接产生于戴罪的肉身、欠缺的理智与意志的各种世俗性欲望——从生理性的到精神性的和社会性的，究其本质，都是恶的——全面的抑制，不健全、残缺的人/世俗具有一定的合法性，仅仅因为这是上帝完善计划的一部分。而天使博士正襟危坐的写作，虽延续着基督教的禁欲气质，维护着天城的高贵和人间的卑微这一对比原则，却在基督教这套禁欲型的叙事系统内，为世俗（历史性、物质性、感性、不完善性）获得"不带罪感的"合法性，提供了理论空间。通过提出"两种方式""两种真理""两种样式"，在"两种"的思维格局下，阿奎那在事实上赋予了人之"合理的"物质性、社会性需求，赋予了世俗本身一定的独立性。② 经特伦托普世会议（Council of Trent，1545—1563）决定，《神学大全》被置于祭坛之上，与《圣经》和教宗的通谕一起，构成着天主教会公认的思想法器。

---

① 延续着亚里士多德的观点，阿奎那亦认为，人的欲望、意志和理智，彼此之间是相互作用的，但当然，比起前二者，理智是最高贵、最卓越的能力（问题82 条3）；理智始终是"真"（《论灵魂》，433a26，见问题85 条6）。阿奎那对这三种"能力"的阐述意在说明高级能力对低级能力的影响和制约是必然的，这保证了人的认知和道德必然会沿着上升的曲线自我完善。同参《神学大全》之"译者序言"（段德智），xxxiii。

② 在奥古斯丁，国家的本质是恶的，受造之人生本平等，但国家必会败坏平等这一源自永恒之法的原则。可既然万物皆为上帝所定，天主为何将人置于国家之中？奥古斯丁的解释是，由于人之堕落的本性必然衍生出各种恶行，国家可以抑制、约束这些恶行，所以，国家是被上帝允许的，国家就是神施于罪恶之人的惩罚。希坡教父千叮万嘱，国家的合法性必须建立在其对永恒的法/自然法的服从之上，在这个前提下，教会与国家应彼此不相干扰，前者掌管属灵事务，后者负责世俗，而一旦国家和世俗法违逆了永恒法和自然法，作为神的人间代理的教会便应干预。

阿奎那则相当倚重亚里士多德的政治、伦理学理论，认为国家的本质不是恶的，国家亦不是上帝对受造者的惩罚，而是人的自然法的必然产物——人无法孤立生存，只能通过理性地谋求与他人共处，才能达成自身的社会性，国家"直接"诞生于人的社会性需要。在阿奎那，国家首要的伦理使命是保护公民的安全（天使博士在当时有违基督教神学的叙事传统，大量使用了古典时代的政治语汇），达成后者的共同利益，在此基础上，完成更高的伦理使命——引领公民向善——这也是人的成文法最根本的伦理责任。国家不仅是制恶的必要，亦是扬善的必须。

但阿奎那绝未抛弃神权至上的原则。国家的合法性直接源于自然法，并受后者的制约与判定，而后者的合法性到底建基于神圣的永恒之法，故而，对国家合法性的最高仲裁权仍然属于教廷。基督徒根本的历史使命是回归天主，这一使命的完成亦到底得仰赖执掌属灵事务的教会。阿奎那从未意图动摇神权政治的合法性，正因如此，他坚持君主制是最理想的世俗政体，认为这是与上帝统御、治理人世最相契合的世俗权力结构形式。

乔托的画作令后人可以一种直观的方式，多少窥见人、世俗的地位在中世纪晚期至"文艺复兴"之初，正经历的微妙却深刻的变化。乔托开启的以可视自然为依据、虚构神圣的叙事路径，在"文艺复兴"的视觉艺术创作中被普遍地认可——不仅被画师们、观众们，也被官方教会。特伦托会议还就文艺创作做出了如下决定：宗教艺术的宗旨是教育、启发信众，宣扬天主教会的慈爱与权威，而艺术家宜用浅显易懂的方式，首先从情感上激发人们的虔诚。这一决议事实上将阿奎那为信众搭建起的"由感觉/感性进阶理智/理性、进而进阶神性"的认知阶梯，亦即近神的天梯，正式树植在了启示的殿堂里，并肯定了乔托开拓出的美学路径和原则——这自然会鼓励各种艺术创作中"写实"的美学和虚构倾向。

阿奎那当然明白奥古斯丁主义的布道（在"诗性"的体验中领受神）对广大"盲众"的适用性，但他同时清醒地看到，其身处的时代对这种布道的怀疑已日积月累。为了弥合信与思之间本就存在、正日趋深刻的裂隙，阿奎那在宣布上帝存在不是自明的同时，向人们热切宣讲着，即便我们对上帝有犹疑甚至怀疑，理性的思考也终会令我们得沐神的光辉雨露。

《神学大全》散逸着作者的自信，但阿奎那却在《神学大全》写作几近尾声时突然搁笔了：他的放弃是因身体不支，还是因为他最终陷入了无法缓解的焦虑，对其毕生的理性主义神学探索的合法性产生了致命的怀疑？奥古斯丁曾艰难地处理着理性与信仰的关系，他深刻地体会到了理性之于信仰是一把锋利的双刃剑——对此，阿奎那不会不了解。

如何处理信与思的关系，这一问题归根结底要落脚在人应如何面对世俗，该怎样度过尘间的历史。阿奎那与奥古斯丁隔着时空展开的对话让后世的读者看到，我们该如何在天上之城与地上之城间取舍，这个古老的议题在中世纪晚期是如何发酵的：我们应全面抑制世俗，努力将肉身摆脱现世，还是应在信仰的前提下，在追求超越现世的同时，在一定程度上肯定世俗的欲与望？这样的问题在"文艺复兴"时期更加成了知识者们的思考焦点，构成着他们创作的重要动因——《十日谈》谐谑的言辞下便掩盖着当时的人们内心激烈而焦灼的角力。

1362年，一些苦修教士了解到卜伽丘还未出版的书稿严重"污名化"神职人员，对他大肆咒骂，强令其忏悔。可能会令现代读者意外的是，后者不仅忏悔了，还要焚毁书稿、变卖藏书，所幸，他被彼德拉克拦住了。从此之后，卜伽丘再也没有"放肆"过，直至1375年离世。1471年，

六　波提切利和米开朗基罗的选择　99

《十日谈》才在威尼斯初版。卜伽丘的收敛也许是不得已的妥协，但他意欲焚毁自己经年的心血，这一举动到底多少是出于畏惧，多少是出于真诚的检省和悔悟，我们其实很难断言；可以确知的是，卜伽丘式的故事在"文艺复兴"的年代里反复上演。

* * *

波提切利（Sandro Botticelli，1445—1510）在美第奇家族的赞助下走向了艺术创作的巅峰，画出了弥漫着异教色彩的《春》（1477—1478，图13）、《维纳斯的诞生》（1485，图14）和《维纳斯与战神》（约1485，图15）。面对这些布满花果草木和细腻肉感身躯的画面，我们常习惯强调作者对自然、人体的赞美……可他为何同时给《春》铺陈了那般既明又暗的背景？他又为何将那些令人紧张的情节嵌入三幅画中？几乎赤裸的战神正在情人维纳斯既温情又显得游移的目光下酣睡，而后者的丈夫，火神宣战的号角已经吹向他的耳边。如果作者意图公开表达对人欲的肯定态度，他又为何在《春》——这幅画是用来装点美第奇家一对新人的新房的——和《维纳斯的诞生》中，重复描绘克罗瑞丝被西风神强暴后成为花神的故

图13　[意]　波提切利：《春》（1477—1478）

100　第二部分　神圣的"喜剧"

图14　[意] 波提切利：《维纳斯的诞生》(1485)

事？他是在暗示鲜花盛开、生命繁衍的罪恶本质？这些画面是在隐喻美第奇家族光鲜的门庭背后隐藏着肮脏血腥的内幕和历史？甚或就是在隐喻这个眼看着繁荣起来的人间有着不可告人的残酷真相？抑或意在点醒沉醉的观众：危机正在迫近，随时会刺破美乐的时光？

图15　[意] 波提切利：《维纳斯与战神》(约1485)

波提切利明显迷恋着中世纪圣像画的传统，喜欢将人物的身体，尤其是脸部线条做适当的拉长处理。拜占庭绘画的技术要点之一就是对线条的强调和重用。在圣像画中，延长、变形的曲线不仅令人物获得了超凡入圣、严正庄重的美感，还易于唤起观者内心深沉的哀悼之情——圣像画吟咏的基本主题是人子终将为拯救人世牺牲。圣像画既定的叙事程式还在布道着"禁欲"的理想：由变形的线条和无血色、不丰满的面颊，以及衣衫包裹起来的身体构成的人格形象被置于金色的环绕中，这既表达着对肉欲的抑制，又表达着肉欲被战胜后的精神愉悦。《维纳斯的诞生》和《春》中的主角都是异教的万物之母维纳斯，如果我们遮掩住她们丰沛诱人的秀发和头饰，便会发现这两张面容不仅彼此很相像，还几乎与拜占庭圣像画中经典的圣母面容如出一辙：略显尖翘的下巴以十五度角斜向画面的右下方，脸庞和眼角在被稍稍拉长的曲线里显出了忧郁的神圣光泽（图16）。

波提切利笔下跳动、欢愉的色彩里，总是遍布着忧郁甚至忧伤的线条，"文艺复兴"的欢乐就在这样的曲线里被稀释、消弭着。《维纳斯的诞生》中，主人公那飘忽不定、焦点似有似无的目光，以及弥散在《春》里的那谜样的愁绪，在1497年燃起的"虚荣的篝火"（Bonfire of the Vanities）里，彻底丧失了愉悦的面纱。

这场由多明我会修士"哭泣者"萨夫纳罗拉（Girolamo Savonarola，1452—1498）领导的文化清算运动几乎反对着一切非宗教的文艺创作，但丁、卜伽丘、彼得拉克等人的作品都被当众焚烧。目睹着佛罗伦萨的世俗化进程和开始充斥生活角角落落的异教色彩，萨夫纳罗拉自认有责任振臂高呼，以阻止人们彻底坠入万劫不复的深渊。他非常推崇阿奎那，但比起天使博士，"哭泣者"的观念更趋保守：萨夫纳罗拉在政治上的诉求是恢复神权中心主义的建制，其对日常伦理的核心规划便是严格的禁欲，一切温饱底线之上的需要都是罪恶的。在"哭泣者"的鼓动下，珠宝首饰与华服，装点家院的绘画、瓷器、雕塑大量被毁，妓女和同性恋者被当街羞辱、惩罚。这场现今看来匪夷所思的运动却曾实实在在地得到了很多民众的呼应。当时恰逢世纪末，"哭泣者"到处散播关于末世的预言，扮演起先知的角色，他预言美第奇家族和其追随者们将因罪恶的、崇尚"优雅"的生活而被惩罚。"先知"的言论挑动了民众内心本已潜藏多时的恐惧，面对异教神祇的出现和各种时兴的风尚，大量习惯听教于教会的民众在感到新鲜的同时，心中有着挥之不去的不适和罪恶感；甚至佛罗伦萨的"僭主"、"文艺复兴"最重要的赞助人"豪华者洛伦佐"（Lorenzo de'Medici/

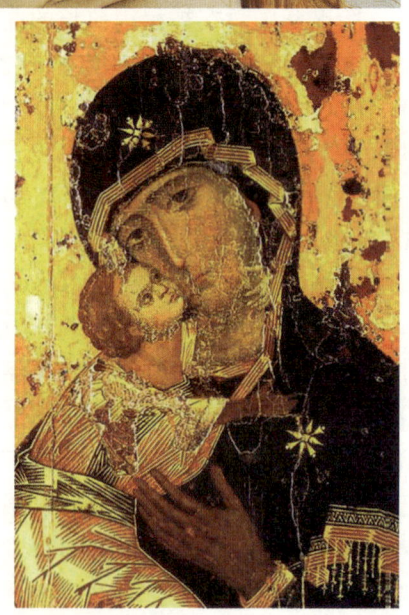

图 16 对比图

Lorenzo the Magnificent，1449—1492）也被"先知"的"预言"震动，向后者做了临终忏悔。"虚荣的篝火"便是在这样一种末世情绪中点燃的。

波提切利也服膺"哭泣者"的训诲，成为一名"哭党"（当时人们对萨夫纳罗拉的信徒的称呼）。这位画师是否主动焚毁过自己的世俗画作，至今仍是个谜案。我们无法确知卜伽丘的忏悔是否是真诚的，但在《维纳斯的诞生》之后，波提切利画风的转变却是真实可见的。与那个时代的大多数画师一样，宗教绘画也是波提切利主要的"生意"。

在1485年之前，波提切利笔下的神圣人物总体上是平静的，画面还常透散出一丝淡淡的喜悦。那时的画师在描画圣子诞临、圣母怀抱圣子的情景时，更乐于呈现的是圣母子之间的融融之情（1470—1481，图17—20）；即便是那幅《圣塞巴斯蒂安》（1473—1474，图21），圣徒正受刑十字架上，他的身躯与面容里也没有令人压抑的痛楚。

图17　［意］波提切利作圣母与圣子的图画（1470—1481）

而《维纳斯的诞生》之后，尤其是1490年之后，画师笔下的圣母开始变得越来越肃穆，弥漫画面的情绪变得越来越凝重（1487—1495，图22—25）。

波提切利在晚期绘制了两幅构图非常相似的《圣母哀悼下十字架的基督》（约1495，图26、27），描画的是基督教世界里人们最熟悉的那帧场景——"圣殇"（Pietà）。沉重，是肉身无法避免的物理结果，也恰是圣体可以无视的自然法则；耶稣即便肉身死亡，亦"应"葆有神圣的轻盈，孕育圣灵的母亲亦不会托不起神子——这是画师们在绘制"圣殇"时历来遵循的虚构原则。但在这两幅画中，人子沉重的身体险些要从圣母怀中滑

104　第二部分　神圣的"喜剧"

图18　[意] 波提切利作圣母与圣子的图画（1470—1481）

图19　[意] 波提切利作圣母与圣子的图画（1470—1481）

图 20　[意] 波提切利作圣母与圣子的图画(1470—1481)

落，巨大的悲痛令圣母和周围的人们无法自持、东倒西歪。面对这两帧"混乱的"画面，我们似乎能感到那个擅长经营和谐有序唯美画面的画笔正在颤抖……众人物扭折的身姿形成的强烈、尖锐的线条交错到底在向观众诉说着什么呢？画师也许正深陷惶恐？在美第奇家度过的那些"春天"已成了不堪回首、酒池肉林般的罪恶历史？或者，他预见到了人子为救赎世人所做的牺牲即将在膨胀的人欲和人们对异教世界的迷恋里变为虚无？①

图 21　[意] 波提切利：《圣塞巴斯蒂安》(1473—1474)

---

① 这两幅画的创作间隔应该不长，大致作于 1490 至 1495 年之间，但也有研究者认为两幅画均作于 1500 年后。

106　第二部分　神圣的"喜剧"

图 22　[意] 波提切利作圣母与圣子的图画
（1487—1495）

图 24　[意] 波提切利作圣母与圣子的图画（1487—1495）

图 23　[意] 波提切利作圣母与圣子的图画（1487—1495）

图 25　[意] 波提切利作圣母与圣子的图画（1487—1495）

图26 ［意］波提切利：《圣母哀悼下十字架的基督》（约 1495）

图27 ［意］波提切利：《圣母哀悼下十字架的基督》（约 1495）

大概创作于同一时期的寓意画《阿佩莱斯的诽谤》（图 28）也许更清晰、直接地表达着画师对当时那个人间的担忧。在一个庄严的殿堂里，华丽的拱柱上站立着过往的英雄和先贤们，就在他们的注目下，正上演着一出不义与不公的悲剧。长着一双驴耳朵的国王坐在画面的右方，"愚蠢"和"轻信"正向他窃窃私语。身着褐衣的"嫉妒"拉着身穿蓝色披风、美丽又面露狡邪的"背叛"来到他面前，"狡猾"和"虚伪"这两位美艳的女子正忙着将鲜花编进"背叛"的长发里，令之显得更加迷人，"背叛"揪着一个"无辜"男子的头发，被拖在地上的后者双手合十，似在祈求；这五个人形完成了关于"诽谤"发生原委的叙事：人在嫉妒的策动下，加上虚伪和狡猾的伎俩，诽谤无辜者为背叛者。在他们左方，一身黑色的罩袍下，正是象征着"诽谤"的老妪，她嘴角邪佞，回头瞥着一位通体赤裸的女子——"真相/真理"——她抬起右臂，用手指着上方。"真相"虽在昭示观众，所有的罪恶都逃不过神视，但她柔美的身躯终究无力挽救人于

图 28　[意] 波提切利：《阿佩莱斯的诽谤》（约 1495）

六 波提切利和米开朗基罗的选择　109

无知和邪恶,更无法令他们抬起双眼,仰望永恒的"真理"。①

1498 年,教宗亚历山大六世(Alexander Ⅵ)以伪造预言罪下令逮捕了萨夫纳罗拉及其党羽,对他们施以火刑——就在点燃"虚荣篝火"的市政广场(Piazza della Signoria)上。② 波提切利曾为了证明"哭泣者"的清白,四方搜集证据。

---

① 希腊画家阿佩莱斯曾被同行安提菲洛斯诽谤,被指参与反对国王的阴谋,所幸,有证人证明了阿佩莱斯的清白,安提菲洛斯也受到了惩罚。阿佩莱斯事后创作了一幅以诽谤为主题的隐喻画,控诉安提菲洛斯。波提切利根据罗马作家琉善(Lucian,125—180)对这幅画的记述和解说,创作了《阿佩莱斯的诽谤》。希腊传说中那位长着驴耳朵的国王弥达斯,他的故事与波提切利的这幅画并没有直接关系,画家将当权者塑造成"异形",似乎意在强调,越是对自身缺陷心知肚明的人,越易陷入对他人时刻的提防与怀疑中。

② 1494 年,法军入侵佛罗伦萨,由此,一场以颠覆美第奇家族为直接目标的政治运动席卷了佛罗伦萨各个阶层。洛伦佐之后,美第奇家族的很多作为的确激化了民怨,萨夫纳罗拉认为,法军是上帝派来帮助佛罗伦萨驱逐美第奇的,为的是在这里建立新的耶路撒冷,在他的感召下,很多民众也参与到了反美第奇的行动中。但这场运动到底是自下而上的人民起义,还是自上而下的政变,抑或是上下、内外在复杂的权力角斗中成就的一场浩劫,至今仍有争议。美第奇家被赶出佛罗伦萨后,萨夫纳罗拉曾劝说法国撤军,同时倡导、促建了神权共和国,走向了他的人生顶点。但"哭泣者"对世俗生活全面抑制的政策导向必然严重干扰佛罗伦萨的商业、艺术等产业,令不少人生计受损;至受刑前,他在普通民众中的号召力已大不如前。

关于萨夫纳罗拉在"文艺复兴"时代扮演的历史角色、产生的政治影响,无论当时还是今日,即便在西方世界,也一直多有争议。在同时代的马基雅弗利(1469—1527)看来,萨夫纳罗拉是一个党同伐异、借上帝之名行私己之欲的政治投机者(参见《论李维》)。而马基雅弗利的好友圭恰迪尼(Francesco Guicciardini,1482—1540,其父亦是萨夫纳罗拉的追随者)却认为,萨夫纳罗拉具有高尚的人格品行和出众的政治智慧(见圭恰迪尼《佛罗伦萨史》和《关于佛罗伦萨政府的对话》)。鉴于萨夫纳罗拉曾激烈抨击罗马教会的腐败,明确提出了革新教会的主张,后来的新教教会对这位修士是相当认可的。路德曾在狱中为萨夫纳罗拉的著作《赞美诗 51 的注释》撰写前言。这部《注释》和萨夫纳罗拉的《赞美诗 31 注释》还成为亨利八世钦定的英国国教的文典,两部《注释》于 1535 年在英首版,亨利八世在位期间,再版 13 次,整个 16 世纪,再版 16 次。

而当 19 世纪意大利民族复兴运动兴起时,"哭泣者"还被塑造成、追认为捍卫自由与共和的伟大先驱——可参当时意大利著名史家维拉里(Pasquale Villari,1827—1927)的《萨夫纳罗拉的生平与时代》。但与维拉里同时代的瑞士历史学家、人本主义者布克哈特(Carl Jacob Christoph Burckhardt,1818—1897)则在其名著《意大利文艺复兴时期的文化》(何新译,商务印书馆 1979 年版)中,这样描述和定性"哭泣者":这位修士的思想是中世纪的,与"文艺复兴"的时代精神格格不入,他也许具有伟大的人格,却是一个思想极度狭隘的中世纪的人;"他(萨)的理想是一个神权国家,在那里,所有的人都以神圣的谦卑服从不可见的上帝……他的整个精神都写在'市政厅大厦'上边的那个铭文里,铭文的实质就是他 1495 年提出、并由他的党徒在 1527 年庄严地再次倡导的那个箴言:'耶稣基督按照元老院和人民的决定被选为佛罗伦萨人民的君主'"(第 518—519 页)。本注参考了杜佳峰《人物重塑与历史失真——萨夫纳罗拉历史形象在中西方的变化》,载周宪、乔纳森·纳尔逊主编《意大利文艺复兴与中国》,中国社会科学出版社 2017 年版,第 87—105 页。

《神秘降生》（1500—1501，图29）被一些艺术史家视为波提切利的"临终遗言"。画中的铭文提示我们，画师将"哭泣者"的"殉道"视为《启示录》预言的魔鬼被释放的时刻，但他同时坚信，魔鬼终将被制服。居于画面上部的天使们正在欢歌起舞，画面中部，神子降生，画面下部，三位天使拥抱着三位有德行的人——后世一直猜测，这三位被天使拯救的善人，就是在象征着"哭泣者"和与他一同受刑的两位同党。在与《神秘降生》同一时期的《神秘受难》（约1497—1500，图30）中，人子立在十字架上，抹大拉的马利亚于人子脚下，目睹着罪恶被惩罚——十字架旁的天使正在抽打一只狮子——狮子，是远景里的佛罗伦萨的标志。

萨夫纳罗拉领导的文化清算运动归根结底意在将人们那正逐渐被人间的色彩吸引、迷惑住的目光扳回，重新锚向神圣的天域。波提切利晚期的作品一再回响出"哭泣者"的呼唤。

画师在人生最后的日子里，过着离群索居的生活。他对人生的选择与他的画笔一同向我们抛出了这样的问题：大地是否应该，又是否能够即便只是暂时地成为人安乐的家园？

目睹《神秘受难》中的抹大拉在一身血红的长袍下，以近乎平行于大地的身姿扑抱住十字架的底端，伸仰着希冀赎罪的面庞，观者在动容的同时，也领会了作者的心思。

米开朗基罗（Michelangelo Buonarroti，1475—1564，图31）也颇认同"哭泣者"的布道，同情他的遭遇。相较于波提切利，美第奇家对米开朗基罗来说远不止赞助商或庇护人那么简单，他从少年时被"豪华者洛伦佐"慧眼发现，便生活在美第奇家（至少四年），从而一步踏进并成长于"文艺复兴"时代最精华的人文天地里。年轻的艺师对古典的技艺倾慕至极，却对异教的神祇、世俗的繁华本能地表现出不信任。①

---

① 1496年，米开朗基罗创作了雕塑《巴库斯像》（图32），他将本该气宇轩昂、英挺的酒神塑造成了个小腹微胀、神情不雅的醉汉，山林之神、童年的萨蒂尔（Satyrs）正在酒神手边偷吃葡萄。作者的构思令人怀疑他就是在调侃异教神灵，这尊巴库斯因"不像神"而差点被买家退回。

有史家认为，此处的巴库斯是在喻指亚当；希腊神话中的萨蒂尔是个爱嬉闹、长着羊腿的怪物，既代表着艺术的创造力，也象征着放纵和淫欲——此时的他便是撒旦的化身，正在引诱亚当犯下不可饶恕的错误。传说中，巴库斯的朋友因与人斗狠而不幸丧生，朋友的坟头不久长出了葡萄树，巴库斯将这些葡萄的汁液装在牛角里饮下，顿觉美味无比。所以，关于这座雕塑，还有这样一种揣测：艺师在将自己比作酒神，他正借着美酒忘却"哭泣者"的惨死和佛罗伦萨的沉沦——萨蒂尔正手执一张狮皮，狮皮当然意喻着死亡，而佛罗伦萨的象征也是狮子。

六　波提切利和米开朗基罗的选择　111

图29　[意] 波提切利：《神秘降生》（1500—1501）

图 30　[意] 波提切利：《神秘受难》（约 1497—1500）

图31 ［意］马塞洛·维努斯蒂：《米开朗基罗肖像》（1535年后）

与此相对的，便是他对"神圣"早熟的热情。就在《大卫》（1501—1504，图33）之前，他创作了人生中的第一座《圣殇》（Pietà in Vaticano，1498—1499，图34-1、34-2）。①

在这座供立于圣彼得大教堂的《圣殇》中，圣母以传统的、象征天主教会权威与关爱的金字塔造型张开双臂，稳坐如山，耶稣平仰着、安宁地停歇在圣母怀中；马利亚身着的长袍优雅地蔓延出光滑、舒展、流动的曲线，在缓慢垂向大地的同时，如丝云般遮掩住了所有可能因为"托"的动

---

① "大卫像"原被预定置于圣母百花教堂的顶部，但当塑像完成时，人们意识到，把一座近6吨的庞然大物搬到百米高的教堂顶部，实在不现实，几经周折，佛罗伦萨共和国的执事者们决定将之立在市政广场上。物理位置的变化改变了塑像的象征含义：立于教堂之上，大卫便是一个神赐的英雄君王，护佑着神的子民；而立于市政广场上，大卫则成了新生的佛罗伦萨共和国的象征——盎然矗立、怒目圆睁的大卫正涨满愤怒的自信，捍卫着共和国，随时准备迎击歌利亚——共和国的敌人、僭主美第奇家族和与之同盟的各方势力。

图32 [意]米开朗基罗:《巴库斯像》(1496)

图33 [意]米开朗基罗:《大卫》局部

六 波提切利和米开朗基罗的选择 115

图34-1 [意] 米开朗基罗：第一座《圣殇》（1498—1499）

图34-2 [意] 米开朗基罗：第一座《圣殇》局部

作而形成的肌肉紧张。① 这是一座大型大理石雕塑，却成就了神迹一般的"轻盈"。米开朗基罗的刻刀既可出神，又可入化，但他却以浑然天成的写实技艺，坚定地回归乔托之前的、中世纪的叙事策略：以强调神圣与世俗的距离，来唤起后者对前者的仰视和盼望。

此时的艺师才二十出头。此时的圣母的脸上，一个年轻女人的面容里没有岁月的痕迹，温婉、平静，通身透散出宁静的爱的光泽。当时就有人指责说，这位圣母显得过于年轻了，但艺师正是要借着这般圣容知会观者：这是童贞女应有的容颜，守贞会令圣母青春常驻。② 米开朗基罗自己也选择了禁欲式的生活，几乎摒弃了各种物质享受，他不仅是以基督徒，更是以圣徒的标准在规范着自己的人生。艺师很早便将艺术视为他走向神域的苦修之路，他常疯狂地投入工作，甚至为自己安排了许多"惩罚"（少食多做，长时间不沐浴、不换鞋，以至鞋履的皮革与肌肤无法分割）。对人欲的怀疑甚至否定，这一心绪至艺师晚年时更加浓郁。

1534—1541年，花甲之年的艺师创作了西斯廷礼拜堂的祭坛壁画《最后的审判》（图35-1—35-5）。

救主耶稣居于画面中心，正高举右臂，神情威严地审视着左脚下方——这里聚集着在极度惊恐中挣扎的罪人们，他们正在被魔鬼拖向地狱；耶稣的右脚下方是那些得救的人们，但他们同样正身体扭曲地奋力朝上攀爬，像是生怕错过这最后的机会——他们甚至没有得到神子的一瞥——救主放下手臂的那一刻，就是审判结束的时刻。目睹如此众多的人物在运动中呈现出的夸张动作和痛苦表情密集地充斥画面，看着耶稣身旁的圣母甚至侧扭面庞，不忍直视眼前发生的一切，观者几乎能听到画中众生的哀号……即便是看惯了各种散布着末世情绪的表现主义画作的现代观者，面对这幅巨型壁画，恐怕仍会在第一时间感到惊慌与恐惧吧。

壁画中的人物原先都是赤裸的（碍于米开朗基罗的权威，这一"有伤风化"的美学景观一直保持到他去世，把那些"有碍观瞻"的部位遮掩起

---

① 也有史家认为，第一座《圣殇》也是在悼念艺师眼中那位基督般的先知"哭泣者"。

② 参见［意］瓦萨里《著名画家、雕塑家、建筑家传》，刘明毅译，第364页。"书"有言："要生育繁殖，充满大地。"（《创世记》1：28）但伴随教会对"原罪"的强化，性欲被定性为了人之罪性的本质性体征；而自以弗所大公会议（431）确定了马利亚的神圣母职，马利亚生产与卒世时均为童贞也逐渐成为"圣母论"（Mariology）的基本内容、基督教的基本信理——贞洁遂愈渐与复活和永生联系在了一起。11世纪至12世纪初，教会明令禁止神职人员与女性结婚或同居，信众也开始普遍认为，好僧侣不仅应是禁欲的，还应是童贞的。

六 波提切利和米开朗基罗的选择 117

图 35-1 ［意］米开朗基罗：《最后的审判》（1534—1541）

来的画师被称为"衬裤画家"），但这一美学构思的意图本身并不违逆教廷。艺师就是要用这刺目的"裸露"提醒众人那个古老的教诲：无论你在现世拥有怎样的荣华富贵，你都终将赤裸地面对救主的审判——这既是教廷对这幅壁画的意识形态期待，亦是米开朗基罗自己急于向人间发布的严正警告。他几乎是在用恐吓的方式，威胁着这个在他看来几已自行绝弃神圣的人世：戴罪的我们应时刻检省自身，即便是善人亦不能丝毫放松，一

图 35-2 ［意］米开朗基罗：《最后的审判》局部

步闪失，都可能令我们跌入穷途末路。①

---

① 在西斯廷穹顶组画《创世纪》（1508—1512）完成时，教廷认为整组画面过于朴素，命米开朗基罗为人物点缀些金饰，以令顶部更华丽些，可艺师说，"那时候的人并不穿金戴银，画里的人不是富人，而是至善的人，他们视财富如粪土"；也有一种说法，米开朗基罗考虑过补笔，但终因技术操作过于烦琐而不愿再费周章，于是便以上面的理由回绝了教廷。参见［意］瓦萨里《著名画家、雕塑家、建筑家传》，刘明毅译，第384页。

在《创世纪》组画里那帧著名的画面"上帝与亚当"中（图36），上帝以风驰之姿向亚当伸出了右手食指，这位天父身形威严却目露慈爱，教廷担心"他"显得太过温柔了，欠缺天主的威仪，而艺师说，上帝是以爱创世的。此时的亚当面庞英俊、体格健硕，他正伸出左手，欣然喜悦地接受神的赐赠——生命。艺师说，他希望人们看到这位亚当时能明白，上帝本把我们造得很好，是我们自己酿制了自身的堕落——当然，这也是教廷希望观者明白的。这帧图画常被视为作者"信仰的证明"，但艺师本人多次说，信仰不需要证明。

六　波提切利和米开朗基罗的选择　　119

图 35 - 3　［意］米开朗基罗：《最后的审判》局部之救主左脚下方

图 35 - 4　［意］米开朗基罗：《最后的审判》局部之救主右脚下方

图 35 - 5　［意］米开朗基罗：《最后的审判》局部之"被剥皮的圣巴托洛缪"

图 36 ［意］米开朗基罗：《创世纪》局部之"上帝与亚当"

第二座《圣殇》（Pietà Bandini，1547—1555，图 37 - 1、37 - 2）是一组群像，其中不仅有圣母子，还有抹大拉的马利亚，以及一位站在圣子身后的老者——有人认为他是亚利马太的约瑟，而更多的研究者倾向认为他是尼哥底母。①

此时的艺师已年逾古稀，圣母也不再是一位端庄的美妇，面如枯槁；她被移至亲子侧边，耶稣的圣体不再是平躺的，而正滑落向地面，右膝在重力的作用下严重弯曲，圣母双手撑在人子的左腋下，可他的头还是沉沉地压在了她的脸上；抹大拉的马利亚正试图从耶稣的右侧托住他的身体，但耶稣搭在她肩膀上的右臂已明显失去自持之力。

---

① 法利赛人尼哥底母（Nicodemus）曾于夜间拜访基督，问道："'拉比，我们知道你是由神那里来作师傅的；因为你所行的神迹，若没有神同在，无人能行。'耶稣回答说：'我实实在在地告诉你，人若不重生，就不能见神的国。'尼哥底母说：'人已经老了，如何能重生呢？岂能再进母腹生出来吗？'耶稣说：'我实实在在地告诉你，人若不是从水和圣灵生的，就不能进神的国。从肉身生的就是肉身；从灵生的就是灵。我说：'你们必须重生'，你不要以为稀奇。"（《约翰福音》3∶1—7）

耶稣受难后，尼哥底母带着香料前来（《约翰福音》19∶39），但他是否参与了安葬基督，还有争议。"书"明确说明的是，耶稣下葬时，抹大拉的马利亚和亚利马太的约瑟（Joseph of Arimathea）是在场的。"他（约瑟）在人子生前便是门徒，但"暗暗地作门徒"（《约翰福音》19∶38）；在耶稣受难后，"他放胆进去见彼拉多，求耶稣的身体"（《马可福音》15∶43）；"约瑟取了身体，用干净细麻布裹好"，安放在新的坟墓里（《马太福音》27∶59—60，同见《路加福音》23∶53—54）。

六　波提切利和米开朗基罗的选择　121

图 37 - 1　[意] 米开朗基罗：第二座《圣殇》（1547—1555）

图 37 - 2　[意] 米开朗基罗：第二座《圣殇》局部

这座雕塑中最引人注目的不是圣母子,而是那位老者,因为他占据着神力诠释者的地位、磐石的地位——这个原本属于圣母的、基督从中诞生的地位。他从耶稣身后,一手扶着圣子的右臂,一手扶着圣母,似乎努力地想将圣母子一同托起,又似在将圣子交还给圣母。而无论这位老者是谁,他的面容都被认为是米开朗基罗的自我肖像。目睹作者如此大胆的虚构,观者看到了衰朽之年的他冀求与神联合,以获重生的炙热心愿。

相较于雕塑和绘画,米开朗基罗的诗作更加细密地表达着他内心深潜又热烈的宗教情感。[1] 艺师在诗中祈祷:"啊,至爱的主,让我的灵魂再次纯洁——/纯洁得犹如它才到尘世之初……/你快要收回我病弱粗老的躯体/我恳求缩短时间的旅途/这样,道路就会变光明而又易走。"[2] (作于1555年前后)

米开朗基罗曾夜以继日地投入到第二座《圣殇》的创作中,并意将之作为自己的墓碑,但他最终放弃了,不仅没有完成它,还多次亲手破坏。因为对这座雕塑不满,在它还未完成时,艺师便开始构思又一座《圣殇》,这也是他人生最后的一座《圣殇》(Pietà Rondanini, 1560—1564,图38)。直到离世前几天,米开朗基罗还在敲打它,但它同样没有完成,且比之第二座《圣殇》,被作者更加严厉地修改、毁坏。[3]

在最后的《圣殇》里,艺师回归天主的盼望表达得更加急切:此时只有圣母子,圣母站在圣子身后,紧紧地环抱住他的上身(目前只见圣母的左臂),意图搀扶住他,后者紧紧地依贴着圣母,几与圣母融成一体。这是一座几乎显出后现代气息的、线条趋于抽象的雕塑,但我们仍能从中多少辨认出作者的面容——在圣子的面容中。

---

[1] 有研究者猜测,米开朗基罗晚年的创作似乎传递出圣安波罗修的教诲:在肉身意义上,耶稣只有一位母亲,但在信仰的意义上,耶稣是万物之果。

[2] 米开朗基罗诗作的中译本目前主要有两部:《米开朗基罗诗全集》(杨德友译,辽宁教育出版社2000年版)和《米开朗琪罗诗全集》(邹仲之译,新世界出版社2002年版),两个译本的诗编目不尽相同。该诗引自杨译本,第155首。本书参考了James M. Saslow的英意对照本(*The Poetry of Michelangelo*, New Haven and Lodon: Yale University Press, 1993),在引用中译文时,将根据译文的贴切程度选择不同译本,并随文标注"杨译"或"邹译",各本中的诗编号,以及诗作时间。

[3] 还有一座《圣殇》(Pietà di Palestrina, 1555)也似未完成,且与以上两座《圣殇》在主题、造型结构上具有相似性,故也曾被认为是米开朗基罗所作。但相比之下,*Pietà di Palestrina* 的美学旨趣堪谓浅陋,所以一直引人怀疑。如今,这座雕塑已被移出米开朗基罗的作品清单。

图38 ［意］米开朗基罗：第三座《圣殇》（1560—1564）

在创作第二座《圣殇》的时期，艺师写道，"灵魂越是抛弃世界，所获就越多"（杨译，诗145，1552）。

尘世终究可怖又可悲，只有奋力回到圣母怀中、圣子灵中、上帝的国中，艺师才终可获得喜悦与安宁。

目睹《最后的审判》，观者几乎一眼即可认出圣巴托洛缪（Saint Bartholomew，他在殉难时被剥皮）的皮囊上那幅令人错愕的面孔（图35-5）与作者的面孔是何其相似。后世猜测，米开朗基罗将自身嵌入圣徒的形象，意在宣示他抛弃世俗、为主献身的坚毅决心。

*　*　*

"文艺复兴"几百年间,人们经历着剧烈、持续、兴奋又痛苦的精神震荡,就是在这样的时代情绪中,希腊小说"复兴"了。

当时仍很流行的骑士小说不仅充斥着荒诞离奇的叙事元素(魔法、妖术等),在讲述爱情时还往往携带着情色内容;而希腊小说则"不语怪力",主人公们善良、正直、讲恕道,关键是,他们极为克制情欲。米开朗基罗不是修士,但他苦修般的日常却也是当时官方意识形态提倡的人生形态。禁欲的关键内涵是对性欲的抑制,并直接指涉着婚姻,在当时守教的人们看来,理想的基督徒的婚姻亦应是禁欲的。① 希腊小说的禁欲姿态是它们得获复兴的一个重要原因——小说中那些禁欲般的主人公在当时成了人的模范,这本身就泄露出"文艺复兴"时代对人欲的矛盾态度。这些主人公和作者们对全权又不可见的神灵普遍表达出的信任、恭顺与敬服,也很受基督教世界的欣赏。关键是,这些小说一致重复着与启示叙事同构的对历史的判断:历史终将是场喜剧,且喜剧的根本成因是人之外的神圣力量。更为关键或碰巧的是,希腊小说主人公"不朽的"时间形式令他们的幸福结局获得了"不再失效"的暗示——主人公成为上帝在场的证人,他们的人生成为上帝在场的证据,小说成为"神圣眷顾"的证词。

"文艺复兴"时代在当时许多人眼中并非正步向一片光明的未来,而是正陷入在黑暗与光明之间的夹缝里,人伦失序、世风恶劣,他们亟需医治时代病症的良药,为这个人世找到有效的价值垂范、道德表率。塞万提斯《训诫小说集》的全名直译是《正派的消遣模范小说集》(*Novelas*

---

① 奥利金视婚姻为人与上帝之间的障碍,德尔图良和亚历山大里亚的克莱蒙既不反对婚姻,又推崇独身禁欲。圣杰罗姆认为,丈夫过于热爱妻子便是犯了通奸罪。奥古斯丁甚至教导丈夫们在热爱妻子灵魂的同时,应仇恨妻子的肉体,因为它会引起丈夫的性冲动,即便仅仅是以生育为目的的交配也是一种罪行,不过是"可饶恕的罪"罢了,而超出繁衍目的的交配都是"不可饶恕的罪"。阿奎那认可的是人欲中理性的一面,对感性欲望,他始终坚持基督教一直以来的伦理裁判,对性欲,就更加反感了:繁育后代是理性意志的诉求,而性欲则是兽性的、非理性的冲动,故应被严格节制(参见《神学大全》,问题98)。对性欲的罪性认定和忌惮令教会在很长时间里对婚姻这一既成习俗的态度都晦暗不明。关于中世纪天主教会对婚姻的态度和介入方式的变化,可参[法]乔治·杜比《骑士、妇女与教士》(周嫄译,上海人民出版社2008年版)中的相关介绍和评述。

ejemplares de honestismo entretenimiento)。①

文艺的"复兴"并未驱逐上帝,希腊小说的模仿者们汲汲于在希腊小说这些旧瓶中装上那个时代急需的泉浆,用新编的古典故事挽救在他们看来日渐沉沦的人世,呼唤人们坚定对天主的信仰。塞万提斯的最后一部小说《贝尔西雷斯和茜吉斯蒙达》是一部典型的对希腊小说的模仿之作,他在去世前几天还在为之撰写序言。小说中,相爱的男女主人公为寻求教廷的庇护,一路艰辛……当他们终于在罗马夙愿得偿时,作者写道:"我们的灵魂总在漂泊,只有在上帝的怀中才能停歇。在这一生中,欲望无止无尽,编织成了一个陷阱,它要么将我们渡入天堂,要么将我们引向地狱。"②

现代世界的人们对历史的美好愿景落脚在大地上、人间里;"文艺复兴"至巴洛克时期的艺术创作令后世的我们得以窥见,"神圣喜剧"在刚刚开始降落为"人间喜剧"时,人们内心种种的矛盾、踟蹰、怀疑、不安、惶恐,甚至惊惧。

《批判家》一开篇便迫不及待地将两位主人公从对上帝的漠视、无知到认主归信的历程再现给读者,其用意明显而明确:如克里蒂洛这样的浪子都能反躬自省、回归天主,你还不能够吗?即如安提尼奥这样的野人都能从日月星辰中看到上帝的身影,你还看不到吗?围绕上帝展开的对话慰藉着伶仃岛上的两个人,也昭示着这部小说的走向。其实,我们并不能确定,二人后来被"生命的恶婆婆"暗害是一场人间谋杀,还是作者对他们在得知"幸福"已不在尘间后自行绝弃人世的"违法"行为的文学修辞。可以肯定的是,两位主人公对这个人间毫无眷恋!在他们嘴中、眼中,这个人间不过是个充斥着肮脏、奸诈,伪善又粗俗的荒漠。

---

① Jacques Amyot 在翻译《埃塞俄比亚故事》时,将之命名为《埃塞俄比亚故事,塞萨利亚的德亚根和埃塞俄比亚的卡丽克莱之高贵纯洁的爱情十书》(*L'Histoire Ethiopique, contenant dix livres, traitant des loyales et pudiques amours de Theagenes Thessalien et Chariclea Ethiopique*),这一命名显然传递着强烈的宣教意图。译者本人也在"翻译者前言"里直言不讳,"好的文学要有美,但也不可缺少教育的功能"(*Prologue du Traducteur*, in *L'Histoire Ethiopique*, trad. Jacques Amyot, note et commentaire par Laurence Plazenet, Paris: Champion, 2008, p. 671)。L. Plazenet 在为此书再版所作的"序言"中说,"这既是一部翻译,也是 Jacques Amyot 对原著的重写",这部小说在欧洲大陆的流传,"开启了现代小说的篇章"(*Prologue* in *L'Histoire Ethiopique*, p. 53)。

② 见小说法文版:*Les travaux de Persille et Sigismonde*, trad. M. Molho, Paris: J. Corti/ Ibérique, 1999, p. 539。

格拉西安以调皮泼辣的美学姿态，重申着《神曲》甚至《十日谈》都没有背离的基督教的基础教义——天地有别，尘世是恶——《十日谈》的讲述还基本围绕着亚平宁半岛展开，《批判家》的讲述半径足有半个地球那么宽广。格拉西安延续着《神曲》的叙事指向，亦即基督教的底线原则——历史的目的在历史之外。

七 "一般启示录"

《批判家》中，两位主人公离开孤岛后，叙事的主体结构便落定为再现二人如何在历险中，或主动或被动地，不断展开自我教育和被教育。与爱人的分离和牢狱之灾令克里蒂洛痛定思痛，他带着安提尼奥"走进尘世"（卷1章5）时，就告诉后者，理性是"善恶的试金石""道德的指向石"，但荣华的诱惑仍魅力不减，安提尼奥更是未谙世事、莽撞虚浮——他们还需一再误入歧途、覆辙重蹈，才会将"庭长"的训词铭记在心。

保罗有言，信了基督的人就"已经脱去旧人和旧人的行为，穿上了新人，这新人在知识上渐渐更新，正如造他主的形象"（《歌罗西书》3: 9—10）。早期希腊主义教父已将人应自觉地提升自身这一希腊教化的主张，吸收并融合进了对"基督教化"的理论建构中。奥利金就提出，信仰应是人生的起点，但合格的基督徒还应在人生中不断锤炼自己的理解力、考察力。

而在尼撒的贵格利（Gregory of Nyssa，335—395）的笔下，"人的形成"（morphosis），或曰"形态构成"，这一希腊教化中的核心问题也成为基督教化要处理的基本问题。尼撒接受并参考着柏拉图的教义，将人生视为一个在"神视"（theoria）之下展开的、精神性的塑形过程，理想的基督徒应在对精神世界时时主动的关注中，不断改善自身，直至企达与神的合一。他还指出，灵魂的培育需要非物质性的养料，学习希腊文学（广义的）意味着成为希腊人，而基督徒的形成则是受教于属灵的"书"的结果——他创见性地"将《圣经》的作者视为源自圣灵的一个整体"，意图以此确立"书"之不可置疑的教化权威。

"他（尼撒）将《诗篇》分为五个部分，认为每一部分的内容都是对前一部分在精神层面的超越"，"《诗篇》呈现出的宗教经验被描绘成受教者对灵性知识和神圣存在的体验从一个较低水平向一个更高水平发展的过程",理想又神秘的基督教化的展开,就意味着受教者将会通过全力提升自我至精神生活的神圣源头,而得获救赎。圣保罗展望的基督徒的形成过程,"通过更新灵魂而彻底变形(metamorphosis)",被尼撒明确为了一个阶梯式的上升过程(见其《论"诗篇"中的铭文》,*On the Inscriptions of the Psalms*)。① 尼撒对基督教化的阐述进一步深化了教育和律法的区别。

早期基督教神学构建的这种教化理念在人的意志、作为与人的得救之间,建立起了因果关联——受造者因在不断趋智的学习中焕发、积累了向神的意愿与能力,故而得获拯救,这是上帝对合格的受造者的犒赏。奥古斯丁也曾认为,"(人的)意志得幸福之赏或得不幸之罚乃是依据它的功德"(《论自由意志》,Ⅰ.14.30)。

但后来,伴随对人的自由意志更加深沉的怀疑,他全面否定了自己当初的这一想法。奥古斯丁为反驳佩拉纠主义写就的一系列檄文的基础指向,就是将人的功德与得救彻底剥离开来,或说,否定人可能成为功德的真实主语——这个真实的主语只能是上帝/救主。在《论恩典与自由意志》中,奥古斯丁承认,"有信而无行善,不足以得救"(章18);但他同时厉声教告读者,切不可忘记人已先天失去了真实的自由,没有上帝给予的无私恩典,人根本无以形成为善之意,更不会做出行善之举,"因此即使人开始拥有善功,也不应将之归诸自己,而要归诸上帝"——我们更不能将上帝污化成一个市侩,"上帝恩典不是按功而给,它本身倒使得一切善成为赢得的奖赏"(章13);人不该忘记,扫罗得蒙召时正恶行满满(章12)。在《论本性与恩典》中,希坡主教已反复申述,人都是有罪的,即便是新生儿,所谓恩典,就是神"白白地"赐予的(章4);而谁将得救,也是神早已决定的(章5)。②

承袭着希腊人对人之差异性的理解和"神助"的观念,尼撒的贵格利

---

① 以上关于尼撒的讨论参见 [德] 瓦纳尔·耶格尔《早期基督教与希腊教化》,吴晓群译,第7章,第52页,以及章注1;第55—56页;第58—59页。

② 奥古斯丁在《论本性与恩典》(415)第5章中说,"藉着恩典从罪里得救的人,就不能称作他们自己功德的器皿,而应称作'怜悯的器皿'。但这怜悯是谁的呢?岂不是遭耶稣基督降世拯救罪人的上帝(的)吗?这些得救的罪人,是他预知、预定、选召、称义并使之荣耀的人。这样,谁能癫狂无礼到不在心里感谢这愿释放谁就释放谁的怜悯呢?"圣保罗已经提出了"器皿论"(《罗马书》9:21—24,《提摩太后书》2:20—21)。奥利金也认为,基督徒的形成(这固然离不开人自身的努力),从根本上讲,是基督的力量的证明、是其影响的结果——是基督确保着受造者和教会都处于一种向上的动态运动之中,护佑、预定着教会在广阔的地域取得全面的成功(参见《驳塞尔修斯》,卷2节38—44、卷3节10—15等)。

也强调上帝对每个人的眷顾是不同等的，只有特别得到神助的人才能实现彻底的基督教化。① 这样的理解一直构成着基督教对受造者展开伦理规划的一个存在论的，也是技术性的起点。并非人人得享神启，所以我们须时时用功，方能成为一个合格的基督徒。而在奥古斯丁，由于神的恩典是受造者得救的根本原因，后者最根本的人生功课便是在对上主的"信、望与爱"中，接受"书"的教诲，时时祈祷恩典的降临。可既然，得救不是受造者自身作为的结果，能否得救已被预定，祈祷真的有用吗？希坡教父的逻辑语病及其主张暗含的道德废弃主义的倾向当然会被人诟病。②

在康德看来，基于"纯然崇拜"的祈祷与迷信无异，而基督教不该是这样的。柯尼斯堡的智者这样说，对祈祷的迷信定会令人要么认为自己无须"成为一个更善的人"，只要讨好上帝便能获得永福，要么认为只要祈祷，上帝便会将他变为更善的人。但是，"由于祈祷在一位洞悉一切的存在者眼中不外是**愿望**，所以，祈祷实际上是什么也没做；因为倘若这单凭纯粹的愿望就可以办到，那么，每一个人就都可以是善的了"。③

* * *

在亚里士多德，凡有生命的物体都是有灵魂的，"灵魂是物质有机体（corporis phisici organici）的第一现实（actus primus）"（《论灵魂》，412b5），"灵魂是潜在地具有生命的自然形体的形式"（412a20）——对此，阿奎那完全认同。阿奎那总结道，灵魂"是物质有机体的实体性形式（forma substantialis）"（《论独一理智》，章1节1）。但亚里士多德同时认为，灵魂并非独立于形体、躯体而存在，并非一个外在的东西，被硬塞到任一躯体之中，"灵魂既不是身体，也不脱离身体而存在，它不是身体，但属于身体，并存在于适合它的身体之中"（《论灵魂》，414a19）。这令

---

① 参见［德］瓦纳尔·耶格尔《早期基督教与希腊教化》，吴晓群译，第53页，以及章注4、5。

② 佩拉纠派虽被打压，但佩拉纠主义并没有彻底销声匿迹，在5世纪的南高卢地区，"半佩拉纠主义"（认可原罪，但主张人的功德对人的得救具有不可或缺的意义）仍然盛行，这一派的知识者严厉指责奥古斯丁，认为他的倡导必然会导致人们道德意识的极度含混甚至缺失。

③ 康德接下来说，信仰的"原理"应是这样的："知道上帝为他的永福在做什么或已做了什么，并不是根本的，因而也不是对每个人都必须的；但是，知道为了配得上这种援助，**每个人自己必须做些什么**，却是根本的，因而对每个人都是必须的。"见其《纯然理性界限内的宗教》（1794，李秋零译）之"论重建向善的原初禀赋的力量"，载李秋零主编《康德著作全集》第6卷，中国人民大学出版社2013年版，第52—53页。

意欲接受他的基督教神学家们也必须对之进行纠正（见《神学大全》，问题75，条2"人的灵魂是否是一种独立存在的事物"）。

亚氏说，理智可以是主动的，但感觉只能是被动的，"人有随心所欲思想的能力，他却不能随心所欲地感觉，只能在感觉对象呈现时才能感觉"；而理智本身又分为"被动理智"（intellectus passivus）和"能动理智"（intellectum agentem），"正如在全部的物理世界中，每一类事物都有质料（潜在地所是的东西）和作为动力因的东西两个方面（比如工匠和材料的关系），在灵魂之内也有这种区分，有一种成为一切东西的理智，另一种是促成所有这一切的理智，即一种主动状态，如同光一样，通过某种方式，光使得潜在的颜色成了现实的颜色"（《论灵魂》，417b23—25；430a10—17）。基于感觉的被动性和其对理性可能的服从，亚氏也将感性欲望视为一种"被动理智"（《尼各马可伦理学》，1102b25，见问题79条2），对此一理智，阿奎那常用的表述是"可能理智"（intellectus possibilis）。柏拉图笔下"太阳"发出的"光"在亚氏笔下多少被具体化为了"能动理智"，而天使博士则意借此重新解释奥古斯丁笔下的"光"。

虽与奥古斯丁有分歧，阿奎那却同样不认可"回忆说"。他明确地说，灵魂本身并非天然地具有关于形/种相，或事物运行样式/原则的知识，因为，就像没人会忘掉他本就知道的事情（比如整体大于局部），"灵魂忘却这些知识、以至不知道它具有这些知识就似乎是不可能的"；再者，"如果灵魂具有关于所有可理解事物的天赋的种相的话"，一个生来即盲的人也会天生具有关于颜色的知识，而事实恰恰相反（问题84条3）。

阿奎那援引亚里士多德，"灵魂即是所有的事物"（《论灵魂》，431b21），并阐释道："它（灵魂）藉感觉而潜在地相关于所有可感觉的事物，藉理智潜在地相关于所有可理解的事物。"（问题84条2）他进而说："人有时仅仅是一个潜在的认知者，无论就感觉而言还是就理智而言……认知的灵魂不仅潜在地相关于作为感觉原则的类似物，而且也潜在地相关于那些作为理解原则的东西。由于这个理由，亚里士多德便坚持认为：灵魂藉以理解的理智虽然没有任何天赋的种相，但最初却潜在地是所有这些种相。"（问题84条3）

与亚氏一致，阿奎那亦认可，潜在的，即被动的，反之亦然，实现了的，便无主、被动之分，所以，被动，是质料的属性；质料性只属于受造物，故也是受造者的"本性"（naturalia，直译为"自然"）——感觉与可能理智便是受造之人质料性的表现——人的本性决定了其理智对对象（无论是自身、客观世界还是上帝）的本质无法直观，对之的认知只能是潜在的，或说，人的本性决定了对象的本质对人而言，是非现实的。而上帝是最纯粹的形式，故其理智没有被动态，不是潜在的，是完全实现了的，上帝的理智"即上帝的本质"，是"纯粹的现实"（问题79条2）。因此，上帝可以直观所有事物的本质，或说，对上帝而言，事物也不是潜在的，而是现实的。人的认知由潜在变为现实，这一变化的实质过程便是可能理智"藉某种现实的存在"而由潜能转变为了现实，"换言之，是藉能动理智"（问题84条4）。①

阿奎那这样解释，由于被质料性的本性制约，人的理智不是完全实现了的、现实的，但其却又可以超越质料，"达到更高层次"（问题12条4）。"凡被提升到超出其自己本性的事物都必定有所配置（dispositione）以超出它自己的本性"；对具有潜在性的"受造的理智"（intellectus creatus）而言，这种"配置"就是"受造的光"（creato lumine）、"理智的光照"（intellectivae illuminationem）；受造的理智将因这"光"而被"增强"，从而看见可理解的事物，并终会因这"光照"得见上帝的本质，这光，让人"同上帝相像"——因为有了这光，人才能得见他物的本质和自身的本质——这光，就是能动理智；阿奎那虽亦恳言，这光是上帝的"荣耀之光"（《默示录》，章21节23），这"光照"就是"可理解的事物本身"，但与奥古斯丁所说的"光"不同，阿奎那笔下的"光"是"受造的"；这光使人的理智"像一种习性可以使一种能力更容易发挥作用那样去理解"（问题12条5）。

---

① 阿奎那这样解释被动和能动理智："承认在我们中有被动理智的必要性源于这样一个事实：我们有时只是潜在地理解而不是现实地理解。因此，必然存在某种能力，虽然在理解活动的行为之前，它对可理解的事物来说是潜在的，但当它理解它们的时候，它对于这些事物来说也就是现实化了；当其反思它们的时候，事情就更其如此。而承认在我们中存在有能动理智的必要性则归于下面一点：我们所理解的物质事物的本性并不存在于灵魂之外，像非物质的和实际上可理解的事物那样，而只是就其存在于灵魂之外而言才是潜在地可理解的。因此，必然存在着这样一种能力，能够使这样的本性成为现实地可理解的；我们身上的这种能力就被称为能动理智。"他进而解释了天使的理智与人的理智的差异：以上两种"必要性"都不存在于天使中，天使认识事物时，并不是潜在地理解它们，而是现实地直观，天使所理解的对象也不是潜在地可理解的，而是现实地可理解的（问题54"论天使的认识"，条4）。

在天使博士笔下,"基督的光"就是上帝给予人的主动性的思考能力。①

认知由潜在变为现实的具体步骤是这样的。一方面,能动理智首先根据感官对感性事物的感觉,在分类、比较中,"形成关于各种事物的影像",甚至是,"那些感官不曾知觉到的事物的影像",这就是"感性知识",但这些知识只是潜在的,因为它们还无法被理解;接着,能动理智会将这些有待理解的知识进行综合和进一步的抽象,形成可以理解的、具有普遍性的知识,此即"理智知识"(问题84条6)。感性知识是"先于"理智知识到来的(问题85条3)。而感性经验的生成离不开遵循自然法则发育、成长的身体,这再次说明了人不可能生而即会良好地使用理性、具有完满的知识(问题99、101)。当一个人明白了什么知识时,"并不是由于他先前就具有了知识",而是他"第一次学会的"(问题84条3)。

另一方面,普遍性的东西首先地存在于我们的理智之中——这是认知可以达成的前提。亚里士多德说,"我们必定是由普遍事物进展到单个事物的"(《物理学》,184a23)。阿奎那说,"我们是在藉感觉判断较少共同性的东西之前对较多共同性的东西作出判断,这关涉到空间和时间两个方面"(问题85条3)。在空间方面,一个事物是先被看成一个形体,才被看成一个动物,进而才被看成人,再进而才被看成某一个人的,在时间方面,一个孩子是先会区分人与非人(比如兽),才会区分这群人和那群人、这个人和那个人的;当我们没有真正理解某一个人时,我们对"人"的认知,进而对动物的认知,再进而对受造形体的认知,便是"模糊不清的",模糊的知识都是潜在的;只有当关于每一个具象事物的知识从潜的在变为了现实的,关于其上一级事物,更具抽象性、整体性和普遍性的事物的知识才能从潜在的变为现实的。这就是灵魂只是潜在地相关于所有事物的

---

① 阿维洛伊主义主张,"人在第一理智概念方面都是一致的",并且,"人是藉着能动理智而一致的",所以,"所有的人在一个能动理智方面是一致的"。阿奎那则反驳道:"所有属于一个种相的事物都共同享有伴随着该种相的本性的活动,从而也分享作为这种活动的原则的能力,但是却不是以那种能力在所有的事物中都是同一个的方式分享……认识第一可理解的原则是一种属于整个人类的活动。所以,所有的人都必定共同分享那种作为这种活动的原则的能力,而这种能力便正是能动理智。但是,它却没有必要在所有的人身上都是同一个。尽管,对于所有的人来说,它必定是起源于同一项原则……所有的人公共具有第一原则虽然证实了柏拉图比作太阳的独立理智的单一性,但是,却没有证实亚里士多德比作光的能动理智的单一性。"(《神学大全》,问题79条5;同参问题85条7)阿奎那还在《论独一理智》第4章"谴责所有的人只有一个可能理智的主张"中,着重谈论了人的理智的个体性差异。

含义。

在苏格拉底，人人皆有德性，但我们并非生而即认识德性，所以，我们须学习理性地"认识你自己"——这也同样是柏拉图和亚里士多德对人的基本期待。但当亚里士多德将灵魂视为并非先于躯体的存在时，期待的实现，便不可能意味着经验主体向历史性起点的退回，而只能是一个在历史经验范围内，从未出现过的崭新的事实。

亚里士多德云，"理智在一个意义上，潜在地是一切可思想的东西，虽然除非它已经有所思想，否则它现实地什么也不是。它所思想的东西必定存在于理智之中，正如文字可以说是存在于一块上面什么也没有现实地写上去的写字板上一样，理智的情形与此是一模一样的"（《灵魂论》，429b30—430a2）。阿奎那便接着说，"处于潜在的状态下的可能理智是先于学习或发现的，就像一块上面什么也没写的板子一样，但是在学习或发现之后，它就由于科学习性（habitus scientiae）而处于现实状态之中了，它也就因此而使它自身成为现实的，即使相对于现实地思考而言，它那时依然处于潜在的状态"（《论独一理智》，章4节92）。

是因为科学的习性，"可能理智才能够进入现实状态，并且自行地运作"，科学、认知并非仅仅"取决于受到光照的心像，或者是我们通过频频的默思而获得的为了我们能够借助于心像而与可能理智发生联系而行使的一种官能"（《论独一理智》，章4节93）。即如他多次反驳德谟克利特的"流射说"（"所有的知识都是由影像产生出来的，而这些影像则都是由我们所思考的物体流射出来，然后进入我们的灵魂的"，这是奥古斯丁的引述，见问题84条6），阿奎那的认识论建构一以贯之地申明着：上帝是一切的元因，但知识不是现成的，我们不应总奢望着在某个神奇的瞬间突然明智，认知的达成是层递、渐进的，是人主动作为的结果。

天使博士以一种"祛魅"的姿态回应了柏拉图的"枚农悖论"和奥古斯丁的"神圣光照"。

"我们的理智是从潜在的状态进展到现实的状态的。而从潜在到现实的每一种能力，在其达到完满的现实之前，先是达到一种不完满的现实，亦即处于潜在与现实之间的中途"；"理智的完满实现"当然就意味着"完全的知识"——上帝（问题85条3）。受造者在知识上的增益必然意味着其在近神，亦即明善。阿奎那要敬告读者的是，若没有主动的智性努力，人便不可能经由对可感事物的感觉达成对可理解的形式的理解，理智便无法由潜在的变为现实的,我们便无法近神、明善。

虽然,"存在着某个最初的事物,它的本质即是存在,它的本质亦即是善。我们将这一事物称作上帝……每一件事物都可以说是由于其本质即为存在和善的第一存在才成为善和存在的,因为它总是以某种想象的方式分有了他,尽管它离他还很远,并且是有缺陷的……所以,每一件事物都是由于上帝的善才被称作善的,这上帝的善即为所有的善的第一原型的、动力的和终极的原则";但是,"每一件事物之被称作善也是由于同适合于它的上帝的善的类似,这在形式上即是它自己的善,而它正是由于这种善而被称作善的"(问题6条4)。天使博士的絮叨意在严正垂训读者:上帝只会拯救善者,而人无法仅仅由于上帝的善,就成为善的;"活动主体、形式和目的蕴含着某种属于善的概念的完满性",但每个主体只有在主动的、理性的学习和作为中,才能令自身蕴含的善的"完满性"从潜在的变为现实的,才能令上帝在自身中显现——令自身成为善的——成就"自己的善"(问题49条1)。①

通过重建起理性的近神天梯和变造奥古斯丁的"光照说",阿奎那在事实上肯定了被希坡教父的如椽巨笔严厉否定的"人可因本性称义"——人会因自身内含的理性而明善、为善、成善,主动地改良自身,从而得神拯救。天使博士当然不会否认得救的根本原因、善功的真实主语是上帝,但他却肯定了、重新建立起了人的作为与得救之间的"因果关系",由此恢复了希腊主义教父笔下,人作为善功的"直接主语"的身位。

阿奎那的理性主义神学篇章毫无疑义地教告读者:上帝给予了人理

---

① 与其关于恶是善的匮乏这一主张并行,阿奎那指出,由于质料因,善也是恶的原因,善是恶的主体(问题48条3),并进而说,"任何在其本性和适当安排方面有所欠缺的事物都只能来自某个从它的适当安排中产生出来的原因……只有善能够成为原因,因为除了就其是一个存在,而每一个存在本身即是善而言外,是没有什么东西能够成为原因的"(问题49条1)。

既然恶从善起,至善、上帝难道不应为恶负责?天使博士对"伊壁鸠鲁悖论"的回应仍基本上延循着奥古斯丁的解释理路,当然也未能有效地化解这一千古的难题(参问题49,条2)。

结合着被动/能动、感性/理性、质料/形式的界分,阿奎那这样解释上帝、天使与人的差异。即如上帝,天使的认知无被动态,是无感性的、"全然理智"(问题54条5)。天使的意志则介于上帝和人之间(问题59"论天使的意志")。天使不是质料与形式的统一,而是"完全无形的"(omnino incorporeus),"无形实体处在上帝和有形受造物之间"(问题50条1);但天使又"确实有现实和潜在",这也是天使与上帝的区别(条2)。面对"书"中多次出现的天使以人形显现的记述,阿奎那这样解释,天使有时"需要"以形体显现,不是为了天使自己,而是为了人,"藉着与人的亲密交流,他们可以向人提供证据,说明人期望在来生与它们建立的那种理智伙伴关系是存在的"(问题51条2)。(转下页)

性，但若没有后天"主动的"习得，我们将无法掌握这一神圣给予，一个合乎基督教义、合乎道德的人生，就是从"白板"开始，在对客观世界和自身时刻的感性观摩、经验、体会中，在理性的学习和反思中，从无知到有知，从而不断靠近上帝的过程。

尼撒的贵格利提出的基督教化的愿景在阿奎那笔下得到了确证和丰富。但无论阿奎那从东方的先行者们那里获取了怎样的启迪，他在其身处的中世纪晚期对理性的伦理地位和"基督教化"内涵的重塑所产生的影响，都是早期教父神学远不能及的。

"长着翅膀的救星"早就告诫克里蒂洛父子，有形的财富不会给人带来自由，反会给人穿上镣铐，只有理性的知识才意味着"完美的自由"，而这需要人们勤苦的学习。但幼稚的安提尼奥还是妄想着不学而得真知、不劳而获美名，这自然令他陷入了另一番险境……如果说，《批判家》第二、三章，两堂密集课程讲授的是我们如何可能，又该怎样确证上帝存在，整部小说则通过对父子二人历险生涯的复现，明确地知会读者，我们"理应"怎样走向天城。在人生海洋的颠簸中，这对父子一路涤荡着各自身上沉沦的残渣，人生旅程中累积的智慧与美德最终令他们抵达了"那荣耀的高台、尊崇的位阶和永生的境界"，享有了"无尽欢乐"。[①]

人可以在历史中通过主动的努力实现自我完善，并以此实现对历史的超越，这是可以被理性地理解和规划的——这一托马斯主义的愿景在17世纪得到了知识者们普遍的认同。

在关于历史的启示性预言中，个体的最终得救必然与人类整体的得救一致，反之亦然。相较于希腊教化，基督教更加鲜明地表达出了道德纯净

（接上页）

的确，天使博士的论证里时常会出现逻辑瑕疵。神学叙事很难实现完整的逻辑自洽，古典形而上学叙事也未尝不是如此。基督教提供的生命层级图示（上帝—天使—人）以及阿奎那就之的阐释，很容易令我们联想到柏拉图笔下的模仿性生成图示（造物者—诸神—人）。阿奎那虽多方仰赖亚里士多德，但即如罗素等人所说，基督教神学在基本面上始终更靠近柏拉图。相较于柏拉图的"造物者"，亚里士多德的"神"更缺少人格化的特征，尤其是，柏拉图虽强调逻辑、思辨对人接近神的绝对意义，却也认为直觉（包括近于迷狂状态的顿悟）等非理性的感知形式对于人最终企及真、善、美具有不可或缺的价值，而亚里士多德，他虽赋予了物质世界更重要的认识论价值，却坚持认为近神的道路到底只能是纯粹理性的，因为神是彻底非物质性的，彻底超越质料性的感觉经验的——这也是亚氏对晚期希腊哲学和早期基督教的影响远逊于柏拉图的主要原因之一，毕竟，信仰的根基是非理性的信任。

① 参见［西］格拉西安《漫评人生》，张广森译，卷3，第12章，第619—620页。

主义的诉求——被神试炼并最终得进天城的选民都是善的，天城是纯净的善域。无论是希腊主义教父，还是奥古斯丁或阿奎那，他们都没有直接、具体、详细地说明被神预定的人间历史的展开过程到底是怎样的，但他们既有的神学叙事却又给当时和后世提供着关于历史的强烈暗示。

阿奎纳云，恶既没有形式因，也没有目的因，只是"形式的一种匮乏"，只是"达到适当目的的秩序的匮乏"，善是必然的，恶是偶然的（问题49条1）。趋善，是上帝决定的万物运动的本质性法则。奥古斯丁主义当然不否认这一神圣法则，但却令这一法则支配下的历史过程显得压抑、晦暗。在希坡教父眼中，只有依靠神的恩典，历史才能终成"喜剧"，而实现基督教化和神圣"喜剧"的前提就是打破人对自身的信任，如果承认人是善功的主语（哪怕是不完整的），人的自信甚至傲慢将不可避免地被助长，神的权威必将被销蚀——"喜剧"的实现过程也将因此更加坎坷崎岖。但天使博士则确证了奥利金等早期教父的判断：个体的智性、道德努力对于实现全人类的"喜剧"具有宝贵价值。阿奎那的写作鼓舞着读者，趋善的历史道路并不神秘，理性知识的增益意味着我们在近神，如果向上的个体人生是可以期待的，人世的自我改良便是必然的：伴随个体在理性教化中的智识增长，不仅个体的道德能力，世人对世俗美德和宗教美德的践行，以及人间的成文法亦必会在整体上日趋完善——而这一整体性的改良当然也会促进个体人生向着智、善的方向展开——尘间将因此走向最终的"喜剧"。

在奥古斯丁主义的展望中，受造者根本的在世使命是在对神的爱与仰望中，在一种相对守恒、"静态的"等待中，实现历史之内的道德净化，神的合格选民将在那个预定的时刻一同完成彻底的净化。而在托马斯主义的展望中，理想的人生和人类历史都理应是"动态的"，个体和人类共同体就是在彼此的促进中，"逐步地"实现被神预定的道德的纯净，"渐进地"走向神圣的救赎时刻的。通过肯定善功的直接主语是受造之人，天使博士的神学篇章令历史获得了更加明确的美学外观——进步。

西方现代进步史观的伦理内涵之一，便是我们应对人的能力饱含信任，并应努力在历史中实现自我更新和完善，这一内涵在西方语境中的"底片"便是"因本性称义"——18世纪的"启蒙"运动则将这一"底片"彻底曝光了出来。基督教意识形态自身的变迁构成着"进步的历史"这一现代观念生成的直接的思想土壤，因为"喜剧"是神的许诺，"进步"才可能彻底摆脱"循环"甚至"或然"的威胁,成为绝对"必然的"。"启蒙"的根茎深深地埋植在中世纪。①

历史是作为本质的神圣存在及其动作的表象,对可感历史的这一"古典的"理解在基督教世界从未失效;"一般启示"的本质性功能就是为不可见神和其运筹提供可见的证据。在托马斯主义的视域中,没有日渐趋善的人生和人间,神意将无从体现,神对世界的规划和引领只能且必然实现为人的改变——进步的人生是对上帝存在之最具说服力的可感证明之一,进步的人间将是人人得见的、证明着"神圣眷顾"时刻照拂寰宇的最重要的"一般启示"。

《批判家》基本的叙事策略和内容便是用文艺虚构给读者提供一堂"一般启示"的大课:浑噩、野蛮的父子在人生的洗练中日渐明智趋善并将终抵天国的故事,令作为本质性真理的"喜剧"获得了可感的具象形式——肉眼可见的进步的人生成为启示真理的证词。但同时,格拉西安却完全不信任人能自主地改良、焕新人间。《批判家》诉说着那个时代矛盾的心绪。

我们很容易在《批判家》中辨认出现代世界习以为常的"自从你来了"的故事:自从遇见菲丽莘达,克里蒂洛明白了什么是爱情和忠诚;自从在狱中遇见那些"良师益友",他开始了步向上主的精神转变;自从遇见克里蒂洛,"自然人"开始变成一个"文明人"。而如果我们回视"书",尤其是《新约》,"自从你来了"难道不是其最基础的情节模式?"大马士革之路"里,迫害基督徒的坚定的犹太教徒扫罗(Saul of Tarsus,Saul 的语意之一是渴望、凡事愿求问耶和华,其拉丁名为 Paulus,即保罗)自从蒙主光照便捐弃执念。俗鄙的税吏利未(Levi,意为联合,但此时的他只与世俗而未与神圣联合)蒙主点召,成为笔耕不辍的福音作者马太

---

① 特勒尔奇(Ernst Troeltsch)视 18 世纪的"启蒙"为西方"现代"的开端,但他同时非常重视对中世纪与现代在社会、文化结构等方面的关联的考察。布鲁门伯格(Hans Blumenberg)更明确地指出,现代的本质是人的"自我信赖"(self-reliance),而中世纪晚期的神学叙事是这一"信赖"形成的关键步骤,参其 *The legitimacy of the Modern Age*(《现代的正当性》),trans. Robert M. Wallace, Cambridge, Massachusetts: MIT Press, 1983。但我们亦不应因为中世纪为现代积累了积极的精神资源,就刻意淡化当时占据主导地位的宗教意识形态必然引致的,压抑的时代性精神气候——中世纪不是一片黑暗,却也绝非遍地闪烁着自信和欢乐的人间火花。

(Matthew，这一名字的含义颇为复杂，一说为"神的恩赐")。①

"福音"（Gospel）直译即为"好消息"。作为《新约》柱石的四大"福音书"颁布的最重要的好消息便是自从耶稣诞临，戴罪的人世得获被赦的许诺。早期基督教在构建基督教化的形态时就明确吸纳了希腊教化的基本形式之一：模仿"对象"。奥利金在《驳塞尔修斯》的"前言"中开宗明义：基督徒在对救主的仿效中展开的人生就是对基督教最好的辩护。尼撒的贵格利更加鲜明地提出，基督就是人的"模子"，理想的基督徒、理想的人的塑形过程就是受造者不断学习耶稣的过程——"基督教的教化就是'对基督的模仿'（imitatio Christi）"。②

但耶稣既是人子，亦是神子，这意味着，模仿基督虽是基督徒毕生的功课，却也是后者无法完整履践的，而模仿圣徒则是后者可以在历史中实现的。通过一系列迷途羔羊遇主知返、悔过自新的故事，《新约》为耶和华与大地之间建立起了更具鼓舞性的关联。为信众提供可资模仿的人格榜样，是基督教意识形态宣传中的惯常内容，也是教会教化信众、感化非信众的基本策略，"书"之后出现的圣徒们也都被教会作为人间楷模，树碑立传。

而很早就被赋予了教化责任的文学叙事在基督教世界践行自身职责的基本方式之一便是为人间提供世俗化的模仿对象。与人子的相遇既意味着罪人转变的发生，亦象征着其转变的完成。而在现代故事中，"自从你来了"的情节描画的不是神子的显身，人物彼此的相遇也只是他们变化的开始，相遇的情节与人物幸福结局的核心连接部是人物被教育和自我教育的展开——这也正是《批判家》着力呈现的。在托马斯主义的教化愿景中（戴罪之人可经由理性的反思、教育，通过自身的进步企及不朽），神圣的"好消息"变得更具实践性与现实性。

重见天日的希腊小说的主人公们认受命运、对神无条件地信任，在守贞、被动、消极、趋于静态的人生中等待被神拯救的伦理姿态，很契合奥古斯丁主义对人的期待。这些古远的故事会令"文艺复兴"时代的读者耳

---

① 耶稣"看见一个税吏，名叫利未，坐在税关上；就对他说：'你跟从我来。'他就撇下所有的，起来，跟从了耶稣。利未在自己家里为耶稣大摆筵席，有许多税吏和别人与他们一同坐席。法利赛人和文士就向耶稣的门徒发怨言说：'你们为什么和税吏并罪人一同吃喝呢？'耶稣对他们说：'无病的人用不着医生；有病的人才用得着。我来本不是召义人悔改；乃是召罪人悔改'"（《路加福音》5：27—32，同见《马太福音》9：9—13 等）。

② 参见［德］瓦纳尔·耶格尔《早期基督教与希腊教化》，吴晓群译，第 7 章，第 56 页，以及章注 16。

边一再回响起他们耳熟能详的那句话：上帝的消息都是好消息。

传说中，不列颠国公主厄休拉（St. Ursula）笃信基督，却不得不与异教徒布列塔尼的王子联姻。婚前，她与十位贵族童贞女伴带领万余名童贞女，前往罗马朝圣。当她们从罗马返回、经过科隆时，遭遇了匈奴王阿提拉（Attila），后者欲强占公主，公主誓死不屈，结果，一万一千名童贞女全被屠戮。在维托雷·卡尔帕乔（Vittore Carpaccio，1460—约1525）的布面油画《圣厄休拉的梦》（1495，图39）中，晨光初露，厄休拉仍在熟睡，她极其端正的睡姿和纹丝不乱的床铺象征着她的贞静，光线从画面右侧的门窗射进来，一位手持棕榈叶的天使以飘然的步态出现在画面的右下角——天使的到来意味着公主即将赴难——画面左中部，门框上方的装饰性

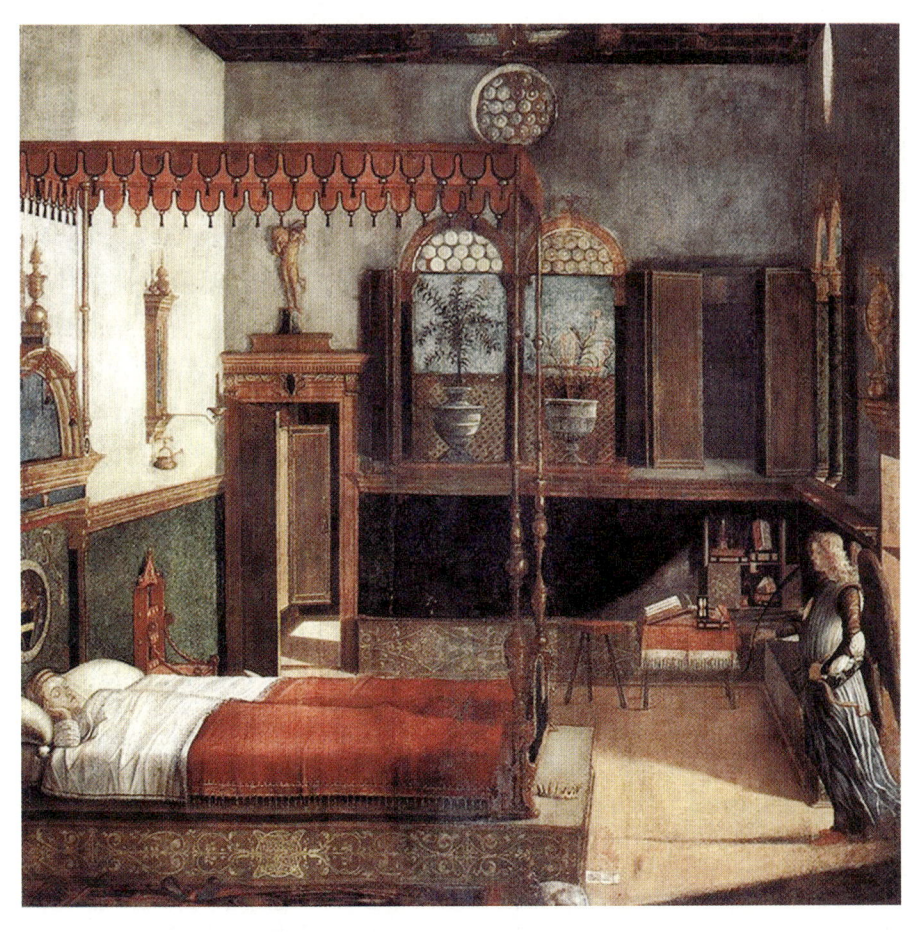

图39 ［意］维托雷·卡尔帕乔：《圣厄休拉的梦》（1495）

木条上镌刻着"DIVA F. AV. ST. A"的字样,意即"上帝的通知都是好事"。

如果说,俄狄浦斯那令人绝望的故事意在告诉观众,对神、对命运,人的职责不是理解,而是敬重与服从,希腊小说便是与《俄狄浦斯王》式的悲剧具有相同伦理指向的"喜剧"。① 而《神曲》《十日谈》《批判家》则不同程度地散布着托马斯主义的信心。这些文本以及"文艺复兴"中后期涌现出的对希腊小说大量的模仿性创作,构成着西方现代小说的起点,它们虽在美学气质和精神理路上形色不一,却具有共同的伦理自觉——为人间提供文学性的"一般启示"和世俗化的"福音书"——这是西方现代小说合法性的重要来源。即便是语意驳杂、瑰奇繁复的《堂吉诃德》,也在重复着迷途知返的故事,宣布着回头是岸的"好消息"。

* * *

人们时常调侃米开朗基罗过度沉迷于对男性的塑造和美化,甚至将女性的躯体亦虚构成雄性的(这点在《创世纪》中表现得尤为突出)。米开朗基罗并非一个技浅才疏的学徒,他有好男风的倾向,他甚至可能认同那个世界里一直以来存在的男尊女卑的观念(男性的生理、智力、道德能力都高于女性),但他一生对男体的迷恋和推崇却也有着明确的神学动机:上帝以自身为型塑造了亚当,男性的身体就是上帝的显影,极尽所能地塑造和展现完美的男性躯体既是在荣耀上帝,也是在向受造者展示上帝的慈悲。米开朗基罗自信拥有着神赐的才华,并相信天主不会无缘无故对他厚爱有加,他的神圣天职就是尽可能地向受造世界呈示神的作为,以尽可能完善的有形美,引领受造之人展开向神的祈望、向上的攀登——他的双手、刻刀、斧锤是上帝之手的延伸——这一信念指导着米开朗基罗大半生的创作。②

---

① 对索福克勒斯悲剧的阐释,参见 H. C Baldry, *Le théâtre tragédie des Grèce*, Paris: Maspero, 1985, p. 112。

② 米开朗基罗在大半生的艺术创作中实践着柏拉图主义的理念——刻刀的职责并不在于创造新的形,而在于令混沌的石头中蕴藏的既有的型显现出来。1528 年左右,正值艺术生命盛期的米开朗基罗写道:"这块那块每块顽石都在等待/我粗重的锤子把人的面容引来/但另有一位师匠指导我的创作/控制我的每个动作、每个节拍/星外天外那高在天堂的铁锤/每一次敲击都使他人和他自己/更加伟大光辉。而首创锤具者/也把生命赠给一切,永不止息/(分段)既然那效力最佳最奇的敲击/从九天落下径直降临作坊里/我就无需打锤,我锤子已飞离。"艺师视自己的创作为神力和神意的展现,没有神的赐教,他将不仅"孤独无依",还将"束手无策,笨拙无技"。(参见杨译,诗 101)

七 "一般启示录"

大概在雕凿第二座《圣殇》的前半期，他还热情地写道：

> 雕塑为艺术之首，令仍然健全/强烈的趣味愉快：动作、肢体和骨骼/都被赋予生命，啊，看，人的躯体出现/在白蜡、胶泥或石块中呼吸，生气勃勃/……如果时间残酷暴虐销隳/残害只有人能创造的人体雕塑/它的美也依然留存，能够探寻/回归到认定为自己所有之源头。（杨译，诗85，1545—1550）①

就如罗丹所说，米开朗基罗一生都在苛刻地追求着不朽。对这位"文艺复兴"时代的伟大艺师来说，雕塑当然胜过绘画，金属与石头更能经受住时间的摧残，在大地上坚立。即便死亡涤荡吞噬所有的肉体，停止了我们的呼吸，人的作品将"在岩石中永存"（邹译，诗240，1544—1545；同参诗239，1538—1546）。② 米开朗基罗曾经野心勃勃要用自己的双手在大地上实现不会被摧毁的、可视的美，以此回报神，并通过企及永恒的"源头"，令自身甚至令人世超越历史。目睹《大卫》和第一座《圣殇》，观者几乎读到作者心底这样的信念和渴望——神会因他的创造而回馈他，甚至回馈大地以不朽。在很长时间里，米开朗基罗事实上就是将艺术视为了他的"积善"之路，将艺术创作视为了他为走向天城而苦心积攒的善功。

可是，最后两座《圣殇》对有形之美的刻意毁坏，无疑是在否定他为之奋斗了近一生的美学和神学理想。第一座《圣殇》里，圣母的悲悼，伴随她优美的面庞、宁静的表情、和谐均匀的造型和织物细腻的褶皱，富有节奏地延宕开来，哀而不伤——圣洁的光泽辐散着雕塑周围的空间，抚慰着观者的眼与心。而第二座《圣殇》却令观者的目光和神经从第一刻起便紧紧不能松弛——那位老者干涸凝滞的眼神到底意欲诉说什么？

---

① 该诗最后两句，邹译（诗237）为"只有艺术的拯救，使美得以保留——/为了我们尘世中的笨拙之人返回天国"。

② 在西方的艺术版图里，绘画长期以来被贱视，只是建筑、雕塑的附庸，虽然乔托令几百年来"不登大雅之堂的绘画艺术"发扬光大了起来（参见［意］卜伽丘《十日谈》，方平等译，第421页），之后的卓越画师们也不断贡献着精彩的杰作，但直至16世纪，绘画的地位仍低于雕塑。米开朗基罗从来都自视为雕塑师，不愿被称为画师。伴随着思维观念充满反复的变化和漫长的争吵，绘画才终得以与雕塑、建筑比肩而立。

142　第二部分　神圣的"喜剧"

  我眼见的全部世事令我感叹/刺痛我心的是世界广泛的悲惨/主啊，如果没有你亲自给我的恩典/这一生一世我应该怎么办？/在这里恶习乱注、罪恶诱骗——/这黑黑魆魆无边大海恶浪狂颠/身处此境，我求你宽恕，救援……（杨译，诗164，1560）

在创作第二座《圣殇》的后半期，米开朗基罗的壮志明显消退了。

  我短促的生命已走到尽头/……驾一叶小舟/在人类共同港口的沿岸，人人/要总结自己的作为……/啊，到现在我才明白，我的艺术/愚蠢、生硬、远离它真正的源头/我曾经把艺术当作偶像和君主/但艺术只带来悔恨，无法补救……绘画和雕塑再不能抚慰、镇定/我的灵魂；它转向神性的爱，爱/在十字架上流血又拥抱我们。（杨译，诗147，1554）①

在创造出了那么多凡夫俗子根本不敢祈望的"神迹"之作后，"文艺复兴"时代最为杰出的艺师，曾经那般自负的米开朗基罗竟如此看待自己的一生。他是那样奋力地塑造完美的形，丝毫不曾懈怠，谁会指责他辱没了神明？谁又会不被他的刻刀和画笔触动、感动、震动？这首诗的结尾还会令观者更直接地联想起第三座《圣殇》中，耶稣与圣母无间贴合的动人情景。

  寻求可以从中得到休息的永生/我们的灵魂应当得到这样的平安/但也应仅仅凭这样的银钱/由上帝铸造，供我们在世上使用。（杨译，诗86，1545）

这首诗写于第二座《圣殇》之前，此时的艺师虽然相信，德行是受造之人得获永生必备、必缴的"银钱"，但他却已然在重复"器皿"的古训。

  阿奎那肯定了人的作为可以影响甚至决定自身能否得救，这的确在客

---

  ① 该诗的最后两句，邹译（诗285）为"灵魂专注着十字架上爱的神祇/展开双臂，把我们拥抱得更紧更紧"。

观上为 14 世纪天主教会抛出的"善功圣库论"提供了法理支撑。"善功圣库论"说，耶稣的一滴血本就足以赎偿全人类的罪，殉道的圣徒又累积了远超过救赎他们本人灵魂所需的善功，这些超额的善功由教会执掌，罪人可以有形的财物向教会购买这些多余的善功，将之变为自己的功德，以使自身的灵魂免受地狱或炼狱之苦。教会出售赎罪券，无论这一行为是否有着某种良善的动机（比如，令富商巨贾捐献财产以帮扶教会、赈济贫苦大众），赎罪券到底成了教会贪腐的利器。面对这样的历史事实，我们也不得不佩服希坡教父"反善功"的保守训诫里内含的洞察人情世事的远见：人会打着神圣的旗号成就各种急功近利的恶，在本就人人生而不平等的现实中，富贵者天然地享有着更多的行善举义的资源，如果肯定善功的主语可以是人，世俗阶层的不平等还将以神圣的名义被强化，而这有违基本的基督教理想。托马斯主义肯定了人可以成为善功的直接主语，这在事实上就是将神对人的拯救这一神圣计划，变造为了一套"论功行赏"的量化方案——赎罪券不过是这一量化方案极端的荒唐演绎罢了。

马丁·路德（Martin Luther, 1483—1546）反对的不仅是赎罪券（他的《九十五条论纲》原名即为《关于赎罪券效能的辩论》），他视《神学大全》为对福音的诋毁，视阿奎那的思想为当时各种异端、谬误的精神源泉；他重提"因信称义"，是欲将"善功"的主语完整地还原为神。历时十八载，历经了三任教宗的特伦托会议（鉴于东、西方世俗世界和教会中都已普遍存在的对赎罪券的强烈质疑和抵触）提议废除赎罪券，这一提议在 1567 年获得教宗庇护五世的批准。但特伦托会议同时严正批判了路德"因信称义"的主张。

柏拉图意图通过全面抑制自利性的人欲（从生理性的到社会性的），以维持人与人的差异，从而延缓历史的衰败；奥古斯丁则意图通过同样的全面抑制，尽可能地实现历史之内的人与人的平等。高举着"导师基督"的旗帜，奥古斯丁意图彻底颠毁所有助长"虚荣"、助长"荣誉感"的人间标准（从物质的到智力的，从经济的到政治的，等等），以便将受造世界统一在对基督的信仰之中。在奥古斯丁主义的规划中，如果人们不再以各种虚荣的，亦即虚假的标准来衡量自身与他人，而均以基督为标准——人与人之间的高低贵贱不再建立于智力的、经济的、政治的差异上，而建立于对基督、对信仰的虔敬程度的差异上——那么，人与人之间、阶层与阶层之间的矛盾和倾轧将被降至极点。得救赎,当然是一种自利性的企图,但奥古斯丁意图通过否定人成为善功主语的可能,彻底瓦解这一企图可能引致的各种自利性的"积极"行动,既然,得救无法通过人的主动作为来达成。而托马斯主义对人的善功与得救之间因果关系的肯定,则无疑在鼓励着自利性的"积极"作为。柏拉图和奥古斯丁对人间全面抑制性的谋划,无论是出于多么良善的动机,都必然会最终导致人间的全面崩溃,而阿奎纳的理性主义神学也的确为各种"现代性"猛兽打开了闸口。

大概就在放弃第二座《圣殇》的那一年,八十岁的米开朗基罗写道:

> 这世上没有什么比我感觉到的自己/更卑贱,更无价值,主啊,我没有你/我遗留下的微弱颤抖的呼吸一定是请求/你的宽恕——你,我渴望中的至极/(分段)主啊,我祈求降下你完整的链条/一环套一环,每一环都系挂天国的馈赠/我指信仰的链条;我应当抱定它,我曾徒然奋争/是我的罪过;未获恩惠;尝试而无成/(分段)这馈赠中的馈赠更是宝贵的珍品/它是如此稀少,如同珍宝/世间没有它,便没有和平,没有安宁/(分段)你不曾吝惜施与你的鲜血;慷慨之极/然而你的馈赠何益之有?它的价值全然浪费/除非天国能被另一把钥匙开启(邹译,诗289,1555)①

事实上,《最后的审判》已经在为这首诗提供着图解:救主右脚下方,一位强壮的天使正用"念珠串"("信仰的链条")牵引着两个懂得感激的人的灵魂升向上帝(图35-6)。② 高举右臂的救主似乎很讨厌那些认为凭

---

① 该诗第一段和最后一段,杨译(诗151)为"世上再没有什么更低下、更空虚/甚于我远离你容颜时的面目和感觉/从这低下处我以微弱的气息/向你、第一和重要的希望,呼吁";"如果其他钥匙不能把天堂开启/我又失去信仰,你必然厌恶无比"。

② 大小不同的念珠和十字架链起的念珠串象征着神的王冠,也是教徒日常念诵祷文时的提示和记数工具。根据念诵的内容不同,念珠串上念珠的数目、大小珠的串联方式有所不同。"玫瑰经"(Rosarium,礼敬圣母的祷文,同时包含了基督的救恩史,由"信经""圣母经""天主经""圣三光荣颂"等组成)念珠,是天主教的代表性念珠,守教的教徒应日颂祷文多遍,在吟咏和默想中,回顾圣母子的事迹和基本的教理教义——一段段祷文串联起来,就如同一捧馨香的玫瑰敬奉于天主和圣母面前。

七 "一般启示录" 145

图 35-6 ［意］米开朗基罗：《最后的审判》局部之"信仰的念珠"

图 35-7 ［意］米开朗基罗：《最后的审判》局部之"天使的书册"

图 35-8　[意] 米开朗基罗:《最后的审判》局部之"圣彼得"

着自己的力量就能获救的人。① 耶稣正下方,两位天使分别向左、向右打开两本名册,上面记录着天主早已拟定的,终获拯救和终下地狱者的名字(图 35-7)。米开朗基罗当时的精神伴侣维多利亚·科隆纳(Vittoria Colonna)在一定程度上激发了他"反善功"的倾向。维多利亚是一位极富宗教热情的贵族女性,她认同路德宗的主张,认为救赎的实现与受造者的功德、世俗功绩没有关系,拯救是通过信仰、通过感念耶稣的牺牲实现的,

---

① 参见约翰·尼姆斯《米开朗琪罗的生平和诗歌创作》,载《米开朗琪罗诗全集》,邹仲之译,第 23 页。

米开朗基罗向救主祈祷:"……荆棘、长钉、受伤的手掌/你温和、善良、宽恕一切的脸庞/允诺我彻底的忏悔,感谢你的恩惠/如雨露滋润我的心灵——永远免除哀伤/(分段)你神圣的耳目曙光般纯洁/审视我的既往,请不要用正义来审判/不要让你高悬的长臂凝固硬结/(分段)为了天国,用你充溢的雪/清洗我罪孽的污渍,携带完全的赦免/越发迅速地流过我老耄的心田"。(邹译,诗 290,1555 年或其后)

这首诗中"高悬的长臂"一句,常被用来作为《最后的审判》中基督形象的注解。"手臂"的意象反复出现在艺师的诗作中。

罪人能得拯救，全是因为耶稣的鲜血——这是诗中"馈赠"的所指——"另一把钥匙"则是指人的功德。在"馈赠"与"钥匙"之间，艺师最终选择了前者。

> 在这荒凉的土地，若没有你的救援／连一棵好树也不能果实累累／你，只有你才是永恒不死的种子／这种子令全部的善之花对我盛开／如果你不把得救的道路指给／人的美德也不能把上天企及。（杨译，诗154，1555或之后）

《最后的审判》不仅是对世人的警讯，也回荡着艺师审判自身的严厉决心——画中，圣彼得手持执掌天国和人世的金银两把钥匙，但他并未看向众生，而是侧身面向救主，伸出的双手在将钥匙交还（图35-8）——不再追求，甚至着意打破可视"完美"的最后的两座《圣殇》便是米开朗基罗自我审判的结果，宣布着他将救赎的权柄完整交还天主的心意。①

理性的、世俗的、异教的文化的兴起，米开朗基罗盛年时的自信，构成着"文艺复兴"的一个面向；《最后的审判》和最后两座《圣殇》，波提切利后期的画作，燃烧了多时的"虚荣的篝火"，同样构成着那个时代的精神脸谱。基督徒到底应怎样践行符合神义的人生？"神定"的历史"喜剧"到底会怎样兑现？"文艺复兴"时期的人们被这些基本的时代议题困扰着，反复思量着……我们应像《十日谈》中的十位男女那般，在冷静审世的同时，对人自身的处事甚至救世的能力怀抱信心，还是应如希腊小说主人公那般，在敬服中，等待被神拯救？

---

① 关于最后两座《圣殇》的语意，从它们问世至今，都没有定论。第二座《圣殇》到底是在述说圣母对人子的"哀悼"，还是在描摹"下葬"，抑或，是在将两个场景融合兼顾？1547年，维多利亚·科隆纳去世，也就是在这一年，米开朗基罗正式开始创作第二座《圣殇》——这两个事件之间到底有什么关系，还有待史家们稽查。而鉴于艺师对维多利亚一直以来的深情，这座雕塑中的抹大拉也许象征着维多利亚，这种猜测也是合情理的——艺师（那位老者）和维多利亚在这座雕塑中一同完成了与神圣的联合，也将因此共享天国。在维多利亚的影响下，米开朗基罗与尼哥底母主义的宗教团体（其虽主张与天主教会联合，却坚决反对善功论，坚持圣礼和祈祷是罪身得救的根本合法途径）过从较密，这也是很多艺术史家认为第二座《圣殇》中的那位老者更可能是象征着尼哥底母的原因之一。1555年，教宗保罗四世登位后，教廷对"异端邪说"的清算日趋严苛，也就是在这一年，艺师对第二座《圣殇》下了"狠手"，所以不少史家猜测，担心教廷会以这座雕塑中的"老者"为由向他问罪，可能也是米开朗基罗决心破坏这座历时八年的心血之作的一个重要原因。

第三部分

现代"福音书"

八　写实是一种人道主义

与《十日谈》的乐观结尾不同,《批判家》虽颁布着理性主义的一般启示,这场福音布道却仅仅事关个体人生,父子二人身历的那个丑恶不堪的人间在作者笔下丝毫没有显露出任何自趋完善的征兆——关键是,作者甚至对天国的纯净也表露出怀疑。

不朽之岛的守门人"业绩"严格地审核着每一位企图进门的人,从王侯将相到文人骚客,他一边三令五申,没有毋庸置疑的"突出业绩"和"高尚品德",休想迈进该岛的大门,斥责那些吃着祖宗基业而自身无所建树就妄想进门的权贵,却又同时为一位非常平庸、在位时不得人心,只因继任者更加糟糕而被人们追念的首相打开了大门……"俊颜向导"一边向父子保证,大门的背后绝无一隅之地留给虚荣、虚假,却又揶揄地说,文人的墨水才是渡向不朽之岛的"铭记之海"的海水,这些墨水成就的虚名令很多本该遭到遗忘甚至唾弃的人变为了不朽的。父子站在通往"不朽"的大门口,闻见里面飘出了一股馥郁的异香,"俊颜向导"说,那香气既不来自巴比伦或塞浦路斯的花圃,也不出自宫娥的香炉或朝臣们香熏过的手套,而是来自"圣贤的汗水,火枪手的腋窝,彻夜笔耕的作家们的灯油。请你们相信,我既不是在吹捧也不是在奉承,亚历山大大帝的汗味儿很好闻……"

与《神曲》的乐观结尾(但丁终获真福荣光)不同,《批判家》的结尾似乎徘徊在悲喜不明的模棱两可之中。但丁终于在叙事尾声见到了苦苦思恋的贝阿特丽齐(她的魂灵),而克里蒂洛父子到底没能在叙事范围内与菲丽莘达相聚。虽然对皈依天主的父子来说,在神的荣耀国度享受不朽才意味着最真实的"喜剧",可这一结局却同时意味着他们将与那些盛名之下其实难副的贤达、英雄们共济一堂——"神圣的喜剧"因此多少显得有点滑稽。"俊颜向导"说,造物主已经告诫世人,"切莫学那粗鄙之徒贪恋物质享受",能否得永生,这"完全掌握在你自己的手里"——无论你此生从事什么职业,"务必注重荣誉和名望","要努力做个名人","博得美名,你将永生"。①

格拉西安戏谑的笔触轻轻顶开了神秘天国的门角。

* * *

克里蒂洛将野人教育成文明人的故事会令读者立刻想到半个多世纪后鲁滨逊与"星期五"的故事。不同的是,对安提尼奥,这个极具异域风情、显然会引起读者强烈兴趣的人物,下笔汪洋恣意的格拉西安竟十分吝惜笔墨,不过三言两语,就完成了对"野人"形象的交代:他是一位"翩翩少年","金色长发、面庞清秀",他的胳膊"虽非钢铁铸就却结实有力"。②

而《鲁滨逊漂流记》(1719)明显非常希望读者能够毫不含糊地了解"星期五"长什么样:"他是一个眉清目秀、修短合度的男子,四肢又直又结实,但并不粗大,个子很高,体格均匀,年纪看来大概二十六岁。他的五官生得很端正,丝毫没有狰狞的样子,脸上带着一种男子汉的英勇气概,但又有着欧洲人的和蔼可亲,尤其是当他微笑时。他的头发又长又黑,并不像羊毛似地卷着;他的前额又高又大,两眼活泼有光。他的皮肤不是很黑,略带褐色,然而又不像巴西人、弗吉尼亚人或其他美洲土人那样,褐黄得难看,而是一种清爽的橄榄色,叫人看起来很舒服……他的脸圆圆的,胖胖的,鼻子很小,但不像黑人那样扁平,一张嘴的样子也很好看,嘴唇很薄,牙齿生得很整齐,白得如同象牙一样。"③

安提尼奥和"星期五"都被要求学习文明世界的语言,有趣的是,安提尼奥似乎天赋异禀,无须克里蒂洛费力,在一段极为简短的行文篇幅之内,便完成了文明化的进程,但"星期五"却令鲁滨逊颇费心力。两个文本追求的美学效果迥然相异。鲁滨逊自从落难荒岛,便开始事无巨细地写

---

① 以上两段中的引文分见 [西] 格拉西安《漫评人生》,张广森译,卷 3 章 12,第 618—619、603 页。
② [西] 格拉西安:《漫评人生》,张广森译,卷 1 章 1,第 7 页。
③ [英] 笛福:《鲁滨逊漂流记》,方原译,人民文学出版社 1978 年版,第 181—182 页。笔者对照小说英文版(Daniel Defoe, *Robinson Crusoe*, Oxford: Oxford University Press, 2007)对中文译文做了些许调整。

日记，他对自己日常生活的记录具体到一砖一瓦、锅碗瓢勺，一方尺、一箪食。克里蒂洛与"自然人"在孤岛上整日里要么讲述各自的过去、抒发人生感悟，要么沉浸在关于造物主的讨论中，叙事没有提及哪怕一次他们吃了什么——他们似乎仅靠精神交流便能生存；但笛福却认为极有必要让读者了解人物是如何在荒岛上果腹的。

1660 年 1 月 3 日，鲁滨逊在日记中写道："这些日子，只要不下雨，我总是到树林里去走走，寻些野味……我发现了一种野鸽，他们不像林鸽那般在树上做巢，却像家鸽一样，在石穴里做窝。我捉了几只小的，把它们驯养起来，可它们长大以后都飞走了。我想着也许是因为我没有经常喂它们，我实在没有东西给它们吃。然而，我却能时常找到它们的巢，捉一些小的回来，因为它们的肉很好吃。"①

鲁滨逊的"日记"令他生活的海边、海岛不再是奥德修被瑙西卡救起的海边，或克里蒂洛被野人救起的海岛，那两个地方仅仅就是两个名字、两个"舞台"而已。

《十日谈》中，十位男女来到佛罗伦萨郊野的一处 albergo（直译应为客栈、旅店、暂居之处），它建在一座小山丘上，"和纵横的大路保持着相当的距离，周围遍布着草木，一片青葱，景色十分可人"；它的内部，"有露天的走廊，客厅和卧室，布置得非常精致，墙上还装饰着鲜艳的图画"；它的周围，"有草坪、赏心悦目的花园，还有清凉的泉水"。② 基于这样的介绍，这个 albergo 便常被设想为一个暗示着优雅品质的"山庄、别墅"。但根据以上寥寥数语的描述，我们无法确知这个山庄具体的占地面积和规模——它到底是一个被遗弃的贵族大宅，还是一处荒置的古迹，或者，不过是一处殷实的商人之家的乡间别院？一位熟知当时建筑、装饰风尚的读者，也许能够在大脑中续成对这一山庄的想象，但对那些"不合格的"读

---

① 本书在引用《鲁滨逊漂流记》中的"日记"时，不再标注页码。1659 年 10 月 26 日的日记说，为防范野兽、野人可能的夜间突袭，鲁滨逊在海边逡巡整日，最终在一个小山下找了一块地方，"我在那里划了一个半圆圈作为宿营之地，并沿着那个半圆圈安上了两层木桩，盘上缆索，外面加上草皮，做成了一个坚固的工事、围墙、堡垒"。1660 年 1 月 3 日的日记还告诉我们，他仍担心围墙不够结实，于是决定加固工事；他后来在这天的日记下补记道："从 1 月 3 日至 4 月 14 日，我一直都在建这堵墙，并尽量把它建得完整，虽然它只是一个以洞门为中心的半圆形，全长不过二十四码，从岩石的这一头到那一头相距只有八码……我把这堵墙做好之后，又在墙外筑起了一层草皮泥的夹墙。我心想即便有谁来这岛上，也一定看不出这里有人住。"

② 参见［意］卜伽丘《十日谈》，方平等译，第 23 页。

者来说，想凭借文中的只言片语来完成关于这座山庄的图画，是非常吃力的。然而，小说对山庄的扼要介绍却也足够为十位青年即将展开的日常生活框定出一个淡远、闲适的舞台——没有尘嚣的乡间，悠然的青草地上——恐怕也只有在一个怡人的环境中，讲故事和听故事的人（读者）才能耐心地讲述与聆听。

事实上，人物讲述的许多"故事"也发生在各式各样的albergo（根据"故事"的内容，中文有时将之译为客栈、旅店）中，散落在叙事中的albergo使小说具有了形式上的统一感，尤其是考虑到讲故事的人们也置身于一个albergo中。在"客栈、旅店"中上演的世相百态彼此拼接、汇聚成一幅可叹可笑的浮世绘，在"山庄"里徐徐展开，人们从中读取什么应该唾弃，什么值得颂扬——albergo在《十日谈》中显然象征着人间。[①] 只是，我们同样不清楚那些"客栈、旅店"具体的形貌到底是怎样的；所有的albergo在叙事中的基本功用和价值就在于为情节的展开提供一个舞台。构成人物日常生活的、现实人间不可或缺的各种物质性细节在《十日谈》中是很欠缺的——这也同样是《堂吉诃德》和《批判家》中的叙事事实，当然，这还会令我们想起希腊小说——这些文本中的人间因为缺少客观的物质性元素，总多少显得有些抽象。

"文艺复兴"时期的西班牙语世界出现了一些同样讲述骑士故事，却与当时仍然流行的那些"奇幻的"骑士小说不同的、具有明确"传记"特征的作品，比如，《堂吉诃德》开篇不久，作者借神父之口大加褒扬的《白骑士迪朗德》（*Tirant lo Blanch*）。迪朗德的原型是阿拉贡联合王国雇佣军首领Roger de Flor（1266/1267—1305）。这部不少于一百八十七章的长篇叙事以详致、写实的方式讲述了布列塔尼骑士迪朗德自二十岁起，屡建战功、战死沙场的戎马一生，具体地记述了若干战役的时间、地点、战略部署、兵器装备，等等，为后人了解拜占庭与奥斯曼土耳其之间的战争提供了大量近乎具有文献价值的资料。神父这样夸赞《白骑士迪朗德》："这可是世上最好的书。书里的骑士也吃饭，也在床上睡觉，并且死在床上，

[①] 可参René Stella："La fonction narrative de l'auberge dans le *Décaméron*"（《〈十日谈〉中albergo的叙事功能》），in *Cahier d'études romanes*，2007，No. 17，pp. 21 - 90。作者在该文中梳理了albergo在意大利语中的意义沿革，并指出，小说中频繁出现的"客栈"说明了当时意大利商业生活的繁荣，小说中的很多"故事"就是围绕商人展开的，卜伽丘写作此书也是在为当时的下九流意大利的商人们撰写史诗。

临死还立遗嘱，还干些别的事，都是其他骑士小说里所没有的。"①

虽然纪实性的、颇具现实感的文本偶有出现，但直至巴洛克时期，故事性情节远大于可感性细节（无论是外自然的还是内自然的），仍然是欧洲文学叙事中普遍的叙事现象。乔托的画笔令神圣成为了人、人间的模本，但这一天地的倒转，却并非意味着人之受造身位的翻转，更不意味着人的罪性、堕落的本性就此泯除。历史世界在古典时代的次生属性被基督教进一步强化，并被完整地嫁接进了后者关于神圣与平庸、善与恶、永恒与无常的关系的阐述里。《批判家》肯定了理性的价值与高贵，却没有抛弃天地有别、尘世是恶这一基督教叙事的基本原则——《神曲》《十日谈》同样没有放弃这个原则。

开启了巴洛克绘画的天才画师卡拉瓦乔（Michelangelo Merisi da Caravaggio，1571—1610，图40）对平头草民、凡胎肉身的状写一再提醒着观众这个人间的本来面目：丑陋、可鄙、速朽。

在如《老千》（1594，图41）、《女算命者》（两幅，1596—1597，图42、43）这类描写市井人生的画作中，作者精熟的情节设计和拟真笔触会令观者瞬间置身罗马的日常，身陷赌场与酒肆；目睹画中的骗诈故事，观者在嘲笑呆蠢的主人公时，嘴角也不免对如此的人间发出一声无可奈何的冷笑。与波提切利非常类似，卡拉瓦乔也常会在明亮、妍丽的光泽与色彩

---

① ［西］塞万提斯：《堂吉诃德》，杨绛译，人民文学出版社2014年版，第37页。

《白骑士迪朗德》的作者 Joanot Martorell（1413—1468）是著名的加泰罗尼亚语诗人，他在1460年开始写作此书，但小说直至1489年才初版，1511年有了卡斯蒂利亚语译本，之后又陆续出现了意大利语（1538）、法语（18世纪）和其他欧洲语言的译本，并在20世纪被翻译为亚洲语言。中文版可参《骑士蒂朗》（王央乐译，人民文学出版社1993年版）。

西班牙文史学家 Martí de Riquer 认为，该小说亦可被视为西方现代小说的一个起点，参见其《白骑士迪朗德，历史小说和虚构》（Tirant lo Blanch，Novela de historia y de ficcion，Barcelone：Sirmio，1992）。与这部小说类似的叙事还有《高贵的阁下热昂·勒·门格尔事迹之书》《雅克·德·拉朗阁事迹之书》，两位主人公门格尔（Jehan le Maingre，1366—1421）和拉朗阁（Jacques de Lalaing，1421—1453）都是真实的历史人物；《胜利者：唐·佩罗·尼诺编年史》更是以清晰的编年体讲述了卡斯蒂利亚骑士 Don Pero Niño（1378—1453）的生平事迹——其作者 Gutierre Diez de Games 曾做过尼诺的骑兵。这些传记式小说中的骑士们虽智慧勇武，却绝不具有超自然的神力，也无法得到任何超自然力的帮助，在堂吉诃德热衷的那些骑士故事中经常出现的可以瞬间治愈物理伤病的"神奇的膏油"，在这些"传记"中是不存在的。Martín de Riquer 将这些同样以骑士为主角的"传记"叙事定义为有别于"骑士小说"（novela de caballería）的"骑士风小说"（novela caballeresca），参见其《加泰罗尼亚文学史》（Historia de la literatura catalana，Barcelone：Ariel，1964—1966）。

图40　［意］卡拉瓦乔：《自画像》（1571—1610）

图41　［意］卡拉瓦乔：《老千》（1594）

图42 ［意］卡拉瓦乔：《女算命者》（1596—1597）

图43 ［意］卡拉瓦乔：《女算命者》（1596—1597）

中，埋下一层黯淡的感伤。《抱果篮的少年》（1593，图44）、《弹鲁特琴的少年》（1596，图45）、《音乐家们》（1595，图46）是卡拉瓦乔为他心

图44　[意] 卡拉瓦乔：《抱果篮的少年》(1593)

图45　[意] 卡拉瓦乔：《弹鲁特琴的少年》(1596)

爱的人们用心绘制的传世肖像。①

图 46　[意] 卡拉瓦乔：《音乐家们》(1595)

葱郁的男子们在鲜花、瓜果、乐谱和琴弦的陪伴中，裸露着身体，半张着诱人的嘴唇，白皙的肌肤在微醺的酒意中更显得吹弹可破。但就在这些看似欢愉的画面中，人物看向画外的眼神里却总流露出一丝令人不安、不解的幽怨：因为天下没有不散的宴席？因为花容终将老去？因为天荒地老的爱情终究可遇而不可求？无论是何原因，这些目光终将点醒观者才刚被愉悦的心、眼，令我们回到对人生无常的感慨之中。

自然成为"神圣"的底本，却仍无法令自然、令自然的人间成为画面"真实的"主角，虽然在"文艺复兴"时代的绘画中，自然的细节得到了越来越丰富的呈现。

面对拉斐尔（Raffaello Santi, 1483—1520）绘制的那幅《草地上的圣母》(1507，图 47)，观者的视线不得不首先被安然居于画面正中的圣母吸引：她以山形的姿态稳坐在青草地上，穿裹的正红色长裙与天青蓝搭肩有序地层叠交织，自然下垂的纹路营造出放松与惬意的舒适感，稍稍斜倾

---

① 卡拉瓦乔非常喜欢将自己嵌入虚构，在《音乐家们》中，我们也可以看到画师的面容。与米开朗基罗一样，卡拉瓦乔亦好男风。经艺术史家们辨认，《音乐家们》中的乐谱记录的是真实的情歌的旋律与歌词。

图 47 ［意］拉斐尔：《草地上的圣母》（1507）

的面庞粉嫩细腻，甚至具有了呼之欲出的肉感，却又不失庄重，她正双目低垂、眷顾着眼前的圣子与圣约翰，薄薄的、微笑的嘴唇含蓄而坚定——圣母的美足以令观者无视其他所有，比如，她身后那些既实又虚的远山、房舍。无须特别留意，观者便会发现这幅画中前景与远景的透视比例是不准确的：位于前景的人物过于庞大，远方的风景过于渺小；类似的"刻意"是画师们一直以来在描画圣母子时普遍采用的叙事手段，如此的"虚构"，意图十分明确：自然、人间再美丽，也终将远去、淡去、消亡，唯有前景中的神圣才可永存。

"文艺复兴"三四百年里，在鹅毛笔、纸张、木板、墙壁、画布、石头中展开的对自然和人间的探索，并没有根本撼动千年来在从天城"俯视"大地的"合理"目光下积累起来的对可感世界的怀疑与蔑视——客观自然，从花草果木、日月星辰到房舍山河，无论美丑，原则上只能是配角和舞台——主角、造物主的舞台。《草地上的圣母》重复着那个古老的教诲：尘世的价值在于映照、反衬出不朽与永恒，那才是真实的美。《批判家》中的"美丽大自然"和"天地大舞台"也并非意在为读者提供一幅赏心悦目的"风景画"。①

卡拉瓦乔的《果篮》（1596，图48）是经常被后世提起的巴洛克静物画，令人啧啧赞叹的不仅是画师如照相术般精湛的还原技法，还有他将运动的生命过程浓缩于一帧静止画面的巧妙构思。一个盛满了各色瓜果、色彩丰富的果篮里，诱人的葡萄正闪着水灵的光泽，但一颗苹果上已出现了腐烂的斑点，装点果篮的枝叶，有的已经枯萎，甚至卷缩了起来，有的则满身是洞，关键是，负荷满满的果篮的底部已超出了桌边，随时都有倾覆的危险——一个静置的果篮里上演着肉身生命的四季交响——这组乐曲在《抱果篮的少年》中就已经上演过一遍，正值韶华的面孔下，一片绿叶已渐枯黄。②

目睹画布上这个人间的果篮，观者的思绪也许会转向画外——那个与可见的俗间截然有别的永恒的神域——但是，卡拉瓦乔却并未如拉斐尔那般，向观者明示一个永恒、绝美的世界的存在。《批判家》对凶恶、荒唐的人世的批判性再现，也许意在唤起读者对完美天国的向往——但作者笔

---

① 直至17世纪，在拟真的绘画技法已相当成熟的前提下，以细节化的自然和世俗生活为主角的风景画、风俗画，虽在西方各个地理板块都有展露，但还远没有成为独立的绘画门类。Albrecht Altdorfer（约1480—1538）的《多瑙河风景》是西方绘画史上第一批全然描绘自然景致、全不见人的画作之一。北方的精细笔触在维米尔（Johannes Vermeer，1632—1675）的画布上变得更具现实感，他将代尔夫特和那里平常人家的日常生活，再现得如纪录片一般有着明暗的层次和递进的透视效果；介乎天堂与地狱之间的《代尔夫特全景》和宁静的《小巷》至今仍是代尔夫特的名片。尼德兰的风景画在 Jacobvan Ruisdael（1628/1629—1682）和他的学生 Meyndert Hobbema（1638—1709）等人笔下，已显得相当成熟。但风景画真正开始在西方世界登得台盘，不再被视为无内涵，甚至粗俗的，还得等到19世纪上半叶——这其中，康斯太勃尔（John Constable，1776—1837）和威廉·透纳（Joseph Mallord William Turner，1775—1851）等英国画师的出色实践至关重要。

② 这个时期的卡拉瓦乔还绘制过两幅酒神的肖像，《病中的酒神》（1593，图49）和《年轻的酒神》（1597—1598，图50）。画中的两个人物要不是戴着"花冠"，恐怕很难被认作是酒神——他们身上毫无神的光泽，要么面庞被青灰、姜黄覆盖，要么双眼还未完全醒来，粉红的面颊和丰厚的嘴唇还透出着一丝肉欲——观者几能闻到他们身上的酒气。"病中的"酒神是画师的自画像，他正调笑地看向画外，手里和桌上的葡萄倒还算新鲜，黄杏已经熟透了。"病中的"酒神的面容就像"年轻的"酒神面前的果盘里，那颗已经烂掉了一半的黄色果子——腐败，是旺盛的生命无可逃躲的命运。

图 48　［意］卡拉瓦乔:《果篮》(1596)

下的天国似也不那么纯粹。巴洛克时期那些刻写人间的犀利笔触里,夸张、紧张的文艺表情里,时常闪烁出"虚无"的音符。①

在西方视觉艺术的创作中,作为一种美学诉求的"写实",即按照"自然"的模样展开虚构,是在"如何再现神圣"这一问题的牵引下"复兴"的;而文学叙事中"写实"的复兴,准确地说是形成,则更加直接地,是在"如何再现人间"这个问题的牵引下起步的。但这两个问题,在基督教语境中就如一枚钱币的两面,第一个问题始终制约着人们对第二个问题的回答:既然神圣意味着去物质化、去历史化,再现人间的笔触就"不应"在物质性和历史性的元素上刻意逗留,因为神圣是人间的

---

①　比起那些将人间、自然当作背景或陪衬的画作,"文艺复兴"时期还有一类专门"丑化"可感事物的作品。比如,在朱塞佩(Giuseppe Arcimboldo, 1527—1593)笔下,花鸟蛋卵、鸡鸭狗猪、贝蛇虫鱼、蚯蚓蜈蚣、章鱼海马、洋葱萝卜等,与无生命的木头、草席一起,密集地构成了千姿百态、异形怪状、触目惊心的人脸和人体。这样的虚构恐怕不仅是在"调侃"人,而就是"污化"人;这些画面当然会令观者产生强烈的不适,甚至恶心,但很显然,这正是作者的初衷。他也许用心良苦,意欲让我们看清此生、此岸的真相——地狱,但一个怀抱着对神的敬意和向往的人,难道会如此污蔑神的造物,如此虐待神的造物?极度丑化人间的笔触里,埋藏着"不可告人的"绝望——不再相信我们会被彼岸拯救。埃贡·席勒(Egon Schiele, 1890—1918)的画笔下反复出现的刺目、变形的人体曲线和纽结、痛苦的人面,终于令格拉西安略显夸张的"辛辣刻薄"和朱塞佩极度夸张的"胡编乱造"下掩盖的"表现主义"心绪——对虚无的恐惧——肆意流淌了出来。

标尺。

　　克里蒂洛和安提尼奥在人生（叙事时间）中实现了切实的智识增益和人格成长，《批判家》的叙事在基本面上具有历史性的时间形式，但父子的人生仍然缺少清晰的历史刻度。克里蒂洛在海岛上度过了多少时日后，与安提尼奥启程前往欧洲，我们不得而知；他们离开海岛后，"突然"和"偶然"更加成为叙事展开的直接动因；直至他们经历了人生的"春夏秋冬"，登抵"不朽之岛"时，我们仍旧不知晓他们确切的年龄——日常性的时间就像一层缥缈的薄雾，只是淡淡地笼罩着叙事、为之勾勒出了一个历史的舞台而已——这是巴洛克文学叙事中，时间的常态。塞万提斯说，堂吉诃德第一次迈出家门、仗剑走天涯是在"炎炎七月的一个早上"，那时，他大概不到五十岁。[①] 可他去世时，享年多少呢？

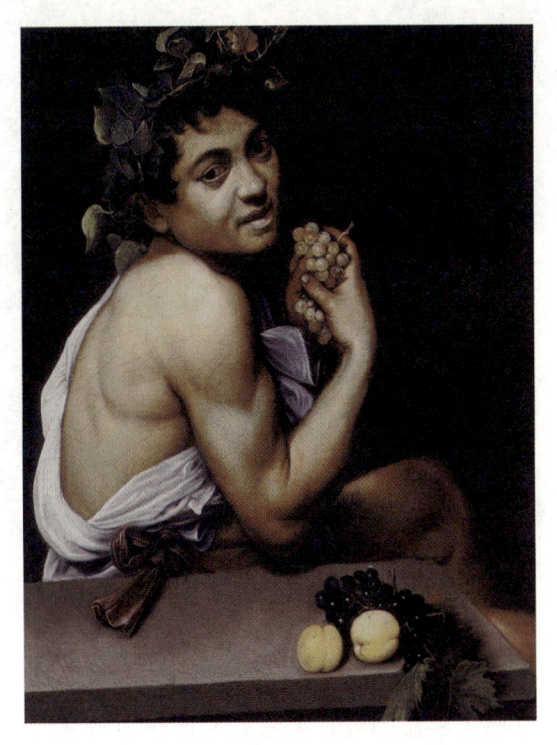

图49　[意]　卡拉瓦乔：《病中的酒神》（1593）

---

① 参见 [西] 塞万提斯《堂吉诃德》，杨绛译，第14、9页。

当历史的标的在历史之外,可感的空间(从客观自然到主观自然),以及时间的历史形式是不可能被真正重视的。中世纪绘画、雕塑在整体上表现出的"非现实感",文学叙事(即便是世俗性的)对现实物质性细节的回避甚至无视,以及一直持续至巴洛克时期的叙事中"历史感"的欠缺,是禁欲型意识形态必然成就的美学结果——禁欲,针对的不仅是生理性欲望,其表达着对现实世界无法摆脱的"物质性"与"历史性"的强烈不满,以及超越这些桎梏的强烈愿望——禁欲型的伦理冲动已然出现在古典叙事中,比如,在希腊小说中,而在基督教语境中,这一冲动更因天国这一明确的神圣标的的牵引而被强化。

图 50 [意]卡拉瓦乔:《年轻的酒神》(1597—1598)

我们常可在基督教绘画中看到原本在不同地点、不同时间点上的若干事件或人物,被同时地呈现在一帧画面中;对于基督徒来说,这是司空见惯、理所当然的——在某一时刻,历史将被完整地检阅并审判——这也是《神曲》力求实现的。巴赫金评述道,但丁凭着他"天才的韧性和力量",力图斩断历史"奋力向前的"横向冲动,他绘制出了一幅惊人的上下纵向运动的世界图景：九层地狱、七层炼狱、粗俗的人间，最上面是十层天。"这一纵向世界的时间逻辑就是万物的完全共时性……一切在地上被时间（历史）分割开的东西，在永恒中聚合于共处的完全共时性里。"显然，在但丁看来，只有"把一切摆在同一时间里，即在一个时间断面上加以比较"，只有"把整个世界作为一个共时世界来观察"，我们才能理解世界，"才能揭示出过去、现在、将来一切事物的真正意义"；"将异时的变为共时的，将一切历史时间上的间隔和联系，转换成纯粹意义上的、超时间层面上的间隔和联系——这就是但丁在形式创造上的追求，它决定了要纯粹纵向地塑造世界形象。"巴赫金总结道，纵向的"整体构形原则"和"个别形象的历史时间形式"之间的"极度紧张性"使《神曲》成为但丁的时代，确切地说，"是两个时代交替时异常有力的表现"；在但丁笔下，最终得胜的是"整体的形式"。①

极力取消历史的横向延展性，将历史挤压、呈现在一个平面里，基督教的这种文艺叙事传统传递着一种深重的罪感和对神圣正义终将实现的信心——历史世界始终置身于罪恶之中，但历史终将消失，所有历史中的罪恶，无论什么时态，终将被审判——天城里，只有永恒的现在时的正义。"纯粹纵向地塑造世界"，这一虚构原则不仅意味着历史的时态性是不重要的，而且意味着历史的个体性也不是不可或缺的——在"共时世界"里最终显现的，是意义和价值本身，而不是其所属格。

两个时间序列（此岸与超历史的彼岸）之间、个体历史与整体构型之间的角力在《十日谈》和《批判家》中仍然存在：不仅十位青年男女讲述的那些故事是以系列剧的形式联结的，克里蒂洛父子离开海岛后一路历险中经遇的大多数事件也是以"并联"而非"串联"的形式结构的。并联的叙事格式弱化着事件的时态和人物的历史形式，令读者得以在一种持续的、现在时的美学经验中，实现对历史的纵向性检阅。而《鲁滨逊漂流记》却显然无意对历史展开纵向化虚构。

鲁滨逊的人生有着毫不含糊的"时刻表"。1651年的9月1日，十九岁的鲁滨逊在赫尔遇见一位朋友正要坐船去伦敦，他想都没想就跟着去了。船行六日，至雅木斯港，由于逆风，轮船在港稽留了七日，第八日早

---

① 参见［苏］巴赫金《历史诗学概述》之五《骑士小说》，载钱中文主编《巴赫金全集》第三卷，白春仁、晓河译，第346—347页。

晨，大船遇风暴沉没，鲁滨逊乘小艇逃至温特顿，后徒步回到雅木斯——他的第一次出海便这样告终，但他没有就此罢休。经过四年里两次成功的航海历险，鲁滨逊成为了一名合格的船员，一个精明的商人，并在巴西拥有了自己的种植园。又过了四年，由于种植园缺乏劳力，加上他人撺掇，鲁滨逊决定再次出海，去非洲走私黑奴——我们可以根据小说的记述毫不含糊地复制出他这次航海的详细经过，从地点到时间。①

1659 年 9 月 30 日，挣扎逃生的鲁滨逊登上了一座荒无人烟的岛屿，他将之命名为"绝望岛"。直至 1686 年 12 月 19 日离岛，他在岛上总共生活了二十八年两个月零十九天。

早年的鲁滨逊按捺不住地想要出海远行，他并非奢求着建功立业、扬名天下，离家本身似乎就是目的。面对儿子的执意孤行，父亲语重心长地向他讲起他们这等人家（中产家庭）的优越之处，但父亲的规劝终究没能安抚住鲁滨逊。

与克里蒂洛一样，鲁滨逊也曾只是一个名义上的基督徒。1660 年的 6 月 27 日，他得疟疾多日不愈，痛苦得不断呼告上帝，他这样叫喊了两三个小时，寒热竟然渐退；他昏昏入睡，梦见上帝愤怒地对他说："既然一切事情都没能使你痛改前非，你只有死了！"被这话惊醒的鲁滨逊久久不能平复。6 月 28 日，为了预防病情反复，他到那堆从船上抢救出来的物品里翻找烟叶，同时，还翻出了"医治灵魂的药"："书"。他边烧烟叶给自己做熏蒸治疗，边"偶然把书翻开"，"首先让我看到的就是这句话：'在患难之日求告我，我必搭救你，你也要荣耀我'"——震惊于这"花园神启"般的"偶然"，鲁滨逊做了一次"破碎不全的"祈祷，祈求上帝搭救他。7 月 3 日，康复了的主人公写道："我只顾盘算着让上帝把我从整个苦难中拯救出来，竟没有注意那已经获得的拯救……我没有从疾病中得到奇妙的拯救吗？……上帝已经拯救了我，但我却没有赞美他……这样又怎能

---

① 1659 年 9 月 1 日的日记："我上船那天，我们就开船了，船沿着海岸向北行使，预备在北纬十度和十二度之间横断大洋，直放非洲……我们沿着海岸线一直开到圣奥古斯丁角……过了圣奥古斯丁，我们稍稍离开海岸，朝着费伦多诺伦哈岛的方向，从西边绕过那些小岛，沿着海岸一直向东北偏北开去。我们用了大概十二天，才过了赤道；根据我们最后一次观测，当时船已经走到了北纬七度二十二分。"之后，海难降临了。经过十二天的挣扎，鲁滨逊的船飘荡到了北纬十一度左右，圣奥古斯丁角以西二十二经度，"我们已经被刮到巴西以北的圭亚那，亚马逊河入海的地方，靠近那条号称'大河'的俄利诺科河了"。为了寻求援助，他们决定向巴尔巴多群岛行驶，但当他们行至北纬十二度十八分左右时，又遇到了海难……

指望更大的拯救呢？"他跪倒在地，大声感谢上帝。7月4日的日记说，他有天正在祈求上帝赐给他忏悔的机会，"忽然，就像天意一样，我读到了《圣经》里的这句话：'上帝且用右手将他高举，叫他作君王，作救主，赐给人悔改的心和赦罪的恩'"。于是，鲁滨逊朝天高举双手，"大喜若狂"地大喊道，"耶稣……赐给我悔改的心吧"——这是他人生第一次严肃的祈祷。鲁滨逊希望读者明白，"得拯救"不仅意味着摆脱"苦难"，更意味着认清自己的"罪恶"；他的深重罪恶，不仅在于他只顾自己那漫步无目的的野心而罔顾家人，更在于他一直以来罔顾上主！

相较于《批判家》，《鲁滨逊漂流记》讲述了一个更加清晰完整的、事关成长的人生故事。克里蒂洛在一章的篇幅内完成精神转向后，便笃定至终；鲁滨逊在经历"神启"后还有过几次思想反复，他对"星期五"的基督教化还促发他自己前所未有地思考起了若干神学问题。克里蒂洛父子在漫长历险中经历的精神触动和震荡，往往被连篇累牍的、突兀甚至奇幻的情节遮掩；而笛福则以人物日记的形式，意图尽可能地复现出主人公细密的内心轨迹，尤其是他最重要的两个精神转变"渐进的"发生过程——向上主的皈信，向人间家园的回归。

历史时间本身是叙事再现的实质内容，物质性细节也不是叙事可有可无的附着品，伴随这两个写实主义美学要素在笛福笔下的凸显，个体的形象也鲜明了起来——人物的象征语意明显淡化了。在基督教叙事传统中，各种受造物（从无机的到有机的，从植物到动物、到人），以及颜色、形状，等等，都被赋予了丰富的宗教性或伦理性内涵，成为象征性的符号。《神曲》中，但丁误入一片昏暗的森林（象征着罪恶之地），在一座山脚下，又遇三只猛兽——母狼（贪欲），狮子（野心），豹子（享乐），正当他惊恐不安时，维吉尔的灵魂出现了，及时引他避开了这三只猛兽。对格拉西安而言，克里蒂洛和安提尼奥是"理智者"和"自然者"的化身，《批判家》对他们行为和性格特征的呈现是围绕着塑造化身、塑造符号这一目的展开的。以具象的"形"（人、事、物）解释抽象的概念，即将现象"符号化"的修辞策略，普遍存在于各个文化板块中；而在基督教的叙事系统中，符号化不仅是"达意"的便捷手段，还突出地表达着人们因可感世界的物质性和历史性而产生的不安——对这两种属性在逻辑上必然引致的含义的混沌，甚至意义的空洞，难以接受——将现象符号化，是在赋予现象以稳定的含义、确定的意义。世代积累的写作（虚构）和阅读习惯是：如果作者无法发现或赋予现象以足够的象征语意，现象便很难成为叙事的内容；如果无法领会到人、事、物这些"形"背后的内涵，读者便会感到手足无措。可是，鲁滨逊又象征着什么呢？

他好不容易在荒岛上享用了一只野鸽，口腹和内心都获得了难得的满足，这样的段落象征着什么呢？当读者无法在第一时间回答这个问题时，人物的"现实"形象便开始显现出来了。"野鸽"的段落成为了小说中一个"意义的间隙"：读者对世界和历史的意义期待被打断了。《批判家》叙事的展开就如一幅幅"寓意画"的拼接，两位主人公人生中的各个片段，被作者全方位地符号化，被赋予了与叙事的中心意义指向相关的各种象征性语意；而鲁滨逊的人生则是由"间隙"与符号化的段落（比如他在病中皈依上主）共同构成的。物质性的细节令那些符号化的段落具有了"现实感"，一个个"间隙"令人物寻得意义的人生——这一整体性的符号——不再抽象。

笛福对高度具象化的、逼真的美学效果的追求，甚至令读者看到了巴尔扎克或福楼拜式的诉求：小说应如写实的画作一样，尽可能地实现对可感细节的准确再现，这些细节即便与情节的展开没有直接关系，但因为它们属于现实，便"应该"被呈现。

比起克里蒂洛经古典哲思的点拨而皈信上主的经历，鲁滨逊的皈依显得更具神性光辉，但后者却没有因此否定、抛弃人间。鲁滨逊主动地选择了回归在他原先看来琐碎、无趣的中产生活，这一看似回到起点的选择却是他经过审慎反思后做出的一份郑重的承诺——在堕落的大地上安家立业——没有这样的选择，绵延至《批判家》中的对空间和历史时间抽象化的虚构传统不可能被中断，"整体原则"和"个别形象"之间的"紧张性"不可能被极大疏解，鲁滨逊的选择，令"一个人"的人生得以被"写实地"再现。

从《批判家》到《鲁滨逊漂流记》，《神曲》至《十日谈》的精神变迁轨迹再次浮现。历史"喜剧"的实现是否应该、是否会最终落实为大地人间的焕新，这是但丁与卜伽丘、格拉西安与笛福的分歧，也是前现代与现代的分野。

从笛福的时代开始，不仅成长的人生从《批判家》中渡向天国的"上行"运动，逐步变为了在大地上展开且仅仅朝向着人间未来的"前行"运动，西方视域下理想的人类历史的展开形式亦从"由大地至天国"逐渐变为了"在大地上前行"——18世纪是"现代"进步史观重要的形成时期。就像巴赫金提醒我们的,在西方世界,"18世纪乃是时间感获得巨大觉醒的时代"。① 天启的许诺和预言曾将西方人精神视野中的时间变造为了单向度的历史,直至18世纪,时间的历史形式,才在那个世界里落实为一种真正的现实感。

"文艺复兴"的写实笔触即便意在塑造神圣,人的现实形象却也借此得以显现,彼时的写实笔触即便意在映照神域,甚至意在贬低大地以成就神圣,大地却也因此多少得到了呈现,不再因为炫目金光的笼罩,近乎完全不被看见。而18世纪欧洲文学叙事中日趋明朗的写实倾向则清晰地表达着:人、人间是值得的,值得我们花费笔墨,对之仔细品咂、描摹。比起曾占据叙事中心的神话人物、先知、英雄和骑士,17—18世纪的欧陆读者已经开始习惯目睹"普通人"成为文艺叙事的主角。但这些人能够成为主角,往往因为他们有着普通人难以望其项背的"不平凡"的经历,比如《批判家》中的父子或鲁滨逊。比起那对父子,鲁滨逊的历险生涯已显得平淡不少,前二者的人生穿梭于现实与神幻之间,后者的人生虽充满了布尔乔亚世界里没有的惊险与刺激,却是可以复制的、发生在看得见的自然与人间的故事。② 中世纪晚期以来西方文艺版图中"写实主义"(Realism)的形成至蓬勃是"人道主义"(Humanism)的美学表达。

* * *

天城引力的弱化是基督教语境中叙事获得清晰的历史感(时间性)和物质感(空间性)、人物获得明确的"个体性"的逻辑前提——这三者是西方"现代"小说叙事基础的存在论要素,也是美学要素,对这些要素的解构将构成"后现代"的议题,但即便至今日,这三者也仍然"结构着"

---

① [苏]巴赫金:《教育小说及其在现实主义历史中的意义》,载钱中文主编《巴赫金全集》第三卷,白春仁、晓河译,第231页。

② 卢梭在《新爱洛漪丝》(*Julie ou la Nouvelle Héloïse*,伊信译,商务印书馆2010年版)的"第二篇序言"(该"序"在小说1761年初版时没有登载)中,以虚构的对话回应了他认为外界可能或已然对这部小说提出的诘难。对话者问:"说到趣味性……它(本书)完全没有。没有一桩恶劣行为,没有一个看了能使人好害怕的坏人;事情都很普通、很简单,简直太多了;没有出人意料的,没有戏剧效果:一切都是早已预料到的,一切都不出所料地发生。每人每天在自己家里或者在邻居家看得到的事值得费劲去描写吗?"卢梭答:"如此说来,您要的是普通的人和不平常的事;但我宁可是相反的。不过您是当做小说而作出的判断。这完全不是一部小说;您自己也说过:'这是本书信集。'"(第10页)

我们看待自身和世界的基本目光——写实、逼真（无论是客观主义的还是心理主义的）仍旧构成着流行叙事基本的美学品味。

　　《批判家》理性主义的布道，既真诚，又显得三心二意，戏虐的笔锋里甚至游荡着"虚无"的幽灵——"文艺复兴"岁月里酝酿、积郁的"祛魅神圣"的叙事意向和思维资源，在巴洛克时期才被真正激活了——卡拉瓦乔的绘画和伽利略的科学实践将有助于我们了解和理解这段夹在光华四射的"文艺复兴"和激荡人心的"启蒙时代"之间的历史时期对于"现代"的价值。而西方语境中历史归宿之"天壤之变"的落实还需大地本身进一步获得明确甚至自足的意义，这将是18世纪的历史功课。

九　卡拉瓦乔的放肆和伽利略的望远镜

在对可感世界和感觉、感官能力极端蔑视的目光下，模仿术是"低贱的父母生下的低贱的孩子"，绘画和雕塑在绵延的中世纪里被等同于了"粗俗的"（mechanicae，这一形容词源于拉丁文 moechus，意即通奸者、私生子）。当然，视觉艺术的这一低下的社会身份，还与启示宗教禁止有形偶像崇拜的传统密切相关。在拜占庭，甚至圣像画都曾遭到过若干次禁止、捣毁，后来的新教同样禁止圣像崇拜。而当画笔下的"文艺复兴"才初见成效时，亚平宁半岛上的人们便开始争论画笔到底应该画什么。琴尼尼（Cennino Cennini, 1360—1427）在《绘画之书》（*Il libro dell' Arte*，约 1400）中提出，绘画的目的就是要发掘出那些我们肉眼看不到的东西，那些"隐藏在自然物体影子之中的东西"（意即，可视自然之上的存在）；阿尔贝蒂（Leon Battista Alberti, 1404—1472）则在《绘画论》（*De pictura*, 1435）中努力为乔托开启的写实主义的绘画实践提供合法性证明，认为画家对看不见的东西是无能为力的，画家应该关心他看得见的事物。虽然"可见的"与"不可见的"，二者的对峙并未伴随"写实的虚构"愈来愈得到官方和民间的认同而消止，但至 16 世纪，知识者们已经习惯于通过符合世俗审美原则的形象，来解释不可见的型——借着赋予"神圣"以自然化的，甚至直接"愉悦"感官的形象（比如，拉斐尔笔下草地上那位端庄却具肉感，颇为悦目的圣母），绘画和雕塑开始逐渐摆脱卑贱的社会地位。

乔托的画笔几乎以一种横空出世的姿态吸引住了人们，但他打动人心的落笔却从一开始便对神圣构成了威胁——他令神圣显出了世俗的形象和气息——既然神的容颜、身躯甚至情感几与凡胎无异，人、神之分将从何而立？"文艺复兴"年代的画师们在日益精进拟真技法的同时，并非无视神将因"写实"的美学策略而被"污名化"的危险。直至"文艺复兴"末期，亚平宁世界里的大多数视觉艺术创作者几乎一致地投靠并延续着中世纪圣像画的中心原则,也是底线原则:人是残缺的,神是完美的。中世纪画师的美学取径是"抽象化",而"文艺复兴"时代的艺师们则遵循着"自然化"、错觉至上的美学路径,虚构着神的完美。①

完美,不仅是指外形,更是一种道德形象;神和圣人,不仅应符合黄金比例,且应是洁净、端庄、肃穆、超凡脱俗的——甚至他们置身的环境也应如此。但中世纪的底线在卡拉瓦乔的笔下变得越来越模糊。与那个时代惯常的对圣母子和圣徒"富贵化"——"贫穷"总会令人联想起"肮脏"——的虚构倾向不同,卡拉瓦乔坚持以平民化,甚至贫民化的原则虚构神圣形象。

在《朝圣者的圣母》(1603—1604,图 51,亦即《洛雷托的圣母》)中,正抱着幼年耶稣的马利亚似乎是听到有人叩门,匆忙从屋里走了出来,她修眉秀目,乌发浓密,倚着简陋的门框,斜侧的脖颈光滑迷人,并与前来朝拜的贫苦的人们一样,赤裸着双脚——这不仅符合 1 世纪时巴勒斯坦地区人们的日常习惯,也更能凸显马利亚的亲切。②

《瞧,这个人》(约 1605,图 52)描画的是耶稣受难那日的故事:居于画面左部的耶稣眉眼低垂,面庞清俊,裸露的上身消瘦,却白净如"光",尤其是在整幅画面暗淡背景的衬托下;耶稣身后,有个人正双手拿着一件深色的粗布长袍,欲为人子蔽体。画作在重复"耶稣即光"的训言时,不会令观者将主人公等同于高高在上的君主。目睹《写作中的圣杰罗姆》(两幅,1606,图 53;1607,图 54)和《沉思中的圣方济各》(两幅,1608,图 55、56),我们不会本能地将眼前这些朴素至极的主人公视为天赋异禀的圣人,简陋破旧的衣衫与干枯瘦瘪的身躯,指甲缝里的尘垢,还有那些经年形成的皱纹,这些细节不会唤起我们对画中人物的仰视或崇拜之情,反

---

① 基督教神学家们(比如尼撒的贵格利)在将上帝解释为完整的真与善的同时,还将上帝视为柏拉图意义上的"原型美尊"(Prototypal/Archetypal beauty)。参见[德]瓦纳尔·耶格尔《早期基督教与希腊教化》,吴晓群译,第 7 章,第 59 页,以及章注 28。

② 这幅画中的两个朝圣者的原型是画作委托人 Ermete Cavalletti 侯爵和他的母亲,两位贵族在画中不仅脱去了日常的华服,以贫民形象出现,还祖露出令人印象深刻的,积满泥垢的双脚。自中世纪初,朝圣行为就在欧洲流行开来,教会明确鼓励信众过简朴甚至清苦的生活,并在人生中至少完成一次赤脚行走、朝拜圣地的仪式。无论天主教会如何虚伪、奢腐,在许多信众心中,远离物质享乐、赤脚朝拜圣地,仍是罪人寻得拯救的必要功课。"赤脚"在基督教叙事传统中具有着多重的寓意,既标志着受造者求主救赎的决心,也象征着主的仁慈,等等。

会令我们在一种"平视"的内心目光中，对他们产生同情与怜悯。①

图 51　[意] 卡拉瓦乔：《朝圣者的圣母》（即《洛雷托的圣母》，1603—1604）

---

①　关于《瞧，这个人》，"书"云，"耶稣出来，戴着荆棘冠冕，穿着紫袍。彼拉多对他们说，你们看这个人"；"那日是预备逾越节的日子，约有午正。彼拉多对犹太人说，看哪，这是你们的王"（《约翰福音》19：5；19：14）。16 世纪末以来，一些倡导贫穷即美德的教派组织在信众中产生了广泛的影响，比如奥拉利修会（the Oratory of Saint Philip Neri），这个修会主张基督教会不应是当权者、富贵者的帮佣，而应回归早期的宗旨，关注、帮助穷苦百姓。卡拉瓦乔在画布上对神圣人物平民化的虚构实践与这一修会的倡导不无关系，他的赞助人之一、主教 Francesco Maria del Monte 就对这个修会颇有好感。

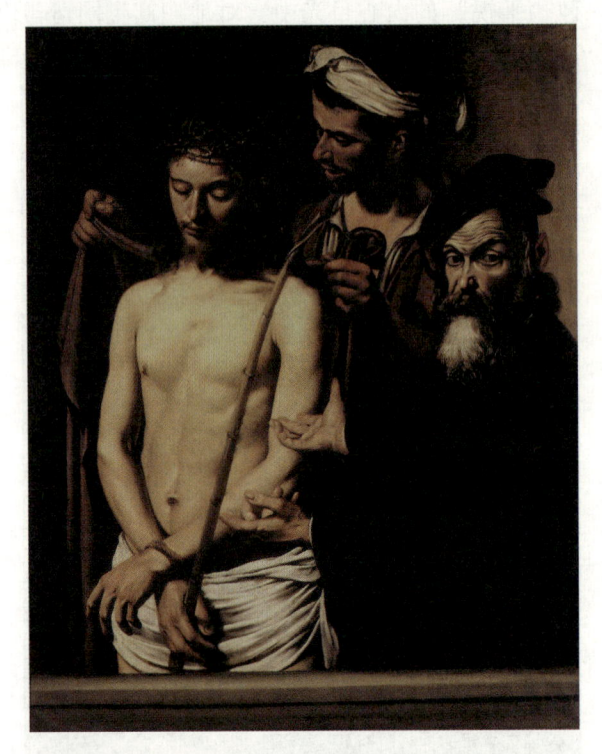

图 52 ［意］卡拉瓦乔：《瞧，这个人》（约 1605）

"书"对税官利未蒙主点召的记载不过寥寥数语，于是，如何在画笔下再现这细节原本极度缺乏的神圣一幕，便考验着每个受命画师的想象力。而卡拉瓦乔特别擅长的虚构路径就是将神圣搅拌进庸俗的日常。

在《圣马太蒙召》（1599—1600，图 57 - 1、57 - 2）中，利未正和几个人在一间阴暗的房舍里，围着张桌子数钱（也许是在赌钱），此时，基督从画面右方走了进来，他伸出右手食指，指向了坐在画面左部桌前的利未——这只手会令观者立刻想起《创世纪》里上帝伸向亚当的那只手，两只手的手势、构形几乎一模一样；神子的入场并未喧宾夺"主"，他站立在半明半暗之间，光，伴随他右手的运动与曲面，从画面右上角照进了这个晦暗不明的空间，并最终落在了利未的脸上——画师就这样以一道光的轨迹完成了对主角的定格；利未迎光、应声抬头看着那"人"，上半身因为惊讶而略微向后倾斜，桌下的两只脚一高一低，左脚趿拉着鞋，脚后跟露在外面，他伸出左手的食指——右手的拇指还按在钱币上——既像是在

九 卡拉瓦乔的放肆和伽利略的望远镜 175

图53 [意]卡拉瓦乔:《写作中的圣杰罗姆》(1606)

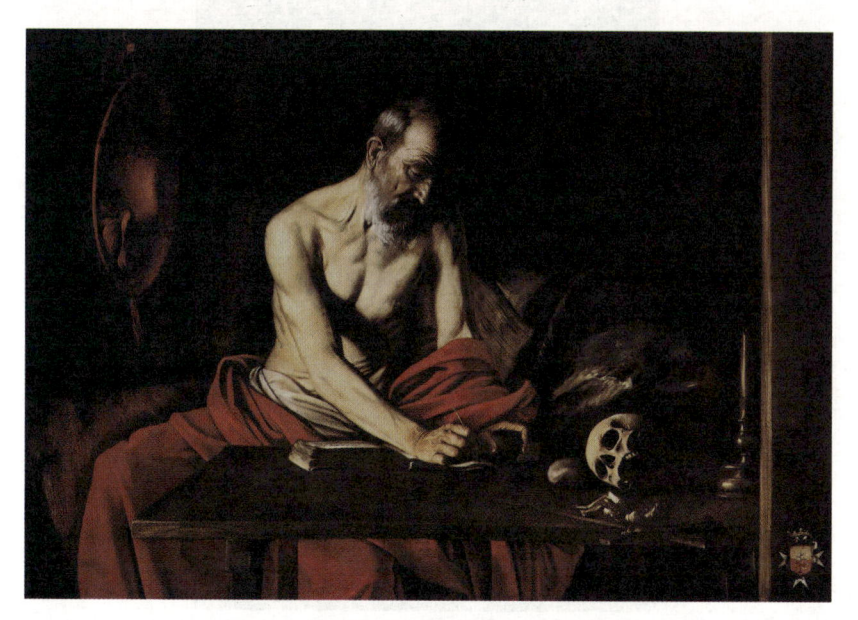

图54 [意]卡拉瓦乔:《写作中的圣杰罗姆》(1607)

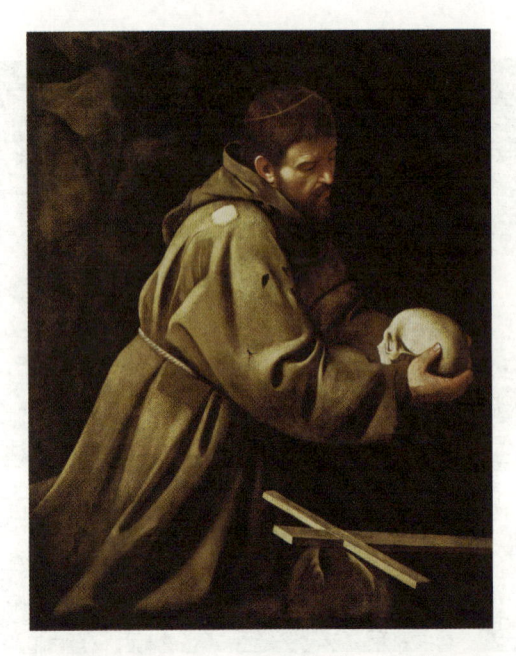

图55 ［意］卡拉瓦乔：《沉思中的圣方济各》（1608）

图56 ［意］卡拉瓦乔：《沉思中的圣方济各》（1608）

九 卡拉瓦乔的放肆和伽利略的望远镜 177

图 57-1 [意] 卡拉瓦乔:《圣马太蒙召》(1599—1600)

图 57-2 [意] 卡拉瓦乔:《圣马太蒙召》局部

图58 [意] 卡拉瓦乔:《圣马太与天使》(1602)

指着自己,又像是在指着他右边还在专注数钱的一老一少,懵懂的神情似乎在问:"你是在叫我,还是在叫他们?"看着中年利未脸上、眼中透出的精明的市侩气息,观者们在想起"蒙召"之后的故事时,会极为自然地理解"蒙召"的前与后,利未与马太的区别。①

《圣马太与天使》(1602,图58)也明显强调了人物的手。此时的马太已经老了,盘旋在他头上的天使正掰着手指跟他说话,他扭头回望着天使,手中还握着笔——那是一双肤质粗糙、骨节干硬的手,指尖和指甲缝里浸满墨汁,青筋暴露——成为了马太的利未,成为了上帝的手,正在接受天使口述,为人间书写福音书。

耶稣既是神子也是人子,他虽会复活,却也曾真实地感受过各种物理伤害引致的肉身疼痛。一千多年里,基督教艺术叙事反复回味着基督受难当日经历的"苦路十四站",《新约》记录、书写这些故事的基本意图之一,就是希望通过强调耶稣为救赎世人而经受的极致的生理痛苦,通过强调马利亚目睹了亲子被血腥、残忍地折磨至肉身死亡的过程,来唤起读者和听众对圣母子深深的愧疚、亏欠与感念之情——这构成着人们信靠基督重要的情感基础。可问题恰恰是,人子曾经忍受的剧烈的皮肉之痛,在中世纪那些被金色光斑充盈的空间里,在那些突出着优美与肃穆的线条里,变得遥远、冷静而抽象。还有那些殉道的圣徒们,他们的牺牲同样充斥着血与肉的摧残,可基督教绘画在不断重复、再现这些圣徒的牺牲时,往往突出的是他们的大无畏精神。在17世纪反宗教改革运动中,圣徒就义的场面常被画师们描画得充满神性诗意,圣徒们平静从容,甚至面带笑容,天使会莅临殉难的现场,天空中还会出现一扇象征着天国的大门——血肉之躯在令人发指的酷刑下遭受的"惨痛"就这样被淡化了。但在卡拉瓦乔笔下,耶稣和圣徒的殉难,一律被还原为了残酷、暴力的人间谋杀。

《圣马太殉难》(1599—1600,图59-1)中,在一片混乱、激烈的撕扯与冲撞下,马太仰身倒地,观众的目光固然会被画面正中那个手持利剑的凶手吸引,马太头部右上方的那个男孩却以一种特殊的方式调动起了观画者的听觉——他的两个眼睛像两个黑洞,没有眼眸、没有一丝光亮,他看不见眼前发生的一切,却大张着嘴巴,慌张的双臂无所措置——一旦观

---

① Jacopo da Varazze 在《黄金圣人传》(*Legenda Aurea*, 1290) 中,将 Matthew(马太)释为"谏者";也有词源学家认为,Matthew 一名源于 magnus(伟大的)和 theos(上帝),意思是走在上帝前面的圣人或上帝之手。据说,马太本不识字。

180　第三部分　现代"福音书"

图 59-1　[意] 卡拉瓦乔：《圣马太殉难》（1599—1600）

者注视到这个男孩，谋杀现场的各种惊惧的叫喊声便会喷涌出原本无声的画面。① 目睹这幅画和《圣彼得倒上十字架》（即《圣彼得殉难》，1600—1601，图 60），看到头秃顶谢的两位老者在血腥的谋杀和奇异的酷刑中的

---

① 《圣马太蒙召》、《圣马太与天使》和《圣马太殉难》是卡拉瓦乔为罗马 San Luigi dei Francesi 教堂里的 Contarelli 礼拜堂创作的三联画，《圣马太与天使》居于三联正中，完成得最晚——人们现今看到的这幅画其实是卡拉瓦乔当时就"马太与天使"这个主题创作的第二稿，第一稿因有渎圣之嫌而被教堂拒收，传入民间后，几经辗转，终在第二次世界大战末期毁于柏林。在第一稿中，苍老的马太衣袖凌乱，极不雅观地跷腿偎依着一位雌雄同体般的性感天使，后者的手按着他的手，似乎是在教他识字，又似乎是在借着他的手写下福音——此时，马太的坐姿体态甚至流露着淫荡的暗示，祷告的神父一抬头还会正好看到福音作者的一双污秽的脚。后世的艺术史家认为，卡拉瓦乔在创作这组三联画时，很可能参考过《黄金圣人传》，依照该书，圣保罗救赎傲慢之人，圣马太救赎吝啬之人，大卫救赎淫荡之人。第一稿《圣马太与天使》可能是在暗示对色欲的救赎，画中，马太/天使用希伯来文写下的文字里提到了大卫的名字，而《圣马太殉难》则多少寓意着对傲慢的救赎。以上两注释参见《卡拉瓦乔，艺术家的人生》（Rodolfo Papa, *Caravaggio, Artist's Life*, Firenze：Giunti, 2010）之"圣马太的故事"。

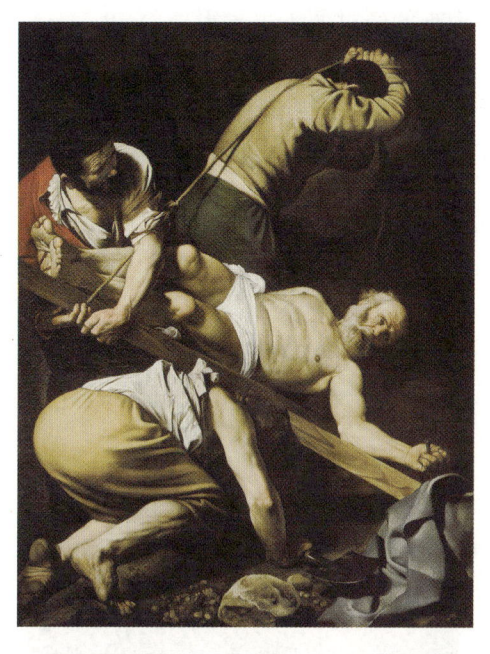

图 60 ［意］卡拉瓦乔：《圣彼得倒上十字架》（即《圣彼得殉难》，1600—1601）

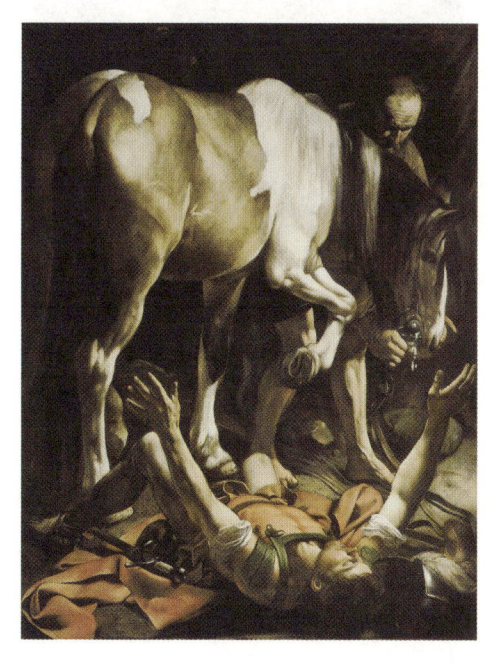

图 61 ［意］卡拉瓦乔：《大马士革之路》（亦名《扫罗皈依》，1600—1601）

身形与表情，圣徒殉难的经过便不再显得抽象。①

而《钉死在十字架上的圣安德鲁》（1607，图62）和《遭砍头的施洗者圣约翰》（1608，图63）则会令观者精准地目睹圣徒死亡的瞬间。施刑的喽啰正在使劲地用绳子把安德鲁的手腕绑紧在十字架上，老迈的安德鲁额头上密集的褶皱还没松弛下来，但他的脑袋已经倾斜在了自己嶙峋的身骨上，耷拉的眼皮下翻出了眼白。另一幅画中，两个囚犯正透过安着铁栏的窗口惊惧又好奇地观看着监狱空地上，约翰被按倒在地、抹脖割头的血腥一幕。

图62　［意］卡拉瓦乔：《钉死在十字架上的圣安德鲁》（1607）

犹太的希律王因莎乐美母女而下令斩杀施洗者约翰的故事，人尽皆知，但可能还不曾有哪位画师（即便后来）能令一个斩首的瞬间如此长时间地折磨观众的内心。站在约翰近旁的老妇被约翰脖子喷出的鲜血吓得脸色惨白，双手捂起了自己的耳朵——这个捂耳朵而非捂眼睛的动作令画外的观者立时听到了杀人的瞬间可能出现的惨叫——她是被自己，还是被别人的叫声吓得

---

① 《圣彼得倒上十字架》和《大马士革之路》（亦名《扫罗皈依》，1600—1601，图61）是卡拉瓦乔为罗马的人民圣母圣殿教堂（Basilica Parrocchiale Santa Maria del Popolo）中的塞拉斯礼拜堂（Cappella Cerasi）创作的一对壁画，分别位于祭坛两侧的墙壁上。

捂起了耳朵？难道此时的约翰还在发出令她不忍卒听的呻吟？老妇左边的狱卒伸出食指，提示观者注意，老妇右边那个姑娘正手捧着用来盛放头颅的盆子，盆子还空着——刽子手还正绷紧了浑身肌肉，铆足了力气用左手按着约翰的头，约翰的眉头还没有松开——此时观者会突然发现，一把长剑已横在约翰贴地的脑后，刽子手右手紧握的那把匕首上还没有血迹！约翰是被那把长剑割了喉，即将伸出的匕首才会将他彻底断送！

图63 ［意］卡拉瓦乔：《遭砍头的施洗者圣约翰》（1608）

卡拉瓦乔几近化境的笔触不会令我们错过哪怕最微小的、能够引起我们生理疼痛和内心抽搐的细节。《被鞭挞的耶稣》（两幅，1607，图64、65）和《荆棘加冕》（1604，图66）令我们亲睹"原型美尊"是怎样被人残害的。而最令观者胆战心惊的，恐怕还是那幅并无剧烈动作的《托马斯的怀疑》（1603，图67）。画中，人子正握住托马斯的手，平静地将它引入自己右肋骨下那个被罗马士兵用"圣枪"捅出的伤口里，看着托马斯顺着自己的手指定睛注视那个洞时，观者几乎会吓得倒吸一口气，甚至往后一退，伴随心中不由自主发出的一声"啊"，疼痛的体感瞬间传导、充胀了身心——虽然观者会想到复活的耶稣不会再感到疼痛，但画中人子高度

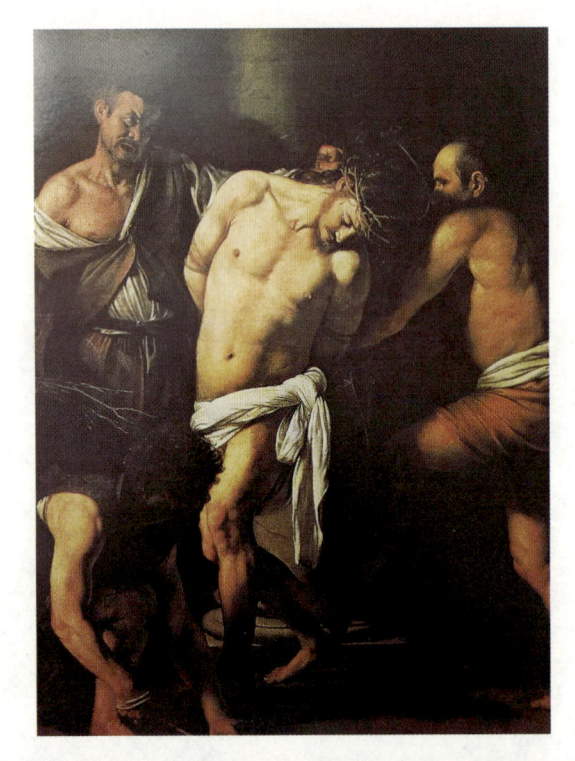

图64 ［意］卡拉瓦乔：《被鞭挞的耶稣》（1607）

图65 ［意］卡拉瓦乔：《被鞭挞的耶稣》（1607）

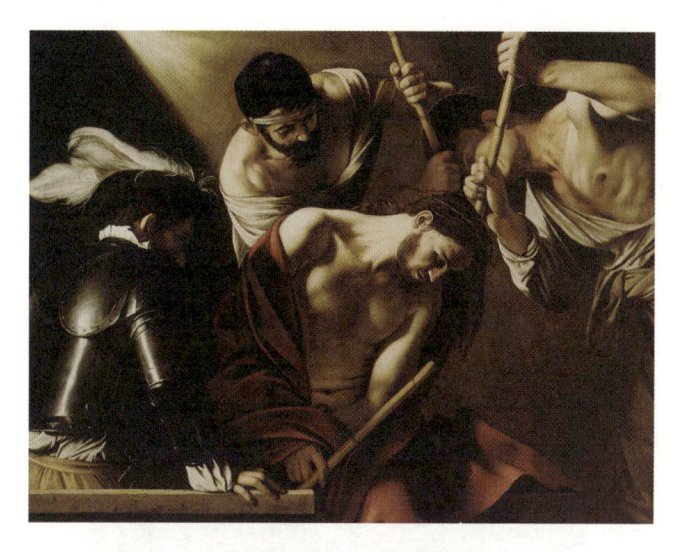

图 66　[意] 卡拉瓦乔:《荆棘加冕》(1604)

图 67　[意] 卡拉瓦乔:《托马斯的怀疑》(1603)

逼真的肉身质感会立刻打断他们理性的回神，伸进肉洞里的那根手指令他们内心的痛感无法瞬间消散。卡拉瓦乔以斯文的笔触和不见刀不见血的平静叙事将"极致的暴力"再现于一个凝固的瞬间。托马斯怀疑的，是眼前的这个人形是否是复活的基督；而面对这幅画，观者不再怀疑的是，人子与我们一样，拥有着真实可触的皮囊——非人的折磨曾令人子经受的那些难忍的苦痛因此变得确凿无疑。

《圣彼得倒上十字架》和《耶稣下葬》（1602—1603，图 68）两幅画面里，中心动作的垂直构图令观者感到地心引力对主人公躯体构成的巨大制约。"文艺复兴"时代的画师已多次泄露出，神圣可能是"沉重的"，卡拉瓦乔则将"沉重"的意味推向了极致。

图68 ［意］卡拉瓦乔：《耶稣下葬》(1602—1603)

在《圣母之死》（1604—1606，图 69 - 1、69 - 2）这幅描画圣母肉身死亡的画面中，如患腹水般的马利亚头发凌乱，躺在一个昏暗的农舍

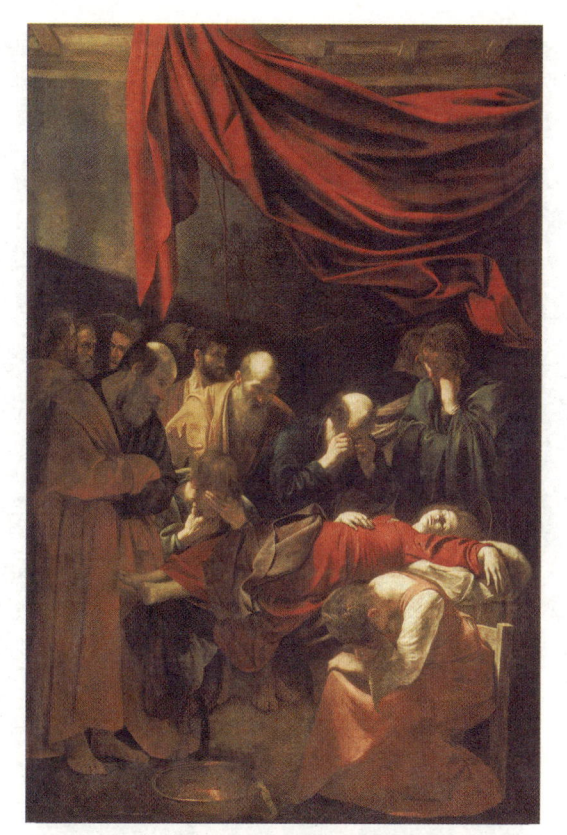

九 卡拉瓦乔的放肆和伽利略的望远镜　187

图 69 – 1　[意] 卡拉瓦乔：《圣母之死》（1604—1606）

图 69 – 2　[意] 卡拉瓦乔：《圣母之死》局部

图70 ［意］卡拉瓦乔：《圣母与毒蛇》（1605—1606）

般的屋子里，一袭夺目的红袍包裹着她的躯体，粗糙的织物在重力的作用下形成的曲线勾勒出她毫无美感的肉体，还有那双刺目的脏脚——这样的画面如何能令人感到圣洁？当时就有人指控卡拉瓦乔将圣母画成了一个溺水而亡的妓女（画中圣母的模特是一名妓女）。在圣母死亡这神圣一幕发生的时刻，天使竟然没有出现，也没有一扇通往天国的大门在房顶上或天空中打开；占据了画面上半部的那挂夺目的红布也许在象征着什么，但此时观者明确看到的仅仅是，衣衫粗陋的人们正围着一具尸体哀伤、哭泣，坐在圣母床边的抹大拉悲痛得把整个头压在了自己手上。除了"不洁",整幅画作渲染出的"绝望感"才是更加危险的——圣母那张既无圆融的喜悦,也无悲悯的忧伤,泛着黄色又浮肿的脸,和她肥腻的尸体,怎能令人联想到升天?① 这幅画在罗马阶梯圣母教堂(Santa Maria della Scala)的祭坛上挂了没多久,就在1606年10月被取了下来。②

比起米开朗基罗对圣母的禁欲化塑造(无论圣母是年轻的,还是垂垂老矣,米开朗基罗都喜欢将圣母的身体严实地层层包裹起来),卡拉瓦乔笔下的圣母常裸露出整个脖颈,比如在《朝圣者的圣母》中,甚至袒露出丰满的乳房,比如在《圣母与毒蛇》(1605—1606,图70)中。《施洗者约翰与公羊》(1602,图71)还令观者猝不及防地发现:本应圣洁光明的幼年约翰正赤身全裸地在与一只公羊"缠绵",他似乎被观者的目光干扰,猛然回头看向画外,那眼神既调笑又挑衅,似乎在说,"不好意思,被你们发现了"。③ 而两幅《抹大拉的马利亚的沉迷》(约1606,图73、74)则彻底令观者惊愕得手足无措:那个本该时时低头忏悔的抹大拉

---

① 这幅画中,圣母的左臂沿着与身体垂直的方向,无力地搭在枕上,欲为画师辩护的人们说,卡拉瓦乔正是通过左臂与身体构成的十字架造型,向观者说明着马利亚的神性。但面对马利亚那个肿胀的腹部,好心的人们也感到为难,尤其是,马利亚的右手就搭在腹部上,这只被高光点亮的手令观者绝然无法忽视她腹部的凸起。一些现代艺术史家比较倾向这样的解释:画师通过对圣母腹部"异形"的虚构和强调,暗示马利亚永远怀着圣灵,圣母具有永恒的母性。参见《卡拉瓦乔,艺术家的人生》之"艰巨的任务"一章。

② 1607年1月,《圣母之死》被曼托瓦公国的贡扎加公爵(Vincenzo I Gonzaga)购得,画作在被转移至其私人画廊之前,于当年4月在罗马公开展出过一次。

③ 羊既寓意着基督(基督是"神的羔羊",《约翰福音》1:29),也象征着基督的子民。神子曾言,"我就是羊的门","我是好牧人,好牧人为羊舍命","我认识我的羊,我的羊也认识我"(《约翰福音》10:1,11,14)。约翰本身也象征着基督。但这幅画也被认为有可能是在讲述以撒的故事。亚伯拉罕接受天启,将公羊代替儿子以撒献祭给上帝,以撒因此得救(《创世记》22:13)。有史家认为,这幅画描述的就是以撒在被赦的那刻,因无与伦比的欢乐,情不自禁地搂住了羊的脖子,故将之称作《获救的以撒》。"以撒"在希伯来文中意即"上帝满意的微笑",画中主人公那令人无法忽略的笑容是艺术史家们将其认作以撒的一个依据。Rodolfo Papa认为,这幅画中的公羊,准确地说,是象征着十字架上受难的耶稣,画中的毛蕊花、大车前草和葡萄树都是基督教叙事传统中寓意着耶稣复活的植物;整幅画的中心主题是"神的羔羊"以自我的牺牲换来人(以撒)的重生(参见《卡拉瓦乔,艺术家的人生》之"关于施洗者约翰的疑问")。

可无论画中的主人公是以撒还是约翰,画师为何一定要让他全裸示众?在巴托洛缪·曼弗雷迪(1582—1622)创作的同主题画作《施洗者约翰与绵羊》(1613—1615,图72)中,少年约翰从姿态到神情都变得极为普通,甚至呆板,他坐在土台上,左手的手背漫不经心地扶弄着绵羊的脖子,两眼漫无目的地望向画面的右前方,关键是,他身体的关键部位被文明地用两层布遮了起来。

190　第三部分　现代"福音书"

图71　[意] 卡拉瓦乔:《施洗者约翰与公羊》(1602)

图72　[意] 巴托洛缪·曼弗雷迪:《施洗者约翰与绵羊》(1613—1615)

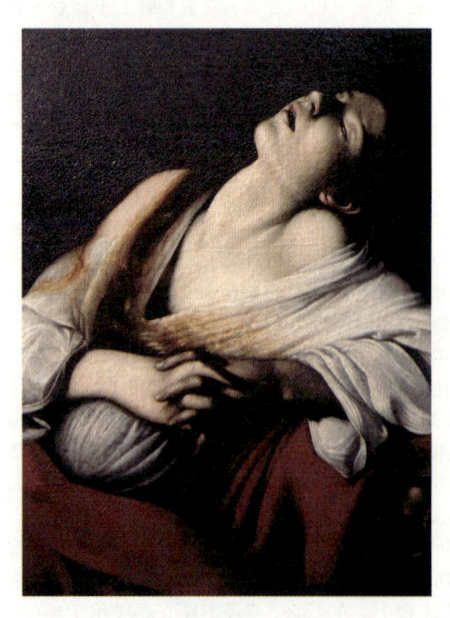

图73　[意] 卡拉瓦乔:《抹大拉的马利亚的沉迷》(约1606)

图74　[意] 卡拉瓦乔:《抹大拉的马利亚的沉迷》(约1606)

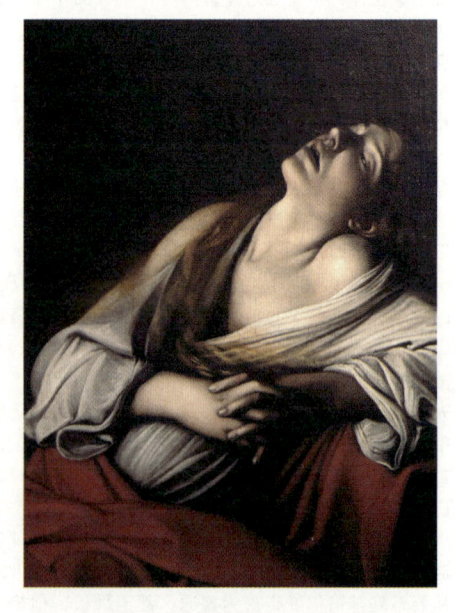

竟衣冠不整地独自沉浸在令人不得不掩目的"迷醉"中。①

若干年后，在另一位登峰造极的艺师贝尼尼（Gianlorenzo Bernini, 1598—1680）塑造的圣特蕾莎的面容里，我们又认出了这副表情。②巴洛克艺师们对神圣的虚构甚至挑衅着当代观众的接受极限。

亚平宁半岛上的艺师们在"文艺复兴"的岁月里仍谨遵严守着"神圣等于完美"的虚构原则，这几乎是当时人、神之间仅存的一堵分野之墙了，但这堵墙在卡拉瓦乔的笔下，在他对神圣不断展开的贫民化、庸俗化、肉质化，甚至肉欲化的虚构实践中，坍塌了。

卡拉瓦乔在世时已经声名大噪，其画作不仅吸引着普通信众，也已然成为了一些大藏家眼中的重宝，这当然引致了很多同行的嫉妒，不少业界"权威"也一直对他既过分写实又极端戏剧化的画风嗤之以鼻，后来，伴随学院派的兴盛，卡拉瓦乔几乎从主流视野中消失了二百多年。学院派评论家 Giovanni Bellori（1615—1696）斥责卡拉瓦乔"粗野至极，玷污了艺术的崇高，贬低了美好的事物"；艺术史家 Luigi Lanzi（1732—1810）蔑视地说，卡拉瓦乔笔下的人物唯一值得称道的地方"就是他们的粗俗"；普桑（Nicolas Poussin, 1594—1665）甚至控诉道，"卡拉瓦乔来到世上就是来毁灭绘画的"，因为他只对妓女、罪犯和肮脏感兴趣；拉斯金也认为卡拉瓦乔是"堕落的崇拜者"。就如卡拉瓦乔的一位传记作者所说，西方世

---

① 20世纪70年代，图74被清洁、修复，并被确认为卡拉瓦乔的真迹。除了主人公那明显"不道德的"体态和表情，这两幅画还发散出一股濒死的灰色气息，尤其考虑到马利亚的嘴唇和面部的色彩，艺师到底是出于怎样的心境绘制了这样两幅画作？

据"书"所记，抹大拉的马利亚是耶稣忠诚的追随者，她不仅目睹了耶稣的受难，而且是他复活的第一见证人——这一见证对挽救当时因人子受难而涣散的门徒团体至关重要。"书"中的女性人物本就很少，有的甚至无名无姓。为了能够更清晰地向广大不识字的信众传递基督教的伦理准则，让信众在听讲中更易记住、明白"书"的教诲，6世纪的天主教会在教宗格里高利一世（Gregorius I, 540—604）的倡导下，将"书"中若干女性人物的故事整合成了抹大拉的马利亚的故事。于是，抹大拉的马利亚就不仅是人子忠实的仆人，还是那个为耶稣洗过脚的"迦百农的女罪人"（《路加福音》7：1—50），更是那个险些被众人用乱石掷死，而被耶稣拯救，本来无名的"行淫者"（《约翰福音》8：3—11，"行淫者"并非卖淫者，而是指与有妇之夫有染的女人）。经过教会的"编辑"，抹大拉的马利亚成了一个曾经堕落为妓女，但遇主蒙赦，自此追随主的知返羔羊。基督教会实践基督教化的基本手段之一就是塑造、虚构典型环境下的典型人物。梵蒂冈在20世纪60年代为抹大拉的马利亚昭雪了沉冤。依现代《圣经》史家们的考证，抹大拉的马利亚在耶稣升天后，很可能成为了传播耶稣信仰的一个领袖式的人物。

② 贝尼尼为罗马的胜利圣母教堂（Santa Maria della Vittoria）创作的祭坛雕塑《圣特蕾莎的狂喜》（1645—1652，图75-1、75-2），被拉康视为"阴性绝爽"的著名例证。

192　第三部分　现代"福音书"

图 75 - 1　[意] 贝尼尼:《圣特蕾莎的狂喜》(1645—1652)

图 75 - 2　[意] 贝尼尼:《圣特蕾莎的狂喜》局部

界"需要从18世纪的端庄和维多利亚时代的拘谨中成熟起来之后",才能接受这位画师的大胆与放肆。①

在这位"堕落的"画师笔下,圣人的身体也会藏污纳垢,神圣事件就发生在污秽的街边,圣徒也会展露出肉欲、流露出鄙俗的表情——可能还不曾有哪位画师能够令观者感到神圣离自己是如此之近——通过拉近神圣与世俗的间距以令观者在感同身受中体会神圣,乔托开启的这一叙事策略被卡拉瓦乔推向了极致。卡拉瓦乔对神圣的"污名化"处理在成就了令人惊异的艺术效果的同时,令观者在一种平视的、极致逼真的美学体验中,看到了"写实"的美学路径在"复兴"之初就已对神圣构成的潜在却根本性的威胁终于变成了现实——人神无分——这也正是晚年的米开朗基罗深深畏怕的。

在第二座《圣殇》之前,米开朗基罗为梵蒂冈的保利纳教堂(Cappella Paolina)创作了两幅壁画,《扫罗皈依》(约1542—1545,图76)和《彼得殉难》(1546—1550,图77),这也是米开朗基罗最后的画作——卡拉瓦乔的《大马士革之路》和《圣彼得倒上十字架》也许是在有意模仿米开朗基罗?《扫罗皈依》中,基督面朝大地,伸出右臂,雄健的上半身以垂直于地面的角度从天际间风驰电掣地冲入人的视野,一道粗壮、耀眼的黄色光束击中了马背上的扫罗,他应声倒地,象征着"傲慢"的马在惊吓中背向着观者跑去。米开朗基罗再次将自己的肖像嵌进了圣徒的面容中——扫罗的面孔清楚地告诉观者,艺师在将自己比附为迷途知返的罪人。两幅壁画中,周遭喧嚣的人们或被天降的奇光,或被主人公的动作吸引——他们中到底有几人明白扫罗身上正在发生的转变,又有几人真正为那正被倒绑上十字架的彼得哀泣?即将殉难的彼得(他的面孔也很易令观者想起艺师本人)回过头来,几乎是怒视着,看向画外,他紧促的双眉下犀利的目光如匕首一般投向画外的世人,切割着后者的内心——你们认得

---

① 以上关于卡拉瓦乔的评语,参见[美]弗朗辛·普罗斯(Francine Prose)《卡拉瓦乔传》(*Caravaggio*:*Painter of Miracles*),郭红英译,译林出版社2016年版,第7—8、13页。
视觉艺术应努力实现现实中不存在的完美,这一中世纪的美学亦是伦理观念,自"文艺复兴"以来,便不仅事关神圣事物,也事关受造世界本身——正因为可见的世界不尽人意,更不尽神意,我们更应极尽所能在画笔下、刻刀下寻找并成就可视的完美,或说,美化受造的形,这是我们对神的慈恩的回馈,也是我们赎罪的方式——这一理念统御着学院派的大脑,并持续、有韧性地影响着后来已然世俗化了的西方视觉艺术创作。当法国的印象派画师们接续起伦勃朗的勇气,普遍开始瓦解实现"完美"的物理基础——笔触——成品画作不再羞于呈现油彩凹凸不平的体积,画面不再如镜面一样光滑,当这样的画作突兀进当时人们的视野时,它们不仅被评价为"留不下印象的",更被视为肮脏、丑陋的。

图 76 ［意］米开朗基罗：《扫罗皈依》（约 1542—1545）

图 77 ［意］米开朗基罗：《彼得殉难》（1546—1550）

主吗？你们是否也有这般为主殉道的决心与勇气？

在这两幅壁画中，艺师明显淡化了对那个时代特别看重并引以为傲的各种写实技法的经营；而至最后一座《圣殇》，第一座《圣殇》里那光洁精致的写实曲线彻底消失了。在卡拉瓦乔的天才技艺成就的艳丽、炫目的画面的衬托下，最后两座《圣殇》显出了洗尽铅华的圣洁感，米开朗基罗衰颓之年的艺术实践也显得更可被理解了。

他曾雄心勃勃要用尽毕生，以受造者的身份为"源头"塑像，令世人沐浴在神的光晕之中，他曾坚信，他努力成就的有形的、可视的完美是对神的赞美，甚至认为这来自神赐、实现在大地上的美能拯救世界。但走近生命尾声的艺师幡然悔悟，自己是何等狂妄。

> 曾经以想象的美/挑战自然，最后都变得谦卑……（邹译，诗277，1550）

晚年的艺师深感，人无力以可视的形象完美地再现神。而当我们被允许以"可见"为据，虚构神圣，当我们将后者等同于自然意义上的完整、完美，所谓神性到底是什么？难道神就是完美的人？

> 如果我为"你"（上帝）的名字设计某种形象/则残酷的死亡很快会与其同来/而且它的出现会战胜艺术和情感。（杨译，诗146，1552）

米开朗基罗曾在事实上视艺术为自己的殉道之路，但最终，艺术在他眼中失去了神力，不再是他自我拯救和他救世的利器。他对最后两座《圣殇》痛下狠手，也许正因为他看清了自己追求了一生的错相艺术的傲慢本质，看到了"写实的"虚构必将导致的历史结局——杀死神？

北方画师小霍尔拜因（Hans Holbein the Younger, 1497—1543）笔下那幅后来吸引了陀思妥耶夫斯基的《墓中死亡的基督》（1521—1522，图78-1、78-2），也许能够成为对米开朗基罗晚年心绪的图解。画中的人子皮肉干瘪得没有任何弹性，过分消瘦的面颊毫无血色，闭上的双眼深深陷进了颧骨里，嘴巴因失去了意识的掌控而自然地张开了，干硬的胡子毫无生气地翘在尖锐的下巴上——这幅画是那般令人绝望，因为这具"尸体"没有任何复活的迹象——这就是以自然为"型"塑造神圣将会引致的,甚至是无法避免的"生理性"结局。

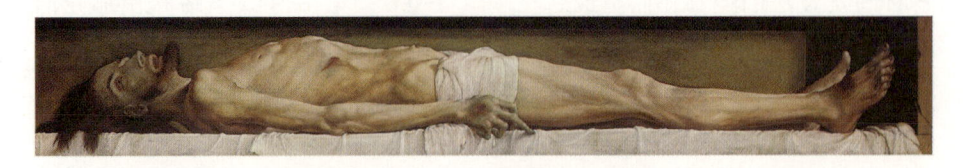

图 78-1　[德] 小霍尔拜因:《墓中死亡的基督》(1521—1522)

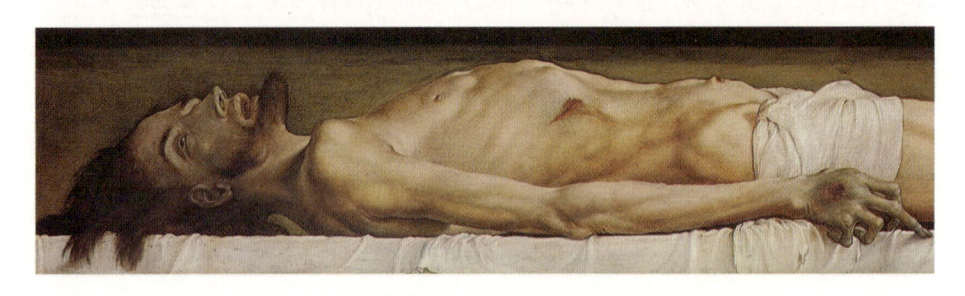

图 78-2　[德] 小霍尔拜因:《墓中死亡的基督》局部

耄耋之年的米开朗基罗更加痛心地意识到,自己曾经倾注了满腔热忱的近一生的艺术实践是在鼓励人因自身的物质性而天然具有的对感官之美的贪恋——他犯下了几乎不可饶恕的罪行——他在诗中祈祷,请上帝帮助他"厌倦""鄙视"那些他曾热爱,甚至依然眷恋的"世界的美",以获得那"永恒的生命"(杨译,诗 150;同参邹译,诗 288,1555)。

以下是艺师亲自审定的存世的最后诗句:

让我离开感官空虚而危险之爱/为此目的最好的办法莫过于/通过不幸、病痛和暴力/你向友人指出唯一真正之路就在这里/啊,我亲爱的主,你给予又取回/仅用你的血医治和洗涤/人的无限错误和每一个行为……(杨译,诗 165,1560)[①]

[①] 在米开朗基罗晚期的诗作中,为罪忏悔的主题持续展开。"我的灵魂痛感不安,只能详审/很久以前犯过的悲哀罪恶……我服从你的律法,请予以宽恕/请听我一向的呼吁——我深知你心愿。"(杨译,诗 142,同参邹译,诗 280)这些忏悔既是在针对他一生的艺术创作,也是在针对他对人体(男体)的钟爱和对爱情的向往,可参邹译,诗 281、291 等。

九 卡拉瓦乔的放肆和伽利略的望远镜

米开朗基罗用尽了最后的心力来创作最后两座《圣殇》，亦用尽了最后的气力来毁坏它们，它们身上布满粗放、粗粝的刀痕，这不仅因为它们几乎是残稿，努力模糊圣体身上具象的写实元素、回归中世纪的线条和抽象轮廓，恐怕正是艺师有意为之的结果。最后两座《圣殇》是艺师的临终忏悔，也是他最终选择的殉道之路：拆解有形的美，还神于自然之上。

* * *

发生在"文艺复兴"时代艺术领域里的这场"可见"与"不可见"的角力，同样搅扰着那个时代的科学探索。因为忌惮教会的干涉，哥白尼（1473—1543）一直不愿出版《天球运行论》（*De Revolutionibus Orbium Coelestium*）。"书"云，"日头出来，日头落下，急归所出之地"（《传道书》1：5）；"太阳如同新郎出洞房，又如勇士欢然奔路。它从天这边出来，绕到天那边，没有一物被隐藏不得它的热气"（《诗篇》19：5—6）；耶和华创造万物，养育群生，"将地立在根基上，使地永不动摇"（《诗篇》104：5）。对现今的读者来说，"书"中这些提及地球与太阳的只言片语更像是抒情的诗句，但对当时的读者来说，"书"不是某一俗身的言说，而是上帝颁布给人间的真理，"书"是无所不包的真相，唯"书"中所言才是绝对、永恒的真知。

当《天球运行论》终于在作者去世当年问世时，伽利略（1564—1642）还没有出生。哥白尼的天文学说虽有一定的观测基础，但主要是基于数学推演，伽利略便暗自决心要用"眼见为实"的证据证明"日心说"是正确的，于是，他投入到了天文望远镜的制作中。经过细致而艰苦的努力，伽利略的望远镜最终达到了放大三十多倍的观测效果，这在当时是非常令人吃惊的。伽利略兴奋地将他观测到的星体运行轨迹和天文现象画了下来，并将这些生动的图画发表在1610年出版的《星际讯息》（*Sidereus Nuncius*）里。[①]

他在书中不仅知会读者月亮的光确如哥白尼所说，来自地球反射的太

[①] 这部名著常见的英译名是 *The Sidereal Messenger* 或 *The Starry Messenger*，中文也大多采用《星际使者》的译名。但柯瓦雷（Alexandre Koyré，1892—1964）在《从封闭世界到无限宇宙》（*From the Closed World to the Infinite Universe*，张卜天译，北京大学出版社2003年版）中，特别指出，Sidereus Nuncius 的意思就是 message（讯息），是开普勒将之"误解"为了 messenger（参见该书第4章，第79页，及该章注释1）。

阳的光,还呈现了另一重要发现——木星有四颗卫星;为了感谢他的赞助人,伽利略将这四颗星命名为"美第奇星"。当时反哥白尼的论调是:如果地球围着太阳转,月亮就不可能随着地球运动。而伽利略则反驳说,"现在我们有一个绝妙的论据,足以消除他们的疑虑……我们不仅有一个绕着另一个行星(地球)转动的行星(月亮),同时,二者又沿着一条大轨道围绕着太阳公转。我们还亲眼看见,一如月亮绕着地球运转,四颗卫星也绕着木星运转,同时,全体又在十二年间围绕着太阳公转一周"。① 伽利略把《星际讯息》寄给了支持日心说的开普勒(1571—1630),还同时寄去了望远镜,后者本不相信木星有卫星,但在"眼见为实"之后,欣然向伽利略表达了祝贺。可并非所有人都能像开普勒那般被"实据"说服。

针对伽利略的"叫嚣",博洛尼亚大学和比萨大学的教授们对伽利略展开了猛烈的攻击,这为我们理解那个时代的思维形式提供了一个绝佳的情景。教授们接二连三地批驳伽利略:古老的占星术已注意到了天空中一切移动的物体,但从没提到过木星有什么卫星,即便真有四颗美第奇星,它们也毫无用处,而一切可见的东西都是有用处的,所以这四颗星不可能存在;关键是,天上不可能有七个以上运动的天体(太阳、月亮加上五个肉眼可见的行星),因为人有七宗罪,每周有七天,世上有七大奇迹——这是中世纪天文学、星相学坚持运动的天体只有七个的重要理由。教授们还摆出了一个在他们看来绝对有利的论据:望远镜不过是个玩具,我们怎能信任一个连伟人亚里士多德都不曾提过的"玩意儿"提供给我们的所谓的证据!②

---

① 参见 [法] 让-皮埃尔·莫里《伽利略:星际使者》(*Galilée*:*Le messager des Étoiles*),金志平译,吉林出版集团 2018 年版,第 47 页。该书原法文版使用的是"使者"这一译名。

② 参见 [法] 让-皮埃尔·莫里《伽利略,星际使者》,金志平译,第 53—60 页。萨默斯人 Aristarchus(前 315—前 230)虽提出过地球围绕太阳自转的天体运动模型,但直至亚里士多德,这一学说都未成为古希腊天文学的主流意见。亚里士多德结合欧多克斯(Eudoxus of Cnidus,前 408—前 355)一脉的天文猜想(诸天体分布在 27 个球层即圆周轨道上,围绕地球做匀速圆周运动),第一次明确提出了地心说和同心圆水晶球体系:宇宙是一个有限的封闭球体,地球是宇宙的中心,是静止的;球层不生不灭,如水晶般,共 56 层,且以同心圆结构叠套起来,分为 8 个天层(从里到外依次是月球天,水星天,金星天,太阳天,火、木、土星天和恒星天),神推动了恒星天,后者才带动了其他天层——后人根据其《论天》,认为他实际上提出了第 9 层天,原动天(Primum Mobile)。托勒密(Claudius Ptolemaeus,约 90—168)在《天文学大成》(*Almagest*)中将天层扩至 11 层,将"原动天"变为了"晶莹天",其外,是最高天和净火天。

亚氏认为,月亮之下的世界由土、气、水、火四元素构成,有生有灭,而月亮及其之上的世界是不生不灭的,由无质量且永恒的"精质",即第五种元素"以太"构成;以太是完美的,光滑的正圆球形是已知的最为完美的形,完美的物质只可能与完美的形相配,所以,球(转下页)

这些对伽利略的反驳传递着那个比埃及更古老的观念：天空的唯一用处就是传递神给人类的信息。这一观念被古希腊，更被后来的基督教强化。虽然西欧世界自中世纪晚期便出现了不再从宗教隐喻或灵魂出发来解释自然现象的研究诉求，但根深蒂固的观念的转变从来都是非常艰难的。面对这些对伽利略的反驳、指控，现今的我们会在嘲笑中感到匪夷所思，但我们不应忘记，相信看不见的上帝，这既是启示信仰得以成立的心理和逻辑前提，亦是教会为守护信仰而教导信众必须恪守的伦理原则。圣保罗的教诲是，"所见的是暂时的，所不见的是永远的"；"我们行事为人是凭着信心，不是凭着眼见"（《哥林多后书》4：18，5：7）。

我们该相信可见的，还是不可见的？这是伽利略与同行反对者们，亦是与同时代许多信众的根本分歧。当时即便没有来自教廷的压力，面对虽不可见却全知全能的上帝的启示和生而智识有限的凡胎基于肉眼观测和演算得出的结论，很多人还是会选择相信前者。

伽利略当然也引来了不少热心的辩护者，但他们与那些反对者采取的论述策略是一致的，他们认为"美第奇星"再次证明了"造物主的至高智慧"：四颗卫星对应着宇宙/人的四个构成性内容（心智、灵魂、自然和质料/身体），也对应着人类理智的四个追求（智慧、科学、艺术和审慎），以及若干其他四分体。伽利略当然不这样认为。"他会不加质疑地接受任

（接上页）层、天层是完美的球形，月亮及其之上的天体亦均为完美光滑的球体，且以地球为正中心，做匀速圆周运动。而托勒密则认为，行星一边沿着较小的圆周"本轮"展开运动，一边绕着地球，沿着较大的圆周"均轮"做运动，但地球并非处在"均轮"的中心，而是处在稍偏的位置，"均轮"是一些偏心圆。

从 10 世纪初阿拉伯学术开始被介绍至西欧腹地，至 12 世纪"大翻译"运动展开，亚里士多德和托勒密的天球理论逐渐进入了欧洲人的视野；伴随大阿尔伯特和阿奎那师徒两代的努力，以亚里士多德的同心天球结构和托勒密的天层布局为基本内容的天文猜想，被视为了确证着上帝创世的完美性与和谐性的有力论据，成为了中世纪晚期天主教教会钦定的天文学纲领——静止的地球是宇宙的中心，但又处于卑微的底层，比地球还卑下的，就只有地狱了，而神的国度在那"晶莹天"之外。

按照亚里士多德 – 托勒密体系的认定，不同星体的运行轨道不可能有交叉，这意味着，金星不可能时而出现在太阳的后边，时而在它的前边——而这恰恰是伽利略在望远镜中看到的现实。他在《星际讯息》中欣喜地向读者展示了他的这一观测结果，并以此再次确证了哥白尼的结论，各行星都是绕着太阳运转的，金星与月亮、地球一样，其光亮也来自太阳。在 1610 年 12 月写给开普勒的信中，伽利略用达·芬奇密码（字母倒序）描述了金星与月亮的相似，"爱神的母亲（金星）模仿戴安娜（月亮）的面容"，意思是，金星就像月亮一样，有相位的变化（参见［法］让 – 皮埃尔·莫里《伽利略，星际使者》，金志平译，第63页）。

何一个数字,因为他认为:'我们一定不能让自然来适应我们所认为的最佳安排和布置,而必须让我们的理智来适应自然所产生的东西。'"① 但是,伽利略从来无意否定宇宙的设计者,故也不可能全然摆脱从上帝这一预定原因出发,来解释作为结果的现象的叙事路径。

可见世界充斥着无序,但神造的宇宙定是有序的,可感的混乱背后必定存在着运动赖以展开的完善的形/型,这是神的慈悲,无此,这个动荡的世界无以获得安稳——这是基督教天文学、宇宙论一直坚持的叙事宗旨。具体来说,基于对圆形的崇拜,"通过解释不规则运动背后的稳恒实在,将天体运动还原到一个环环相套的匀速圆周运动系统来'拯救'现象",便成为了中世纪基督教宇宙论的基本内容和职责。②

与柏拉图、亚里士多德一样,伽利略笃信着圆的完善性,在他看来,均匀、永恒的品质不属于直线,而只属于圆,在上帝创世之前,直线运动还可能有些作用,但在宇宙被创之时和之后,只有圆周运动起作用,因为只有这种运动能赋予宇宙诸物体以最佳的秩序和位置;他视椭圆为一种被扭曲了的形,圆被直线运动侵扰才会出现椭圆——而上帝是不会允许这种破坏进入他的完美创世计划的。所以,伽利略不认同开普勒第一定律(行星是沿着椭圆形轨道围绕太阳运动的,太阳位于椭圆的一个焦点上),而坚持认为行星是沿着圆形轨道绕太阳运行的。③

伽利略不是职业画师,却是位技艺高超的绘图师,《星际讯息》中那些清晰、有趣的星体图画充分说明了这点——这些图画也能帮助我们理解伽利略对文学的偏好——他不喜欢晦涩、曲折的比喻和寓言,认为那种修辞只会给读者制造障碍,扭曲人们的自然视线。大约从15世纪初开始,亚平宁半岛上的人们就在争论绘画与雕塑孰高孰低,这场争论旷日持久且波及甚广。1612年6月,伽利略应画家朋友奇高利(Ludovico Cigoli,1559—1613)之

---

① 本段内容参见[美]潘诺夫斯基(E. Panofsky,1892—1968)《作为艺术批评家的伽利略》(上),刘云飞译,《油画艺术》2018年第3期。
② 参见[法]柯瓦雷《从封闭世界到无限宇宙》,张卜天译,第13页。
③ 潘诺夫斯基还提醒读者注意这样一个有趣的同构现象,直至"文艺复兴"盛期,在视觉艺术版图里,椭圆形一直是被排斥的:直到Antonio Correggio(1499—1534),Pierino da Vinci(莱昂纳多·达·芬奇的侄子,1531—1554),Guglielmo della Porta(? —1577),以及Baldassare Peruzzi(1481—1537),椭圆才分别出现在绘画、雕塑、建筑中。但米开朗基罗为教宗尤里乌斯二世(Julius II,1443—1513)的地陵设计的第一版图样是个例外,"椭圆形似乎作为一种内饰特征悄悄溜进了里面,在外部却没有得到表现"。以上参见《作为艺术批评家的伽利略(下)》,刘云飞译,《油画艺术》2018年第4期。

邀，就绘画和雕塑写了一篇论文式的信函。伽利略完全认同达·芬奇在《比较论》(*Paragone*)中的基本结论（绘画比雕塑更好），虽然他的论证方略与前者很不同。伽利略支持绘画的一个基本理由是，模仿手段与模仿对象的距离越远，其美学潜质和美学价值便越高，绘画和雕塑都是在模仿三维自然，后者是以三维模仿三维，而前者则以二维实现了对三维的模仿。

伽利略的另一位艺坛好友、对学院派美学原则影响深远的艺评家阿古奇（Giovani Battista Agucchi，1570—1632）也曾愤怒地批评卡拉瓦乔，指责他完全忘记了绘画的使命，把理想中的美抛到了脑后，他的画作就是对美的背叛。阿古奇和其若干同道意图纠正 16 世纪兴起的、常以"图像变形"来呈现事物的"手法主义"(Mannerism)——这一风潮中的很多杰出作品在后世看来已然具有了巴洛克甚至表现主义的气质——他们想复兴拉斐尔笔下的"理想美"。卡拉瓦乔同样厌恶"变形"的"手法"，努力振兴"文艺复兴"巅峰时期的"自然的规范"，但事实上却继承着若干手法主义的构图和情绪表达方式。伽利略当然会站在反手法主义的一边，这不仅因为后者在他眼中是不自然的，削弱了画面本可具有的客观意义上的逼真感，或说，破坏了自然本身的可读性，恐怕还因为手法主义削弱了自然本"应"具有的，直观的和谐和稳定感。对阿古奇和后来的学院派而言，艺术性模仿的天职是通过模仿自然，令"不可见的"完善、完美显形。伽利略反对"让自然来适应我们所认为的最佳安排和布置"，但同时，对伽利略来说，完美的不可见在先，一切可见的才可能被理解。[1]

---

[1] 在伽利略之前，人们普遍认为，所谓太阳黑子，不是经过太阳的一些小行星的黑影，太阳是完美、静止的，它上面不可能有什么运动的黑子。但伽利略的《关于太阳黑子及它们的现象的论证和发展过程》(1613)却说，这些黑子是真实存在的——奇高利也曾对黑子进行过多次观测，并以此证实了伽利略的这一结论。当然，我们现在很清楚，伽利略关于黑子的"论证"并不完全正确，比如，他认为黑子是紧贴在太阳表层的云，而事实上，黑子是太阳表层温度较低的区域。

哥白尼延续着柏拉图主义和基督教对"静止/永恒"—"变换/运动"的价值判断。"他断言运动的不是天空，而是地球，这不仅因为移动一个相对较小的物体比移动一个巨大的物体更为合理，即'移动被包含和被定位的要比移动包含和定位的更为合理'，而且还因为，'静止的状态要比变化的和不稳定的状态更加高贵和神圣。因此，后者更适合于地球而非宇宙'（[波]·哥白尼，《天体运行论》，李启斌译，科学出版社 1973 年版，卷 1 章 8）。正是由于太阳有着超级的完美和价值（它是光和生命之源），哥白尼才把中心位置赋予了太阳；哥白尼遵循着毕达哥拉斯主义传统，完全倒转了亚里士多德和中世纪的排列，认为中心位置才是最佳也是最重要的位置。"参见[法]柯瓦雷《从封闭世界到无限宇宙》，张卜天译，第 25—26 页。

但伽利略对黑子的"论证"却说明了太阳在自转；这也同时为地球自转提供了佐证——既然连太阳都在自转，为何地球就一定是静止的？

以上及本注还参考了《作为艺术批评家的伽利略》，以及《伽利略，星际使者》第 3 章。

面对自己的科学观测与"书"的分歧,伽利略并未如现今的读者想象的那般,根据亲眼所见驳斥"书"中所言。作为虔敬的教徒,伽利略对"书"做出了衷心的辩护:如果"书"中的某些言辞在如今的我们看来有纰误,那定是译者出了错,或者,"书"中的言喻有时太过简略,而我们的智识又如此有限,难免会误会"书",总之,《圣经》不会出错。

希腊的哲人们告诫天文观测者,他们的职责仅限于对天体运动做出数学解释,而不能奢望对天体做出具象描绘,那是亵渎神明的;柏拉图的宇宙论几乎完整地将大地塑造为了与天空异质的、堕落的界域,天空是宇宙灵魂的完善模本、诸神/星体的世界。天地不能混同,基督教积极地采用了这一欧陆既有的宇宙观。但是,中世纪最后一位伟大的哲学家库萨的尼古拉(Nicholas Cusanus,1401—1464)却极其大胆、令人惊奇地,通过从形状、颜色、体积等方面将地球与其他星体(尤其是太阳)比对,"建立了太阳和地球基本结构的相似性,摧毁了'黑暗的'地球和'发光的'太阳的对立基础"——虽然他因有限的科学知识而误认为行星(月球、地球)的光都来自于自身。哥白尼眼中的宇宙的确仍有着等级特征(天静、地动),但他对地心说的否定、将地球列入行星之列,却也在事实上破坏了"传统宇宙秩序的基础及其等级结构,瓦解了永恒不变的天界与变化可朽的地界或月下之间质的对立"。①

---

① 参见[法]柯瓦雷《从封闭世界到无限宇宙》,张卜天译,第17、24—25页。事实上,库萨已经提出地球在运动。从库萨开始,围绕着两组核心问题,欧洲的天文学和形而上探索已然走向了两个彼此相背的方向。

一组问题是,宇宙是否具有绝对的精确性、稳定性,即是否完全可测。库萨认为,根本不存在什么完美的圆形轨道和匀速运动(显然,在这个问题上,一百多年后的伽利略仍是很保守的),他甚至觉得,地球可能是绕着一个模糊、变动的中心,在做"一种松散的轨道回转运动"(《从封闭世界到无限宇宙》,第12—13页)。

另一组问题是,宇宙是否有中心,又是否是有限的,即封闭的。亚里士多德和托勒密的天文理论均主张宇宙是有限的,这一判断被基督教强化:上帝必定是无处不在、处处都在的"无限的"(infinitum)存在,这是基督教神学反复吟咏的"丰饶原则"(principle of plenitude),而有形的受造物不可能如上帝一般,故宇宙只能是有限的。哥白尼在反驳地心说的同时,仍坚持认为宇宙是一个有限的世界,并笃信着宇宙有一个中心。而库萨则早在《论有学识的无知》(*De docta ignorantia*,1440)中,就以其天才的形而上直觉和想象力大胆提出,我们无法断定宇宙是无限的,却也不能认为它是有限的,"因为限制世界的边界并不存在";宇宙不可能有一个物理的中心点,"只有神圣的上帝才是世界的中心",上帝之外,"不可能找到与各种物体精确等距离的点"(*De docta ignorantia*,1.Ⅱ,cap. ii,p. 100 sq)。此时,还未晋升枢机主教的库萨结合着"三位一体"的观念和历史时间的概念,将宇宙的圆心与圆周彻底等同了起来,并以此为根据,用一种(转下页)

九 卡拉瓦乔的放肆和伽利略的望远镜 203

而伽利略，他虽无意挑战"书"的权威，但他的望远镜令众人看到的"天机"更从根本上动摇着人们仰望星空时本应具有的虔敬。《星际讯息》将月亮上的图景生动地分享给了读者：月亮的表面和地球一样凹凸不平，有洞穴，有纵横交错的沟谷，还有山脉。作者把月亮上的山峰和山谷比喻为孔雀尾巴上的圆斑，把那里最大的环形山脉比喻为中欧的波西米亚山。伽利略虽笃信着上帝创世工作的完善性，但他同时明确地告诉读者，月亮并非如伟人亚里士多德断言的那般，是均匀、光滑的球体。《星际讯息》初版 500 多册，几天内就售罄了。

天国和尘世截然有别，这是启示叙事成立的逻辑起点。但伽利略的观测结果却是：天地不仅运动同构，且物理同质。[①]

（接上页）"奇特的方式"努力推翻宇宙有限论。他这样写道："世界没有圆周，因为它若有一个中心和一个圆周，其自身便会有一个开端和结束，世界将会相对于他物而有界，在世界之外将会有他物和空间存在。但这是完全不可能的。因此，既然不可能将世界围在一个有形的中心和圆周之间，我们的理性也就［不可能］完全理解这个世界，因为这意味着要理解同时作为圆周和中心的上帝。"（De docta ignorantia，1. II，cap. Ii，pp. 99 – 100 sq）本段参见《从封闭世界到无限宇宙》，第 9—11 页。

布鲁诺（1548—1600）更加为宇宙的无限和无中心欢呼。他在《论无限宇宙与多重世界》（De l'infinito universe e mondi，1584）中写道："上帝不仅在一个太阳，而且在无数个太阳中受到赞美；不仅在一个地球上，而且在一千个地球上，我是说，在无限个世界中受到赞美。"柯瓦雷不无感慨地说，"布鲁诺以一种毫无顾忌的方式运用了丰饶原则……并且大胆地从这个原则中推出它所蕴含的所有结论"；他敢于直言："上帝已经创造了（无限世界）。甚至是，上帝只能这样做。"参见《从封闭世界到无限宇宙》，第 2 章，第 37 页，及该章注释 28。

伽利略虽为哥白尼辩护，却最终明确否定了宇宙具有中心的可能；而对宇宙是否无限这个问题，伽利略似乎并不很在意，其在不同本文中的陈述也不太一致，但他留下的文字令人不怀疑他内心认可库萨的结论：宇宙是"不确定的""无终止的"（参见《从封闭世界到无限宇宙》，第 85—89 页）。与伽利略不同，开普特非常在意宇宙是否有边界，而他就此得出的结论与伽利略完全相左（参见《从封闭世界到无限宇宙》，第 3 章"新天文学与新形而上学的对立——开普勒对无限的拒斥"）。

柯瓦雷及多位科学史家都指出，在"文艺复兴"时期的宇宙论研究中，柏拉图的影响逐渐超过了亚里士多德，几何学方法愈来愈被重视，成为了破解天象、宇宙的正典轨径；伽利略本人就是那个时代将空间几何化的重要实践者。卡尔·波普尔断言，"文艺复兴"在科学史上的含义就是"几何方法的复兴"（见其《猜想与反驳》，傅季重译，上海译文出版社 1986 年版，第 124 页）。几乎是完整地重复着柏拉图的遗训，伽利略多次说，宇宙就像一本有待阅读的大书，而这部书是用数学语言写就的。

但系统的数理宇宙论要至笛卡尔才真正形成，笛卡尔还进一步确定了宇宙具有物质的统一性；而早先的库萨则反对数学至上，不认可用数学方式来处理自然（参见《从封闭世界到无限宇宙》，第 89—93、16 页）。开普勒虽然接受了柏拉图的教义，认为宇宙是按一个既成的数学方案建立的，但柯瓦雷强调，"就存在的观念和运动观念（而非科学观念）而言，开普勒归根结底仍然是一个亚里士多德主义者"（《从封闭世界到无限宇宙》，第 78 页）。

① 奇高利在他最后的画作《圣母升天图》（1612）中，将圣母脚下的月球"再现为伽利略在望远镜中观察到的样子——'凹凸不平的分割线'和'那些小岛'或环形山，这些都充分证明了天体在物质上和形式上都与我们的地球没有本质区别，画家通过这种方式以一个'忠实益友'的身份向伟大的科学家致敬"［［美］潘诺夫斯基：《作为艺术批评家的伽利略》（上），刘云飞译，第 108—109 页］。

卡拉瓦乔的画笔一再令观者充满惊惧地陷入对神圣与世俗二者分野的茫然之中,而伽利略的望远镜(无论他如何努力地弥合观测结果与"书"的分歧)则为两百年来科学叙事版图中挑衅着神圣言喻的理论猜想提供了近乎板上钉钉的可视证据。如果地球并非如传统天文学认定的那样,是与一切天体隔绝的,如果天空中的星体与地球在物理构成上没有本质区别,那么,那个永恒的天国到底在哪里,抑或,是否真的存在?

《批判家》三卷共三十八章,每章都被称为一个"危机"(crisis),读者若打开这部小说,首先看到的就是全书由三十八个"危机"构成——这一直观的美学效果明示着作者写作的精神语境,格拉西安在小说一开篇就毫不遮掩地向读者热切地宣讲上帝,并非无的放矢。

17世纪视觉艺术的版图里,既有追求和谐典丽与端正华贵的学院派,也有充斥着激烈的光影角力和紧张的色彩对峙的卡拉瓦乔式的极端自然主义和表现主义——夸张甚至古怪的美学表达下,掩盖着更趋严重的精神危机,抑或说,更加难以平复的危机呼唤着更加激烈,甚至狂躁的美学表达。[①]

* * *

卡拉瓦乔对自身技艺的自信甚至可能超过了盛年时的米开朗基罗,比起后者,他更加暴躁、易怒。这是一个毕生抗拒常规,挑衅庸俗,仰仗权贵又蔑视权贵,沾染着各种恶习的古怪天才。他的艺术道路不算坎坷,但他却始终生活在各种纷争甚至暴力冲突中。勾栏瓦肆、打架斗狠是他的日常,对此,他从无意遮掩,更无意美化——这也是他在艺术创作中坚持始终的态度——现实是肮脏、残酷的,画笔便不应美化现实。卡拉瓦乔毫无疑义地知会观众:他不相信圣人们曾经生活的世界与我们的世界有什么不同。他的画作能令人们驻足良久,好像磁石一般吸引住人们的目光,这不仅因为他笔下的人形是那般逼真,更因为他令人们看到人物的灵魂——观众从中看到了自己的灵魂,看到了自己置身的这个世界的真相。[②]

[①] 17世纪西班牙的画师们不仅延续,且强化了卡拉瓦乔在写实原则下对神圣人物平民化、对殉难事件暴力化的处理方式,比如,里贝拉(Jusepe de Ribera, 1591—1652),比起卡拉瓦乔,里贝拉下笔更加"激烈"。

[②] 关于卡拉瓦乔的生平、画作和艺术理念,还可参 Giovanni Pietro Bellori(1615—1696)的名著,*The Lives of the Modern Painters, Sculptors, and Architects*, trans. Alice Sedgwick Wohl, Cambrige University Press, 2005。

九 卡拉瓦乔的放肆和伽利略的望远镜　**205**

卡拉瓦乔一生至少创作过三幅《大卫战胜歌利亚》。前两幅（分别约 1599 年和 1607 年，图 79、80）中的歌利亚多少会令人联想到画师本人，而第三幅（1609—1610，图 81-1）中的歌利亚，那只脖颈正滴沥着浓稠鲜血的头颅，更会令观者毫不迟疑地认出卡拉瓦乔的面孔——他的一只眼睛已经耷拉下去，另一只眼睛还在愤怒地挣扎，张开的嘴露着黑牙，似乎正在发出最后一声令人恐惧的呻吟——这是卡拉瓦乔最后的画作之一，也是他最后的自画像，据说，他当时才被人殴打过，而很快，他就将带着这张伤痕累累的面孔离开这个世界。自己的人生成就的不是一幅光华的英雄史诗，甚至不是一幅弥漫着淡淡忧伤与怀旧情愫的市井传奇，而是一幅鲜血淋漓、牙齿乌黑、眉眼狰狞、丑陋至极的恶魔的肖像。面对这样的自己，画师忏悔了：画中，大卫手持的利剑上刻着一句来自奥古斯丁的训谕"H‐AS OS"（Humilitas occidit superbiam），意思是"谦虚杀死傲慢"。

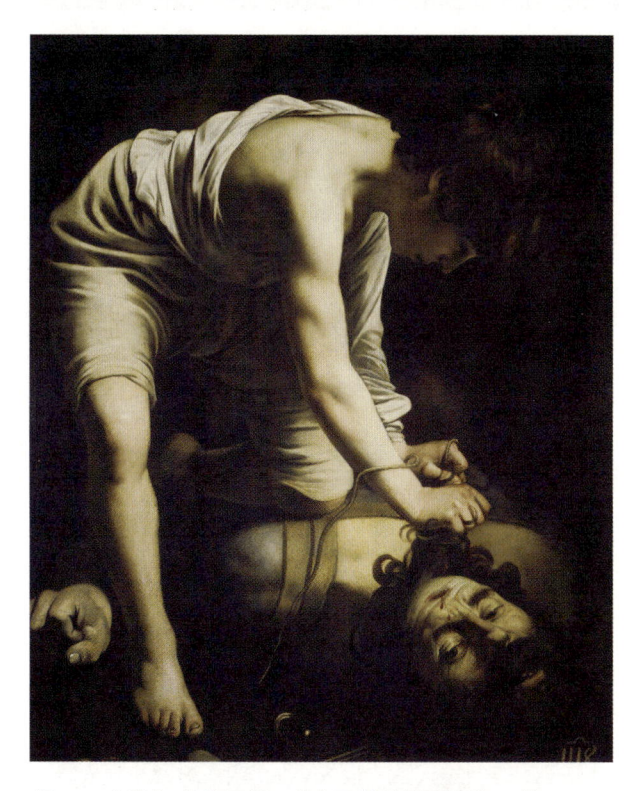

图 79　[意] 卡拉瓦乔：《大卫战胜歌利亚》（约 1599）

图 80　[意]卡拉瓦乔:《大卫战胜歌利亚》(约 1607)

图 81-1　[意]卡拉瓦乔:《大卫战胜歌利亚》(1609—1610)

1606年，卡拉瓦乔惹上了人命官司，在缺席审判中，被判斩首。他一路南下，逃亡至那不勒斯、西西里、马耳他，但他一心想回罗马。为了寻求庇护和赦免，他创作了多幅作品，以回报庇护人或行贿有关权贵，比如1608年，受马耳他骑士团（这个组织当时为他提供了保护，他成为了骑士团的一员，但不久，他就得罪了团里的高阶成员，不得不离开马耳他）委托而创作的巨幅画作《遭砍头的施洗者圣约翰》。在约翰脖子喷出的那摊血迹边上，他写下了"我，卡拉瓦乔"——他在画中完成了法庭对他的裁决——斩首。[1] 后来，他又在第三幅《大卫战胜歌利亚》中再次将自己斩首，以示悔过的决心，并欲将这幅画呈给教廷高层。[2]

卡拉瓦乔的忏悔是真诚的。陷入"沉迷"的抹大拉的马利亚，散发着铜臭的房子里那个精明算计的利未……相较于人们习惯的洁净化、崇高化的圣徒形象，卡拉瓦乔执意在笔下诉说，圣徒们也都曾是身负各种恶的戴罪之身——可是，这些罪人后来都成了基督忠实的子民、神圣的模范——这也是观者望着这些如你我一般平凡甚至可鄙，却最终登抵了天国的身影时，内心自然会产生的联想。卡拉瓦乔的画作常令观者深感不安，却又一再安慰着观者：不要畏惧，只要知返，罪恶深重的肉身也能获主慈悲，蒙恩得救。越是罪感深重的灵魂越是渴望着救赎，画师一再"污名化"神圣人物，也是在为自己恶迹斑驳的人生寻找救赎的可能吧。

《遭砍头的施洗者圣约翰》中的那位刽子手也常被认为是画师的自况，他以此完成了对自己曾经的暴力行为的忏悔，但即便如此，画师却同时将自己比为圣约翰，一个殉难者……

历代画师在描摹大卫和歌利亚的故事时，常突出大卫的英雄气概，以成就正义终将战胜邪恶的寓意；但第三幅《大卫战胜歌利亚》中的英雄，并没有表现出一个胜利者的坚毅与高昂——相反，看着手中这个恶魔，此

---

[1] 在之前的《美杜莎》（1596—1598，图82）中，卡拉瓦乔就将自己虚构为被砍头的美杜莎，一堆乱蛇正缠在他的头上，被斩断的脖子还在喷流着鲜血，一双瞪向画外的鼓胀的圆眼和大张的嘴巴令观者几能听见他在被斩首的瞬间发出的惊悚尖叫。对死亡、对被杀的恐惧，一直萦绕在画师的脑中。

[2] 1610年夏天，卡拉瓦乔得知教宗决定赦免他，便立刻启程，但他终究没能回到罗马，病死在了途中。第三幅《大卫战胜歌利亚》后来落到了他的收藏者枢机主教 Scipione Borghese 的手中。同时期的《圣厄休拉的殉难》（1610，图83）同样表达着画师渴望得救的急切心情。画中，卡拉瓦乔让自己的面孔紧贴在厄休拉的后脖颈上——他双目半垂，半张着嘴巴，似乎是在发出最后的求救呼告。

图 82　［意］卡拉瓦乔：《美杜莎》(1596—1598)

时的大卫眉眼和嘴角里竟流露出无法遮掩的伤感，甚至还有无奈和同情。卡拉瓦乔厌恶甚至憎恨着自身和这个人世，他笔下那一帧帧殉难的暴力场景不仅还原着神圣者的苦难，而且强烈表达着他对这个人间的愤怒——是人，在折磨人、杀死人，是人在纵容人间的谋杀。《遭砍头的施洗者圣约翰》中，铁窗里的两个囚犯固然是不自由的，但面对眼前的惨剧，他们既平静又饶有兴致。《圣马太殉难》中，画面左上部那个衣着华丽、头戴羽毛的男子面对画面中心的暴行，抓起佩剑，似乎想拔剑相助，可他的表情里毫无果决，他跟前那个背对观众、身穿马甲的男子似乎也正在阻止他。天使已从天而降，向马太伸下了意味着牺牲的棕榈枝，但卡拉瓦乔并没有像米开朗基罗那般，毅然以神的"俯视"审判人间，此时的卡拉瓦乔（那个戴羽毛的男子身后，留着胡子的男人）正扭身回视着这场谋杀，他拼命伸出一只手，想制止眼前的一切，可到底还是无能为力——人间，在他的"平视"中，被直面，被批判，也被怜悯——看着倒在地上的马太，他眉头紧蹙，双眼忧郁，还有那嘴唇，这个男人与第三位斩杀歌利亚的大卫，

图 83　[意] 卡拉瓦乔：《圣厄休拉的殉难》(1610)

二者的神情是何其相像！(图 59－2，81－2)①

　　米开朗基罗在虚构中扒下了自己的皮囊，主动向神祭献自身。卡拉瓦乔同样将自己比为圣徒，但这一虚构却是在高声控诉：他是被谋杀的——那个被两次割脖的约翰！卡拉瓦乔的忏悔是真诚的，但他也为自己一生遭遇的各种欺凌感到愤懑！最后的那个歌利亚的头颅，是卡拉瓦乔向世人和神谢罪的祭品，但同时，也是他愤怒的、最后的抗议！他被人仰慕，又遭人唾弃，甚至被追杀，到了，他终于被制服了——这个恶魔不仅是卡拉瓦乔自己成就的人生恶果，也是这个不义的人间造就的结局！画师无力又怜悯地看着手中自己那颗布满伤痕的头颅，此时这个恶魔嘴里发出的，也许是一声沉闷又撕心裂肺的哀号……

---

　　① 卡拉瓦乔笔下的圣母和女性圣徒常是以妓女为模特创作的，他将自己对这些女子的爱、恨和怜悯，都演绎进了画作中。据说，《圣母之死》中马利亚的模特，那位妓女，有着圣母般的隐忍与善良，但她却死于非命，被抛尸河中；而画师一直苦于无法画出真实的死亡状态，遂决定以这位妓女的尸体为模特……这幅画中扑面而来的悲伤情绪，可能也是画师哀悼故人的心境写照。

210 第三部分 现代"福音书"

图59-2 [意]卡拉瓦乔:《圣马太殉难》(1599—1600)局部

图81-2 [意]卡拉瓦乔:《大卫战胜歌利亚》(1609—1610)局部

九 卡拉瓦乔的放肆和伽利略的望远镜

卡拉瓦乔对圣人"污名化"的炫目演绎，固然是在书写自己的忏悔录，但他在令观者惊愕、恐慌的同时，更完成了自己作为一个艺术天才的时代使命——表达出了几百年里逐渐郁积在世俗民心中的焦灼的疑虑与困惑：没有利未，马太从何而来？没有扫罗，保罗从何而来？没有这个堕落的人间，耶稣的神圣使命又该如何落脚？神圣也许并非从天而降？天国之所以值得盼望，是否恰恰因为神圣来自于堕落的大地上生长出的真实肉身？卡拉瓦乔的画笔泄露了他自己的，也是那个时代的躁动的不甘：固然罪孽深重，但他却不甘蔑视自己，他想为自己正名……

从阿奎那的神学叙事到卜伽丘的文学叙事，读者的视线已不时地被这种若隐若现的"为人正名"的躁动、一种"不甘心"干扰，而同样的躁动也搅扰着那几百年间科学叙事的版图。库萨的尼古拉已然在借着对地球与其他天球之相似性的论述，拒斥传统宇宙论强加给地球的卑微地位，宣布着地球是高贵的。[1] 他甚至已开始讨论天上的居民，以及地球居民应如何看待自己：

> 我们不能因为在世界的这个位置上居住的人、动物和植物没有太阳或其他星体上的居民完美，就说这个位置要比其他位置［更不完美］……尽管地球上居住着较为低下的居民，但是根据自然的秩序，似乎不可能再有什么居民能够比居住在地球区域的这些拥有理智本性的居民本性更加高贵和完美了，即便其他星体上有，那也属于另一个属：的确，人并不向往其他什么本性，他只渴求自己本性的完美。[2]

---

[1] 库萨写道，"既然世界中没有东西能在完美程度、运动和形体上达到极致……那么，认为地球在［世界的物体中］最卑下、最低级便是错误的……［地球］颜色的黑暗也不能证明地球卑下，因为对于位于太阳上的观察者来说，它［太阳］不可能像我们看到的那么明亮……"他还说，"尽管地球要小于太阳，这一点我们已通过地球的阴影和日蚀知道了，但是我们仍然不知道太阳的区域比地球大还是小……地球不是最小的星体，因为它要比月亮大，我们从月蚀中已看到这一点。有人甚至认为，地球可能比水星或其他星体还大。因此，从大小上来论证地球卑下是不足为凭的"（*De docta ignorantia*, II, 12, pp. 104–105，［法］柯瓦雷：《从封闭世界到无限宇宙》，张卜天译，第16—18页）。

[2] *De docta ignorantia*, II, 12, p. 107，［法］柯瓦雷：《从封闭世界到无限宇宙》，张卜天译，第19页。

奥古斯丁赋予了恶的人世一定的合法性，但他的出发点和根本意图是维护上帝的完善性。莱布尼茨虽在《神正论》（*Theodicy*，1710）中延续了若干奥古斯丁的意见，重复着人世的恶是神对宇宙整体计划中的一部分，等等，但《神正论》和《单子论》却最终走向了这样的结论：这个罪恶的人间不应被我们厌弃，因为它是一切可能的世界中最好的。与奥古斯丁不同，莱布尼茨并不因为人没有生活在天国而深感焦虑，就如费尔巴哈一针见血指出的："他觉得生活在这个世界上非常自在安适。"莱布尼茨甚至直言，"上帝的观念"是通过"对我们完满性的局限的清除从我们人自己的观念中发现的，一如绝对意义上的广延是由我们地球的观念组合而成的那样"。① 费尔巴哈评述道，莱布尼茨的上帝不过是完美的人的代表，"上帝是那不受限制的人的本质，是那被想象为没有界限、没有缺陷和错误的人的本质，因而是人的典范、人的理想"；"他为了人而创造世界，他为了人而变成人本身"。②

米开朗基罗晚年深沉的不安甚至恐惧（他极致的天赋在事实上已然将神降格成了完美的人）对莱布尼茨完全不构成困扰。莱布尼茨的"神正"言论，事实上，为"文艺复兴"以来视觉艺术遵循的将神圣虚构为有形的、物理意义上的完美这一美学原则，提供了有力的理论支撑。将可视的存在物作为虚构神圣的底本，"文艺复兴"以来的艺师们在这条美学道路上的实践，点滴间，潜移默化地呼应又重塑着人们看待"物质性"、看待肉身性的自己的内心目光——神圣是世俗的标尺，这一伦理原则虽仍未被根本撼动，但当神圣与世俗的形象分野变得越来越模糊，世俗世界在虚构的笔触中，便越来越显出了其本来的面目，获得了越来越清晰的现实感——而这一进程在逻辑上，必将最终撬动神圣的价值地位本身。

阿奎纳立植起了自下而上的"天梯"，虽是为了加固人们对天城的仰望，却在事实上动摇了从不可见的、纯粹非物质性的存在或神灵出发"推演"出可见世界的法则与规范，这一多少世代以来合理且神圣的认知程序和伦理制定路径。至培根（Francis Bacon，1561—1626）提出

---

① 参见［德］莱布尼茨《对最近在英国出版的论"恶的起源"著作的评论》，载《神正论》，段德智译，商务印书馆2017年版，第630页。《神正论》还收录了《就恶的起源论证上帝的正义与人的自由》《论信仰与理性的一致》等。

② 本段中关于费尔巴哈的引文，参见［德］费尔巴哈《对莱布尼茨哲学的叙述、分析和批判》，涂纪亮译，商务印书馆1979年版，第202、199—200页。

"现代"科学的初始定律——有效的法则只能从经验、从可感现象中"归纳"而出——"物质性"这一受造世界不可摆脱的属性的伦理地位已然发生了根本性的变化,虽然在基督教的视域里,物质性仍然意味着对人的桎梏。伽利略虽不舍神的"圆形",却明确将可见的物像视为其理论的有效证据。

十　威廉·麦斯特的疑问

由于祖父收藏了不少意大利"文艺复兴"时期的作品，童年的威廉·麦斯特在耳濡目染中喜欢上了绘画与雕塑。但他十岁时，祖父过世，父亲为了家族生意的需要变卖了祖父的收藏，威廉的兴趣遂也逐渐转向了戏剧。就在他踌躇着为了戏剧理想离家出走之前，他"偶遇"了一位"陌生人"，交谈中，他发现这位"陌生人"正是当年帮他家变卖藏品的那个朋友。

威廉说，变卖那些藏品曾令他很痛心，但"那次变卖也可以说是必须的，为的是能有另一种爱好、另一种才能在我身上发展，这种爱好与才能对我生活的影响要比那些没有生气的画作深刻得多，想到这，我宁可听天由命，还是尊崇那能够引导我们每个人向善的命运吧！"

听到这番话，"陌生人"直言不讳地说："不幸我又听见命运二字从一个青年人口中说出……他喜欢将他生动的爱好推给那些具有较高力量的意志。"

威廉很吃惊："你认为没有命运吗？不相信那支配我们，把一切都向着至善引导我们的威力？……往往一个小小的际遇促使你选择了一条路；在这条路上，不久就来了一个幸福的机会，之后，一系列意想不到的事使你达到了你自己都不曾看清楚的目标，难道你就从来没有经历过这样的情形吗？难道这还不能唤起我们对命运的服从，对这引导的信赖吗？"

"陌生人"答道："按照这样的见解，就没有一个少女能保持她的德性，也没有人能保住钱袋子了，因为到处都会有丧德败财的动因。"[1]

"陌生人"的回答明确地在向威廉发出这样的质问：假若一切都被人

---

[1] ［德］歌德：《威廉·麦斯特的学习时代》（简称《学习时代》），载《歌德文集》第2卷，冯至、姚可昆译，人民文学出版社1999年版，第59—60页。《威廉·麦斯特》的写作持续了半个世纪，初版于1807年；《学习时代》是小说的第一部，第二部为《威廉·麦斯特的漫游时代》（简称《漫游时代》），小说的第三部没有完成。

之外的力量决定了，人岂不是无须为自身的行为负责？即如苏格拉底当年发出"神只是善的因"的呼告，奥古斯丁孜孜建构"原罪论"亦并非仅仅意在捍卫神，二人同时意在申明人须得为自身的错行、恶行负责。但希腊的启蒙知识者们没有完成对人的伦理主语身位的完整证明，而希坡教父对人的道德能力的深深质疑和对神圣预定论的坚持，更令这一身位陷入了难堪的逻辑僵局。

在中世纪的人们看来："人生是一幕宇宙的戏剧，是由那位戏剧大师[上帝]按照一个中心题材并根据一个合理的计划而写成的。在它被付诸实施而成为事实之前，那构思就已经是完美无缺的；在整个世界被写到有记录的时间的最后一个音节之前，这场戏剧——好也罢、坏也罢——都是无可更改的。被明确界定之后，它就必须为人们尽可能地所理解，但在任何情况下都必须是义无反顾地演出到它所预言的结尾。人生的责任就是要像已经写定了的那样来接受这出戏剧，因为他不能改动它；他的职责就是扮演被指定的角色。"①

对于横亘了千余年的"舆论气候"，"陌生人"显然不认同。

这一"气候"也曾令康德深感困惑。如果一切是按照既定的剧本展开的，人便没有任何选择权，又如何可能成为真实的伦理主体？人若只是"器皿"，则根本无须为自身、为历史负责。如果人没有在善恶之间主动做出选择的能力，即"真正的自由"，人与畜和兽又有什么区别？针对如此不可思议的人生、自相矛盾的"舆论"，康德这样写道：

> 我的出发点不是对上帝存在、灵魂不朽等等的研究，而是纯粹理性的二律背反："世界有一个开端，世界没有一个开端"，等等。直到第四个二律背反："人有自由；以及相反地：没有任何自由，在人那里，一切都是自然必然性。"正是这个二律背反把我从独断的迷梦中唤醒，使我转到对理性本身的批判上来，以便消除理性似乎与它自身矛盾这种怪事。②

不同于奥古斯丁对理性的深深警惕与提防，莱布尼茨在《论信仰与理

---

① [美]卡尔·贝克尔：《18世纪哲学家的天城》，何兆武译，第6页。
② [德]康德著，李秋零编译：《康德书信百封》，上海人民出版社1992年版，第244页。

性的一致》中斩钉截铁地说,"我们可以断言:因上帝的恩典而点亮了的真正的理性,同时也就是信仰和爱的胜利"(节45)。他这样解释,"理性是上帝的赠品,甚至和信仰没有什么两样",在这一前提下,如果我们将理性与信仰对立起来,就等于让上帝反对上帝;理性可以正确无误地证明神的存在,而如果什么被理性证明是错误的,那就不会是信仰的真实内容,而只能是幻觉,"如果理性反对任何一个信条的异议都是无可辩驳的,则我们就必须说,这个所谓的信条将是错误的而非启示出来的:这将是人类心灵的一种幻觉,这种信仰的胜利就可以同战败之后点燃的篝火相提并论。未受洗礼的儿童罚入地狱的学说就是这样一类幻觉"(节39)。[1]

在《回答这个问题:什么是启蒙》(载于德语世界重要的启蒙刊物《柏林月刊》,1784年第4卷第12期)中,康德回答道,很多人在没有他人指导时,由于懒惰或怯懦,没有使用理性的决心和勇气,这是一种不成熟的"被监护的"状态——"启蒙就是人从他咎由自取的受监护状态走出";放弃理性,即意味着放弃成为人,意味着"幼稚"。柯尼斯堡的智者用他并不伟岸的身躯发出的掷地有声的言辞,奋力敲击着人们的心门——"要敢于认识(Sapere aude),要有勇气使用你自己的理智!这就是启蒙的格言。"[2]

面对威廉对那"向着至善引导我们的威力"的信任,"陌生人"说:"这里只涉及这样一个问题:什么样的想象方法有益于我们至善?这个世界是由偶然与必然组成的,人的理性居于二者之间,善于支配它们。它(理性)把必要看作生命的根基。它对偶然会加以顺导、率领、利用,并且,只有当理性坚固不拔时,人才称得上是地上的主宰……可怜总有那样一种人,他从幼年起就习惯于在必要中见到一些专横的事物,又想把理性归于偶然,他遵循这样一种理性,就像信奉一种宗教。那不就是放弃他自己的理智,给他的爱好以绝对的地位吗?我们妄想虔诚,同时,我们却不加考虑地逍遥游荡,任凭舒适的偶然来摆布,并终归把这样一个飘摇不定

---

[1] 关于理性与神、与信仰的关系,莱布尼茨的论述明面上仍依循着理性是信仰的钥匙——思可致信——这一被天使博士复活的希腊主义公式,但内里,却简直是在复活阿维洛伊的"邪说"——理性理应裁判信仰——既然在莱布尼茨看来,被理性宣判为妄言的,就不可能是符合神意和神义的。

[2] [德]康德:《回答这个问题:什么是启蒙》,李秋零译,载李秋零主编《康德著作全集》第8卷,第40页。

的生活结果称作神意的引导。"①

莱布尼茨已在《就恶的起源论证上帝的正义与人的自由》的结尾，借塞克斯都的故事明确申明：人是自由的，个人的富贵贫贱、善恶悲喜，国家的成败兴衰，都是人自身的行为决定的。莱布尼茨还厘清了关于人的自由问题的思考框架：如果上帝预定了一切（人与神的关系），如果自然的因果律决定着历史（人与世界的关系），如果人必然受到自然属性的制约（人与自身的关系），人如何可能是自由的？② 奥古斯丁着力从第一层面解释了人为何不具有"真正的自由"；而莱布尼茨在《神正论》中就这一层面展开的思考却通过将上帝"化解"为人的极限形式，在事实上开始化解神的预定与人的自由之间的矛盾；康德则在将莱布尼茨的结论和探索路径推向极致的同时，天才地维护了神的尊严。通过一场漫长而激动人心的关于"先天综合判断"的宏伟论证，康德意图彻底反转人的伦理身位，将人确证为历史的法人。

* * *

伽利略、牛顿等人的科学实践对传统知识论的反驳，是引动康德哲学探索的直接诱因，关于这点，只要浏览康德在《纯粹理性批判》（1781年初版，简称《第一批判》）之前的作品就会得到清晰的印象。唯理论的精神惯性一直坚持，唯有不受感性制约的，超越具象性经验的理性才能令人获得真知，而17世纪以来的经验主义（以休谟、洛克、贝克莱为代表）则将历史性的经验视为"真"的起点和标准——这令柯尼斯堡的智者深感不安——在他看来，如果经验成为了"真"的起点和标准，我们迟早会陷入相对主义甚至虚无的泥潭。

与柏拉图和阿奎那类似，康德亦将"理性"（Vernunft）与"理智"进行了区分，他对后者的习惯性表述是"知性"（Verstand）。理性是同一、纯粹、不受感性制约的，其应用于思辨便是理论理性，应用于实践便是实践理性。但康德要强调的是，理性并不直接与经验性的显象/现象发生关联，与后者发生直接关联的是知性——即形成概念的能力。他这样说，"作为预定的方案，必须首先指出，人类的认识具有两个主干，它们也许

---

① ［德］歌德：《学习时代》，载《歌德文集》第2卷，冯至、姚可昆译，第60页。
② 参见［德］汉斯·波塞尔（Hans Poser）《莱布尼茨的三重自由问题》，张荣译，载邓安庆主编《伦理学术——自然法与现代正义：以莱布尼茨为中心的探讨》，上海教育出版社2017年版。

出自共同的、但不为我们所知的根源,这两个主干就是感性(Sinnlichkeit)和知性,对象通过前者**被给予**我们,但通过后者**被思维**"(《第一批判》,B29);人通过"被对象刺激的方式获得表象的能力"即为"感性","如果我们被一个对象所刺激,则对象对表象能力的作用就是**感觉**(Empfindung)。通过感觉与对象发生关系的那些直观(Anschauung)就叫做**经验性的**"(B34)。①

可感对象都是个别且偶然的,而当人们尝试逐一剥去其各种偶在性特征时便会发现,空间和时间是无论如何无法被去除的:对康德来说,这不仅意味着,没有时空,任何事物都无法实存,这更意味着,时空不是"后天的"(a posteriori)、偶然的感觉形式,而是独立于经验的、"先天的"(a priori)感觉形式,没有这一先天的形式,表象根本无从形成。

与感性一样,知性也具有"先在的"形式——即十二个范畴。这些范畴是知性整理感觉经验提供的材料,为现象之间建立起普遍性关联的依据。康德在《未来形而上学导论》(1783)中说:"我们必须把自然的经验性规律与纯粹的或者普遍的自然规律区别开来,前者任何时候都以特殊的知觉方式为前提条件,后者则不以特殊的知觉为基础,仅仅包含这些知觉在一个经验中的必然结合的条件。"在康德,时、空是形成经验的前提条件,而范畴是经验之必然的"结合条件"——我们可将之理解为概念的概念、最基础的概念——相较于先天的感觉形式,这些范畴被康德称为"先验的"(transzendental)。康德特别强调,"就这些条件来说,自然和**可能的**经验完全是一回事",这意味着,就如时空既是客观的,也是主观的,先验的范畴亦既是存在论的,亦是认识论的。他接着说,"既然在可能的经验中,合规律性所依据的是显象在一个经验中的必然联结(没有这种必然的联结,我们就根本不能认识感官世界的任何对象),从而所依据的是知性的源始规律,所以,如果我就后者说:**知性不是从自然获取其(先天的)规律,而是给自然规定其规律**,这话最初听起来令人奇怪,但却是千真万确的"(节36"自然本身是如何可能的")。②

康德笔下的知性在认识论功能上显然与阿奎那笔下"抽象种相的理

---

① 参见[德]康德《纯粹理性批判》第2版(1787),李秋零译,李秋零主编《康德著作全集》第3卷。
② 参见[德]康德《未来形而上学导论》,李秋零译,李秋零主编《康德著作全集》第4卷。

智"非常近似。柯尼斯堡的智者关于先天/先验形式的絮语，也许能更好地帮助我们理解亚里士多德的所言"灵魂即是所有的事物"，或者阿奎那所说的，认知的灵魂里虽没有任何天赋的种相，但灵魂却"潜在地相关于作为感觉原则的类似物，而且也潜在地相关于那些作为理解原则的东西"。①

亚里士多德提出的十个范畴既是认知的结构，也是存在的结构。虽与柏拉图有着诸多龃龉，亚氏却忠诚地延续着柏拉图将存在论与认识论汇通的叙事企图——在柏拉图，型既是客观的存在，也存在于主观之中，我们故而可以认知世界。如何建立起思与物的联系，是古典形而上学的核心问题之一，但是自笛卡尔以来，主观与客观的一体性被干扰，甚至就是被打断了——康德提出先天的感觉形式和先验的知性范畴，显然意在弥合这一被中断的联盟。

在康德，任何事物在感性直观范围内，都是现象；感性和知性基于先天的形式和先验的范畴而形成的对现象的认识，便是对后者"感性本质"（Sinnenwesen）的还原——换句话说，这一本质是完全"可知的"，对此种本质的认知便是知识。阿奎那曾言，知识是与物质性相关的（《神学大全》，问题 84 条 2）。康德对此是认可的。知性的根据虽是先验的范畴，但其运作的对象只能是经由在现实的时空中发生的感性直观被给予我们的自然（客观现象/主观表象），知性的运作也同时依赖着感性的经验、感觉，故也是具有一定物质性的"觉"。但理性的依据，亦即其对象，则彻底不具物质性，这个依据和对象即为"理念"。康德所说的理念，就是达成认知的所有条件的无条件的基础，即现象的"知性本质"（Verstandeswesen），这一本质不在时与空之内——不同于先验的范畴，理念是"超验的"（transzendent）。正因如此，这一"本质"无法被感性直观，也就无法被给予给知性，故而，是无法被知性确证的。

康德说，理念只能是完全不受偶在性制约的理性本身的思虑对象——

---

① 就如阿奎那，康德亦认为，感性是被动性的，知性则具有主动性；但康德更加愿意肯定感性、感觉的认知论的价值。"我们的本性导致**直观**永远只能是**感性**的，也就是说，只包含我们被对象刺激的方式。与此相反，对感性直观的对象进行**思维**的能力是**知性**。这两种属性的任何一种都不应当比另一种更受优待。无感性就不会有对象被给予我们，无知性就不会有对象被思维。思想无内容则空，直观无概念则盲……知性不能直观任何东西，而感官则不能思维任何东西。只有从它们的相互结合中才能产生出知识。"（《第一批判》，B75）虽然如此，即如对天使博士，对康德来说，理智、知性还是要比感性更高贵。

我们或可将之形容为不可知、只可思的——这一与物质、经验、感觉、知觉彻底无关的"本质"便是"物自身"（Ding an sich）。"物自身"的世界是现象世界的"本体"（Noumena）。理念有三个：外感觉的总体"世界"，内感觉的总体"灵魂"和内外感觉的综合整体"上帝"。①

在康德看来，古老的形而上学不仅一定会存续下去，且直到此时，人们才真正明白了它的价值。先天的时空和先验的十二个范畴构成了形而上的认知结构，这一结构的前提是超验的理念，所有这些"先在的"确保着我们不会被经验主义蒙蔽双眼，确保着"真"的有效性。但同时，柯尼斯堡的智者又"解构"着古老的形而上的盼望。

与奥古斯丁一致，康德亦坚持一切对象只能通过直观被给予；知性本质也只能以某种直观被给予给理性，这种直观，康德称之为"理智直观"（die intellektuelle Anschauung），或曰"知性的直观"（die Anschauung des Verstandes）——但他已然界定，人的知性只能思维而无法直观——康德故又将这种直观称为"本源直观"（intuitus originarius），将把握这种直观的理性能力称为"本源知性"（der ursprüngliche Verstand），以区别于人的知性。理智直观完全与时空无关，即不在历史中，且直接把握对象（本质性的、总体性的、超验的理念）；这意味着，这种直观是现象性、局部性、经验性的人不可能完整具有，只有历史之外的上帝才具有的。理性意味着我们接近知性本质、理念的唯一可能，但理智的直观到底是属于神的。②

康德的落笔还令我们可以更好地理解天使博士对上帝的描述。

在阿奎那，"他（上帝）的理智和被理解的事物就是一回事"（《神学大全》，问题14条2）；在康德，上帝就是主客/内外的一致、合一。在阿奎那，"上帝的理智活动本身即是他的实是"，上帝不依靠任何外物

---

① 的确，康德一方面意将理念完整地剥离经验性的感觉，但在事实上，又将理念视为一种感觉的综合体。参见李秋零主编《康德著作全集》第1卷，"中译本序"《哲学的开普勒改革》（苗力田），第13—14页。

② 在康德，当我们将自身当作客体来认识时，即如面对客观自然，我们只能"知"作为现象的自我的感性本质，而无法"知"其知性本质，自我的这一本质即灵魂——康德以此展开了对笛卡尔的宣言"我思故我在"（je pense, dong je suis/cogito, ergo sum）的反驳（参见《第一批判》之"对唯心论的驳斥"）。"我思"是一种内在性的现象、结果，康德试图说明，这一结果在逻辑上可能有多个原因，而不必然只有唯一的原因——超验性的"我在"。他还试图证明，对外部事物的经验是内在性经验的前提，这意味着，"我思"的原因必然、必须是客观的实在。康德对笛卡尔的驳论并非完美自洽，康德笔下超验的理念亦到底是无法证伪的。

而完整地理解自身（问题14条4）；在康德，只有上帝具有对知性本质，亦即自身的完全直观。康德的认识论虽重复着那个古老的猜想（某种历史之外的存在为万物提供着统一性的基础，认知、理解因此才是可能的），但先天的感觉形式—先验的知性范畴—超验的理性理念，这一看似逐层递进、散发着强烈古典理性主义气息的认知图示，却"冷酷"地否定了人可因理智见神、思可致信，这一古老的希腊主义亦即托马斯主义的根本愿景。

针对"异议"（似乎没有一个受造理智能够看到上帝的本质），天使博士举证道，"我们必得见他的真体"（《约翰一书》3：2），并这样解释，人的"终极幸福"在于他的"最高活动"，即理智活动，如果受造理智永远无法得见上帝，那么就会永远得不到幸福，这是"反乎信仰的"；每个人身上都有一种"自然欲望"，要求着认识他所看见的任何一种结果的原因，如果受造理智达不到万物的第一因，这种自然欲望就会落空；"因此，必须绝对承认有真福的人是能够凭藉理智见到上帝的本质的"（《神学大全》，问题12条1）。

而在康德，知性对感性本质的探索虽必然会趋向于对纯粹的无条件的存在、知性的本质、理念的探求，但后者是超验的，故是知性到底无法探及的——显象世界是可知的，而历史之外的本体世界终究是无法被历史中的我们所知的——这令我们想起日后维特根斯坦的宣论："凡是能够言说的，都能说得清楚；对于不可言说之物，必须保持沉默。"康德不仅由此将形而上学划分为自然形而上学（对先天/先验的感性本质的探究）和道德形而上学（对超验的知性本质的探究），还由此为我们界定了科学与神学的严格界限，为漫长的中世纪式的"科学思维"（从神出发解释自然，以自然印证神）画上了一个强硬的休止符。

伽利略的望远镜令天空在变得清晰的同时，开始丧失神秘的魅力；柯尼斯堡的智者则"似乎"更加釜底抽薪地斩断了人们仰望天空时的希冀。但事实上，康德不仅无意摧毁神的尊严，更无意摧毁人们憧憬光明未来的心灵和目光，他只是用笔尖诚实地告诉读者——天空的深邃远超出人的想象。

人是否是自由的？对这个古老问题的焦虑始终构成着康德形而上探索的基本策动力。

在《未来形而上学导论》的第二章中，康德写道，这章致力阐述的主要命题就是"普遍的自然规律是先天的":"自然的最高立法必然存在于我们里面,亦即存在于我们的知性里面,而且我们必须不是借助经验从自然中寻找自然的普遍规律,而是反过来,根据自然的普遍和规律性仅仅从经验的可能性的那些存在于我们的感性和知性里面的条件中寻找自然。"(节36)

在《第一批判》中,康德说:"理性必须一手执其原则(惟有依照其原则,协调一致的显现［Erscheinung］才能被视为规律),另一手执它按照其原则设想出来的实验走向自然,虽然是为了受教于自然,但却不是以一个学生的身份背诵老师希望的一切,而是以一个受任法官的身份迫使证人们回答自己向他们提出的问题。"在这段"宣言"之前,康德回顾了伽利略的落体实验(当然,我们现在知道斜塔实验只是一个"故事"),托里拆利如何发明了气压计,施塔尔怎样将金属变成了钙盐……康德总结道,这些科学家都明白了,"理性只洞察它自己根据自己的规划产生的东西,它必须以自己按照不变的规律进行判断的原则走在前面……若不然,偶然的、不按照任何事先制定的计划进行的观察就根本不在理性寻求和需要的一条必然规律中彼此关联"("第二版前言",BXIII)。①

康德欲借此说明,人虽是自然的一部分,但正因人具有先天、先验的认知结构,自然才有着可被理解的法则(自然科学因此才是可能的),故不是客观自然在为人立法,而是人在为自然立法。西方知识者对认识论的思考到底会落脚在对伦理问题的反思上。康德对自然形而上学(对应着纯粹理论理性)的探索意在阐明道德形而上学(对应着纯粹实践理性)。②

《实践理性批判》(1788,简称《第二批判》)写道,"就人属于感官世界而言,他是一个有需要的存在者,而且就此而言,他的理性当然在感性方面有一个不可拒绝的使命,即照顾感性的利益,并给自己制定实践的准则,哪怕是为了此生的幸福,可能的话也为了来生的幸福。但是,人毕竟不完全是动物……(不会)把理性仅仅当做满足他作为感官存在者的需

---

① 20世纪上半叶,为了检验广义相对论而组织的若干次日食期间对星光轨迹的观测再次证实了康德以上判断的有效性;爱因斯坦的"思维实验"(通过构想在现实中还不能够实现的实验图景,以完成对理论的构想和验证)是对康德的"立法宣言"极为有力的佐证。引文中的括注为原文内容。

② 康德对理性的纯粹性(即同一性)的界定与阿奎那对理智的判断是同构的,可参《神学大全》,问题79,条11"思辨理智和实践理智是否是不同的能力"——天使博士对此的回答当然是否定的。

要的工具来使用"；人的理性还有一个"更高的目的"：考虑那些"就自身而言善或者恶的东西，亦即纯粹的、感性上根本不感兴趣的理性知识独自能够做出判断的东西，而且要把这种（善恶）评判与前一种（福祸）评判完全区别开来，使它成为前一种评判的最高条件"。①

在康德眼中，人虽是自然性的存在者，虽会受到自然的因果律，比如利己性的本能的制约，但人却能够就是否服从自然性本能，是否满足感性的、自利性的需求，做出选择，此即人有道德，也是人有自由的证明；人具有是否服从自然性的必然律、是否违反"他律性的"因果律的"选择权"——这是人与畜、人与兽的根本区别——也是"自由"的根本所指。

《未来形而上学导论》已竭力证明纯粹理性在本质上就是自由的；而理性和自由，归根结底，都是完全不依赖他物的"物自身"的属性。② 康德笔下的"理性"延续着其在柏拉图笔下和基督教神学叙事中所具有的"神性"。康德不仅在申明"人是自由的"既可在显象世界中获得证明，又具有超验的根基，其更欲申明的是，没有自由，人便不可能有道德，更不可能为善。

"长着翅膀的救星"告诫克里蒂洛父子：只有理性的知识才是"完美的自由"。这是一句经典的古典主义教诲。知识意味着自由，首先因为知识的获得（在古典的目光中）依靠的是非物质性的理性，同时，知识本身会超越速朽的物质与欲望，更关键的是，根本的知识、真理的内容是彻底摆脱了物质性的"存在"。无论在古典还是基督教语境中，"自由"在认识论和存在论上的语意一直包裹着对人的物质性的焦虑，对人感性的或精

---

① 参见 ［德］康德《实践理性批判》，李秋零译，载李秋零主编《康德著作全集》第 5 卷，第 66 页。

② 康德在《未来形而上学导论》中这样解释理性的人是自由的："我们有一种能力，这种能力不仅与自己主观的规定根据，亦即它的行动的自然原因相联结，因而是本身属于显象的存在者的能力，而且也与纯然是理念的客观根据相关，这是就后者能够规定这种能力而言的……这种能力就叫**理性**；而且就我们仅仅按照这种可以客观地来规定的理性来考察一个存在者（人）而言，这个存在者不能被视为感官存在者，相反，上述属性是一个物自身的属性……如果本身是理念的**客观根据**被视为规定感官世界中的结果的，那么，理性的因果性就这些结果而言就会是自由。因为在这种情况下，理性的行动并不依赖主观的条件，因为也不依赖任何时间条件，从而并不依赖用于规定这些条件的自然规律，因为理性的种种根据是普遍地、从原则出发地、不受时间或者地点情况影响地给行动以规则的……现在，我可以毫无矛盾地说：理性存在者的所有行动，就其是显象（在某个经验中被发现）而言，遵从自然的必然性。但同样是这些行动，仅仅与理性主体相关并且就这个主体仅仅按照理性来行动的能力而言，则是自由的。"（节 53）此引文中的括注为原文内容。

神性的利己性欲望的伦理警惕,并与理性和善内在地关联着——康德则令"自由"中的这些传统内涵彻底绽放了出来。

《第二批判》指出,道德具有实存性的事实在逻辑上必然要求存在着无可置疑的公设:自由,上帝,不朽的灵魂。康德这样解释,不同于自由,上帝、灵魂不朽并不是道德成立的前提,没有这二者,只要有自由,人便可以具有道德;但纯粹理性对完满、至善的追问需要这样的公设。所谓至善,即主观的幸福(感性利益的充分满足)与客观的德性(利他性的充分实现)的完全一致,由于幸福与德性在经验领域里往往是彼此矛盾的,所以,至善在现实中是无法被完整证实的,因此,至善这一理念的存在,必然要求着、意味着先验的上帝和不朽灵魂的存在,对此,人们不能指望得到完整的理性证明,但也不能因此"不信"。

古典语境中的"善"所具有的"利他"的内涵在基督教语境中被特别强调,并成为基督教伦理最核心的内容——爱。上帝是"他自己独立不依的存在"、"自行存在的实体"(substantiam separatam subsistentem)、"独立的自行存在的存在"(《神学大全》,问题 12 条 4);只有完全不依赖、不受他物影响和制约的独立存在才可能是彻底的利他性的——上帝是至善。基督对人的爱是彻底的、完全非自利性的,他以完全主动的行为,为人牺牲了自己的肉身;基督意味着爱的极致形式——舍己为人——这也是康德笔下"善"的核心内涵。

在康德,自然的必然性(比如趋利避害的本能)是"他律的",他律的法则对人不可能具有无条件的约束力,而超验性的"自由"是一种"自律的"因果律,只有自律的法则才具有无条件的约束力。超验的自律法则并不等同于实践的准则,其是对准则展开评断的客观标准,(纯粹)理性就是据此标准对实践做出裁判的;这一"标准"和理性,二者本质上的超验属性决定了理性的裁断在根本上是非自利性的;所以,凭借着理性,我们必可能"选择"利他,"选择"克服、抑制自身作为自然性存在物而必然具有的利己性需求,甚至"选择"舍弃自身——此即"理性即善"这一被托马斯主义接续起来的希腊主义的古老"公理"在康德笔下的核心内涵。

《第一批判》意图说明人是客观自然的立法者,这意味着,就人是自然性存在者而言,人亦是自身的立法主语。《第二批判》则意阐明就人是非自然性存在者而言,人同样是自身的立法主语:首先,人与自然的根本区别在于人有理性，而理性在本质上是自由的，所以人在本质上是自由的——只有自由者才能成为真正的立法者；更重要的是，人的"自由"本质，意味着人本质性的伦理倾向不可能是自然性的"利己"，所以，"自由的"人为自身和世界订立的法律定能保证历史不会坠入"恶"的歧途——自由，是人的立法主语身位之合法性的根基。康德的鸿篇"批判"里一直回荡的一个令人过耳不忘的主题旋律：自由即善。

通过对"双重立法"的论证，柯尼斯堡的智者从人与世界、人与自身、人与神三个层面回应了莱布尼茨关于自由的思考。康德确如莱布尼茨那般，以"理性即神性"的古训化解着人与神之间的矛盾，这一基督教语境中事关人之自由最根本的问题，但他却通过将神定性为不可知的，宣告了以对天国的盼望"直接"引领人世、以神的言谕"直接"指导人世都是虚构性的谋划，并进而通过论证人是自由的，将人确立为了完整的立法主语。可是，从《判断力批判》（1790）至《道德形而上学》（1797），康德又意图将显象世界完整地纳入一种目的论，在他看来，人有理性，不可能是没有原因的。

无论阿奎那与奥古斯丁有着怎样的分歧，基督教法学在变迁中一直恪守着对自然法属性的认定：自然法是一种内自然，是人对神的本性的分有，这是根据其形成的世俗法之合法性的根本保障，也正因此，对符合自然法的人法的服从是人无可推卸的在世责任。参照基督教的法结构，我们可以更清楚地看到康德法哲学的肌理及其内含的对历史时间的道德规划。

康德一方面认为，理性与超验的理念之间的联结，"是用**应当**来表达的"，另一方面亦承认，"毕竟还从未发生的'应当'究竟如何规定它的行动，并且能够是其结果为感官世界中的显象的那些行动的原因，我们一点也不能理解"（《未来形而上学导论》，节53）。虽然如此，他却坚信，人对作为"物自身"本质性属性的理性以无可讨论的"应当"的形式，根据"物自身"的本性、超验的自律法则对实践展开的裁判，"应当"服从——经过纯粹理性检审的行为准则、道德法则，其合法性是奠基在超验领域的，故一定具有普遍有效性，所以是绝对的律令。在康德看来，并不存在类似"如果你不想遭受惩罚，你便不能杀人，不能说谎"这样的道德律令；律令只能是"你不能杀人，不能说谎"。"物自身—纯粹理性—道德律令"与"上帝—自然法—人法"具有同构的生成逻辑。在康德的笔下，作为"标准"的超验性的自律法则，到底，还是被兑换成了人间的"律法"。在康德眼中，比起上帝的律法，人会更加主动地"选择"服从道德的律令，因为后者是自律性的。①

在基督的子民眼中，至善却无法眼见的上帝治理着万物，耶稣是上帝的肉身形象，在神谕的规划下，在人子牺牲肉身、救赎世人的事迹的指引下，我们必将走向完美的天城，实现至善、得享至福。而康德则以其深密甚至琐碎的思辨话语为受造者规划着一个更具实践性的前景："物自身"是我们无法"知"的，然而，在根自于"物自身"的自由理性的规划和护佑下，我们必能够为他、利他，理性在实践领域展开的完善状态，就是人摆脱所有趋利避害的感性顾虑，彻底挣脱了自然性的他律，纯粹向善、为善的时刻——人世永无可能在历史之内实现至善，但不完善的人间在自由理性的引导下，在道德律令的规范下，必将向着那个无论对个体而言，还是对人类整体而言，都意味着至福的时刻，无限趋近。

与基督教神学家们一致，康德也执着地探索并展望着人类实现精神性纯净的历史道路。费尔巴哈评价说，"神学的秘密就是人类学"，莱布尼茨的"神正"言论是"人类学的神学"。② 柯尼斯堡的智者细琐又雄壮的思辨密语赋予了这一评语更加丰富的意涵。曾经，"喜剧"是神为人世预定的命运，而在康德，是自由的理性保证着人的立法主体这一身位的合法性，并决定着历史必将是场"喜剧"。

在贝尼尼设计的梵蒂冈圣彼得教堂的前广场（图84）上，基督站在教堂顶部前沿的中央，率领众圣徒沿着左右两边回廊的廊顶依次环形排列开来，由圣徒们构成的两道宏大的曲线，就如人子伸向人间的两个巨型的臂膀，意欲环抱世人。17世纪的艺师用有形的美学设计，表达着当时教廷欲将流失的信众重新揽回天主堂怀抱的迫切心情；而康德则通过其多少显得晦涩的文辞，传递出同样炙热的呼唤：即便理性永远无法证明，我们却应该，也必须相信，神正用无形的双臂——理性——拥抱着我们。

纯粹自然性的物也能惠及他物，比如，植物在吐故纳新时释放出氧气，为动物和人提供了生命的必要元素，但这种施惠是不具主观性与主动性的自然性行为。在基督徒的视野中，"天地大舞台"上普遍存在的彼此

---

① 有这样一则逸事，康德的反驳者质问他，如果有人在追杀一个无辜的人，而你知道后者的下落，你是否"应该"告诉追杀者？康德的回答是，他会如实告知追杀者无辜者的下落，因为如果他说谎，无辜者反而可能会因自觉威胁已解除，而大意而丧命。

② 引言见［德］费尔巴哈《对莱布尼茨哲学的叙述、分析和批判》，涂纪亮译，第199页。

图 84 ［意］贝尼尼：圣彼得宗座教堂前广场（1656—1667）

协作、互惠互生的事实是至善的上帝给予受造世界的恩典，是上帝以其完备理性运筹天地的结果和证据。而在所有受造物中，只有人具有充分主观性的利他意愿，能够做出充分主动性的利他的行为——在希腊主义的目光中，此即人分有着理性/神性的证明——对此，奥古斯丁并不否认，但其对"原罪"的建构却在事实上极端贬低着人所具有的神性。奥古斯丁教导人们"基督即光"，阿奎纳教导人们主动理智就是点亮天地、人心的光；天使博士虽重申着"理性即神性"的古老公理，却又强调着"自然之光"独立于神圣的世俗属性——在事实上"祛魅"着人与生俱来的神性。而康德，他接续着托马斯主义对理性的器重，却意图竭力驱散后者为理性本身蒙上的自然性的尘埃——其具体步骤就是澄清理性的"反自然"本质，理性，是超越自然和历史的物自身的属性——并以此，焕发出被奥古斯丁主义严重压抑的、人所具有的神性。康德以他"干涩"的行文向人们炙热耳语着：正是反自然的"自由"理性，令"牺牲"成为了真实的可能！柯尼斯堡的智者对启示话语的天才变造确立了"人子"的"现代"语意：自由的理性就是人的基督，是"目的王国"树植在人心的权杖。

康德对人的立法主语身位的论证不仅意在为人正名，同时亦是在郑重地重申苏格拉底和柏拉图的遗训——人对自身和世界负有不可推卸的责任——这是理性之光照亮的"启蒙"（Lumières/Enlightment）最基本的语意，无论是在18世纪，还是在遥远的希腊。但人的伦理地位在18世纪的翻转，这一根本性变化的发生却仍然仰赖着神域在人间的一抹余晖。长久以来，"浪漫的"（romantisch）意味着疯癫、粗俗、不像样的，至18世纪，这一语词才获得了"崇高"的语意。浪漫的呼告与理性的沉思有着诸多分歧，但18世纪的这两股弥漫欧陆的强劲思潮却一致努力地寻觅着神并未抛弃人间的证据。①

* * *

当年，"陌生人"对笃信命运的威廉说："我只能喜欢这样的人：他知道于人于己什么是有利的，尽力克制他的任性，每个人都把自己的幸福握在自己手中，就像艺术家用颜料可以随意进行创作一样……生活的艺术和具体的艺术创作一样，只有才能、才华这天生的东西是不够的，艺术，要求人们去学习，去勤勤恳恳地练习。"②

伴随《学习时代》的展开，威廉逐渐变成了"陌生人""喜欢"的那种人。其实，威廉在当时遇到"陌生人"，并非偶然，后者是一个致力于改良社会的神秘组织塔楼会的成员，他一直在暗中观察威廉，而他决定此时走到威廉面前，是因为他看到这个年轻人已经走到了人生的十字路口。威廉离家后，塔楼会一直在明里暗里保护、引导着他，他最终找到了令自己满意的人生归宿，也与塔楼会的介入直接相关。小说善意地调侃了主人公早年对命运的迷信，向读者颁布着康德式的教诲：人是历史的法人，不应将人生的法权让给人之外的力量。

但同时，歌德又将麦斯特的人生塑造为了被某种向善的"威力"牵引

---

① 与"干瘪的理性主义动物"（斯塔尔夫人语）不同，德语世界的浪漫诗人、哲人和画师们不很认同将理性作为裁判现实和主观感觉的标尺。面对超越的神灵渐行渐远，他们表达出更急切的忧虑……他们接续着卢梭的脚步，在湖畔、森林和山峦间，在自然的大舞台上继续搜寻着神的身影，在高度个体化的体验中寻觅着古老的神谕，更加深情地召唤着世人对目的王国的盼望。

诺瓦利斯（Novalis, 1772—1780）说："世界应该是浪漫化的……当我们赋予神秘事物以更高的意涵，当我们赋予日常事物以宝贵的神秘，赋予已知以未知的神圣性，赋予完成的以未完成的表象，这，就是浪漫化。"[Novalis, "Die Welt Romantisiert warden", in Herbert Uertings（Hrg.）, Theorie der Romantik, Reclam Stuttgart, 2000, p.51, 转引自韩瑞祥《审美感知的碰撞——评诺瓦利斯对歌德〈威廉·麦斯特的学习时代〉的反思》，《外国文学》2010年第6期]

② [德]歌德：《学习时代》，载《歌德文集》第2卷，冯至、姚可昆译，第60—61页。

的结果。《学习时代》结束之前，友人对麦斯特说："我觉得你像基士的儿子扫罗，他外出寻找父亲的驴子，却得到了一个王国。"① 歌德说，麦斯特的故事源于他对一种"伟大真理"的"朦胧预感"："人往往要尝试一些他的秉性不能胜任的事，企图做出一些不是他的才能所能办到的事……有许多人由此浪费了他们生命中最美好的部分，最后陷入不可思议的忧郁。然而这也可能，一切错误的步骤引入到一个无价的善：一个预感，它在《威廉·麦斯特》里逐渐发展、明朗，而证实。""（这部小说）全部在根本处好像并不是要说其他的道理，只是说人虽有各种愚行和紊乱，可是终究被一个更高的手引导着，会达到幸福的目的。"②

歌德的文思和康德的哲思共同向我们勾勒出了那个时代的知识者如何在既警惕着人间对神"幼稚的"盲从，又不舍神对人间的眷顾，这样一种复杂、矛盾的时代心绪中，将启示的预言——"历史定是场喜剧"，变造成了大地上的理性的命运。

18世纪理性主义的信心里始终回荡着非理性的信任。

天城的消散只是为大地成为人的家园提供了消极的前提，人自身发散出神的光华，大地才能成为历史的合法归宿。康德不仅毕生努力将伏尔泰和卢梭为人们举起的"自由"旗帜深植在大地上，还道破了法国启蒙先贤的心语——人是新的神——既然上帝是不可知的，那么，是人的理性/理性的人，在直接地对世界、历史展开立法规划。由教堂改建而成的法国"先贤祠"（Panthéon，1791）是那个时代的人内心投射出的最有力的外在的"形"：这里供立的不再是希腊—罗马的神祇、基督或圣徒，而是造福了人间的凡人。人是新神，这意味着人不仅是"尺度"，且就是"目的"本身——这也是康德留给现代世界的根本遗嘱。

比起鲁滨逊，麦斯特更加明确地投入到了对人间的建设中。③

---

① ［德］歌德：《学习时代》，载《歌德文集》第2卷，冯至、姚可昆译，第578页。

② 歌德以上的两段话，分别见其《纪年》（Annalen）和艾克曼（J. P. Eckermann）编写的《歌德谈话录》，引自《学习时代》，载《歌德文集》第2卷，冯至、姚可昆译，"译本序"（冯至）第1、10—11页。

③ 也只有当人成为了历史的目的，大地成为了历史的归宿，具体的自然方才可能成为西方虚构性文艺叙事真实的再现对象。威廉·透纳对变幻中的光影的痴恋里，多少还徘徊着浪漫画师们在自然中追踪神性光魅的心绪；但在19世纪下半叶法国的印象派画师们的笔下，自然的意义将彻底扁平化：苹果、葡萄再也不承载复杂的寓意，火车烟囱冒出的烟，晨昏昼夜的麦垛、花园、池塘，酒吧、咖啡馆里的桌椅板凳，人物和客观物体、各种瞬间在咫尺画布间被呈现，只因这些瞬间发生在自然的人间。

库萨的尼古拉将地球移出了宇宙的中心,并以此"心满意足地宣称,地球这样一来便荣升高贵星体之列;而布鲁诺则兴高采烈地——就像囚徒看到监狱的墙倒塌了一样——宣布了天球的破裂,这些天球曾将我们同广袤的空间以及一直在变化的、永恒的无限宇宙的无数宝藏分隔开来。一直在变化!"库萨已然声称,整个宇宙中根本没有"不变",而布鲁诺则彻底超越这一"单纯的声称",对后者来说,"运动和变化"绝不意味着残缺或不足,恰恰相反,生机勃勃的变化才是"完美"的象征。①

人之戴罪的受造属性对其伦理主体身位的严重桎梏,令历史的理想形式在漫长的世代里,总是尴尬地徘徊在静止与运动之间;而康德则以隐忍的热情,借着以纯粹理性为中心线索建构起的历史目的论,意图完整地肯定自中世纪晚期以来酝酿的为"变化"辩护的论证冲动,并确证历史的合法形式是"向前运动"——人是目的,原本朝向天国展开的人类历史便理应从"上行"变为在大地上"前行"。在康德笔下,人生而被自身的自然属性制约,随时可能陷入自利主义的陷阱,世界因此不断陷入恶的纷争,但人同时具有理性,故能够不断克服自利性的自然本能,不断趋近"反自然"的"善";人生而欠缺,但人是立法者,所以,通过令自身不断趋善而令世界不断完善,这不仅是根自于超验世界的律令,也是人维护自身立法主语地位之必须的作为。康德的兴味之一便在于将上帝这一"公设"作为永恒的灯塔"悬置"在大地之上,照亮人间的历史道路——人"应当"且会自由地选择遵循理性的律法,人世将因此沿着无限趋近至善和至福的目的王国的方向,在大地上"前行"。

康德的篇章折射出基督教理性主义神学的思想精髓:没有运动的、不断趋善的历史,神意将无从实现,趋善的历史正是对至善的神最有力的证

---

① 在《论无限宇宙与多重世界》中,布鲁诺笃定地陈言:"地球和海洋是丰饶的,太阳的光芒是永恒的,烈烈火焰的燃料得到了永恒的供给,正在干涸的大海也得到了水汽的补充。正是从无限中不断生长出清新而丰富的物质。(分段)德谟克利特和伊壁鸠鲁认为,万事万物经历着更新和复原;而另外一些人则固执地坚持着宇宙是不变的,并声称有恒定数目的同一种物质微粒永远经历着彼此的转换。关于这些物质的理解,前者显然要比后者更正确。"布鲁诺借"丰饶原则"展开宇宙学论述,这一路径在后来的莱布尼茨那里得到了极致的发挥,后者以"充足理由律"(the principle of sufficient reason)补充并取代了"丰饶原则"。以上,参见 [法] 柯瓦雷《从封闭世界到无限宇宙》,张卜天译,第 2 章,第 38—39 页。

针对 20 世纪以来一些学者对托马斯·迪格斯(Thomas Digges, 1546—1595)为"开放宇宙"这一观念所做的贡献的强调,柯瓦雷仍坚持认为,"是布鲁诺首先提出了在其后两个世纪占据主导地位的宇宙论轮廓或框架"(《从封闭世界到无限宇宙》,第 33 页,同参第 34 页)。

明，是"神圣眷顾"最恰当的"形"。被阿奎那复兴的早期善功论，在康德笔下几乎获得了完整的、"现代的"美学外观——合理的人不应静待，应该且能够在历史中努力"向前"，人能够以自己的力量改良自身和世界，在最大历史限度内实现人类的幸福，拯救自身。

费希特也将无限趋近无法完整企及的至善，视为人的历史之根本合法的伦理形式，他用更加浅白的表述，道出了柯尼斯堡的智者细腻的心思："使一切非理性的东西服从于自己，自由地按照自己固有的规律去驾驭一切非理性的东西，这就是人的最终目的；如果人不停止其为人，如果人不变成上帝，那么这个最终目的是完全达不到的，而且必定是永远达不到的。在人的概念里包含着这样一个意思：人的最终目标必定是不能达到的，达到最终目标的道路必定是无限的。因此，人的使命并不是要达到这个目标。但是，人能够而且应该日益接近这个目标；因此，无限地接近这个目标，就是他作为人的真正使命。"① 对"无限接近"的信心和展望不仅充盈起那个时代人们的心胸，直至今日，也是人们普遍抱持的一种心绪。②

人子对受造之人的引领是后者不可选择的，自由的理性对人间的裁判和规范也是后者不可选择的——人世必将因此渡向美善的未来——康德对历史的这一憧憬，是照亮18世纪精神天空和人们心灵世界的一道强劲的

---

① ［德］费希特:《关于学者使命的若干演讲》(1794)，载梁志学编译《费希特文集》第2卷，商务印书馆2014年版，第11—12页。费希特在此处还附和了康德关于幸福的断语，他说，康德意义上的"至善"便是"理性存在者的完全自相一致"；主观意愿"同永远有效的意志的观念相一致"便是"伦理的善"，而"我们之外的事物同我们的意志（当然指我们的理性意志）相一致"，就是所谓的"幸福"；"人的最高目的和最高目标是人的完全自相一致"，为此，还须"人以外的一切事物同他对于事物的必然实践概念相一致，这种概念决定着事物应该是怎样的"。

② 席勒在《秀美与尊严》（载《秀美与尊严——席勒艺术和美学文集》，张玉能译，文化艺术出版社1996年版）中谈到至高的人性之美，认为那是理性与感性完整的和谐统一，而这种统一对人来说又是不可完整实现的理念，也正因如此，人的天然使命便是向着这个理念不断努力。小施莱格尔说，浪漫主义的诗无法被定义，"浪漫诗风也正处于生成之中……永远只在变化生成，永远不会完结，这正是浪漫诗的真正本质"（《断片集》，条116，载《浪漫派风格：施莱格尔批评文集》，李伯杰译，华夏出版社2005年版，第71页）。

当代的卡尔·雅斯贝尔斯说，"哲学的本质并不在于对真理的掌握，而在于对真理的探究"，哲学意味着"追寻"（原文为auf dem Wege sein，亦可译为"在路上"），"对哲学来说，问题比答案更重要，并且每个答案本身又成为一个新的问题"（《智慧之路》，何锦华、范进译，中国国际广播出版社1988年版，第5页）。本注还参考了先刚《德国浪漫派的"哲学观"》，《学术月刊》2012年第2期。

"光",直至今日,这道光魅都没有完全消失。在欧陆世界里,还从来没有哪个时代令人们对"变化"如此期待。人能够以自己的作为在最大限度内实现历史之内的幸福,在18世纪基本定型的西方"现代"进步史观,通过对基督教理性主义善功论的世俗化变造,将历史的走向确定为不断趋近在大地上兑现天城。

十一　《威廉·麦斯特》的图画

在结识了一个民间流浪剧团后，威廉·麦斯特很快与其中的一位姑娘玛利亚娜陷入了爱情，此时的威廉兴奋异常。

> 他相信自己领悟了光辉灿烂的命运，这命运正在通过玛利亚娜向他伸出的手召唤他……他还年轻，刚刚迈入崭新的世界，向着远方追逐幸福与满足的勇气也由于这段爱情而增强了。从此，他置身舞台的决心也明确了。在与玛利亚娜的爱情中，他那高远的目标也接近了，在自得的谦逊中，他把自己看成一个杰出的演员，一个未来国家剧院的创造者，他听说，这样的剧院正是很多人渴望的。一直轻眠在他的灵魂最幽深处的一切，如今活现起来。他用爱情的色彩，将纷繁的理想在云雾的背景上绘制出了一幅图画，画中具体的形貌当然是含混不清的，但也正因如此，整幅画作更显出一种特别的吸引力。①

正是这幅"含混不清"的"图画"激励威廉最终迈出了家门。

当鲁滨逊在南美当上了庄园主、过上了安稳的中产生活时，他自问："假使我有意过这种生活，我为什么不留在家里，却辛辛苦苦地走遍世界呢？……像这样的事，我在英国，在自己人中间，不是同样可以干吗？又何必跑到五千里外……"② 鲁滨逊第四次出海，名义上是为种植园购买劳力，但这不过是他为自己那一直没有平复的、想要离家的躁动心绪找到的借口。

比起青年鲁滨逊，青年威廉更加清楚地意识到了自己对身处的这个市

---

① ［德］歌德：《学习时代》，载《歌德文集》第 2 卷，冯至、姚可昆译，第 26 页。
② ［英］笛福：《鲁滨逊漂流记》，方原译，第 30 页。

民世界的反感、厌倦,在他眼中,甚至连自家厅室的装修、家具的陈设都充满了精致的无聊。威廉质问母亲:"凡是不能马上为我们赚一批钱财的事物,都是没有用的吗?从前我们的老房子真的不够住吗?又盖一所新的,那有必要吗?"① 布尔乔亚(Bourgeois)的务实、勤奋中,掩盖着狭隘、自利和虚荣。至19世纪这个布尔乔亚的世纪,对中产伦理的反思与批判才彻底滥觞了开来。

千篇一律的生活令布尔乔亚的主人公们在无聊中感到窒息,但显然,波澜不惊、来回重复的日常并不必然会造成心理厌恶。福楼拜对艾玛·包法利每晚与丈夫进餐时无话可说的"安静"时刻的描摹,一再被后世赞为道出了整个现代世界的秘密:

> 最让她受不了的是用餐的时间:楼下这间小厅房里,壁炉冒着烟,门吱吱嘎嘎地乱响,墙上还在渗水,石板地面总是附着潮气。她觉得人生的辛酸都盛在她的盘子里了,一闻到肉味,她便从灵魂深处泛起一阵恶心。查理吃饭吃得很慢;她不是嘎吧一声咬榛子,就是支起胳膊,用餐刀的尖在上了浆的桌布上一道一道地划着。②

从鲁滨逊开始,出走的布尔乔亚就构成了西方现代叙事中一个历久弥新的主题,直至今日。主人公们难耐离家的躁动,真实原因也并不深奥——他们在努力摆脱"平庸"(le Médiocre)——虽然这一企图有时并非是完全自觉的,但它是那样强烈,以至于对这些主人公来说,抛弃家人根本不算什么。平庸不是平凡,而是指无目的、无意义的人生状态。生计无忧又远离权力斗争的稳定生活本是布尔乔亚的特权,但这一特权却为"平庸"这个在基督教视野中相对于神性而产生的既有问题,在"启蒙"之光照亮了的18、19世纪持续发酵,提供着优质的温床。

艾玛起先还觉得,包法利先生虽非浑身闪烁着王子般的魅力,但他沉稳、忠厚的个性到底还是会令她爱上他的,可这些优点在艾玛眼中,终究还是变成了令她无法忍受的迟钝和毫无情趣。卢梭在《新爱洛漪丝》中对

---

① [德]歌德:《学习时代》,载《歌德文集》第2卷,冯至、姚可昆译,第4页。
② [法]福楼拜:《包法利夫人》,李健吾译,人民文学出版社2017年版,第53—54页。笔者参照小说法文版(Gustave Flaubert, *Madame Bovary*, Paris: Garnier Flammarion, 1979)对中译文稍做了调整。

爱情的关注与讨论在当时引致了强烈的社会反响与震荡——没有爱情的婚姻是不道德的,这是"启蒙"时代留给现代的一道基本遗嘱。西方世界并不缺少爱情的诗篇,但直至那个时代,爱情才真正开始被人们视为婚姻这一契约必要、必须的合理条件——个体的情感、属己的心性应该且必须被尊重。关键是,在卢梭的笔下,在德语世界的浪漫诗人们笔下,爱情不仅事关人类契约的合法性,还为个体提供着人生价值、意义的支撑。威廉脑中的那幅"含混的图画"散发着诱人的粉红色的光晕,就如对艾玛一样,对威廉来说,爱情也是缓解、解救庸常的一棵救命稻草——心心相印、比翼双飞的爱情理想盘旋在威廉的眼中,令他无法看到玛利亚娜并非真的与他志同道合。

除了爱情,那幅"图画"还饱含着对艺术的期待。只是,威廉对艺术的热情从童年起就显得并不坚定,他后来对舞台产生兴趣,固然因为他浅尝到了戏剧的艺术魅力,但直接吸引他的,是戏剧在那个时代被赋予的无上光环。流浪剧团的杂耍表演赢得了众人的欢呼,演员们坐在抬椅上,被人扛着穿街而过,人们争先恐后地向他们抛掷花束、丝帕,只要被他们瞥上一眼,"人们就觉得无比幸福"。目睹着这一切,麦斯特抑制不住地说:"哪个演员,哪个作家,甚至一般人,如果他由于任何一段高贵的言论或一件好的事业引起这样普遍的印象,能不觉得自己是在希望的顶点呢?"[①]此时的威廉对未来的憧憬和于连·索黑尔对自己终有一天将傲视群雄的期望,真有什么根本的不同吗?

那幅鼓舞着威廉离家出走的"图画",首先是一幅事关他个人野心和幸福的图景。

但比起于连,威廉对这个世界没有那么多的怨恨,他从未将这个世界视为敌对的,他渴望的,是真真正正的生活。"幸福是生气勃勃的人的女神,为了要实在感受她的恩惠,我们必须生活,还要观看那些真正生气勃勃地努力着和用真正的感官享乐着的人们。"威廉的独白也是浮士德的心语;而戏剧人生,正是年轻的威廉找到的充满"生气"的生活形式。在威廉的眼里,戏剧不仅会令他获得众人的瞩目,戏剧的"生气"根本在于它能唤醒人的心灵:

---

① [德]歌德:《学习时代》,载《歌德文集》第2卷,冯至、姚可昆译,第90—91页。

如果人们能把善良的、高贵的、对于人类有意义的情感像闪电一样快速传播开来，在群众中激起同样的兴奋……那该是怎样可贵的感觉啊！如果人们能够把一切人性的感情给予群众，如果人们能够用关于幸福与不幸、智慧与愚蠢、甚至荒唐和粗笨的表象来刺激他们，震撼他们，并且使他们凝滞的内心自由地、生动地、纯洁地活动起来，那该有多好！①

正在摆脱"幼稚状态"的人获得的不仅是自由，还有沉重的责任：教化、引导自身的责任。在当时的德语世界，就如在法国、英国，戏剧自古被赋予的"高台教化"的严肃使命正被知识精英们高调重申，用莱辛的话说，从前是教堂，现在是剧院在教育人。② 可是，伴随叙事的展开，在塔楼会明里暗里的引导下，威廉逐渐意识到，他对戏剧的抱负既幼稚又虚浮，他不再满足于戏剧舞台改造人世的有限效能。在离家之前，威廉思忖着："我缺少一个总体观念，而一切事物本来都与这一点有关。"③ 威廉寻找的总体观念也是浮士德孜孜以求的。能否找到这个总体性的观念，对歌德笔下的这两位主人公来说，都是他们的人生能否摆脱无聊的晦暗、能否被照亮的关键。当《学习时代》渐近尾声，麦斯特肯定地感到，他的人生唯有在"爱"、在"爱人"中，才能具有光华——爱，不意味着居高临下地影响、教诲他人，而意味着为了他人的幸福付出自己的人生——也唯有如此，他才能拥获自己的幸福。

麦斯特早年头脑里的那幅"含混的图画"裹挟着当时德语世界知识者

---

① 以上引文见［德］歌德《学习时代》，载《歌德文集》第2卷，冯至、姚可昆译，第31、91页。

② 席勒在多部著述中，附和并发展了莱辛在《汉堡剧评》中对戏剧的期望。席勒指出，基督教真正的威力并不来源于其为人间提供的律法，而来源于其传布的天堂和地狱的"图画"对人的内心，甚至"最隐蔽的角落"构成的深秘又强烈的感性影响；但在他身处的时代，那"吓人的图画和来自远处的诱惑"正在失去威力。世俗的法律只掌管"意志的公开表现"和客观事实，它不能保证被公正判刑的犯人会对自身的恶行真诚悔过，所以，人间要想步向正途，还需要人在感性的触动、震动中，自愿地形成对自我的引导和约束。宗教曾经担负的感性教化的历史角色，现在落到了戏剧身上。人间应由理性的法庭与感性的舞台协同治理，尤其是，当正义的法律被践踏，或者，当法律本身有失公允，甚至成为了助纣为虐的工具时，戏剧的舞台还将成为修正不公、惩罚罪恶的法庭——"世俗的法律力不能及之处，剧院便开始审判。"参见其《论剧院作为一种道德机关》，载张书玉选编《席勒文集》第6卷，张书玉译，人民文学出版社2015年版，第4—5页。

③ ［德］歌德：《学习时代》，载《歌德文集》第2卷，冯至、姚可昆译，第11页。

们意图通过艺术改造盲众心智以实现民族振兴的国族使命，但当这幅"图画"清晰起来时，主人公的胸怀已不再局限于德意志民族，而是明确地面向着全人类——麦斯特"结业"了。

基督无私地爱我们，我们便"应"以无私的爱回馈神子；基督无私地爱人，我们便"应"如人子般无私地爱他人。爱人、为人奉献，这本是基督的律令，曾经，受造者践行这些律令，不仅是为了造福人本身，更是为了走向神。康德在深居简出的探索中殷切而执着地论证着：我们虽无法"知"神，爱人，却"理应"成为人间的律法——利他性的律令具有超验性的基础。康德在将理性塑造为现代的人子的同时，将神的律法最终变造为了现代世俗世界最基础的道德的指标和愿景——我为人人、人人为我。

"启蒙"时代的精英们毫不避讳地将"博爱"等基本的基督教律法变造成了现代社会的伦理法则。而在现代世界，博爱不仅是律令，更是拯救"平庸"的最重要的一剂良药：当人成为了目的本身，人间便是人的价值唯一可以着床的地方。曾经，"文以载道"的责任感，更多的不过是麦斯特实现私欲的文雅修辞，而现在，造福他人，成为了那幅"图画"真实的内容。人类整体幸福的实现一定不会意味着个体幸福的缺失——这是基督教古老的预言。当麦斯特加入塔楼会，决意投身更加广阔的造福人间的舞台时，他也赢得了集善、美于一身的娜塔莉亚的爱情——他终于感到攥住了一直寻觅的幸福。"学习时代"结束时，主人公总结陈词："我只知道，我已获得了幸福，我配不上这幸福，但在这个世界上，谁若拿任何东西来换这幸福，我都不会愿意。"①

在小说第二部，《漫游时代》里，麦斯特满腔热忱地投入到了帮助有需要的民众移民美洲并建设新家园的社会实践中。在麦斯特眼中最终清晰起来的"图画"既描绘着那个浸润着世代基督徒心灵的古老愿景（一个众生平等、人人友爱、和谐共融的世界），又是对这个愿景的变造——"共融"（full communion）本是指受造之人与基督融合，前者因此得救，而麦斯特展望并相信的是，人类会因彼此的互助、融合，而自我拯救——人类世界、人类的生活定会在某种终极目标下达成一致，这也是古老的希腊人的盼望，当然，希腊人的世界意识还是比较局限，甚至有些狭隘的。席勒的《欢乐颂》当然是对基督教理想的颂歌，但它同时宣唱着"启蒙"时代

---

① ［德］歌德：《学习时代》，载《歌德文集》第 2 卷，冯至、姚可昆译，第 578—579 页。

留给现代世界的,对历史最根本的期待,描画着成年麦斯特眼中的理想"图画"——直至今日,这幅"图画"仍经常出现在人们对未来"合理的"展望中。

麦斯特终于寻找到的那个"与一切事物相关的观念"——对人的爱——还会在托尔斯泰的笔下,在纪德的笔下,以及在他们各自的人生中,成为救赎他们笔下人物和写作者自身的、最终发光的人子。神子有言,"这是天上降下来的粮,叫人吃了就不死"(《约翰福音》6:50)。纪德则在其《地粮》(1897,亦译作《人间粮食》)中引用了《古兰经》中的一句箴言:"这是我们在大地上享用的果实。"后来,纪德又创作了《新粮》(1935)。从《地粮》至《新粮》,《学习时代》至《漫游时代》里主人公的精神历程、人生历史再次上演:自利的个人主义抱负最终让位于、落实为利他主义的理想和实践。纪德与歌德相隔着世代,向读者发布着共同的呼唤:不要屯于布尔乔亚的狭小世界,不要沦陷在利己主义的所谓的追求里,要拥抱人,热爱这个人间。为人类的幸福献身,是纪德找到的大地上生长出来的"人间粮食"。《地粮》的作者毫不避讳地希望读者将这部小说视为一部由人书写的,现代"福音书"。

但显然,麦斯特找到的"观念"、人生归宿,并不必然地属于所有人,否则,艾玛的幽怨又从何而起?

对"平庸"的畏惧(也许并非完全自觉的)就像一个隐疾、一个陈年冻疮,随时随地都可能在艾玛身上复发,不断寻找情人简直成了她对付这个冻疮的麻醉剂;而在于连眼中,制伏"平庸"的根本办法便是出人头地。对私己欲望的执迷的确没能给他们的人生提供足够的意义支撑,但麦斯特对世界的爱与艾玛的日常实在格格不入,世界对于连是不公的,他也无法爱上这个不公的世界。艾玛的愁绪和于连的愤怒叩问着"启蒙"为人间订立的理想,质疑着颁布"律法"的主语由神变为人之后,"律法"自身的有效性。对康德式的道德律法主义和基督教式的人间愿景必然在大地上兑现的许诺,最尖酸、辛辣的讽刺,恐怕还是出自萨德侯爵。麦斯特之后一再出现的艾玛、于连式的人物反复示意着现代读者,麦斯特找到的"善"恐怕只能是"地粮"的一种,而无法如"天粮"一般,哺育众生。

* * *

18世纪的理性哲人和浪漫诗人们,很多都在热情憧憬着人间将"无限趋近"光明的未来，可问题是，这个"趋近"的道路到底是怎样的？19世纪达尔文生物进化论的出现不仅极大鼓舞了原有的憧憬，更令很多人认为一直苦苦寻觅的道路终于唾手可得。一个生物学的结论可以甚至理应成为我们展望和规划人类历史的依据，这种思维模式古已有之：万物同源、运动同构，故关于天地人间，一定存在着具有统一性的解说。希腊主义知识论已然认为，客观自然和人类社会及人的精神世界具有同一的基础，"知识即德性"意味着我们对客观自然的有效了解必然与人类世界的自我完善是一体的。基督教意识形态一方面严重阻碍，甚至阻断了科学意义上的求知，另一方面又极端强化了知识具有统一性这一古典的预设：万物都在神之中，神掌握着所有的知识和关于一切问题的解决方案。

但是，在自然法则与人间法则之间，一直以来都还存在着很难直接跨越的裂隙。直至康德，自然的法则也没有被直接兑换成人间的律令——康德对人的立法主语地位的塑造根本是建基于理性具有反自然性的超验属性这一认定之上的。然而，蒲柏（Alexander Pope，1688—1744）已在《论批评》（*Essay on Criticism*，1711）中洞见：自然已经成为了"方法"。

客观自然与人之间的裂缝甚至鸿沟是怎样消失的？我们常习惯认为，马上就要走出蒙昧、摆脱神权桎梏的18世纪的人们一定正欢欣雀跃，这的确构成着那个时代的一个精神面向。但如果我们换位思考一下：多少世代里，人都是被立法者，在这个前提下，当人们有一天被告知自己竟是立法者时，恐怕除了兴奋和激动，还会不可避免地感到惶恐。他们曾笃信上帝是绝对的依靠，而现在，曾经绝对的变得不那么绝对了，此时，人们对"绝对"的依赖不仅不会减弱，相反，还会因"绝对"的缺失所引致的恐惧而更趋强烈。此时人们迫切需要的是一个能够立刻代替曾经的"绝对"的磐石——牛顿说，时间和空间是永恒不变的实在。

无论是否刻意，17—18世纪的科学探索都在撕裂着人、神的统一，也就是瓦解着天地人间的同一基础，正因如此，那个时代的科学家们还承担着一个近乎赎罪式的深沉使命：为这个眼见的世界提供一个牢不可破的、具有统一性的解说体系。牛顿说，宇宙统一在引力之中。

伽利略的望远镜不仅拉近了天与地的物理距离，还令天空显得与大地一样可亲可近、可感可知；牛顿的万有引力学说更令人们鼓起了认识自然的勇气。以赛亚·伯林（Isaiah Berlin，1909—1997）这样评述牛顿对人心产生的作用力：

牛顿的影响力是最强有力的唯一因素，这一状况一直持续了整个18世纪。牛顿完成了揭示物质世界这一没有先例的任务，这一任务也就是通过相当少的几条关于宏观领域和力的基本规律，使得至少在原则上去确定宇宙中每一个物质实体的每一个质点及其运动状态成为可能，并且还要在一定程度上具有精确性和简明性，这是此前人们不曾梦想过的。现在，秩序和明晰性君临物理科学的王国：

自然和自然规律隐没在黑暗中。上帝说，要有牛顿！万物俱成光明。（亚历山大·蒲柏诗）[①]

时间和空间如神般永恒，宇宙如神般涵纳所有，我们无法确知神是怎样的，但我们能够确知时空、宇宙、这个自然是怎样的——康德对自然与超验世界的界分令神灵更加神秘，却也令自然的可知性更加确实——比起无法亲见的神灵，如此的自然怎能不令人心旷神怡。关键是，人就在这个自然之中，这令望着神灵日渐隐没的背影而多少慌了神的人们感到了亟须的安稳。

从神出发理解这个眼见的世界，这是欧陆大地上延续了千余年的认识路径。而现在，就如休谟在《自然宗教对话录》（1779）中所说，被"启蒙"了的人们不再热衷说上帝是完备理性，所以自然界一定是合理的，而倾向说自然界是一架机器，所以上帝定是位工程师。[②]

伽利略的望远镜让人们看到了客观的天、地在物质层面的同一性，而当"自然"在18世纪成为了普遍的"方法"时，"物质性"也成为了客观世界与主观世界的同一性基础。拉·梅特里（1709—1751）在《人是机器》（1748）里高昂宣布，真正的哲学家就是能把人类心灵这种装置分解成片段的工程师。伏尔泰也毫不讳言，真正的哲学家定是卓越的解剖学家，能够像理解人体运动一样理解人的精神活动。自然就是方法，意味着人们为自己找到了一个新的归所、新的家园——万物皆在自然中，万物皆

[①] [英] 以赛亚·伯林：《启蒙的时代：十八世纪哲学家》，孙尚扬、杨深译，译林出版社2012年版，第4—5页。蒲柏的诗句出自其《牛顿的墓志铭》（*Epitaph on Sir Issac Newton*）。
卡尔·贝克尔说："一般人都把新哲学和牛顿的名字联系在一起，因为牛顿发现了'自然界的普遍定律'，从而看来就证明了别人只是在口头上所肯定的：宇宙是彻头彻尾合理的而且是可理解的，所以就有可能被人征服和利用；于是牛顿就更甚于任何别人，已经把神秘驱逐出了世界……"（《18世纪哲学家的天城》，何兆武译，第47—48页）

[②] 参见 [美] 卡尔·贝克尔《18世纪哲学家的天城》，何兆武译，第44—45页。

自然——这令"自然法"获得了崭新的含义。

卡尔·贝克尔这样评论这一深刻变化：长久以来，自然法都远不直接"与人们所观察到的物理现象的行动"相关联，"只不过是存在于上帝心灵之中并微弱地反映在哲学家们的心灵之中的一种逻辑结构而已"；可是在"启蒙"的世纪，"不管你是寻求对什么问题的答案，自然界总是验证和标准；人们的思想、习俗和制度假如要想达到完美之境，就显然必须与'自然界在一切时间里、向一切人显示'的那些规律相一致"。①

"自然"已经成为了尺度。新自然法的兴起意味着"物质性"在西方视域中多少世代以来，渺小、卑微，甚至卑贱的伦理形象彻底翻转了：不仅将人"还原"成"物质性的"成为了"合理的"，能否获得物质性的证据、是否具有物质性的基础，也成为了人们判断各种猜想、理论是否是"科学"的黄金标准。曾经，愈是远离物质性，才意味着愈接近真理。唯物主义是一种现代主义。但同时，"物质性"必然意味着的空间上的"有限性"和时间上的"历史性"却仍令，准确地说，是更令人们感到不满和不安，因为原本的"无限"和"永恒"正在消逝——拔除新兴自然法的物质属性，赋予其"无限"的空间属性和"永恒"的时间属性，便是那个时代的人们为自己寻找到了一针安定剂。

伯林感慨地说，西方人一直在寻找"一种可以获取的绝对知识"，并认定它一定存在；"根据这种绝对的知识、根据这些真理，人们可以一劳永逸地，恒定不变地，无须更改地组织我们的生活；一切苦难、怀疑、无知，人类的各种罪恶、愚蠢都将从地球上消失"②。

曾经，神的启示为千余年来欧陆大地上的人们提供着走向至善至福的"绝对知识"，而18世纪为这种"绝对知识"定立的基本生成路径便是数学。欧洲的物理学叙事自"文艺复兴"以来几乎完整接续起了柏拉图对几何学的信任，伴随笛卡尔和牛顿的出现，广义的数学逐渐成为了"绝对知识"的最佳范式——将尽可能多的现象还原为尽可能少的数学表达式，成为了至今仍普遍有效的，科学知识赖以形成的基础形式。在伽利略眼中，数学还只是打开"客观"宇宙这本大书的钥匙；而在"启蒙"了的人们眼

---

① 参见［美］卡尔·贝克尔《18世纪哲学家的天城》，何兆武译，第44页；第42页以及该页注释4，贝克尔此处引用了伏尔泰的话。

② ［英］以赛亚·伯林著，亨利·哈代编：《浪漫主义的根源》，吕梁等译，译林出版社2011年版，第10页。

中，数学还是打开人世这本比天地还艰深晦涩的巨著的密钥——既然万物（包括人们的心灵世界）统一在物质性的宇宙之中——对万物的统一性的解释不仅存在，且不再是高不可攀的形而上学或神秘的神学，而变成了科学。①

18世纪科学主义的诉求和信心催生出了一组彼此矛盾的现象。一方面，人对自然的认知高度裂散：为了尽可能达成认知的准确性和有效性，缩减认知的对象和范围便是逻辑上的必然；另一方面，所有科学又被认为理应是统一的，因为自然是统一的。高度分化的现代学科体系在18世纪基本成型了，不仅针对客观自然的探索呈现出学科细分的态势，关于人世与人生的学科细分建制也终于实现，历史学、人类学、社会学、民俗学、心理学、语言学、教育学等都成为了彼此独立的科学。同样是在这个时代，哲学获得了其现代的内涵：哲学不再是单纯的形而上学、物理学或数学，而成为了一切"科学"的总和。

虽然美学气质很不一样，浪漫的心灵却与"干瘪的"理性大脑一样，深信着千姿百态的知识一定具有统一性，且比起后者，前者更加难以忍受认知、理解，事实上是万物本身在当时呈现出的裂散态势。

德国浪漫派的理论旗手之一小施莱格尔热情地宣布，政治学、伦理学、宗教学、历史学等，都应与哲学结合；不仅如此，"所有的艺术都应该成为科学，所有的科学都应该成为艺术；诗和哲学应该统一起来"，"协作哲学"（Symphilosophie）和"协作诗"（Sympoesie）将成为一个普遍的现象；哲学的出发点就是追求知识的"整全性"（Allheit），"从事哲学活动就意味着共同一起去寻找全知（Allwissenheit）"（参见其《断片集》）。莱辛早在《智者纳坦》中明言，没有什么"你的"、"我的"或"他的"哲学，哲学和上帝一样，只可能是属于全人类的——万物、人间的奥秘怎么可能只属于某个人。

诺瓦利斯不仅与同道们一样，对古典的篇章充满热忱，而且对各种自

---

① 伯林说："将数学的方法和语言应用于感觉所揭示的可测形式一时成为发现与揭示的惟一可靠的方法。笛卡尔和斯宾诺莎，莱布尼茨和霍布斯，全都期求赋予他们的论证数学式的结构。一切能说的必定可以用带有数学性质的语言陈述出来，因为缺乏精确性的语言可能会隐含谬误和含糊性、大量混乱的迷信和偏见，这些正是令人生疑的神学和其他形式的关于宇宙的独断学说的特点，而新科学已逐渐清除并取代它们。"（[英]以赛亚·伯林：《启蒙的时代：十八世纪哲学家》，孙尚扬、杨深译，第4页）

然学科充满了强烈兴趣,这种兴趣直接源自于他对知识整全性的追求。在《著作片段集》中,诺瓦利斯提出了"全体性的哲学思考"(Gesamtphilosophieren)、"协同哲学思考"(symphilosophieren),且更加激烈地主张,若没有各个学科的协同努力,没有对各领域的全体性、协同性的思考,哲学根本就是不可能的。正是基于这样的判断,诺瓦利斯为自己制定了一个百科全书式的阅读计划:他分门别类地将自己的读后感记录下来(这些读后感被整理、命名为《全面材料装订草稿》),以求建立一个"科学精神的体系",一个"科学大全"。①

在 18 世纪"自然"的光照下,牛顿的论文、康德的篇章、秩序等于美善的古老公式、"知识即德性"的贻训、托马斯主义的愿景等,发生了奇妙的化合反应,造就了时至今日都没有完全失效的、世界性的"舆论气候":人是立法者,人是目的,所以,对客观自然和人类世界的探索是完全合法的;人是尺度,但人是自然的一分子,所以,自然是更根本的尺度;如果天地星辰、花草树木可以被理性地解剖,人类的社会、历史,以及人的心灵也同样可以被解剖;既然自然具有可以被证实的法则(引力定律是可以被天文观测证实的),人世的变迁也一定具有可以被证实的规律;既然自然规律支配下的宇宙是一架有序的机器,支配人类世界的法则也必定意味着人间的和谐美善;在相互佐证的各种知识的累积中,在各个学科相互促进的协同发展中,圣彼得手中的"钥匙"将会瓜熟蒂落般掉入我们囊中,那个我们苦苦寻

---

① 以上两段内容直接参考了《德国浪漫派的"哲学观"》一文;其中有关小施莱格尔和诺瓦利斯的引文亦均转引自该文,该文引用的《断片集》是德文版《著作与手稿断片集》。

对整全性、统一性的渴望也一直牵动着科学家的心灵。西方世界里很早就流传着关于"万有理论"(Theory of Everything)——一种能够解释宇宙所有运动和奥秘的理论——的猜想。麦克斯韦统一了电与磁的那组方程式令爱因斯坦念念不忘,在创作完广义相对论(1915)后,他便开始寻找能够统一电磁力和引力的理论。后来,面对量子力学对统一性理论提出的强有力的反驳,爱因斯坦不仅没有泄气,反而执拗地投入到了更大的理论抱负中:广义相对论在解释宏观世界方面是极为精准的,但微观世界却不符合这个理论,可既然这两个世界都属于宇宙,它们一定具有统一性,他要找到一种能够完美地涵纳四种宇宙基础力(电磁力、弱核力、强核力和引力)、统一宏观与微观世界的"统一场理论"(Unified Field Theory),一种现代的"万有理论"。对这一全能理论的痴迷令爱因斯坦在人生最后二十来年里几乎脱离了当时的物理前沿。曾经一度,当爱因斯坦专注地用铅笔在稿纸上演算、推导,寻找"万有理论"时,记者们就守候在他的家门口,他的论文会被张贴在纽约第五大道上百货公司的橱窗里,对物理学一窍不通的人们也在翘首以待一个或一套能够完整解释宇宙的全能方程式。但直至去世,这位伟人都没能找到那个全能型的理论。然而,20 世纪 60 年代,弦理论的出现又一次点燃了人们心中对"万有理论"的热情,这一次,希望是否又会落空呢?

觅了千百年的、通向至善与至福的神秘道路便会水落石出。①

浪漫的诗心与理性的大脑都在努力寻找着能够涵盖并解释所有具体现象和问题的、本质性、整全性的"绝对知识"。人们开始如饥似渴地勘探自然，搜索人类的风俗、制度、习惯，对天地人间展开百科全书式的侦查，他们欲从纷繁复杂的现象中"归纳"出具有普遍有效性的客观规律，从而"推演"出实现人类共同幸福的普遍道路，制定出真理性的伦理准则。归纳与推演，这对古老的思维双生子在西方思想的变迁历程中虽有角力，但到底是协同合作的，"归纳"的历史使命是为"推演"提供可靠的起点。

托克维尔（1805—1859）在回顾那个混乱又激动人心的时代时说，大多"启蒙"哲人非常关心政治，但并无意于政治权力，"他们终日谈论社会的起源和社会的原始形式问题，谈论公民的原始权利和政府的原始权利，人与人之间自然的和人为的相互关系，习俗的错误或者习俗的合法性，谈论到法律的诸原则本身"；他们彼此有着诸多分歧，但是，"在一个最普遍的观念上"，他们是一致的，这个观念是他们的思想的"共同来源"："他们都认为，应该用简单而基本的、从理性与自然法中汲取的法则来取代统治当代社会的复杂的传统习惯"。②

如果说，阿奎纳、库萨的尼古拉、莱布尼茨、"文艺复兴"和巴洛克时期的艺师在自觉或不自觉地论证着罪恶大地的合法性，"启蒙"时代的精英们则热衷于论证这个堕落的大地趋向完美的必然性。他们中的大多数人对上帝的态度是比较平和的，就如麦斯特一样，他们并不直接面对上帝存在与否这样令人心跳加速的问题，而是孜孜地摸索着如何在大地上实现历史的"喜剧"。从神的整全言谕推演出人世的法则、准则，这是欧陆大

---

① 对此，伯林评述道："牛顿已经确切证明了物理世界赖以构成的合理结构，并且，这也几乎是洛克和休谟及他们在法国的信徒们用来著力解释思想和情感的内在世界的合理结构，同样也能运用到社会领域里。人之为自然中的客体并不亚于树木和石头之为自然客体；人们之间的相互作用可以像原子和植物的相互作用一样得到研究。一旦发现支配人类行为的规律，并使之在一门类似于物理学或动物学的理性社会学中得到具体化，那么，就能研究并揭示人们的真正意愿，并能通过那些与物理和精神事实的本质相符合的最有效方式使这些意愿得到满足。自然是个和谐体，其中不会有任何不和谐；既然诸如会做什么，怎么生活，什么将使人公正或合乎理性或幸福这类问题全部是事实的问题，那么，对其中任何一个问题的正确回答都不可能与任何别的问题的回答不相容。因此，建立一个完全公正、完全有德性、完全令人满意的社会这个理想，便不再是空想了。"（[英]以赛亚·伯林：《启蒙的时代：十八世纪哲学家》，孙尚扬、杨深译，第15页）

② 参见[法]托克维尔《旧制度与大革命》，冯棠译，桂裕芳、张芝联校，商务印书馆2013年版，第179—180页。

地上蔓延千年的伦理制定路径；18世纪将这一路径的起点变造、强化为了"自然的"，将神的预言变造成了"科学的"：历史必定会沿着由整全性的客观知识指出的"真理性"道路，无限趋近"喜剧性"的未来。

就如纪德坦陈的那样，现代世界的人们很难想象没有"进步"，会有什么幸福。如果动物世界是在"优胜劣汰、适者生存"这一自然规律的支配下实现了物种的"演进"，这一规律也必然支配着人类世界；既然，"优胜劣汰"的规律是自然的、客观的，且会令物种"进化"，那么，按照这一规律来制定实现人类进步的程序和相关伦理规范便是"合理的"；如果某一种人或某一类人种被"科学地"鉴定为在生理、智力和道德能力上是低或劣的，那么，人为地将这些人清除出人类群体，人为地为那些在生理、智力和道德能力上都高且优的人提供更舒阔的生存空间，令"适者生存"的规律加速地兑现为人间现实，便是"正义的"行为——这就是"第三帝国"关于人种灭绝政策的辩护逻辑。

天地和人间、心灵和大脑，世界具有"客观的"一体性——万物皆自然——18世纪颁布给现代的这道"宏大的"遗嘱，构成着20世纪人间惨剧的一个重要的精神起点和酿造这一惨剧的精神温床。这道遗嘱，到底是当时人们信心满怀的壮语，还是他们在举目四望、无所依傍的窘境下，找到的一针麻醉剂、一针兴奋剂、一株救命的藤蔓？自然成为了尺度，"黄金标准"的确立为"现代"科学的发展提供了坚实的护甲，没有这样的标准，我们会很容易坠回神学、形而上的玄想与科学混溶的泥潭，但康德为自然形而上学与道德形而上学定立的界标已然在提示我们：科学的适用性也是有限的，或说，科学性并非"真"的唯一标准。①

---

① 克里蒂洛父子辗转欧亚大陆寻找爱人、母亲，正是菲丽莘达的足迹一路牵引着他们，直至将他们带抵罗马，"尘世的末端、天堂的安全入口"（[西]格拉西安：《漫评人生》，张广森译，第543页）。对父子二人来说，天国的魅力首先在于爱人/母亲就在那里，菲丽莘达既是他们走向天国的向导，也象征着他们生命的归宿。对于现实中的米开朗基罗来说，维多利亚·科隆纳便是一位菲丽莘达式的女性，她富有母亲的慈爱（这对六岁丧母的艺师来说当然是一种补偿），又机智聪慧，不断引动着艺师的诗情。

从第二座到第三座《圣殇》，米开朗基罗愈渐清楚地表达出回归圣母身体的强烈意愿。在第二座《圣殇》中，耶稣的左腿被艺师破坏，早已不可见。在米开朗基罗生活的时代，关于圣母，流行的教义是，马利亚既是人子之母，也是天父之妻，故也是圣子之妻。按照艺术史家们的稽查，在这座雕塑的原稿中，下了十字架的耶稣的左腿被塑造得像仍有知觉一般，且与屈蹲他左侧的圣母的腿紧密相连相靠，以至令耶稣显出一种向马利亚的身体贴合过去的主动意愿，整个造型甚至具有了情色的暗示。史家们猜测，米开朗基罗毁掉耶稣的左腿，是想重塑这条腿的形态（转下页）

18世纪颁布的关于人间、历史的各种"科学性"的"好消息"里，散布着对理性的信任与信心。理性为何值得我们信赖？对那些汲汲于从自然中破解幸福密码的人们来说，因为理性是"自然之光"——托马斯主义给予理性的自然属性在18世纪被无限放大，万物、人间可以被理性地理解，因为理性本身是自然性的——这是被后世称为"启蒙理性"的本质属性。此时，被康德的"立法宣言"激励、鼓舞的人们似乎无暇理会康德的另一番"唠叨"：理性的可贵恰在于其在本质上是超越自然的，准确地说，就是反自然的。大小强弱不一的分子（从无机的到有机的）构成着自然，所有分子之间形成的均衡成就着自然中的"和谐"；但在"目的王国"里，既无弱肉强食，也无贫富不均，道德能力高度完善的人们一致得享幸福，这一"和谐"的人类愿景描绘的恰是一幅"反自然"的图画。为生而自私、为存而自利，强者得胜、弱者淘汰，这都是自然的因果律，而非自由理性自身"固有的规律"（费希特语）。换句话说，这些自然规律恰恰是康德意义上非理性的东西。努力使一切非理性的服从于理性，即努力使人超越因自身的物质性而受制于自然因果律的现状，是康德为人间规划出的步向目的王国的道路——柯尼斯堡的智者深密地洞见到，通向"反自然的"目标的道路，不可能是"自然的"。而18世纪在动荡的精神和政治探索中，却到底为现代世界留下了一个内含强烈悖论的"福音"：以自然为方法、为尺度，沿着"自然的"道路，我们必将走向"反自然的"人间天城。

（接上页）和它与圣母身体之间的空间结构，以期既暗示出耶稣与马利亚之间夫妻般的亲密，又杜绝观者产生"不恰当的"联想。按照这种猜测，艺师没来得及完成的圣子的左腿，应完全无力地垂搭在圣母的膝盖或腿上。

《神曲》中，贝阿特丽齐扮演着"接引天使"的角色。《浮士德》结尾云，"万事昙花一现，转头成虚幻；力不从心之事，至此得圆满，不可言喻之事，至此得实现；永恒的女性，引领我们升入天国"。在基督教世界里，依恋母体、意欲返归母体是人们丝毫不陌生的精神/心理现象与伦理冲动，其指向着、裹挟着对重生和永福的盼望——弗洛伊德借着俄狄浦斯弑父娶母的故事，将这一古老的具有形而上气质的宗教性心绪，缩减、"还原"成了纯粹世俗性的恋母情结。弗洛伊德坚持将性本能视为人类的道德意识、和各种精神/心理乃至社会/政治现象的根本成因，这导致了他和荣格之间无法弥合的思想分歧。弗洛伊德的学说是在欧陆近代以来形成的反宗教、反精神至上的思维脉络中形成的，其表面上具有强烈的反理性的气质，却是科学主义催生的时代产物；弗洛伊德认为，只有为精神现象找到物质性基础，才能从根本上保障其学说的科学性，具有物质性结构基础的生理本能就是守护其学说抵御住各种"恶意"攻击的坚盾。

* * *

鲁滨逊独自一人在一个荒岛上开辟出一片即便不算繁荣,却至少宜居的天地,甚至还教化了一个野蛮人,如此的叙事景观很容易令观者联想到上帝创世的图景,但此时,创造世界的是人自己。只是,鲁滨逊没有时间去体味创世的豪迈,生存的艰难几已耗尽了他全部的精力——那座"绝望岛"甚至会令后世的读者联想到艾略特笔下的"精神荒原"。

弗里德里希(Caspar David Friedrich,1774—1840)绘制的《雾海上的旅人》(1818,图85)同样语意驳杂。主人公只身一人站立在群山之巅,面对着眼前云雾缭绕的天地……他是在感叹神秘壮阔的自然透射出了神的身影,还是在回味攀上人生顶峰时一览众山小的雄壮?他也许正在享受平生第一次在天地间直起腰身时的舒畅,但也许,四周的云雾正令他陷入从未有过的孤独,不知该如何迈步的彷徨,以及一步不慎就将坠入深渊的恐惧……

歌德不喜欢《雾海上的旅人》,他觉得那些云雾简直正是"病态的"浪漫主义装饰品。但威廉在离家出走之前,对玛利亚娜这样说:

> 如果我们回想往日,和往日一些无伤大体的歧途,尤其是在我们已经顺利地登上高峰的那一瞬间,我们再向四下一望,并且能俯瞰我们所走过来的路,这真是一种极大的乐趣。心满意足地回忆许多我们常常带着苦恼的情绪认为是不能排除的障碍,同时把我们现在所理解的东西和我们往日不理解的东西相比较,也是同样令人愉快的。但此时此刻我同你谈到往事,我觉得是不可言语的幸福,因为我同时看到前面便是那令人销魂的国土,我们将手牵着手一起在那里漫游。①

在18世纪,不仅戏剧,小说这一一直被西方正统文艺贱视的、难登大雅之堂的"民间杂艺",同样被赋予了启迪民智、改造民心、规导社会的时代重任。卢梭有言,"腐化了的民族需要小说"②。18世纪欧洲文学版

---

① [德]歌德:《学习时代》,载《歌德文集》第2卷,冯至、姚可昆译,第9页。
② [法]卢梭:《新爱洛漪丝》,伊信译,"第一篇序言"第4页。卢梭此言是直接针对戏剧讲的,他早年也创作过戏剧,但他后来不再视戏剧为完善、净化社会之有效的艺术形式,并因此与狄德罗发生了尖锐的论战。

图里的一个重要景观便是"教育小说"（Erziehungsroman）的滥觞。①

神谕的式微，必然意味着人言的沸腾。文艺理应载道，但直至"启蒙"这个时代，这一古老的训诲还从未在西方世界催生出过如此密集的文艺化的教育者。面对充斥着累牍连篇的说教、不惜毁坏自身美学品质的"教育小说"在18世纪泛滥开来的事实，我们感受到了作者们胸腔里鼓胀的自信，体会到了他们急迫的使命感，还听到了他们慌张的心律。

而以《威廉·麦斯特》和凯勒（Gottfried Keller，1819—1890）的《绿意亨利》为代表的"成长小说"（Bildungsroman）却明确在回归《鲁滨逊漂流记》的虚构理路和美学追求：在不放弃以言辞直接教导读者的同时，更力图以对人物变化的人生历史尽可能写实的再现，来指引读者。歌德本想参照中世纪手工业者的职业人生来构想麦斯特的一生，从学徒到漫游，直至出师行业，虽然作者未能完成初愿，但这并不妨碍这部小说成为

---

① "教育小说"（Erziehungsroman 的词根，动词 erziehen 即指教育或教学，此动词的名词形式 erzieher 意为导师、教育者）这个概念是由德语世界提出的，却是在法语启蒙文学的影响下形成的。比如，当时被誉为"人民教育之父"的瑞士德语作家裴斯泰洛奇（Johan Heinrich Pestalozzi）就是卢梭的忠诚读者和翻译者。但直至 1963 年，因为卢卡奇的《小说理论》（Théorie du Roman, 1913—1914）被译介到法国，"教育小说"才开始成为法语世界中被普遍使用的概念，Erziehungsroman 被译为 roman d'éducation 或 roman pédagogique。

费内隆（Francois de Salignac de La Mothe–Fénelon）的《德雷马格历险记》（Les aventures de Télémaque, 1699）被孟德斯鸠视为"这个世纪的圣书"，后者毫不讳言这部书启发他创作了《波斯人信札》。费内隆在写作该书时正任勃艮第公爵家的家庭教师，他预设的读者是贵族，希望这部小说能够"启蒙"这些王权的拥护者，小说在问世之初虽即被禁，却仍被翻译成了欧洲几乎所有的主要语言，还被翻译成了拉丁文，这在当时是非常罕见的。《德雷马格历险记》的影响力与后来卢梭的政论作品不相上下。

裴斯泰洛奇的《林哈德和葛笃德》（Lienhart und Gertrud, 1781—1787）被视为德语"教育小说"的典范。与关注和寄希望于自上而下的政治改革的作者们不同，裴斯泰洛奇将目光直接投注在底层社会。他认为，民众普遍受教育程度不够是人无尊严、社会陷入不公和不义的一个重要根源。小说中，女主人公葛笃德在艰苦、晦暗的乡村里，将劳动和智育、德育结合，在教给孩子们具体生活技能的同时，培养他们优良的品行和德性——葛笃德只是一位村妇，连村妇都能实践和实现的教育理念便是具有普遍可操作性的——《林哈德和葛笃德》的副书名是"一本给人民的书"。裴斯泰洛奇非常看重"爱"这种情感在人格塑造中的积极影响，但他强调的"爱"，绝不仅是私己性的友爱、爱情，更是面向人间的博爱。他本人曾辛苦创办孤儿院和贫民教育机构，他甚至在婚前"警告"未婚妻，他会为了帮扶深陷苦难的人们而放弃个人和家庭的幸福。

"教育小说"也很关注私己性的生活。作为人间导师的作家们热切地希望读者能从他们的小说中找到立时用得上的行为指导。当时颇受欢迎的索菲·葛依（Sophie Gay）说，她希望书中写下的她的人生经验能给年轻人提供前车之鉴，比如，帮助他们"在面对第一次爱情选择时，远离可能遇到的危险"（Joachim Merlant, Le Roman personnel de Rousseau à Fromentin, Paris：Hachette，1905，p. 299）。

图 85 ［德］弗里德里希：《雾海上的旅人》（1818）

"成长小说"的王冠作品。

卢卡奇（György Lukács，1885—1971）在《小说理论》中说，现代人面对的一个首要问题就是，作为有着各种缺陷的历史性存在，我们该怎样在有限的时间内达成自我完善，这决定了"现代小说"在本质上就是"成长小说"，"成长"是现代小说的核心主题和根本的内在形式，其外在形式就是"传记"。卢卡奇的判断启发我们从这样一个角度来理解小说这一文体为何会在现代得到从未有过的高度礼遇：无论小说是否真能承担起改良社会的使命，相较于其他文学形式，小说能够为再现人的自我探索的历史过程提供更加丰富和广阔的技术性空间，这意味着，小说可能具有更直接、更全面地呼应现代性核心议题的美学潜质。

席勒这样评论麦斯特："他从一个空洞的、不定的理想，迈入了一个确定的、行动的生活，但同时，并未丧失理想化的力量。"[①] 与麦斯特的选择——脚踏实地在现实中行动——不同，"浪漫的"主人公们往往不屑与现实纠缠，《威廉·麦斯特》也是在表达歌德对"病态的"浪漫诗人们的嘲笑和不满。格奥尔格·勃兰兑斯（Gerog Brandes，1842—1927）也曾感慨：

> 浪漫主义者的特征不在于他追求这种幸福，而在于他相信这种幸福存在着。他知道，它一定是预定给他的，它一定会在什么地方找得到，它会出乎意外地落在他头上。而且，既然它是上天的一件恩赐，他本人并非它的创造者，他便可以随心所欲地混日子，只让他的模糊的憧憬牵着自己的鼻子走。唯一要紧的是保持这个信念：这种憧憬会达到目的的。而保持这个信念，又是多么容易啊。因为他周围的一切都包含着这个目的的朕兆和预感。[②]

但麦斯特的故事里难道没有一丝浪漫的旋律？歌德用麦斯特艰辛、波折，却终于寻得了幸福的人生故事，安慰着动荡、焦虑的欧陆大地：不要畏惧，不要惊慌，一切到头都会好的，因为我们应该笃信，中世纪的命运与神灵虽渐行渐远，却仍有一个至善的力量在牵引着我们。

自从祖父的收藏被变卖，威廉见异思迁地喜欢上了戏剧；自从遇见玛利亚娜，他鼓起了出走的勇气；自从再次遇到"陌生人"，他开始步向一条自己还并不知晓的、却意味着光明与伟大的道路。经过"一切错误"而走向"无价的善"——此时，无论散布的是理性的信心，还是非理性的信

---

① 这是1796年7月8日，席勒在写给歌德的信中说的话，转引自［德］歌德《学习时代》"译本序"（冯至），载《歌德文集》第2卷，冯至、姚可昆译，第12页。

② ［丹］格奥尔格·勃兰兑斯：《十九世纪文学主流》第二册，刘半九译，人民文学出版社1981年版，第207页。

任,"自从你来了"的故事不再讲述人物进阶天国的"神圣喜剧",而是颁布着历史终将成为"人间喜剧"的"好消息"。虽然进入 19 世纪后,出现了愈来愈多的反诘福音的现实主义叙事,包法利夫人、于连式的人物愈来愈成为"严肃文学"版图中的常客,但是,将人生虚构为进步的历史,这样的故事在直至当下的通俗文艺市场中仍稳居主流地位——"平庸"的世界需要这样的人间"福音"。

结　语

　　现在，让我们回到讨论伊始，那些希腊世界的文艺文本中。这些古旧的叙事仍会被后人不时检阅，因为它们仍能带给我们惊讶。如果比照孟德斯鸠在《论法的精神》中对政体的区分（民主制、寡头制、君主制、暴君制），显然，埃斯库罗斯和索福克勒斯的悲剧舞台呈示出的权力结构形式绝非民主制。鉴于宙斯，我们似乎可以将《普罗米修斯》归入暴君制，但实际上，不仅普罗米修斯，即便宙斯也只是权力的执行者而非权力的真正所有者。同样的理由，我们也无法将《俄狄浦斯王》归入君主制——我们似乎可将之归入寡头制，如果考虑到该剧中命运的执掌者是一个小团体——莫伊拉姐妹，可这几位莫伊拉到底在哪里？她们从不显身，也从不直接发出话语。在这些古典故事中，我们能够确知的仅仅就是，这个人间完全被命运操控着，对命运，人物无从违拗，也无从逃躲，不论人物遭遇了什么或做了什么，所有发生的一切都能在一个抽象的表称"命运"那里得到完整的解说——这也是希腊小说中的叙事事实。如此的叙事难道不是在说：人们被统治着，却没有实体的统治者？

　　而在现实中，的确存在着这样一种与我们惯常理解的统治通则（由一个或一群人来统治其他人）截然相悖的权力结构形式，一种在权力高度集中的同时，实体统治者缺席的政体形式——阿伦特将之定义为"全权主义"（Totalitarianism）。[①] 这种政体中的"真实"统治者不是任何有形的人员、组织，而是某种无形无相却具有绝对权威的，如"命运"般的抽象存在——意识形态。与命运一样，统治着现实人间的意识形态也具有"预

[①] 参见［美］伊丽莎白·扬－布鲁尔《阿伦特为什么重要》，刘北成等译，译林出版社2009年版，第121页。关于totalitarianism，中文通常将之译为"极权主义"，但考虑到该词的词根total，尤其是考虑到阿伦特赋予这一语词的内涵，本书采用直译"全权主义"，并在引用时用直译替换中译本中的"极权主义"。

言"这一美学外观,"所发生的一切都是早已预言过的"。① 不同的是,虚构中的预言定会在叙事中——在有限的、确定的历史时间内——完整兑现,而现实中的预言的兑现日期却无法被确定。所以,阿伦特认为,现实中的全权统治者是一种"超感知"(the supersense)。②

全权政体的统治术是基于这样一种假设:"人可以被彻底调控,因为他们只不过是某种更高的历史力量或自然力量所排定的功能角色。"③ 在全权政体中,所有可见的领导者和被领导者在政治地位上是完全平等的,不同的只是行政职能,他们都是被不可见的"真实"统治者意识形态领导并决定着的历史舞台上的演员,这也是全权政体与其他威权型政体在统治形式上的根本区别。④

古典虚构文本中的人物不得不时常面对"两难"。听到神谕的俄狄浦斯若选择留在科林斯,便是在纵容自己成就可怕的预言;可他离家出走的选择(虽是出于极大的善意)难道不会极大地伤害养育他的科林斯国王夫妇?当年的拉伊俄斯同样面临着两难:留下俄狄浦斯,意味着他自身将遭血光之灾,可若将俄狄浦斯杀死,他又将深陷杀子的惨痛与负罪之中,于是,他选择了将儿子遗弃——一个看起来比谋杀稍显善良的选择。两难同样出现在希腊小说中。面对狄奥尼西的威逼利诱,卡莉荷选择了屈服,这当然意味着对舍利亚斯的背叛,可若不如此,她与舍利亚斯的孩子将生而为奴,甚至性命不保。很显然,这些主人公无论怎样选择,都意味着"不义";而根本上,他们遭遇两难,不过是他们"无权"选择的表现罢了——俄狄浦斯难道真有可能"选择"留在科林斯?他所有的"选择"都是命运既定的"安排"。命运给希腊小说的主人公安排了排山倒海的灾祸,也安排了他们一见钟情、终成眷属——他们无权选择不经历苦难、不面对两难,也无权选择不相爱,不团圆。

阿伦特将现实中的德意志第三帝国视作"理想型"的全权政体,将其中的集中营视为全权统治的"完美"典范。而集中营里日常上演的戏码之

---

① 参见 [美] 汉娜·阿伦特《极权主义的起源》,林骧华译,生活·读书·新知三联书店 2008 年版,第 450 页。
② 《阿伦特为什么重要》这一译本将 the supersense 翻译为"超感知",《极权主义的起源》将 the supersense 译为"超意义",下文会述及。
③ Hannah Arendt, *Essays in Understanding*, 1930–1954, New York: Harcourt, 1994, p.379.
④ 参见 [美] 汉娜·阿伦特《极权主义的起源》,林骧华译,第 422—423 页。

一便是囚犯被要求做出两难的选择：要么选择被杀死，要么选择让妻儿去送死，或者，选择背叛朋友以暂时保全自己……可囚犯即便选择自己被杀，"也意味着直接谋杀自己的家庭——他该如何选择？这不再是善恶之间的选择，而是谋杀与谋杀之间的选择"。阿伦特说，当一个人无论做何选择都意味着对既有道德的蔑视和破坏时，这个人便失去了"道德人格"（the moral person）的生成空间。①

虚构文本中的两难是无形的统治者"直接"强加给人物的，而在现实的集中营里，"直接"强迫囚犯做出两难选择的是有形的人，狱警——的确，前一种两难多少还带有自然道德困境的意味，而后一种两难的出现则纯粹是人为迫害的结果——但这并非意味着，同样作为被统治者的狱警具有真实的选择自由。我们当然可以说，狱警们是主动选择了迫害囚犯、践行统治者决定的"正义"，但他们难道普遍具有"不选择"践行"正义"的权利？我们还可以说，即便迫害囚犯是不可违抗的命令，狱警们仍可选择在迫害囚犯时不过分地折磨后者，但狱警们难道普遍具有"善待"囚犯的权利？所以，集中营里日常上演的两难戏码，就如在以上虚构文本中一样，是被统治者"整体"被剥夺了选择权的结果。整体性的剥夺在集中营之外的现实世界里是无法完整实现的，集中营因此才是"完美的"。阿伦特关于"道德人格"的讨论重申着康德的警训：没有真实的选择权，人不可能成为道德主体。

阿伦特这样描述集中营里的生活：人们被封闭在这里，饱受着各种奇异的折磨，没人在意他们，"似乎他们早已死去"，这里发生的一切似乎都是"某个邪恶的精灵发疯了，在让他们进入永恒的宁静之前，使他们在生与死之间暂时滞留，以此来取乐"。②

现实的集中营与古老的悲剧舞台何其相似，阿伦特的感慨又与希腊小说里的人物在深陷命运囹圄时发出的告白何其相似。《埃塞俄比亚故事》中的德亚根无助地说，"神灵就是如此拿我们开心，似乎将我们赶到舞台上，把我们的生活变成演出"③。

---

① 参见［美］汉娜·阿伦特《极权主义的起源》，林骧华译，第564—565页。关于道德人格与性格的区别，还可参见阿伦特在 Responsibility and Jugement（New York：Schocken，2003）中的相关论述。
② 参见［美］汉娜·阿伦特《极权主义的起源》，林骧华译，第556页。
③ 《埃塞俄比亚故事》，载《希腊传奇》，陈训明、朱志顺译，第377页。

巴赫金说，希腊小说的主人公们是"孤立"在这个世界之外的一群"孤独"的人；阿伦特也特别使用了这对表述，并意图赋予二者以清晰的政治学和存在论意涵。没有选择权，自然也意味着没有真实的政治权利，阿伦特说，"政治人格"（the political person）一旦被取消，人将不可避免地陷入"孤立"（isolation）；不仅如此，"在政治方面失去地位的孤立的人也会被物的世界抛弃……他的必要的'自然新陈代谢'与任何人无关。孤立因此变成了孤独（loneliness）"。① 相较于悲剧人物，希腊小说的主人公们，这样一群"被遗忘在他人世界里的"人能令我们更清楚地看到"孤独"的实质。

历史的苦难在希腊小说的主人公心中"不留痕迹"，也许，这是因为作者们技拙艺疏，但内心的抽象化，这一叙事事实本身是符合人物在文本中的存在条件的：就如当人彻底丧失了改变世界的权利，人便不可能真实地关心世界，当人彻底丧失了对自身的真实治权，自身，在逻辑上，也就必然会变成对人来说不相干的。这些主人公不仅在心理上与世界相隔绝，他们也与自身相隔绝、对自身无动于衷——面对那么多苦难，他们愤懑、哀伤，但却鲜会寻求改变。而在现实的集中营里，"不留痕迹"最典型的表现就是囚犯们即便受到再多非人的折磨，也绝少会"选择"自杀。②

当我们阅读希腊的悲剧、小说时，一个突出的叙事事实是我们无法回避的：命运对人物的安排、折磨，并不与罪行直接相关。奥德修归家途中遭逢磨难，部分原因是其之前或当时冒犯了某些神祇，而此时的神祇是命运直接的织构者，也就是说，此时"命运的安排"还具有相对可见的归罪逻辑。但在《普罗米修斯》和《俄狄浦斯王》中，人物的行为与命运施加给他们的折磨之间，已没有了因果关系；希腊小说主人公们的无辜则显得更加绝对，他们有着像水一般纯净的过去，如此"完美"的主人公们却"被安排"遭遇那么多的苦难——这样的叙事难道不是在说，命运是在无辜者中任意选择施害对象？任意施害也是现实全权统治中的惯常现象。集中营里，除了政治犯和刑事犯，还有一个群体，"这是一些根本就没做过什么事的人，无论是在他们自己的意识中，还是在拷问者的意识中，都没

---

① 参见［美］汉娜·阿伦特《极权主义的起源》，林骧华译，第592页（关于孤独与孤立的区别，见该页前后）。

② 关于集中营里的自杀问题，参见［美］汉娜·阿伦特《极权主义的起源》，林骧华译，第568页。

有任何事情和他们的被捕有什么合理的联系";在集中营后期,这个群体成为了囚犯中的绝对多数。① 被统治者可以任意被害,阿伦特将这种状态定义为"法律人格"(the judicial person)的失效。

可是,统治者为何会任意施害?当我们提出这样的问题时,说明我们认为政治行为应该是,也必然是"功利的"。"'国王指挥民众,利益指挥国王',客观利益是'唯一不会失效'的规律",这是政治科学主义的基本认定。在这种政治"科学"的描述中,指挥国王的利益从来都不抽象,而很具体,统治者的政治行为即便暂时地表现为对某种政治权利的诉求,其根底都是为了获得经济权利,且统治者必得通过对被统治者的剥夺,才能最终落实其利益诉求。②

但这一"科学的"规律在那些古典的虚构文本中显然不适用,我们完全无从明白命运能够从其对人物的安排甚至施害中得到什么好处。鉴于维护统治权威本身是一种政治利益,我们似乎可以说,俄狄浦斯企图逃避命运的安排这一行为,构成了对命运权威的威胁,所以命运惩罚他,以维护自身治权的完整与绝对——可问题是,命运对人物做出安排在先,人物逃躲、反抗在后。希腊小说中,命运对人物的施害更加令人不解。小说的主人公中没有一位在"被降罪"之前,哪怕在心里对命运有过不敬,同时,面对命运无缘无故的"降罪",比起俄狄浦斯或普罗米修斯,小说主人公们的"服罪"态度堪称优秀——他们根本不构成对统治者、命运的威胁,哪怕是潜在的。在这些文本中,命运对被统治者的施害显得全无意义。

现实中第三帝国的政治行为同样不符合以上科学规律。在暴君制、独裁制中,政治性的迫害或剥夺行为从未从根本上脱离经济性的功利企图。而在全权政体中,虽然意识形态的许多执行者会通过剥夺他人的政治权利以谋取经济私利,根据意识形态制定的迫害性的政策、政令却不必然具有经济上的功利性——对此,阿伦特进行了详细举证,对精神病患者有计划的谋杀,筹建庞大的集中营系统和这个系统严重的亏本经营就是典型的例证。"集中营里的生活,远离了地球上的目的。"③

第三帝国始终在宣传其政治行为具有明确的"功利"目标:从局部地区开始,直至实现全人类的平等与幸福,即兑现"千年至福"(millen-

---

① 参见[美]汉娜·阿伦特《极权主义的起源》,林骧华译,第560—561页。
② 参见[美]汉娜·阿伦特《极权主义的起源》,林骧华译,第447页。
③ [美]汉娜·阿伦特《极权主义的起源》,林骧华译,第556页。

nia)。但当一种政权或制度将惩罚与罪行相剥离时，其造福人类的功利企图就只能是一种虚构。

对任何威权型统治者来说，令被统治者服从统治最根本的方法，就是剥夺"理性动物"与其他动物相区别的专属定语，令其丧失反思的能力，变为纯粹的动物，而达成这一目的最基础且有效的取径，便是取消道德－政治－法律人格的生成空间，这样的统治术同时存在于暴君制、独裁制和全权政体中——此时，用阿伦特的话说，作为自然物的"动物性的人"（humain animal）便无法成为"高度非自然之物"——"人"（humain）和"一个人"（a man）。全权统治就是以毁灭"人格"的实际行动，实现它的"功利"目标的。而由于全权的意识形态，这一"宏大的"统治者（包括其若干具体的执行者）不像暴君或独裁者那般总想着从被统治者身上获取经济利益，其毁灭"人格"的政治行为就显得彻底荒谬绝伦。

"反功利性"（anti－utility）这一突出的统治特征令全权意识形态的"超感知"（the supersense）这一属性也可被译为"超意义"："在全权主义社会的毫无意义之上，悬置着意识形态迷信的荒谬的超意义。"阿伦特描述道，"完美的"集中营里的犯人是全权治下的"模范'公民'"：他们就如巴普洛夫实验中的狗，即便走向死亡，"他们所作的也只是反应而已"，这是一群"人面的傀儡"，是"被降低到最基本反应的"人类。巴赫金说，希腊小说中的人物"只不过是行为的物理性主体而已"。阿伦特说，模范"公民"最具模范性的行为就是"像哑巴傀儡一样走向自己的死亡"。①

而希腊小说的主人公门则是在"消极、被动"中，走向了自己的幸福。

亚里士多德精准地指出："悲剧所摹仿的不是人，而是人的行动、生活、幸福（＜幸福＞与不幸系于行动）……他们不是为了表现'性格'而行动，而是在行动的时候附带表现'性格'……悲剧中没有行动，则不成为悲剧，但没有'性格'，仍不失为悲剧。"（《诗学》，章6）

希腊小说被誉为散文化的史诗，但小说的主人公远没有史诗英雄那般"生动"。因为时间形式趋于静止，空间形式（从内心到容颜）在模糊的

---

① 以上两段内容参见［美］汉娜·阿伦特《极权主义的起源》，林骧华译，第567—571页。该中译本将"humain animal"译为"兽性的人"。

同时趋于完美，小说主人公们具有高度的同质性。对每部小说而言，主人公的"不变"和"完美"都构成了叙事达成的逻辑条件，可当我们看到一部小说中主人公的陈词，甚至主人公本身都可以被"移易"（巴赫金语）至另一部小说中而不影响后者叙事成立时，我们便只能认为，这些小说一致地"需要"它们的主人公是"同一种人"，一致地"不需要"它们的主人公具有彼此相异的个性或性格。希腊小说的叙事法理始终更接近悲剧。这些小说对爱情的再现整体上很空洞，这令现代读者感到这些爱情缺乏现实感，也难怪，希腊小说只是在讲述"某一种人"的爱情，而不是在讲述"某一个人"的爱情。

在古典理性主义叙事和神学叙事中，历史世界的伦理起点都在历史之外。现代的人间进化法则看似来自于历史中的自然，但自然之所以被视为人间立法的依据，恰在于其被赋予了超历史的属性。时隔两千年的两次"启蒙"都在一边驳斥着人们对神的盲从、盲信，一边引领人们展开对超历史性的原则、法则的渴慕。"超历史性"本身在逻辑上并非等同于绝对普遍的有效性和彻底的排他性，一体两面的后二者，是古远的希腊"启蒙"赋予"超历史性"的属性，是精英化的古希腊哲学神学赋予"神"的属性——这种赋予，是对"超历史性"的一种虚构——后来的基督教当然近一步强化了这种虚构，18世纪的"启蒙"在不愿抛弃神的眷顾的心绪下，继承了这一虚构。两次"启蒙"都悖论式地，在将人立为历史的责任主体的同时，为人的伦理主语身位蒙上了挥之不去的阴影。康德说，历史之外的存在是不可知的，却又仍把伦理的起点立植在了历史之外，令才刚走出洞穴的理性动物还没来得及享受自由，便被"普遍的"律法光芒刺得睁不开眼睛。19世纪更将18世纪留下的"自然之镜"擦得雪亮，高悬于天际，在被这面镜子照亮的通向至福的人间道路上，人的选择权在20世纪险些彻底沦为视觉的灭点。

对"超历史性"的信任和渴慕既策动着人们的探索热情，又令"天地大舞台"上反复上演着这样的日常戏码：自认为找到了超历史的"元则"的历史性主语总是宣称，这一元则之外没有别的真理，根据这一元则，即历史的"本质"制订的历史世界的运动道路和伦理法则只能是一种，人之合理、合法的"应然"形式也只能是一种。通过将人变造为同一种动物性的自然物，以实现人类整体的共同幸福，这是"第三帝国"对人类根本的伦理期待和对历史的根本规划。

希腊小说的主人公们也许不是彻底"动物性的",却是"同一种的"。相较于史诗和悲剧,希腊小说的叙事景观更准确地达到了"完美的"全权统治的若干标准;关键是,这些小说还实现了现实中的全权统治者最重要、最根本却又永远无法兑现的那个许诺——"千年至福"——正直、良善的小说主人公们在叙事结束之前幸福团圆,且风华永驻。

阿伦特由衷地感慨,全权主义政权对"千年至福"的许诺,"与其说是满足了现实本身的需要,不如说是满足了人类思维的需要;其中通过纯粹的想象,使失根的人类能够感到自在……"① 将人从历史渡入永恒,几乎是横亘在西方精神世界中的本能性冲动。希腊小说以虚构的叙事景观预言性地向我们描画着"千年至福"可能的具体内容:人格、个性都是多余的。

在巴赫金所说的"独语/独白"(le monologue)中,表面上,叙事的治权掌握在作者手中,作者根据自身对人物、事件、社会、历史等的既成理解来展开虚构,笔下的一切成为体现、再现作者既成判断的工具。但无需特别观察,我们便可注意到,在很多"独语"中,作者行使叙事治权的本质性路径是令笔下的人物、事件,统一在某种凌驾于作者自身之上的、永恒不变的、即超历史性的主语中,比如命运——我们将这样的主语称为"元主语"(Méta-sujet/Meta-subject)——这种"独语"正是"全权"的美学形式。

阿伦特一再强调,相较于历史上的各种威权、独裁政体,以第三帝国为代表的全权政体是"新颖的",因为后者在本质上是彻底反功利的;但全权主义的政治元素在人类的政体历史上却从来都不新鲜。康德说,人会"咎由自取"地寻找枷锁。超越历史又完整决定着历史的元主语是否存在?对这个问题的回答无论是肯定的还是否定的,在历史时间范围内都只能属于猜想,既然如此,将元主语落实在叙事甚至现实生活中,这种行为的本质便只能是虚构。

希腊小说的主人公们彼此高度相似,我们固然可以说,这是因为小说的作者们具有高度相似的价值观,但即便这些作者一致地崇尚"忠贞",一致地认为俊美的外表与高贵的出身会令人天然地近善,人物却为何还一致地"消极、被动"?只有当这些作者同时一致地认为,元主语对历史的

---

① [美]汉娜·阿伦特:《极权主义的起源》,林骧华译,第454页。

安排是不可改变的，且这一安排到底是正义的，他们才会一致地剥夺人物的主动性，或者说，人物才会被一致地塑造为"被动的""消极的"——也只有当作者们将可见的历史视为不可见的主语的舞台，即将元主语视为叙事的标的，人物赖以彼此相区别的性格等个体化特征才会在叙事中成为可有可无的。对元主语的虚构直接导致了整个希腊小说版图里主人公们"超现实"的质感——"同一种人"；而在20世纪，同样的虚构是残酷的人间悲剧的重要成因。虚构性的叙事事实与客观性的人间现实，二者的同构性提醒着我们：全权主义不仅是一种政体形式，也是，甚至首先是一种思维形式。

"独语"不仅剥夺了人物对自身的治权，还显然将人物和世界虚构为了先于叙事的、本质上既成的，用海德格尔的话说，"现成在手的"（Vorhanden）。针对"独语"，巴赫金提出了另一种体裁、"对话"（le dialogue）："这个体裁的形成基础，是苏格拉底提出的真理及人们对真理的思考都具有对话本质的这一见解。他把用对话寻求真理，与**郑重的独白对立了起来；这种独白形式往往意味着已经掌握了现成的真理**。对话方法还和某些人天真的自信对立，因为这些人觉得自己颇有知识，也就是掌握了某些真理。但真理不是产生和存在于某个人的头脑里的，它是在共同寻求真理的**人们之间**诞生的，是在他们的对话交际过程中诞生的。"①

真理是在对话交际过程中诞生的，这便意味着，没有先于对话的真理。

伯格森提出"绵延"（la durée），海德格尔写作《存在与时间》，都是在反思着"存在"的古典语意；现代西方存在论叙事一步步稀释着"存在"的超历史性光华，直至将"存在"召唤回历史之中。巴赫金借陀思妥耶夫斯基的小说而创作的"对话"理论，同样是在反思形而上的"存在"和"形而上"这一思维形式本身。

"在陀思妥耶夫斯基的作品中，没有终结的、完成的、一次性定论的话语。因此，也没有确定不移的主人公形象来回答'他是什么人？'的问题。在这里只能有'我是什么人？'和'你是什么人'的问题。"陀氏不会"背靠背"地塑造人物，在他笔下，"确定不移的""呆滞不动的""完

---

① [苏]巴赫金：《陀思妥耶夫斯基诗学问题》（1929年版），载钱中文主编《巴赫金全集》第五卷，白春仁、顾亚铃译，第141页。笔者同时参考了该书法文版（*La Poétique de Dostoïevski*, trad. Isabelle Kolitcheff, Paris: Seuil, 1970）。

成了的""毫无反响的""已成定论的"东西是不存在的。陀氏笔下的主人公是"完全对话化了的":"离开自己和别人充满活力的交际,主人公就连在自己心目中也将不存在了。"在陀氏的艺术世界里,"对话不是作为一种手段,而是作为目的本身。对话在这里不是动作的前奏,而就是动作本身。它不是揭示和表现似乎成为现成的性格的一种手段,不是的。在对话中,人不仅仅外在地显现自己,而且头一次逐渐形成为他现在的样子。我们再重复一遍:这不仅对别人来说是如此,对自己本人来说也是如此。存在就意味着对话的交际。对话结束之时,也就是一切终止之日。因此,实际上对话不可能、也不应该结束"。①

与"对话"并联,巴赫金提出了"复调"(la polyphonie)②。

广义相对论说明,时间和空间并非如牛顿所言,是惰性的、不变的,时间和空间都在运动中,空间的变化会引起时间的改变,所以,时间和空间应合一表述为"时空"(Spacetime)。巴赫金借用了爱因斯坦的"时空"概念,以阐释文学文体。与康德不同,巴赫金不把时空视为先天的形式,而将它们视为"真正现实本身的形式"。他这样说:"'时空体'(хронотоп 直译为'时空')这一术语表示着空间和时间的不可分割……是形式兼内容的文学范畴……在文学艺术的时空体里,空间和时间标志融合在一个被认识了的具体的整体中。时间在这里浓缩、凝聚,变成艺术上可见的东西;空间则趋向紧张,被卷入时间、情节、历史的运动之中。时间的标志要展现在空间里,而空间则要通过时间来解释和衡量,这种不同系列的交叉和不同标志的融合,正是艺术时空体的特征所在。"他进而说,时空体首先具有重大的"体裁意义",因为体裁和其类别就是"由时空体决定的"。关键是,"作为形式兼内容的范畴,时空体还决定着(在颇大程度上)文学中人的形象。这个人的形象,总是在很大程度上时空化了

---

① 参见[苏]巴赫金《陀思妥耶夫斯基诗学问题》(1929年版),载钱中文主编《巴赫金全集》第五卷,白春仁、顾亚铃译,第333—335页。
② "复调"叙事的核心原则是令人物的"声音"(le voix)独立于作者的声音。巴赫金说,陀思妥耶夫斯基的复调小说"认真实现"并"彻底贯彻"了一种"对话的立场",这一立场"确认主人公的独立性、内在自由、未完成性和未定论性"。陀氏的主人公是具有充分价值的言论主体,"而不是默不作声的哑巴,不只是作者语言讲述的对象";"作者是在以整部小说来说话,他是和主人公对话,而不是讲述主人公"。参见[苏]巴赫金《陀思妥耶夫斯基诗学问题》(1929年版),载钱中文主编《巴赫金全集》第五卷,白春仁、顾亚铃译,第81—82页。

的"。①

人是高度的非自然物，人就是"存在"，就人而言，"没有先于存在的本质"——这一当代"存在主义"（Existentialism）的宣言用巴赫金的术语表述便是，没有先于"对话"的人物的本质，没有先于"对话"的人的本质，没有先于"时空"的人的本质，没有先于"现实"的人的本质。

伴随生物进化论的出现，涌现出了各种旨在揭秘人类进步道路的社会进化论（第三帝国的人种论只是这些进化论中的一种）。任何一种社会理论一旦获得了"科学"的美学形式，便具有了"真理"的光魅，通约着"超历史性的"历史的本质法则。在第三帝国的宣传中，合乎道德的人生"只能"是配合真理性的进化法则、主动促成"进步"实现的人生，正义的制度"只能"是践行这一法则的制度——这也是第三帝国关于其制度和政治行为之合法性的根本论辞。

巴赫金的美学理论解除了"存在"之超历史的属性，在西方存在论的框架内，这意味着"真理"的排他性也被松动了。如果人的本质不是先天、先验、超验的，人的本质就有可能不是"一"——那么，人的历史，又怎会"必然"只有"唯一"的本质性法则？以造福人类为目标的人间道路（包括政体、伦理标准等）的"应然"形式，又怎会必然地、只能是一种？于今，巴赫金的絮语可以很轻易地被变造为关于"多元"之合法性的美学论辞。

两组论辞截然对立，却遵循着一致的论说路径：从"是"（be）推导出"应该"（ought）。巴赫金笔下的"存在"不再是历史之外的、永恒不变的，但其仍然是一种"是"。可是，从"是"，是否能够推导出"应该"？对这一"休谟问题"，我们至今还未交出合格的答卷。

---

① 参见［苏］巴赫金《历史诗学概述》，钱中文主编《巴赫金全集》第三卷，白春仁、晓河译，第269—270页，以及第270页注释1。

参考文献

一 中文文献

韩瑞祥:《审美感知的碰撞——评诺瓦利斯对歌德〈威廉·迈斯特的学习时代〉的反思》,《外国文学》2010 年第 6 期。

《思想与社会》编委会编:《教育与现代社会》,上海三联书店 2014 年第 2 版。

先刚:《德国浪漫派的"哲学观"》,《学术月刊》2012 年第 2 期。

张卜天:《科学与人文:中世纪自然哲学与神学的互动刍议》,《科学文化评论》2017 年第 4 期。

张志伟主编:《形而上学的历史演变》,中国人民大学出版社 2016 年版。

赵林:《罪恶与自由意志——奥古斯丁原罪理论辨析》,《世界哲学》2006 年第 3 期。

周伟驰:《阿奎纳自然法的现代争论》,《世界宗教研究》2016 年第 4 期。

周宪、乔纳森·纳尔逊主编:《意大利文艺复兴与中国》,中国社会科学出版社 2017 年版。

[波] 哥白尼:《天体运行论》,李启斌译,科学出版社 1973 年版。

[丹] 勃兰兑斯:《十九世纪文学主流》,刘半九译,人民文学出版社 1981 年版。

[德] 艾克曼编:《歌德谈话录》,杨武能译,四川文艺出版社 2008 年版。

[德] 费尔巴哈:《对莱布尼茨哲学的叙述、分析和批判》,涂纪亮译,商务印书馆 1979 年版。

[德] 费希特著,梁志学编译:《费希特文集》,商务印书馆 2014 年版。

[德] 歌德:《歌德文集》,绿原、冯至等译,人民文学出版社 1999 年版。

[德] 汉斯·波塞尔:《莱布尼茨的三重自由问题》,张荣译,载邓安庆主编《伦理学术——自然法与现代正义:以莱布尼茨为中心的探讨》,上

海教育出版社 2017 年版。

［德］卡尔·雅斯贝尔斯：《智慧之路》，柯锦华、范进译，中国国际广播出版社 1988 年版。

［德］康德著，李秋零主编：《康德著作全集》，李秋零等译，中国人民大学出版社 2013 年版。

——：《康德书信百封》，李秋零编译，上海人民出版社 1992 年版。

［德］莱布尼茨：《神正论》，段德智译，商务印书馆 2017 年版。

［德］路德著，路德文集中文版编辑委员会编：《路德文集》，上海三联书店 2005 年版。

［德］施勒格尔：《浪漫派风格——施勒格尔批评文集》，李伯杰译，华夏出版社 2005 年版。

［德］瓦纳尔·耶格尔：《早期基督教与希腊教化》，吴晓群译，上海三联书店 2016 年版。

［德］席勒：《秀美与尊严——席勒艺术和美学文集》，张玉能译，文化艺术出版社 1996 年版。

——：《席勒文集》，张书玉等译，人民文学出版社 2015 年版。

［法］福楼拜：《包法利夫人》，李健吾译，人民文学出版社 2017 年版。

［法］卢梭：《新爱洛漪丝》，伊信译，商务印书馆 2010 年版。

［法］乔治·杜比：《骑士、妇女与教士》，周嫄译，上海人民出版社 2008 年版。

［法］让-皮埃尔·莫里：《伽利略：星际使者》，金志平译，吉林出版集团股份有限公司 2018 年版。

［法］托克维尔：《旧制度与大革命》，冯棠译，桂裕芳、张芝联校对，商务印书馆 2013 年版。

［法］亚历山大·柯瓦雷：《从封闭世界到无限宇宙》，张卜天译，北京大学出版社 2003 年版。

［古罗马］奥古斯丁：《上帝之城》，王晓朝译，人民出版社 2006 年版。

——：《忏悔录》，周士良译，商务印书馆 2016 年版。

——：《论三位一体》，周伟驰译，商务印书馆 2015 年版。

——：《论原罪与恩典》，周伟驰译，商务印书馆 2016 年版。

——：《论自由意志：奥古斯丁对话录二篇》，成官泯译，上海人民出版社 2018 年版。

——:《奥古斯丁选集》，汤清等译，宗教文化出版社 2010 年版。

[古罗马] 奥利金:《驳塞尔修斯》，石敏敏译，生活·读书·新知三联书店 2013 年版。

——:《论首要原理》，石敏敏译，香港道风书社 2002 年版。

[古罗马] 查士丁:《护教篇》，石敏敏译，生活·读书·新知三联书店 2014 年版。

[古罗马] 德尔图良:《护教篇》，涂世华译，上海三联书店 2007 年版。

[古罗马] 普罗提诺:《九章集》，石敏敏译，中国社会科学出版社 2009 年版。

[古希腊] 柏拉图:《蒂迈欧篇》，谢文郁注译，上海人民出版社 2005 年版。

——:《理想国》，郭斌和、张竹明译，商务印书馆 2015 年版。

——:《巴曼尼德斯篇》，陈康注译，商务印书馆 2013 年版。

——:《政治家篇》，洪涛译，上海人民出版社 2006 年版。

——:《法律篇》，张智仁、何勤华译，商务印书馆 2016 年版。

——:《柏拉图对话集》，王太庆译，商务印书馆 2018 年版。

[古希腊] 荷马:《荷马·奥德赛》，王焕生译，上海人民出版社 2014 年版。

——:《奥德修纪》，杨宪益译，上海译文出版社 2008 年版。

[古希腊] 索福克勒斯等:《古希腊悲喜剧集·上/下》，张竹明等译，译林出版社 2011 年版。

[古希腊] 亚里士多德、[古罗马] 贺拉斯:《诗学　诗艺》，罗念生、杨周翰译，人民文学出版社 1982 年版。

[古希腊] 亚里士多德:《形而上学》，吴寿彭译，商务印书馆 2016 年版。

——:《范畴篇 解释篇》，聂敏里，商务印书馆 2017 年版。

——:《政治学》，吴寿彭译注，商务印书馆 2017 年版。

——:《尼各马可伦理学》，廖申白译注，商务印书馆 2013 年版。

——:《灵魂论及其他》，吴寿鹏译，商务印书馆 2016 年版。

——:《天象论宇宙论》，吴寿鹏译，商务印书馆 1999 年版。

——:《论天》，徐开来译，载苗力田编《亚里士多德全集》（第二卷），中国人民大学出版社 1991 年版。

[美] 戴维·林德伯格:《西方科学的起源》（第二版），张卜天译，湖南

科技出版社 2013 年版。

［美］弗朗辛·普罗斯：《卡拉瓦乔传》，郭红英译，译林出版社 2016 年版。

［美］汉娜·阿伦特：《极权主义的起源》，林骧华译，生活·读书·新知三联书店 2008 年版。

［美］卡尔·贝克尔：《18 世纪哲学家的天城》，何兆武译，北京大学出版社 2013 年版。

［美］罗伦·培登：《这是我的立场：改教先导马丁·路德传记》，古乐人、陆中石译，上海三联书店 2013 年版。

［美］潘诺夫斯基：《作为艺术批评家的伽利略》，刘云飞译，《油画艺术》2018 年第 3、4 期。

——：《视觉艺术的含义》，傅志强译，辽宁人民出版社 1987 年版。

［美］耶罗斯拉夫·帕利坎：《基督教与古典文化》，石敏敏译，中国社会科学出版社 2012 年版。

［美］伊丽莎白·扬-布鲁尔：《阿伦特为什么重要》，刘北成、刘小鸥译，译林出版社 2009 年版。

［瑞士］雅各布·布克哈特：《意大利文艺复兴时期的文化》，何新译，商务印书馆 1979 年版。

［苏］巴赫金著，钱中文主编：《巴赫金全集》，白春仁、晓河等译，河北教育出版社 2009 年版。

［西］巴尔塔萨尔·格拉西安：《漫评人生》，张广森译，海南出版社 2010 年版。

［西］马托雷尔·加尔巴：《骑士蒂朗》，王央乐译，人民文学出版社 1993 年版。

［西］塞万提斯：《堂吉诃德》，杨绛译，人民文学出版社 2014 年版。

［希腊］朗戈斯等：《希腊传奇》，陈训明、朱志顺译，上海译文出版社 2002 年版。

［意］卜伽丘：《十日谈》，方平、王科译，上海译文出版社 1985 年版。

［意］伽利略：《关于托勒密和哥白尼两大世界体系的对话》，周熙良译，北京大学出版社 2006 年版。

［意］马基雅维里：《论李维》，冯克利译，上海人民出版社 2005 年版。

［意］米开朗基罗：《米开朗基罗诗全集》，杨德友译，辽宁教育出版社

2000 年版。

——:《米开朗琪罗诗全集》，邹仲之译，新世界出版社 2002 年版。

［意］乔治·瓦萨里:《著名画家、雕塑家、建筑家传》，刘明毅译，中国人民大学出版社 2004 年版。

［意］托马斯·阿奎那:《神学大全》，段德智等译，商务印书馆 2013 年版。

——:《论独一理智——驳阿维洛伊主义者》，段德智译，商务印书馆 2015 年版。

——:《反异教大全》，段智德等译，商务印书馆 2017 年版。

——:《论法律》，杨天江译，商务印书馆 2016 年版。

［英］笛福:《鲁滨逊漂流记》，方原译，人民文学出版社 1978 年版。

［英］卡尔·波普尔:《开放社会及其敌人》陆衡等译，中国社会科学出版社 1999 年版。

［英］以赛亚·伯林著，亨利·哈代编:《浪漫主义的根源》，吕梁等译，译林出版社 2011 年版。

——:《启蒙的时代——十八世纪哲学家》，孙尚扬、杨深译，韩水法校，译林出版社 2012 年版。

［英］约翰·马仁邦:《中世纪哲学》，吴天岳译，北京大学出版社 2015 年版。

二　外文文献

Alfaric, Prosper, *L'évolution intellectuelle de Saint Augustin*, Paris: Émille Nourry, 1918.

Arendt, Hannah, *Essays in Understanding, 1930 – 1954*, New York: Harcourt, 1994.

—, *Responsibility and Jugement*, New York: Schocken, 2003.

Aristotle, *On the Heavens*, trans. W. K. C. Guthrie, The Loeb classical library, Cambridge, Massachusetts: Harvard University Press, 2006.

Bakhtine, Mikhaïl, *Esthétique et théorie du roman*, trad. Daria Olivier, Paris: Gallimard, 1978.

—, *La Poétique de Dostoïevski*, trad. Isabelle Kolitcheff, Paris: Seuil, 1970.

Baldry, H. C, Le théâtre tragédie des Grèce, Paris: Maspero, 1985.

Bartlett, Kenneth R., *The Civilization of the Italian Renaissance*, Toronto: D. C. Heath and Company, 1992.

Baus, K., *From the Apostolic Community to Constantine (History of the Church*, Vol. I), with a generel introduation by Hubert Jedin, London: Burns and Oates, 1980.

Bec, Christian, *Précis de littérature italienne*, Paris: P. U. F., 1995.

Beguin, Albert, *L'âme romantique et le rêve*, Paris: José Corti, 1939.

Bellori, Giovanni Pietro, *The Lives of the Modern Painters, Sculptors, and Architects*, trans. Alice Sedgwick Wohl, Cambrige University Press, 2005.

Biagioli, M., *Galileo, Courtier: The Practice of Science in the Culture of Absolutism*, Chicago: University of Chicago Press, 1993.

Billault, Alain, *La création romanesque dans la littérature grecque*, Paris: PUF, 1991.

Blumenberg, Hans, *The legitimacy of the Modern Age*, trans. Robert M. Wallace, Cambridge, Massachusetts: MIT press, 1983.

Brown, Peter, *Augustine of Hippo*, California: University of California press, 2000.

Bucciantini, M., M. Gamerota, F. Giudice, *Galileo's Telescope: A European Story*, Cambridge: Harvard University Press, 2015.

Cervantès, *Les travaux de Persille et Sigismonde*, trad. M. Molho, Paris: J. Corti/ Ibérique, 1999.

Charbonnel, Nanine, *Sur le Wilhelm Meister de Goethe*, Cousset, Fribourg, Suisse: Delval, 1987.

Chardin, Philippe (dir.), *Roman de formation, roman d'éducation dans la littérature française et dans les littératures étrangères*, Paris: Kimé, 2007.

Chariton, d'Aphrodise, *Le Roman de Chairéas et de Callirhoé*, ed. & trad. Georges Molinié, Paris: Les Belles Lettres, 1979.

Courcelle, Pierre, *Recherches sur les Confessions de Saint Augustin*, Paris: E. de Boccard, 1950.

Dante, Alighieri, *Epistola*, in *Œuvres complètes de Dante*, trad. André Pézard, Paris: Gallimard, 1965.

Defoe, Daniel, *Robinson Crusoe*, Oxford: Oxford University Press, 2007.

Eusebius, *Historia Ecclesiastica*, trans. K. Lake, The Loeb Classical Library, Cambridge, Massachusetts: Harvard University Press, 1967.

Flaubert, Gustave, *Madame Bovary*, Paris: Garnier Flammarion, 1979.

Fusillo, Massimo, *Naissance du roman*, traduit de l'italien par M. Abrioux, Paris: Seuil, 1991.

Galilei, G., *Sidereus Nuncius*, tran. Albert Van Helden, Chicago &London: University of Chicago Press. 1989.

Gide, André, les Nourritures terrestres et Les Nouvelles nourritures, Folio, Paris: Gallimard, 1972.

Gracián, Baltasar, *Le Criticon*, trad. Benito Pelegrín, Paris: Seuil, 2008.

Guicciardini, Francesco, *Dialogue on the Government of Florence*, ed. & trans. Alison Brown, Cambridge: Cambridge University, 1994.

Héliodore, d'Émèse, *L'Histoire Ethiopique*, trad. Jacques Amyot, note et commentaire par Laurence, *Plazenet*, Paris: Champion, 2008.

Homer, *The Odyssey of Homer*, trans. Richmond Lattimore, London: Harper Perennial Modern Classics, 2007.

Isocrates, *Panegyricus*, in *Isocrates*, trans. Larue von Hook, Loeb Classical Library, Cambridge, Massachusetts: Harvard University Press, 1944.

Jaeger, Werner, *Early Christianity and Greek Paideia*, Cambridge, Massachusetts: Belknap Press, 1961.

Jaeger, Werner, *Paideia: The Ideals of Greek Culture*, trans. Gilbert Highet, Oxford: Oxford University Press, 1986.

Jost, François, "La tradition du Bildungsroman", in *Comparative litterature*, No. 21, 1969.

Koyré, Alexandre, *Etudes d'histoire de la pensee philosophique*, Paris: Gallimard, 1971.

La Mothe - Fénelon, Francois de Salignac de, *Les aventures de Télémaque*, Folio, Paris: Gallimard, 1995.

Laurence Plazenet, Paris: Champion, 2008.

Lescourret, M. -A., *Goethe. La fatalité poétique*, Paris: Flammarion, 1999.

Lessing, *Dramaturgie de Hambourg (1767 - 1769)*, trad. Jean - Marie Valentin, Paris: Éditions Klincksieck, 2009.

Longus, *Pastorales* (*Daphnis et Chloé*), texte établi et traduit par Georges Dalmeyda, Paris: Les Belles Lettres, 1934.

Lukacs, G., *La Théorie du roman*, trad. Jean Clairevoye, Paris: Denöel, 1968.

Merlant, Joachim, *Le Roman personnel de Rousseau à Fromentin*, Paris: Hachette, 1905.

Milhou, Alain, "Le temps et l'espace dans *le Criticon*", in *Bulletin Hispanique*, LXXXIX, 1-4, 1987.

Novalis, *Le monde doit être romanisé*, trad. Olivier Schefer, Paris, Allia, 2008.

—, *Les Fragments*, *Henri d'Ofterdingen*, in *Œuvres Complètes*, trad. Armel Guerne, 2 volumes, Gallimard, 1975.

Panofsky, Erwin, *Galileo as a Critic of the Arts*, Hague: Nijhoff, 1954.

Papa, Rodolfo, *Caravaggio*, *Artist's Life*, Firenze: Giunti, 2010.

Pavel, Thomas, *La pensée du roman*, Paris: Gallimard, 2003.

Pelegrín, Benito, *Ethique et esthétique du baroque*, *l'espace jésuitique de Baltasar Gracián*, Arles, Actes Sud, 1985.

Pestalozzi, J. H., *Léonard Et Gertrude*, *un livre pour le peuple*, trad. Léon Van Vassenhove, Suisse: La Baconnière, 1947.

Pope, Alexander, *Essay on Criticism*, ed. with introduction and notes by John Churton Collins, M. A. New York: The Macmillan Company, 1896.

—, *The complete poetical works of Alexander Pope*, ed. H. W. Boynton, Cambridge Edition, Boston and New York: Houghton, Mifflin and Co, 1903.

Pouderon, Bernard, *Les personnages du roman grec*, actes du colloque de Tours, 18-20 novembre 1999, Lyon: Maison de l'Orient méditerranéen, 2001.

Puglisi, Catherine, *Caravaggio*, London: Phaidon Press, 1998.

Rabau, Sophie, "Le roman grec ancien: la passion et le jeu", in *Forme et imaginaire du roman. Perspectives sur le roman antique*, *médiéval*, *classique*, *moderne et contemporain*, textes réunis par J. Bessière et D. - H Pageaux, Paris: Champion, 1998.

Riquer, Martín de, *Historia de la literatura catalana*, Barcelone: Ariel,

1964 – 1966.

Riquer, Martín de, *Tirant lo Blanch*, *Novela de historia y de ficcion*, Barcelone：Sirmio, 1992.

Rod, Édouard, *Essai sur Goethe*, Paris：Perrin, 1898.

Romilly, Jacqueline de, *La tragédie grecque*, Paris：PUF, coll.《Quadrige》, 1970.

Ruskin, John (ebook), *Giotto and His Works in Padua：Being an Explanatory Notice of the Series of Wood – Cuts Executed for the Arundel Society After the Frescoes in the Arena Chapel*, in *The Complete Works of John Ruskin*, Library Edition by National Library Association, New York, Chicago：2006, ISO – 8859 – 1。

SAID, Suzanne, *Homère de l'Odyssée*, Paris：Belin, 2011.

—, "Part, contrainte ou hasard. Les mots du destin chez Homère", in *Nouvelle Revue de Psychanalyse*, No. 30, 1983.

Saslow, James M., *The Poetry of Michelangelo*, New Haven and London：Yale University Press, 1993.

Sempere, Ricardo Senabre, "*El Criticón* : narración y alegoría" in 《Trébede Mensual Aragonés De Análisis, Opinión Y Cultura》, n°46, 2001.

Stella, René, "La fonction narrative de l'auberge dans le *Décaméron*", in *Cahier d'études romanes*, 2007, No. 17.

Stendhal, *Le rouge et le noir*, Paris：Gallimard, coll. Folio, 2000.

Tatius, Achille, "Les aventures Leucippé et Clitophon", in *Romans grecs et latins*, trad. Pierre Grimal, Paris：Gallimard, 1958.

Troeltsch, E, *Protestantisme et modernité*, Paris：Gallimard, 1991.

—, *Religion et histoire：esquisses philosophiques et théologiques*, Genève：Labor et Fides, 1990.

Vodret, R., Y. Kawase (dir.), *Caravaggio and his Time：Friends, Rivals ans Enemies*, catalogue de l'expposition (Tokyo, The National Museum of Western Art, 1er Mars – 12 Juin 2016), Tokyo, 2016.

Xénophon, d'Éphèse, *Les Ephésiaques*, trad. Georges Dalmeyda, Paris：Les Belles Lettres, 1962.

后　　记

　　笔者在此，真诚地感谢陈思和先生、李宏图先生拨冗审阅书稿，并为笔者提供了中肯的建议，感谢 Francis Claudon 先生和 Catherine Claudon – Adhémar 夫人多年来给予笔者的学术帮助，感谢在本书写作中从各方面襄助笔者的师友们，以及本书的责任编辑史慕鸿、王小溪，同时，感谢家人对笔者研究工作最真挚的关怀。